춘원 이광수 전집 15

애욕의 피안

노지승 | 인천대학교 국어국문학과 교수이며, 한국 근현대문학 연구자이다. 지은 책으로는
『유혹자와 희생양: 한국근대소설의 여성표상』(2009, 예옥)과 『영화관의 타자들: 조
선영화의 출발에서 한국영화 황금기까지 영화 보기의 역사』(앨피, 2016)가 있으며,
단독으로 번역한 책으로 『페미니즘 영화이론』(앨피, 2012)과 공역한 책으로 『여공
문학: 섹슈얼리티, 폭력 그리고 재현의 문제』(후마니타스, 2017)가 있다. 이 밖에도
근현대문학과 한국 영화에 대한 다수의 논문과 공저가 있다.

춘원 이광수 전집 15

애욕의 피안

초판 1쇄 발행 2022년 7월 10일

지은이 | 이광수
감수 | 노지승

펴낸곳 | (주)태학사
등록 | 제406-2020-000008호
주소 | 경기도 파주시 광인사길 217
전화 | 031-955-7580
전송 | 031-955-0910
전자우편 | thspub@daum.net
홈페이지 | www.thaehaksa.com

편집 | 조윤형 여미숙 김선정
디자인 | 한지아
마케팅 | 김일신
경영지원 | 김영지
인쇄·제책 | 영신사

ⓒ 이정화, 2022. Printed in Korea.

값 22,000원

ISBN 979-11-6810-069-5 03810

이 전집은 춘원 이광수 선생 유족들의 협의를 거쳐 막내딸인 이정화 여사의 주관으로 발간되었습니다.

책임편집 | 조윤형
북디자인 | 이윤경

춘 원 이 광 수 전 집 15

애욕의 피안

—

장편
소설

노지승 감수

태학사

이광수(李光洙, 1892~1950)

일러두기

1. 이 책은 『조선일보』 연재본(1936. 5. 1~12. 21)을 저본으로 삼았다.
2. 이 책은 최대한 저본에 충실하고자 했다. 작가의 의도나 고유의 어투를 살리기 위해 사투리, 옛말, 구어체 중에서 오늘날 의미나 어감이 통하는 표현은 저본대로 표기했다. 현대어로 옮길 필요가 있을 경우에는 2017년 3월 28일 문화체육관광부 고시 '한글 맞춤법'에 따랐다.
3. 한글만 쓰기를 원칙으로 하여 한자 표기를 최소화했다. 단, 뜻을 분명히 할 필요가 있을 경우 한글을 먼저 쓰고 한자를 병기하였다. 경전, 시가, 한시, 노래 등의 한문 원문을 인용한 경우에는 저본의 표기를 따랐다.
4. 대화는 " "로, 등장인물의 생각이나 강조의 뜻은 ' '로, 말줄임표는 '……'로 표기하였다. 읽는 이들의 편의와 문맥을 감안하여 원문의 의미를 훼손하지 않는 선에서 적절하게 문장부호를 추가, 삭제하거나 단락 구분을 하였다.
5. 저술, 영화, 희곡, 소설, 신문 등의 제목은 각각의 분량을 기준으로 「 」와 『 』로 표기하였다.
6. 숫자는 가급적 한글로 표기하되, 연도 등 문맥을 고려하여 필요하다고 판단되는 경우에는 아라비아 숫자로 표기하였다.
7. 현행 외래어 표기법을 따르되, 그 쓰임이 굳어진 것은 관례적인 표현을 따랐다.
8. 명백한 오탈자라든가 낱말의 순서 바뀜 등의 오류는 바로잡았다. 선정한 저본만으로 해결할 수 없는 경우, 다른 판본을 참조하여 수정하였다.
9. 이상의 편집 원칙에 따르되, 감수자가 개별 작품의 특성을 고려하여 유연하게, 탄력적으로 이 원칙들을 적용하였다.

 춘원연구학회가 춘원(春園) 이광수(李光洙) 연구를 중심축으로 하여 순수 학술단체를 지향하면서 발족을 본 것은 2006년 6월의 일이다. 이제 춘원연구학회가 창립된 지도 16년이 되었다. 그동안 우리 학회는 2007년 창립기념 학술발표대회 이후 학술발표대회를 24회까지, 연구논문집『춘원연구학보(春園硏究學報)』를 23집까지, 소식지『춘원연구학회 뉴스레터』를 13호까지 발간하였다.

 한국 현대문학사에 끼친 춘원의 크고 뚜렷한 발자취에 비추어보면 그동안 우리 학회의 활동은 미약하였다. 그러나 여러 가지 어려운 여건 속에서도 학회를 창립하고 3기까지 회장을 맡아준 김용직 선생님과 4~5기 회장을 맡아준 윤홍로 선생님, 그리고 학계의 원로들과 동호인들의 각고의 노력으로 우리 학회의 내일이 한 시대의 문학과 문화사에 깊고 크게 양각될 것으로 기대된다.

 일제강점기에 춘원은 조선인들에게 민족의식을 일깨워주고 문학적 쾌락을 제공하였다. 춘원이 발표한 글 중에는 일제의 검열로 연재가 중단되거나 발간이 금지된 것도 있다. 춘원이 일제의 탄압에도 끊임없이 소설을 쓴 이유는 「여(余)의 작가적 태도」에 잘 나타나 있다. 이 글은 검열을 의식하면서 쓴 글임에도 비교적 자세히 춘원의 입장을 밝히고 있다. 춘원은 "읽을 것을 가지지 못한" 조선인, 그중에도 "나와 같이 젊은 조선의 아들딸을 염두에" 두고 "조선인에게 읽혀지어 이익을 주려" 하는 것이라 하면서, 자신이 소설을 쓰는 근본 동기가 "민족의식, 민족애의 고조, 민족운동의 기록, 검열관이 허(許)하는 한도의 민족운동의 찬미"라고 밝히고 있다. 춘원의 소설은 많은 젊은이에게 청운의 꿈을 키워주기도 하고 민족적 울분을 삭여주기도 했다.

뿐만 아니라 춘원은 『신한자유종(新韓自由鐘)』의 발간, 2·8독립선언서 작성, 대한민국 임시정부 수립, 임시정부의 『독립신문』 사장, 수양동맹회(修養同盟會)와 수양동우회(修養同友會), 그리고 동우회(同友會) 활동 등 독립운동과 민족운동에 참여한 바 있다.

일제는 1937년 7월, 중일전쟁 직전인 1937년 6월부터 1938년 3월까지 수양동우회와 관련이 있는 지식인 180명을 구속하고 전향을 강요하였으며, 1938년 도산(島山) 안창호(安昌浩)의 사후 춘원은 전향하고 '가야마 미쓰로(香山光郞)'로 창씨개명을 하게 된다.

당시의 정황은 우리가 생각하는 것처럼 단순하지 않다. 조선의 히틀러라 불리는 미나미 지로(南次郞) 총독이 전시체제를 가동하여 지식인들의 살생부를 만들고 그들의 생명을 위협하던 시기였다. 나라를 잃고 민족만 남아 있는 일제강점기에 우리 선조들은 온갖 고난을 감수해야만 했다. 일제에 저항하여 독립운동을 하고 옥사한 사람들도 있지만, 생존을 위해 일제에 협력하고 창씨개명을 한 이들도 적지 않았다.

해방 후 춘원은 자신의 과오를 반성하지 않고, 자신은 민족을 위해 친

일을 했고, 민족을 위해 자기희생을 했노라고 했다. 이러한 주장은 많은 사람들로부터 질타를 받았다. 그럼에도 춘원을 배제하고 한국 현대문학과 현대문화를 논할 수 없으며, 그가 남긴 문학적 유산들을 친일이라는 이름으로 폄하하는 것은 온당해 보이지 않는다. 문학 연구에 정치적인 논리나 진영 논리가 개입하면 객관적인 연구가 진척될 수 없다. 공과 과를 분명히 가리고 논의 자체를 논리적이고 이지적으로 전개해야 재론의 여지가 생기지 않는다.

삼중당본 『이광수전집』(1962)과 우신사본 『이광수전집』(1979)은 편집자의 의도에 따라 많은 작품이 누락되어 춘원의 공과 과를 가리기에 어려움이 있다. 또한 현대어와 거리가 먼 언어를 세로쓰기로 조판한 기존의 전집은 현대인들이 읽기에 어려움이 있다.

따라서 춘원이 남긴 모든 저작물들을 포함시킨 새로운 전집을 발간할 필요성이 제기되었다. 춘원연구학회에서는 춘원의 공과 과를 객관적으로 평가하는 장을 마련하기 위해 춘원학회가 아닌 춘원연구학회라 칭하고 창립대회부터 지금까지 공론의 장을 마련해왔으며, 새로운 '춘원 이광수 전집' 발간을 준비해왔다.

전집 발간 준비가 막바지에 달한 2015년 9월 서울 YMCA 다방에 김용직, 윤홍로, 김원모, 신용철, 최종고, 이정화, 배화승, 신문순, 송현호 등이 모여, 모 출판사 사장과 전집을 원문으로 낼 것인가 현대어로 낼 것인가, 그리고 출판 경비는 어느 정도로 할 것인가를 가지고 논의했으나 합의점을 찾지 못했다. 2016년 9월 춘원연구학회 6기 회장단이 출범하면서 전집발간위원회와 전집발간실무위원회를 구성하였다. 전집발간위원회는 송현호(위원장), 김원모, 신용철, 김영민, 이동하, 방민호, 배화승, 김병선, 하타노 등으로, 전집발간실무위원회는 방민호(위원장), 이경재, 김형규, 최주한, 박진숙, 정주아, 김주현, 김종욱, 공임순 등으로 구성하였다.

전집발간위원들과 전집발간실무위원들은 연석회의를 열어 구체적인 방안들을 논의하고, 또 전집발간실무위원들은 각 작품의 감수자들과 연석회의를 하여 세부적인 사항들을 논의한 끝에, 2017년 6월 인사동 '선천'에서 춘원연구학회장 겸 전집발간위원장 송현호, 태학사 사장 지현구, 유족 대표 배화승, 신문순 등이 만나 '춘원 이광수 전집' 발간 계약을 체결하였다. 춘원이 남긴 작품이 방대한 관계로 장편소설과 중·단편소설을 먼저 발간하고 그 밖의 장르를 순차적으로 발간하기로 하였다. 또한 일본어로 발표된 소설도 포함시키되 이 경우에는 번역문을 함께 수록하기로 하였다.

전집발간위원회에서 젊은 학자들로 감수자를 선정하여 실명으로 해당 작품을 감수하게 하며, 감수자가 원전(신문 연재본, 초간본, 삼중당본, 우신사본 등)을 확정하여 통보해주면 출판사에서 입력하여 감수자에게 전송해주고, 감수자는 판본 대조, 현대어 전환을 하고 작품 해설까지 책임지기로 하였다.

'춘원 이광수 전집' 발간은 현대어 입력 작업이나 경비 조달 측면에서 간단한 일이 아니어서 오랜 시일이 소요되었다. 전집 발간에 힘을 보태주신 김용직 명예회장은 영면하셨고, 윤홍로 명예회장은 요양 중이시다. 두 분 명예회장님을 비롯하여 전집발간위원회 위원, 전집발간실무위원회 위원, 감수자, 유족 대표, 그리고 태학사 지현구 사장님께 감사드린다. 아울러 실무를 맡아 협조해준 전집발간실무위원회 김민수 간사와 춘

원연구학회의 신문순 간사, 그리고 태학사 관계자에게도 고마운 마음을
전한다.

2022년 7월

춘원이광수전집발간위원회 위원장 송현호

차례

"어머니."

하고 혜련은 책 보퉁이를 끼고 안마당에 들어선다. 자주 목모직 치마에 하얀 옥양목 겹저고리, 굽 높지 아니한 여학생 구두. 스무 살이라는 나이로 보아서는 앳되게 보인다. 몸이 좀 호리호리한 탓일까. 고생을 아니 하고 곱게 자란 탓일까.

"아가씨 오세요?"

하고 아랫방에서 침모가 김 장로의 겹옷을 짓다가 바느질감을 든 채로 고개만 내밀어서 혜련을 본다.

"어머니 무엇 좀 잡수셨수?"

하고 혜련이 묻는 말에 침모는,

"아침에 미음 한 보시기 잡수시고는 여태껏 아무것도 아니 잡수셨답니다. 아가씨나 잡수시라고 권하셔야 잡수시지 영 안 잡수시는걸."

하는 침모의 말에는 좀 간사가 있다.

"왜 빵허구 우유허구 안 드렸수? 복숭아두허구."

하고 혜련은 짜증을 내며,

“왜 그만큼 일르고 갔는데 일르는 대로들 안 할까?”

하고는 침모를 한 번 흘겨보고 안마루를 향하여 걸어가면서,

“언니, 언니!”

하고 건넌방을 향하여서 부른다.

“누님 오시우?”

하고 혜련의 오빠 종호의 아내 문희는 자다가 일어나는 사람 모양으로 눈이 부시어하면서 창을 열고 잠든 어린애가 깨기를 꺼리는 듯이 들릴락 말락 한 목소리로 대답한다.

혜련은 문희가 어린애를 재우는 줄 알면서도 일부러 모른 체하고,

“언니도 언니지. 어쩌면 어머니를 식전에 미음 한술 드리고는 해가 다 저녁때가 되도록 아모것도 드릴 생각도 아니 허우?”

하고 구두를 벗어버리고 안방으로 들어간다.

“어머니, 어머니.”

하고 혜련은 어머니 머리맡에 앉는다.

“오, 혜련이냐?”

하고 뼈와 가죽만 남은 김 장로 부인 은경(恩卿)은 눈을 번히 뜬다. 방에서는 냄새가 나고 우중충하다.

“어머니, 왜 잡술 것을 가져오라고 아니 일르시우!”

하고 혜련은 머리맡에 놓인 약병, 물그릇, 요강 같은 것을 일일이 검사해 본다.

“먹기 싫은 것을 어떻게 먹느냐. 물만 먹어도 배가 아프구.”

하고 은경은 입맛을 다신다.

“그렇게 안 잡숩고야 사나?”

하고 혜련은 귀신이 다 된 어머니의 얼굴을 들여다보고 헝클어진 머리카락을 손으로 쓸어 넘기면서,

"그런데 왜 수술을 아니 하시우? 유 선생 말씀이 수술을 해서 위를 떼어내시면 살아나신다고 아니 합디까. 우리 학교 동무 중에두 저의 어머니가 위암이 생겨서 수술을 하구 나았다던데. 아부지가 아모리 그림보기루 어머니 입원비야 아니 내시겠우? 우리 집 세간을 다 누가 모았는데. 왜 아부지 혼자서 모우셨나? 어머니가 아니 먹구 아니 쓰구 모으셨지. 왜 돈을 애껴서 수술을 아니 하시우?"

"인제 수술은 하면 무얼 하니? 그만큼 살았으면 죽어도 좋지. 난 그저 네나 좋은 남편을 얻어서 잘 사는 것을 보고 죽으면 한이 없겠다."

"어머니가 얼마나 많이 사셨다구 그러시우, 오십도 다 못 되시고는?"

"여편네는 오십이 되면, 사십이 넘으면 죽어두 괜찮어. 보려무나, 너의 아버지가 어디 내 곁에 얼씬이나 하던. 인제는 너의 아버지도 젊은 여편네 생각이 나나 보더라. 나만 죽어버리면 돈은 있겠다, 젊은 여편네를 얻어서 잘살지 않겠니?"

하고 은경은 그 해쓱한 얼굴에도 흥분한 빛을 띤다.

은경의 말에 혜련은 놀라는 듯이 몸을 흠칫 뒤로 물리며,

"어머니두. 설마 아부지가 그런 생각이야 하실라구."

하고 우스움을 참았다.

"왜 안 하니? 돈은 있것다, 나이는 오십이래두 아직 몸이 젊었것다."

"아이, 어머니두. 그래도 아부지가 교회에 장로 아니시우? 사회에 명성두 있구. 그런 이가 설마, 나이 오십이 다 된 이가 설마 젊은 여편네 생각이야 하실라구. 아이, 어머니가 강짜를 하시네."

하고 혜련은 참다못해서 깔깔 웃는다.

　은경은 딸이 웃는 것을 물끄러미 보더니 자기도 웃으면서, 그러나 얼굴 근육에 경련을 일으키면서,

　"네가 몰라서 그러지. 아부지가 계집에 그렇게 범연한 사람이 아니다."
하고는 더욱 말소리를 낮추어서,

　"너보고 이런 소리를 하는 것이 어미의 도리에 옳지 않지마는 너의 아버지가 그동안에 집에 둔 사람을 몇을 건드렸는지 모른다. 왜 요전 곰보 침모 년 말이다. 그년도 내가 나가라니깐 무에라고 허는 소리 듣지 않았니? 내가 왜 이 집에서 그렇게 쫓겨 나갈 사람인가 하고, 동네방네 오이지 아니했니?"
하고는 분이 치밀어 올라와서 입술을 문다.

　혜련은 더욱 우스워서 킥킥거리면서,

　"아이, 어머니두. 설마 아부지가 그것을, 그두 얼굴이나 이뻤으면. 설마 그 곰보 년을, 아이 어머니두 망령이서."
하고 고개를 흔든다.

　"오냐, 아버지를 그렇게만 믿어라. 홍, 지금 있는 침모두."

　"아이, 또."

　"가만 말을 들어. 아부지가 밤낮 양복만 입으시던 이가 이번 침모가 들어온 뒤로는 웬 조선 옷감을 들여서는 밤낮 옷을 지으라고 하시지 않니? 그러구는 그년의 손에 떡 옷을 입혀까지 달라구는 입이 헤벌어져서 좋아라구 입구 다니지. 요새에는 양복 입으시는 것을 못 보지 않니? 이 침모라는 년이 또 여우다. 마고자나 두루마기나 아부지를 입혀놓고는, 요기가 좀 어떻습니다, 조기가 좀 어떻습니다 하고 어깨도 또닥또닥, 겨드랑

이도 치켜보고, 글쎄 저고리 고름을 다 매어드리는구나. 그리면 너의 아부지가 헤 하고 좋아서 꼭 맞는데, 꼭 맞는데, 이러시지 않더냐."

"아이, 어머니두. 듣기 싫수. 무얼 아부지가 그래서 그러실라구. 그저 아모더러나 친절하게 하시는 어른이니깐 그러시지. 어머니가 오래 누워 기시니깐 신경쇠약이 되셨수."

하다가 혜련은 깜짝 놀라는 듯이 일어나서 쌍창을 열며,

"어멈, 어멈."

하고 부른다.

어멈은 대답이 없고 침모가 문을 열고 내다보며,

"어멈, 아범허구 빨래 갔어요."

하고 대답한다.

혜련은 어머니한테 시방 들은 말이 있어서 침모를 보며, 그 손에 들린 아버지 옷을 보매 우습기가 짝이 없어서 웃었다. 그러다가 웃음을 참고,

"그럼 침모, 풍로에 불 피우고 물 좀 끓여주우. 어머니 무엇 좀 잡수 시게."

하고는 또 웃음을 참고 어머니 곁으로 왔다.

"아모것도 먹기 싫다는데."

하고 은경은 낯을 찡그린다.

"그래두 내가 먹여드리구야 말걸."

하고 혜련은 가루우유 통, 각사탕 곽, 찻종, 빵, 비스킷 등속을 찬장에서 내다가 윗목에 벌여놓는다. 물 끓기를 기다리는 것이다.

그러고는 다시 어머니 곁으로 와서 식전약 한 금을 억지로 어머니에게 먹이고, 그러고는 양치를 시킨다. 싫다 싫다 하고 짜증은 내면서도 은경

은 딸이 하라는 대로 하기는 한다.

그러고 나서 혜련은,

"어머니, 나 좀 할 말이 있어."

하고 응석 비슷하게 말을 꺼낸다.

"무슨 말이냐, 해보아라."

하고 은경은 혜련을 보다가 혜련이 말을 꺼내기 전에,

"너는 도모지 너의 아부지 말만 믿고 내 말은 귓등으루두 안 듣더라마는."

하고 자기의 신세타령을 먼저 꺼낸다.

"어머니두. 내가 왜 어머니 말을 안 믿수? 어머니가 하두 엄청난 말씀을 하시니깐 그러지. 글쎄 아모러기루 아부지가 설마 이제 난봉이야 피우시겠어요?"

하고 혜련은 아까 웃던 웃음을 계속하여 또 웃으려다가, 어머니의 낯빛이 하도 엄숙한 것을 보고는 웃음을 삼켜버리고 또 말이 나오기를 기다린다.

"너, 박 선생이 어떤 사람인 줄 아니?"

하고 어머니가 딴전을 울린다.

"알지요, 왜 몰라."

"그것 보렴. 박 선생도 두 귀밑이 허옇고 머리까지 훌떡 벗어진 작자가 왜 너의 학교 졸업생을 버려주어서 아이를 낳고 학교에서도 쫓겨나지 않었니? 인제는 아주 내어놓고 첩살이를 시킨다더라."

"참, 그렇대."

"그것 봐요. 왜 박 선생은 너의 아부지만 못하냐? 전문학교 교수요,

목사나 장로는 아니지마는 교회 일에는 어디 직분 안 가진 데 있니? 게다가 아들 손자가 그뜩허구. 그 마누라도 재취가 되어서 아직 서른몇 살이라는데, 나도 보았지마는 얼굴두 괜찮지. 그렇건만두 그러는데, 너의 아부지를 어떻게 믿니? 게다가 나는 이 꼴이구. 이렇게 죽을병이 들어, 그렇지 않아도 나이는 많아."

하고 은경은 한숨을 쉰다.

"그래두."

하고 혜련은 어머니 말이 믿어지지는 아니하면서도 어머니 걱정이 노상 근거가 없는 것이 아님을 깨달아서 약간 시무룩해지면서,

"그렇기로 설마 아버지야 그러시겠어요?"

하고 한숨을 쉰다.

"설마가 사람 죽인단다. 사내들이 오십 줄 잡아서 바람이 나게 되면 걷잡을 수가 없다더라. 너의 아부지가 암만해도 요새에 행동이 수상해. 내가 모르리. 아모리 겉으로 꾸며도 속에 먹은 생각이 냄새를 피우는 것이거든. 내야 인제 늙고 병든 것이 무슨 시앗새임을 하겠느냐마는 그저 그렇단 말이다. 아이구, 어서 죽었으면. 인제는 더 살 생각도 없어. 그저 네나 좋은 남편을 만나서⋯⋯. 좋은 남편이 별것 있느냐. 바람 안 날 남편이 좋은 남편이다. 아모리 사람이 잘났기로니 제 계집 돌아보지 않는 남편을 무엇에다 쓰느냐. 박 선생이 사람이야 잘났지. 그렇지만 저 꼴이니. 그런데 요새에 아부지가 밤낮 박 선생허구 붙어 다녀. 사랑에도 그 녀석이 늘 오구. 제가 개차반이 되어서 세상에서 욕을 먹게 되니깐 너의 아부지도 끌어넣으려 들지. 그럼, 안 그래."

"그래두 아부지는 예수를 믿으시지."

하고 혜련은 김 장로를 변호한다.

"예수를 믿기는 무얼 믿어. 어디 집에서야 기도 한번 올리시던? 밥상을 대해두 눈만 한 번 감았다 뜨시지, 어디 기도야? 그저 믿는 체지, 행세루. 박가 녀석이나 다 마찬가지지."

"아이, 어머니두. 아부지는 안 그러세요. 꼭꼭 예배당에 다니시구, 주일날이면 가게두 닫히시구……."

"그래두 속으로는 안 믿어. 해마다 예배당에 돈을 삼백 원씩이나 내구 그러시지마는 그게 다 겉치레다. 그런 줄이나 알어. 속으루는 별 궁리 다 허구 있단 말이다."

"아이, 어머니두. 너무허시우. 그렇기로 설마 아부지가……."

"오, 그렇다. 네년도 어미 말을 믿지 마라, 응."

하고 은경은 화를 내어서 고개를 돌려 담벼락을 바라본다.

"어머니."

"듣기 싫다!"

혜련은 괴로운 듯이 손으로 이맛전을 비볐다.

"아가씨, 풍로에 물이 끓어요."

하고 유모가 마루 끝에서 혜련을 부른다.

"풍로 마루에 올려놓구, 쟁반에 대접허구 수저허구 놓아 와요. 늘 허는 걸 왜 몰르우?"

하고 혜련도 약간 화를 내었다.

혜련은 우유를 타고 버터를 발라서 빵을 굽고 복숭아 통조림을 떼어서 접시에 담고 먹음직스럽게 해가지고 상을 들고 방으로 들어갔다.

"아이, 먹기 싫다는데 또 가져오느냐?"

하고 은경은 짜증을 낸다.

"아이, 잡수세요. 안 잡수면 나는 울 테야. 자, 이 빵이 아주 맛나게 구워졌어요. 자."

하고 혜련은 빵을 떼어서 우유를 찍어서 어머니 입에다 넣는다. 은경은 싫다면서도 받아먹는다.

"자, 이 빵을 두 조각만 잡수세요. 그리구 이 우유허구. 반 홉두 못 되는걸. 그리구 오늘 것은 복숭아가 좋아. 아주 싱싱헌데."

하고 혜련은 제가 한 쪽을 먼저 먹어본다. 은경은 의외에 딸이 주는 대로 순순히 받아먹는다.

혜련은 어머니 짜증이 가라앉은 기회를 타서, 하려던 이야기를 하리라 하고,

"어머니이."

하고 우유를 숟가락에 떠 든 채로 부른다.

"왜?"

하고 은경은 화평한 낯으로 딸을 본다.

"저어 문임(文姙)이라는 애 있지 않수? 내 반에서 같이 공부하는 애. 왜 금년 설에두 세배 왔다 갔지. 그 통통하고 얼굴 동그스름한 애 말이오."

"응, 그래. 그 애가 어쨌단 말이냐?"

"그 애가 고만 두어 달 전에 아버지가 죽었어요. 그래서 학비를 줄 사람이 없대. 어머니는 계모라나. 집안도 전만 못허구. 그래서 이번 개학에 오기는 왔지만두 공부를 못 할 것 같다구 그런단 말야. 애가 아주 얌전해요. 재주두 있구, 얼굴은 그리 미인이 아니지만 복성스럽구."

"그래서?"

"그러니 우리 집에 데려다가 나허구 같이 있게 해주세요."

하고 혜련은 애원하는 뜻을 보였다.

"그걸 내가 아느냐. 너의 아부지더러 물어보려무나."

"아부지만 좋다시면 데려와요?"

"그렇지만 어디 방이 있니?"

하고 은경은 좀 반대하는 눈치를 보인다.

"내 방에 함께 있지, 머릿방에."

"혼자서도 좋다구 그러면서?"

"괜찮아요. 난 기 애를 도와주고 싶어요."

"그럼 돈으루 도와주지, 차라리."

"돈이 어디 있수? 아부지가, 그 고런 어른이 돈을 주시겠어요? 그리구 나두 기 애허구 같이 있구 싶어, 어머니."

"난 모르겠다. 네 마음대루 하려무나."

"어머니가 그렇게 찌붓하시면 되우?"

"글쎄, 네 마음대로 하란밖에."

"얘가, 문임이가 얌전해서 어머니 말 일리지 아니허우. 애가 어떻게 얌전헌데. 시굴 애지만 아주 인사성 있구, 어른 아이 다 알아보구, 그리고 나허구 번갈아서 어머니 성경책두 읽어드리구, 이야기책두 보아드리구, 어머니 시중들구……."

"내 팔자가 늘어지려나 보구나."

"아이, 어머니두 왜 그렇게 말씀을 허시우? 문임이가 예수두 잘 믿는데."

"글쎄 그래. 데려와, 아부지헌테나 여쭈어보구."

"아부지가 그것까지야 말라고 하실라구."

"왜 말라셔? 계집애라면 사족을 못 쓰는 어른이."

"아이머니나. 어머니두."

하고 혜련은 깜짝 놀라는 양을 보이며,

"어머넌 그런 생각을 하구 그러시우? 아이어머니나. 딸의 동무를 설마. 딸이라두 막내딸, 손녀라구 해두 시원치 아니할 애를 설마. 아스우. 아부지를 너무 그렇게 악의루만 아셔. 아머니나, 어머니두."

"그래 어서 데려오려무나. 그것두 다 적선이지. 네게 좋은 일이면 좋지. 네 마음대루 하려무나."

하고 돌아누우려는 것을 혜련은,

"이 복숭아."

하고 복숭아를 어머니 입에 넣어드린다.

이리하여 문임은 혜련의 집 식객이 되어서 혜련과 한 상에서 밥을 먹고 한자리에서 잠을 자게 되었다. 본래부터 혜련은 문임을 사랑하였으나 한 방에 있어서부터는 더욱 사랑이 깊어지게 되었다. 이러한 나이의 처녀들에게 흔히 있는 일이거니와 두 사람의 사랑은 일종의 연애와도 같아서, 그들은 같은 감으로 옷을 지어 입고 머리를 같은 모양으로 틀고 무엇이나 꼭 같이하려 하였다.

문임이 혜련보다 두 살이 위기 때문에 혜련은 문임을 언니라고 부르거니와 그래도 말은 너, 나였다.

"나는 남자가 싫어."

하고 한번은 혜련이 시무룩하면서 문임에게 말하였다.

"왜?"

하고 문임은 웃었다.

"남자란 모두 고약하대. 겉으로는 번드르하게 꾸며두 속은 모두 개차반이라는걸. 언니는 남자 좋아?"

하고 혜련은 웃지도 아니하고 문임을 물끄러미 들여다본다. 어머니가 얼마 전에 아버지와 박 선생에게 대하여서 하던 말이 마음에 걸리는 것이었다.

"망할 것."

하고 문임은,

"남자가 좋기는. 그야 남자 중에도 좋은 사람두 있구 고약한 사람두 있겠지마는, 내야 남자와 교제를 해보았어야 알지."

하고 역시 점잖게 대답한다.

"그까진 남자는 해서 무얼 해? 우리 둘이서 일생 이렇게 같이 살아, 응, 언니."

하고 혜련은 문임의 목을 껴안는다.

"그래."

하고 문임은 무슨 뜻인지 모를 대답을 하면서 혜련의 허리를 안아준다.

"그래두."

하고 혜련은 문임의 목을 안았던 팔을 스스로 놓으며,

"그래두, 남자라구 다 고약하지는 않겠지. 그중에두 좋은 사람두 있겠지."

하며 속은 임준상(林俊相)을 생각해본다. 임준상은 교회 찬양대에서 서로 알게 된 K대학 의학부 학생. 아직 단둘이서 담화해본 일도 없지마는 주일날 만날 때마다 더욱더욱 혜련의 가슴을 울렁거리게 하는 바리톤 부르는 사람. 그 건장하고도 화기 있는 체격, 얼굴은 좀 검지마는 이마가 널찍하고 명랑한 중에도 위엄이 있어 보이는 풍채. 그는 사투리로 보아서 서울 사람은 아니요, 아마 서도 사람인 듯하지마는 매우 믿음성 있어 보이는 그. 혜련은 이 임준상을 그리워하는 것이 죄인 것같이도 생각하면서도 떼어버리기가 어려움을 느끼게 되었다. 봄방학 동안에 한 이십일, 이십 일이라기보다도 서너 주일 못 만나게 된 것이 어떻게 서운하였는지. 그러할 때마다 혜련은 문임의 손을 만지고 허리를 안고 하는 것으로 그것을 이기려 하였다. 이 사람도, 이 임준상도 못 믿을 사낼까. 젊은 여자만 보면 사족을 못 쓴다는 어머니 말씀과 같은 사내일까 하면 혜련은 슬펐다.

"혜련이."

하고 문임은 혜련이 저를 잊고 멍하니 허공을 바라보고 있는 것을 보고 혜련의 어깨를 툭 치면서,

"혜련이 무슨 생각을 그렇게 해? 아마 혜련은 생각하는 사람이 있나봐, 그렇지?"

하고 웃는다. 문임은 몸집이 좀 통통한 편이건마는 그가 웃을 때에는 비길 데 없는 매력을 발한다.

"응."

하고 혜련은 고개를 까닥까닥한다.

"누구? 응, 누구? 대! 아임 젤러쓰(난 샘할 테야)."

하고 문임은 눈을 흘긴다.

"대주까?"

"응, 어여. 난 꼬집을걸."

“언니, 알아맞혀봐!”

하고 혜련은 문임이 꼬집으려는 다리를 비키며 웃는다.

“글쎄, 누굴까? 나 아는 사람?”

하고 문임은 흥미 있는 듯이 고개를 기울인다.

혜련은 고개를 까닥하며,

“그럼, 아주 잘 아는 사람.”

하고 깔깔 웃는다.

“그게 누구까?”

하고 문임은 이 사람 저 사람 저 아는 남자를 생각해본다. 시골서 올라와서 기숙사에만 박혀 있던 문임에게는 아는 남자가 도무지 몇이 아니 되었다. 그중에는 그럴듯한 사람이 생각히지 아니하였다.

“그게 누구야. 어여 말해!”

하고 문임은 마침내 혜련의 손을 잡아 비튼다.

“아야, 아야. 대주께, 대주께. 아유 아파, 언니두.”

하고 혜련은 비틀렸던 팔목을 가장 아픈 듯이 만진다.

“대, 어여. 또 비틀기 전에.”

하고 문임이 혜련의 손을 잡으려는 것을 혜련은 바로 말할까 말까 하다가, 손가락으로 문임의 뺨을 꼭 찌르고는 부끄러운 듯이 고개를 숙인다.

“가짓말.”

하고 문임은 혜련의 어깨를 때린다.

“아냐, 정말야. 남자란 믿을 수 없다고 나 많은 우리 선배들이 그런단 말요. 그러니깐 우리는 동맹허구 남자를 뽀이콧하잔 말야, 언니. 그리구 우리 둘에서 일생을 같이 살아요. 그러면 남자들헌테 속을 걱정두 없구,

소박받을 걱정두 없구, 안 그래? 자식 때문에 걱정할 것두 없구, 그리구 남편이 다른 여자 따라댕긴다구 샘할 걱정두 없구."

하고 혜련이 웃지도 않고 주워대는 것을 문임이 참다못하여,

"망할 것. 청승스런 소리두 하네. 아주 시집살이나 해본 사람걸이. 아이 기가 막혀."

하고 귀여운 듯이 혜련의 턱을 만진다.

혜련은, 저는 마음에 깊은 괴로움이 있어서 하는 말이건마는 그것이 문임에게는 통치 못하는 것이 불만하여서 입을 다물고 좀 새뜩하였다.

눈치 빠른 문임은 혜련의 속에 무슨 괴로움이 있음을 알았다. 그래서 혜련의 말을 농담으로 대꾸한 것을 후회하고 미안하게 생각하였다. 더구나 자기가 혜련의 집에 식객이 되어 있는 것을 생각할 때에 혜련의 마음을 거스르는 것이 더욱 괴로움을 깨달았다. 비록 혜련이 친동기와 다름없이 문임을 사랑하건만도 문임에게는 '내가 동무 집에 얹혀 있는데' 하는 생각을 뗄 수는 없었다.

그래서 문임은 혜련의 괴로워하는 마음을 위로해보려고 결심하였다. 혜련이 문임을 이만큼 사랑하여서 학비까지 대어주는데 혜련이 괴로워할 때에 위로하는 도움도 못 주면 어찌하랴, 이렇게 생각한 것이었다.

"혜련이, 혜련이."

하고 문임은 정답게 혜련의 손을 잡으면서 불렀다.

"응."

하고 혜련은 대답은 하면서도 아직도 마음은 다른 데 있었다. 마치 온화하고 구름은 없으면서도 뽀얗게 엷은 안개가 끼고, 그러고도 볕은 따뜻하고 들은 파릇파릇하고 흐르는 물은 수은빛 같은 그러한 봄날에 갑자기

검은 구름이 피어오르고 찬바람이 조각조각이 음산하게 불어오는 것과 같이, 혜련의 잔잔하던 처녀의 마음, 인생을 아름답게만 보던 처녀의 마음에는 무거운 검은 그림자가 오락가락하였다. 그것은 어머니에게 들은 말이었다. 아버지, 돈을 아끼는 것만은 흠이지마는, 아주 점잖고 아주 깨끗하고 그 마음속에는 죄의 그림자는 없다고 믿던 아버지에 대한 회의. 그리하고 성모 마리아와 같이 믿음이 굳고 마음이 인자하여 사람을 미워하거나 의심할 줄을 모르고, 생각하는 것이 오직 하나님 말씀과 착하고 아름다운 것만인 줄 알았던 어머니의 보기 흉한 질투와 빈정거림. 이런 것은 혜련에게 있어서는 실로 견디기 어려운 발견이었다.

'왜 인생의 이런 더러운 것을 발견하기 전에 내가 죽지를 아니하였던가. 세상에 오직 하나로 사모하던 아버지를 잃고 어떻게 살까. 그렇다. 만일 아버지가, 어머니가 말하는 사람과 같다고 하면 그것은 아버지를 잃음이나 다름없는 것이다. 그렇고말고, 아버지를 잃은 것이고말고.'

이렇게 생각하면서 혜련은,

"언니, 난 어째 세상이 싫어져."

하고 한탄하였다.

"세상이 싫어져? 왜? 그게 무슨 소리야?"

하고 문임은 혜련의 심상치 아니한 태도와 말에 놀랐다.

"언니는 이 세상이 깨끗한 세상으로 아우?"

하고 한참 후에 혜련은 퍽 비관적인 말을 던진다.

"왜 혜련이가 오늘은 자꾸 그런 소리를 해?"

하고 문임은 혜련의 허리에 팔을 둘렀다.

혜련은 어머니가 아버지에게 대하여 하던 말을 문임에게 옮겨볼까 하

30

기도 하였으나, 문임도 남인데 남에게 대하여 아버지 명예에 해로운 말을 어찌 하랴 하여서 그만두었다. 그러고는 혜련은 아버지의 행동을 감시해보기로 결심하였다.

하루는 혜련이 아침 예배를 마치고 혼자서 창경원으로 갔다. 봄철 따뜻한 공일이라 아직 꽃은 덜 피었으나 사람이 많이 모였다.

혜련은 창경원에 들어오는 길로 그가 좋아하는 새들, 그중에도 두루미와 그 새끼를 한참 바라보다가 춘당대 못가로 갔다. 못가 잔디판에 앉아서 못에 노는 백조를 보고 싶은 생각이 난 것이었다.

혜련은 슬픔에 가까운 듯, 그리움에 가까운 듯한 야릇한 감정을 품고 지나가는 사람들과 봉오리 진 벚꽃도 볼 생각이 없이 땅만 들여다보면서 걸었다. 길에 깔린 바둑돌 중에 그중 희고 맑은 것을 집어 들었다가는 그보다 더 맑은 것을 만날 때에는 손에 들었던 것을 던져버렸다. 맑은 강물에 여러 천만년 닦인 돌……. 혜련은 이러한 생각을 하고 그 바둑돌을 들여다보았다. 그러나 맑은 강물에 씻긴다고 다 이렇게 희게 맑게 되는 것은 아니로구나 하고 검은 바둑돌을 구두 끝으로 차 던져보았다.

'더 맑은 돌은 없나? 그것은 수정일까?'

이렇게 생각하면서 비슷비슷한 돌 서넛을 손에 쥐고 달그락달그락 소리를 내면서 연못께를 향하고 걸어갔다. 그 달그락거리는 소리가 대단히 듣기 좋았다.

따뜻한 일요일, 지긋지긋하게 오래 두고 춥던 겨울, 그러고는 내리 불순하던 일기로 봄맛이 없던 뒤를 대어서 온 따뜻한 일요일이라 사람들이 많이 들이밀렸다. 혜련은 자갈의 달그락거리는 소리에 비로소 정신이 든 것처럼 사람들을 바라보았다.

어린애 손목 끄는 부부, 젊은 남녀, 여자들의 다리와 얼굴에만 눈이 끌리는 듯하는 굵직굵직한 남학생들, 떼를 지어서 끼득거리고 가는 여학생들……. 사람들은 모두 봄에 흥분되어서 봄을 찬미하는 것 같았다.

혜련도 작년 봄에는 이런 곳에를 오면 사랑하는 남자와 함께 저 나무 그늘로 다녀보았으면 하는 생각도 가졌었다. 그러나 아버지에 관한 어머니의 말씀을 들음으로부터는 혜련의 가슴에서 그러한 꿈이 다 스러진 것만 같았다. 나이 오십이 넘고, 교회의 장로요, 그렇게 겉으로 보기에 점잖은 아버지까지도 믿지 못할 남자라 하면 세상에 믿을 남자는 어디 있는고? 정말 마음을 턱 놓고 몸과 마음을 다 믿고 살아갈 그러한 남자가 어디 있을꼬? 보기에 아마 애인들인가 싶은 저 청년 남녀들을 보아도 그것이 모두 거짓인 것만 같고 더러운 장난같이만 보였다. 마치 암놈을 따라다니는 개나 고양이같이만 보였다. 사람은 그 이상은 되지 못하는가. 혜련이 마음속에 그려온 그러한 남자는 세상에 없을까. 아름답고도 참되고 변치 않고 모든 이욕을 떠나서 진과 선과 미만을 찾는 그러한 남자는 세상에 있을 수 없을까. 아버지도 그러한 사람이 아니라 하면 임준상도 그러한 사람이 아닐까. 이렇게 생각하면서 혜련은 못가에 다다랐다.

못가에는 과자를 던지며 그것을 먹으려고 모여드는 잉어 떼들을 구경하는 사람들이 많이 서고 있었다. 붉은 무늬 있는 잉어가 철버덕하고 뛰어오르는 양에 마음이 끌려서 혜련도 향나무 가지를 만적거리면서 고기 구경을 하고 있었다.

연못 위로 불어오는 바람이 혜련의 초록빛 나는 방건 치맛자락을 펄렁거려서 크림빛 양말 신은 다리를 보이게 하였다.

이때에 혜련의 뒤에서,

"여기 오셨어요? 고기 노는 것 구경하셔요?"

하고 부르는 소리가 있었다.

혜련은 깜짝 놀라는 듯이 고개를 뒤로 돌렸다. 그것은 김 장로의 상점에서 일 보는 설은주(薛恩柱)였다. 은주는 보통학교를 졸업한 뒤로부터 혜련의 집에서 자라난 사람이다. 김 장로는 그를 불쌍한 친구의 아들이라고 일컬으나 기실은 김 장로의 은인의 아들이었다. 아펜젤러 목사가 처음으로 정동에 학교를 세웠을 때에 갓 쓰고 중추막 입고 다니던 학생 중에는 벌써 반 이상이 죽었지마는 조선에서는 이름 있는 사람이 여러 사람 나서, 그중에는 김 장로도 한 사람이요, 설은주의 아버지 설태영(薛泰泳)도 한 사람이었다. 그때에는 설태영은 시골서 온 사람이었지마는 집에 재산이 있고 또 열정가가 되어서 학비 없는 친구를 여러 사람 도와주었다. 김 장로도 그의 도움을 받은 사람 중에 하나였다. 그러나 김 장로는 일찍 한 번도 자기가 누구의 도움을 받았다는 말을 한 일이 없고, 마치 자기는 예로부터 지금과 같은 부자인 것같이 말하였다. 설태영의 말이 나면,

"그 사람, 시굴서 망건 하나 바로 쓸 줄 모르고 올라온걸. 사투리는 지독하고. 그래도 재주는 있어서. 말을 잘하고."

할 뿐이었다.

설태영이 독립협회로, 학교 창설로 돌아다니다가 재산을 다 없이하고, 나중에는 길림에서 총을 맞아 죽게 되자 그 부인은 아들 하나를 데리고 서울에 올라와서 어느 여학교 기숙사에 식모 노릇을 하면서 아들을 보통학교에를 보냈으니, 그것이 설은주다. 그러나 은주가 보통학교를 졸업하는 것을 다 못 보고 은주의 어머니는 장질부사에 걸려 순화병원에서 죽

고, 은주 혼자만 남은 것을 김 장로가 데려다가 가게에 심부름을 시키면서 야학으로 상업학교를 마치게 하고 이내 점원으로 쓰게 된 것이었다.

은주는 그 아버지 닮아서 재주도 있고 언변도 있었다. 그리고 제가 보는 일에 대한 책임감도 있었다.

그러나 은주도 김 장로 집 일을 보는 지가 벌써 십여 년이건마는 월급이라고는 몇 번 올랐다는 것이 겨우 삼십 원. 그런데 나이는 벌써 스물다섯. 남이 보기에는 김 장로의 신임을 받아서 마치 이 상점 지배인 격인 것 같이 생각하지마는 속으로는 저금 한 푼 할 수 없고, 그렇다고 김 장로라는 위인을 차차 알아오고 보니 여기서 수십 년을 노력을 한댔자 나중에 독립하여 상업을 할 만한 밑천을 줄 것 같지도 아니하고, 게다가 김 장로 하나 덜컥 죽고 나면 부랑자 종호가 이 재산을 며칠이나 지킬는지도 모를 일. 이런 생각 저런 생각으로 본래 민감한 은주는 근래에 마음에 불평과 근심이 떠나지를 아니하였다.

그러면서도 은주의 마음에 나날이 뿌리가 깊어지는 것은 주인의 딸 혜련에게 대한 애모하는 생각.

'그는 주인의 딸, 나는 그 집 고용인.'

이렇게 생각하면 이것은 마치 하늘에 별을 따기를 바라는 것과 다름이 없이 절망적이었지마는, 그래도, 그럴수록에 더욱 사랑의 뿌리가 깊어지는 것이 인정의 자연이다.

혜련이 아직 열 살이 될락 말락 할 때에 학교에서 원족을 가게 되면 은주는 혜련의 점심을 들고 따라간 일도 있었고, 원족에서 돌아오는 길에는 다리가 아파하는 혜련의 손을 잡아끌어주기도 하였다. 혜련은 어린 마음에 은주를 행랑 아이나 다름없이 눈초리로 보는 버릇이 있었지마는,

그래도 한 번 두 번 혜련이 모를 학교 숙제도 가르쳐주고 할 때에는 혜련은 은주를 저와 같은 동무로 대접하는 일도 있었다. 나이는 오 년 차이지마는 이십 전 오 년이야 큰 차이가 아닌가.

혜련이 십사오 세가 되어서 고등보통학교에를 다닐 때에도 혹은 돈을 타러, 혹은 아버지가 보고 싶어서 거의 매일 상점에를 왔다. 혜련은 유난히도 어려서부터 아버지를 따랐던 것이다. 혜련이 상점에 오는 때면 은주하고도 이야기할 기회가 있었다. 혹시 김 장로가 출타하고 없든지 하면 혜련도 상점에 앉아서 허물없이 은주와 이야기를 하면서 아버지 돌아오기를 기다렸다.

혜련은 어려서는 그다지 어여쁜 얼굴은 아니었다. 도리어 뼈만 앙상하고 얼굴이 길고, 탐나는 계집애는 아니었다. 그러나 열댓 살이 넘어서부터 혜련은 피어나기 시작하여서 지금도 살은 그리 많은 편이 아니지마는 빈구석이 없고 아주 청초한 맛을 주는 여성이 되었다. 그러므로 은주가 혜련에게 대하여서 애착을 느끼기 시작한 것은 삼사 년래 일이다.

은주가 혜련에게 대하여 이러한 감정을 가지게 된 데는 여러 가지 이유가 있을 것이다. 일가도 친척도 없이 바람에 날려 온 가랑잎 모양으로 종로 바닥에 혼자 있는 은주로서는 아는 여자라고는 혜련밖에는 가게에 물건 사러 오는 여자뿐이었다. 비록 금은 패물 등 여자를 객으로 하는 상품을 취급은 한다 하더라도 이런 곳에 오는 여자는 남의 아내나 첩들이 아니면 기생들이요, 은주의 마음을 자극할 만한 여학생은 별로 없었다.

그리고 밤낮 일 원이오, 이 원이오 하는 간조한 상인 생활은 다정다감한 은주에게는 남보다 더한 고적의 느낌을 준 것이다. 그러다가 손님을 대하기와 장부와 주판에 피곤하여서 교의에 몸을 기대고 잠깐 눈을 감을 때에 마음눈 앞에 떠오르는 것은 혜련의 그림자가 아닐 수 없었다.

혜련이 고등보통학교를 졸업하고 전문학교에 다니게 되어 혜련의 몸이 점점 발육하여 여성으로서의 아름다움이 증가함을 따라서 은주의 사모하는 정은 더욱 깊어갔다. 은주는 얼마나 혜련을 생각하고 밤을 뜬눈으로 밝혔으랴. 그러나 혜련이 자라면 자랄수록, 아름다워지면 아름다워질수록 은주에게서는 점점 멀어가고 점점 높아만 갔다. 은주의 손이 닿지 못할 곳으로 혜련은 떠나가는 것이었다.

'고용인과 주인의 딸!'

이것은 도저히 짝이 될 수 없는 지위가 아니냐.

'돈만 있으면, 나도 돈만 있으면……'

하고 은주는 가게에 벌여놓은 금은을 원망스러이 바라보았다.

'그렇지마는 혹시나 혜련의 마음에도 내게 대한 사랑만 있으면……'

하고 은주는 혜련의 마음속을 알아보고 싶었다. 그렇지마는 그것을 어떻게 알아보나? 혜련은 은주를 집안사람으로 어렸을 때부터의 동무로 내외 없이 대하였다. 말까지도 반말을 쓰는 때조차 있었다.

'은주야', '혜련아' 하고 서로 해라 하던 것이 어느덧 없어지고, 이인칭 대명사를 서로 부르지 못하게 되고, 허우 하게 되고, 차차 은주 편에서는 혜련에게 대하여 합시오를 하지 아니치 못하게 되자, 두 사람 사이에 대화하기가 점점 어성버성하게 되었다.

'아뿔싸! 이러다가는 혜련은 다만 내 손이 안 닿는 데로 떠나갈 뿐 아니라 내 눈이 안 닿는 데로 떠나가버리고 말 것이다. 되거나 안 되거나 한번 그 속이나 떠보아야.'

은주가 이러한 결심을 한 지도 벌써 일 년이 넘었다. 이번에는, 하고 잔뜩 별렀다가도 정작 대하면 머뭇머뭇하다가 기회를 놓쳐버리고 말기를 몇 번 하였다. 오늘도 예배당에서 찬양대에 나와서 노래 부르는 혜련은,

"큰 풍파 내 뜻 복종하리니 잔잔해라."

하는 소리, 오늘따라 유난히 떨리던 혜련을 바라보면서 오늘이야말로 단둘이 만날 기회만 얻으면 하고 별러서 예배가 파한 뒤에는 먼발치 혜련을 따라선 것이었다.

혜련이 연못을 바라보고 섰는 양을 한참이나 보고 있다가 은주는 큰 결심으로 혜련의 곁으로 가서,

"여기 오셨어요? 고기 노는 것 보세요?"

하고 말을 붙인 것이었다.

은주의 말에 혜련은 잠깐 웃고 고개를 끄떡해 보였다. 혜련의 생각에 이만하면 어른 된 은주에게 대한 답례 되기에 넉넉하려니 한 것이었다.

혜련은 은주를 대하여 한 번 웃어 보이고는 여전히 못을 바라보고 있었다. 마치 그 마음에는 은주 따위는 그림자 비추일 자리도 없다는 듯이.

은주는 낯이 붉어짐을 깨달았다.

그러나 은주는 여전히 혜련의 뒤에 서서 혜련의 어깨 너머로 혜련이 바라보는 곳을 바라보았다. 그러나 은주의 눈에는 물도 아니 보이고 고기도 아니 보였다. 오직 혜련의 하얀 귀와 그 곁에 나풀거리는 머리카락과 하얀 옥양목 겹저고리에 싸인 어깨의 동그스름한 선이 보일 뿐이었다. 이따금 혜련의 몸에서 오는가 싶은 엷은 향기가 은주의 코에 들어왔다. 은주의 심장은 이것이 마지막 순간이라는 듯이 있는 힘을 다하여서 뛰고, 그 피는 모두 머리로 끓어오르는 듯하여 눈이 아뜩아뜩하는 듯하

였다.

이러기를 얼마.

혜련은 고개를 돌려서 은주의 눈과 마주쳤다. 혜련은 은주의 눈에 전에 보지 못하던 빛을 발견하였다. 그 빛은 마치 금시에 앞에 있는 것을 다 태워버리고 말려는 것 같았다. 혜련은 한참 동안은 은주의 눈기운에 눌려 고개를 돌릴 수도 없었다. 은주는 순순히 심부름하는 한 고용인이 아니라, 힘이 자랄 대로 다 자란 남성인 것을 혜련은 직감한 것이다.

"저 식물원 온실 보셨어요?"

하고 은주는 자기의 눈에 뜬 무서운 빛도 의식하지 못하는 듯이 손으로 연못 저편을 가리키면서 물었다.

"나 아직 못 보았어요."

하고 혜련은 무서운 꿈에서 깨어난 것을 기뻐하는 듯이 몸을 움직이며 대답하였다.

"그럼 가보시지요. 꽃이 아주 많이 피었어요."

하고 은주는 걷기를 시작한다.

혜련은 따라갈 것인가 말 것인가 주저는 하면서 은주의 뒤를 따라섰다. 그래도 혜련의 마음에는 어째 무거운 것이 있었다. 은주는 얼마를 걷다가는 뒤를 보고, 혜련이 여러 걸음 떨어졌으면 잠깐 발을 멈추었다. 혜련은 소곳하고 길만 보면서 은주 쪽을 향하고 걸었다. 혜련은 제정신으로 가는 것이 아니라, 마치 무슨 힘에 끌려가듯이 유리 지붕, 유리 담벼락으로 지은 온실 앞에 섰다.

은주는 지갑에서 십 전짜리 두 푼을 내어서 관람권 두 장을 사가지고 혜련을 돌아보았다.

혜련은 아무 항의도 없이 따라 들어왔다.

이 조그마한 방 안을 제 세상으로 알고 사는 멀리멀리 열대지방에서 온 식물들. 비도 볕도 마음대로 못 받고 저 늙은 원정이 주는 물을 받아먹고 가까스로 죽지나 않고 살아가는 귀양살이꾼들. 파초, 종려, 고무나무, 잎사귀만 있는 놈, 넝쿨만 뻗는 놈. 그래도 타고난 성품은 버리지를 못하여서 꽃도 피우고 새 가지도 내고. 모두 불건전한 병적인 생명들. 그것은 마치 조선의 여성과도 같은 존재들.

그래도 이 열대식물의 푸른 것은 무겁게 푸르고 붉은 것은 피같이 붉은 잎사귀와 꽃들이 열대의 정열을 은주의 가슴속에 뿜어 넣기에는 부족함이 없었다.

이 세상의 것 같지 않게 빨갛고 흉물스러운 꽃 한 송이를 물끄러미 보고 섰는 혜련을 바라보며 은주는 문득 한 막의 환영을 그렸다. 그것은 은주가 칼 차고 갑옷 입고 말 탄 무사가 되어서 혜련을, 말 안 듣는 혜련을 채가지고 사막으로 사막으로 끝없이 달리다가 해 질 무렵에 찬 샘 있고 서늘한 종려나무 그늘 있는 오아시스에 다다라서, 하늘에 별밖에, 달밖에, 길 잃은 사슴이나 사자밖에, 그리고 사막을 불어오는 바람밖에 아무도 보는 이 없는 곳에서 기절한 혜련의 곁에 무릎을 꿇고 앉아서 찬물에 짠 수건으로 그 머리를 식혀주는 것이었다.

이러한 환영을 그리면서 은주는 고개를 돌리고 혼자 웃었다.

그러나 은주는 이 온실을 다 돌아 나올 때까지 혜련에게 한마디도 말을 붙여보지 못하였다. 이따금 힐끗힐끗 바라보는 혜련의 눈이 은주의 타는 마음을 보아주었을까.

온실 문을 나서서 지키는 영감에게 표를 주고 돌층층대를 내려서면서 아이들 노는 마당 쪽을 향하고 혜련이 빨리 발을 옮겨놓을 때에 은주는 빨리 따라가서 혜련의 어깨에 스칠 만큼 걸음을 걸으며,

"여보세요."

하고 혜련을 불렀다.

혜련은 걸음을 멈추고 은주 편으로 고개를 돌린다.

"나 오늘 혜련 씨에게 한 말씀 여쭐 말씀이 있어서."

하고 은주는 낯을 붉히고 고개를 숙인다. 은주는 본래가 그리 수줍은 사람은 아니건마는 혜련의 앞에서는, 더구나 제가 지금 하려는 말이 무엇인 것을 생각하고는 수줍어지지 아니할 수가 없었다.

"무슨 말이오?"

하고 혜련은 냉랭하게 톡 쏘다시피 대답하고는 말을 할 테면 해라 하는 듯이 다시 걸음을 걷기를 시작한다.

"대단히 여쭙기 어려운 말씀인데…… 그러나 여러 해를 두고 벼르서 벼르서 오늘은 기어코 이 말씀을 드러보려고 굳게 결심을 하고 여기까지 혜련 씨를 따라왔어요. 내 말씀을 들으시면 혜련 씨가 나를 무척 괘씸하게 생각하실 줄도 알면서도, 그래도 목숨을 내놓고……."

하고 은주는 너무 흥분해서 다리가 허둥거림을 깨닫고 잠깐 말을 끊었다.

"무슨 말인데 그렇게 목숨까지 내놓으시오?"

하고 혜련은 은주를 힐끗 보고 픽 웃는다.

은주는 혜련의 제게 대한 태도가 어떠한 것을 살필 정신도 없었다. 다만 이 기회를 놓치지 말고 하려던 말, 그렇게 여러 해를 두고 궁리하고 또 궁리하고, 단념하였다가는 또 단념하지 못하던 말을 쏟아버리자는 것이 목적이었다. 그래서 은주는 두 주먹 불끈 쥐고,

"혜련 씨, 나는 혜련 씨를 사랑합니다. 혜련 씨는 내 사랑을 받아주시겠습니까?"

하고 말을 뚝 끊었다.

혜련은 은주의 말에 가슴이 뜨끔하였다. 아까부터도 은주의 태도로 미상불 그러한 생각인 줄을 모르는 바는 아니었다. 그러나 정작 이 단정적인 말을 들을 때는 혜련은 제 귀를 의심하리만큼 놀라지 아니할 수 없었다. 처녀로서 일생에 처음 듣는 소리다. 소설에서나 보았던 소리다.

그러나 다음 순간에 혜련의 가슴에는 참을 수 없는 모욕감이 북받쳐 올랐다.

'건방지게…… 제가 무엇이길래.'

하는 생각이 올랐다. 은주는 혜련의 생각에는 감히 제게 그런 말은커녕, 그런 생각을 언감생심 꿈에도 못 할 사람인 것같이 생각하였다.

"다신 그런 소리 말아요. 이렇게 바싹 내 뒤를 따라오지도 말고."

하는 혜련의 음성은 떨렸다. 그리고 혜련의 눈에는 살이 서고 그 입술은 파랗게 질렸다.

혜련은 못 당할 욕을 당한 듯이 거의 달음박질하듯이 걸어서, 뒤도 아니 돌아보고 문을 향하였다.

은주는 혜련의 쏘는 독한 화살에 가슴패기를 맞고는, 마치 발이 땅에 붙은 듯이 머리를 방망이로 얻어맞은 듯이 우두커니 고개를 숙이고 서 있었다.

모든 희망은 은주의 앞에서 사라졌다. 은주의 앞에 놓인 세상은 캄캄하였다. 은주의 일생은 이 순간으로써 마지막을 삼은 것 같았다.

한참이나 이러고 있다가 눈을 뜬 때에는 혜련의 그림자는 벌써 저 찻집

옆 등 올린 그늘에서 펄럭거렸다. 뒤도 안 돌아보고 빠른 걸음으로 달아나는 혜련의 모양. 이것은,

"다신 그런 소리 말아요. 이렇게 바싹 내 뒤를 따라오지도 말고."
하던 칼날 같은 혜련의 말보다도 더욱 은주를 모욕하는 것 같았다.

은주는 혜련이 간 반대 방향으로 걸음을 걷기를 시작하였다. 지나가는 남녀들이 모두 저를 보고 비웃는 것만 같았다. 은주는 어디 사람이 없는 곳으로 달아나서 숨어버리고만 싶었다.

땅만 보고 걷는 걸음은 은주를 비원에 들어가는 문까지 끌어갔다.

텅 빈 비원, 오랜 전각들과 늙은 나무들, 으슥한 그늘들. 은주는 제가 그 속에 뛰어 들어가 아무도 보지 않는 으슥한 곳, 늙은 나뭇가지에 목을 매어 죽는 것을 생각하였다.

부모도 없고, 형제도 없고, 집도 없고, 재산도 없고, 지나간 이십 년간 유일한 소유물로 지니고 오던 것이 혜련에게 대한 사랑과, 그 사랑을 기초로 하는 모든 희망과 계획뿐이었다. 만일 혜련의 사랑을 얻어서 혜련과 혼인을 하게 되면 장인 될 김 장로가 독립해서 영업할 밑천이나 줄 것이 아닌가. 그러면 저도 행복된 인생의 출발을 할 것이 아닌가, 이런 것 저런 것. 그러나 이 희망은 혜련의 말 한마디에 다 스러져버리고, 그 자리에 남은 것은 치욕, 치욕, 고개를 들 수 없는 치욕.

이제는 은주는 돌아갈 곳이 없다. 이 꼴이 되어서 다시 김 장로의 상점에 돌아갈 면목이 있을까. 그렇다고 주머니에 있는 돈이라고는 십 전짜리 구멍 뚫린 백동전 몇 푼.

은주가 비원 목찰 앞에 우두커니 서서 함함한 천지에 실오라기만 한 빛도 못 찾고 있을 때에,

"여보서요."

하고 부르는 것은 문임이었다. 문임은 혜련과 함께 상회에서 여러 번 은주를 만났었다.

"네."

하고 은주는 기계적으로 모자를 벗었다.

"무얼 혼자 그렇게 보고 계서요?"

하고 문임은 은주의 얼굴을 들여다보았다. 그리고 민감한 문임은 그 얼굴에 견딜 수 없는 고통의 빛이 있음을 보았다. 은주는 원래 그렇게 변화한, 쾌활한 얼굴의 소유자는 아니었다. 그 말수 없고 묵직한 얼굴에는 언제나 침울한 빛이 있었다. 문임은 그것이 그의 고적한 경우에서 오는 것이라고 은주를 볼 때마다 노 생각하였다. 더구나 문임 자신이 고아가 된 때로부터서 더욱 그렇게 생각하였다. 혜련이 은주를 한 다 자란 남성으로 대하지 아니하고 마치 훨씬 동떨어진 천인처럼 대하는 양을 볼 때마다, 혜련은 그러한 의식이 없이 그저 무흠해서 그리하였는지 모르지마는, 문임은 혜련에게 대하여서는 일종의 반감을 가지고, 은주에게 대하여서는 일종의 연민에 가까운 동정심을 느꼈다. 그리고 문임이 은주의 혜련에게 대한 태도에서 심상치 아니한 감정이 그 속에 품겨 있는 줄을 눈치채면서부터는 더욱이나 은주를 불쌍하게 생각하는 마음이 깊었다. 문임은 혜련이라는 계집애가 매우 도고하고, 더구나 재산에 대한 교기가 있어서 은주 따위는 거들떠보지도 아니할 사람인 줄을 잘 알기 때문에 더욱 그러하였다.

오늘 보는 은주의 얼굴에 나타난 괴로운 빛(사실상 은주의 얼굴은 찌그러진 것 같았고 그 근육들이 경련을 일으켜서 비비 꼬이는 것 같았다)은 혜련과의 무슨 일이 아닌가, 하고 문임은 근심하였다.

"네, 머요. 목매어 죽을 자리를…… 아니 그런 게 아니라 저 으슥한 데를 들여다보니까 목매어 죽을."

하고 은주는 아니 할 소리를 저도 모르는 새에 해버리고는 그 뒷감당은 하려고 아무리 힘을 써도 되지 아니하였다. 은주의 신경은 활동의 자유를 잃은 것이었다.

"아이, 왜 그런 말씀을 하서요?"

하고 문임은 억지로 웃었다.

은주도 억지로 웃었다. 그 웃는 양이 더욱 참혹하였다.

"아니야요. 그저 그렇게 생각해보았단 말씀이지요."

하고 은주는 또 한 번 지어서 웃으면서 구두 뒤꿈치로 땅을 팠다.

문임은 은주에게 대하여 무슨 불길한 예감을 가지건마는 그 이상 더 추궁해서 물을 친분도 없는 것을 생각하고,

"혜련이 못 보셨어요?"

하고 화제를 돌렸다.

사실상 문임은 혜련을 찾는 중이었다.

"네, 금방 여기 오셨더니 나가셨습니다."

하고 은주의 얼굴은 다시 경련을 일으켰다.

문임은 혜련의 말을 물은 것을 후회하였다.

"금방 나갔어요? 그럼 문밖에서 만나셨겠군. 혜련이 아버지가 밖에서 기다리서요. 혜련이를 찾아가지고 나오라고요."

하고는 문임은 객쩍은 소리를 하였다 하고 은주에게 인사하고 문을 향하고 나갔다.

김 장로는 창경원 문밖에서 기다리다가 혜련이 혼자 나오는 것을 보고,

"혜련아."

하고 불렀다.

혜련은 의외의 곳에서 아버지의 목소리를 들어 놀라며 김 장로 곁으로 갔다.

"문임이 못 만났니?"

하고 김 장로가 묻는 말에, 혜련은,

"아니요, 나 혼자 왔어요."

하고 혜련은 눈을 크게 떴다.

"문임이가 너를 찾으러 들어갔는데."

하고 김 장로가 창경원 안을 기웃하고 들여다본다.

"아부지, 여기 온 줄 어떻게 아셨어요?"

하고 혜련은 의아하는 듯이 묻는다.

"네가 동소문 가는 버스를 타더라고 그리더구나. 오늘 날도 좋고 그러기에 너허구 문임이나 데리구 야외 구경이나 가랴구."

하였다. 혜련이 본즉 과연 저편 찻집 앞에 자동차 하나, 김 장로가 늘 쓰는 ○○자동차부 자동차가 서 있었다.

혜련은 '어머니가 앓으시는데' 하는 생각을 하였다. 그러나 금방 은주에게서 당한 일로 마음이 뒤숭숭한 때니 야외에 나가서 바람을 쏘이는 것도 좋으리라고 생각하였다.

이윽고 문임이 나왔다.

"어떻게 빨리 돌아 나오는구나."

하고 김 장로가 문임의 어깨를 만지며 웃는다.

"누굴 만나서 혜련이가 금방 나가더란 말을 들었어요."

하고 문임은 김 장로 손에서 살그머니 몸을 빼었다. 문임은 일부러 설은 주에게 들었다는 말은 하지 아니하였다.

김 장로가 먼저 타고 다음에 혜련이, 그다음에 문임이 타고 자동차는 동소문을 향하고 달렸다.

도봉 망월사 입구에서 자동차를 내려서 차는 돌려보내고 세 사람은 망월사 동구로 올라가기를 시작하였다. 봄비가 넉넉히 와서 개천에는 물이 많았다. 활엽수에는 파릇파릇 새 움이 돋고 버들은 파랗게 잎이 피었다.

"아, 진달래!"

하고 문임이 소리를 질렀다.

"어디?"

하고 김 장로도 걸음을 멈추고 바라보았다. 김 장로도 한 삼십 년이나 젊어진 것 같은 경쾌한 느낌을 얻었다.

문임은 진달래꽃을 보고 너무 놀라는 듯이 소리를 지른 것이 점잖지 못한 것 같아서 후회하였다. 그래서 부끄러운 듯이 혜련의 그늘에 몸을 숨기며,

"혜련아, 저기 저 커다란 바위에 진달래가 세 포기가 붙어 있지 않어?"

하고 손을 들어서 가리켰다.

"으응, 참말. 꺼먼 바위에 빨간 진달래…… 보기 좋은데."

하고 혜련도 유쾌한 듯이 박장을 하였다.

"응, 옳지. 그게 그늘이 되어서 인제야 피었구나."

하고 김 장로도 고개를 늘여서 바라보았다.

"우리 학교 산에도 그늘진 데는 아직도 진달래가 있어요."

하고 혜련이 아버지를 보고 말한다.

어디서 낭비둘기가 운다.

"비둘기가 우네."

하고 문임이 귀를 기울인다.

"그게 비둘긴가, 뻐꾹새 아니고?"

하고 비둘기와 뻐꾹새 소리의 구별을 모르는 혜련이 문임을 본다.

"아이, 비둘기와 뻐꾹새를 구별을 못 하네."

하고 문임은 고개를 숙이고 웃는다.

"뻐꾹새 울 때는 아직 안 되었지. 저건 낭비둘기라는 것이다."

하고 김 장로가 딸을 보고 웃는다.

"난 뻐꾹새 소린 줄 알고 슬퍼했네. 그럼 취소."

하고 혜련이 문임의 소매를 잡아당긴다.

문임이 김 장로의 눈에는 안 뜨이게 혜련을 향하여서 눈을 흘긴다. 그것은 어떤 남자가 문임에게 사랑을 구하는 편지를 하면서, 만일 들어주지 아니하면 자기는 죽어서 봄 산에 뻐꾹새가 되어서 문임의 창밖에 와서 울겠노라고 위협을 하더니, 그 남자가 정말 폐병으로 죽어버려서 뻐꾹새 소리를 들으면 그 남자가 불쌍하게 생각한다는 문임의 말을 들었기 때문에 혜련이 문임을 놀려먹은 것이었다.

고개를 넘고 물굽이를 돌고 얼마를 올라가다가 큰 반석이 있고 작은 폭포와 소가 진 곳에 다다라서 김 장로는,

"너희들 다리 아니 아프냐?"

하고 단장에 몸을 기대었다.

"아부지, 다리 아프셔요?"

하고 혜련은 근래에 백발이 훨쩍 느는 아버지를 근심스럽게 바라보았다.

이발집에서 물을 들이기 때문에 얼른 보아서는 김 장로의 머리에는 아직 백발이 없는 것 같지마는 물들인 지가 여러 날이 되면 자라 올라오는 머리카락 밑동은 야속히도 흰 것이 나왔다.

"아부지, 여기서 쉬어요."

하고 혜련이 먼저 반석으로 뛰어 내려간다.

"문임이는 어떠냐? 다리 아니 아프냐?"

하고 김 장로는 얼굴이 약간 상기가 되어서 마치 불그레한 김이 오르는 듯한 문임의 얼굴을 들여다본다.

"전 괜찮아요. 아저씨 쉬시지요."

하고 문임은 몇 번째 아니 되는 아저씨라는 말을 가까스로 하였다.

"그럼 여기서 쉬이자."

하고 김 장로는 시계를 꺼내어 보며,

"어, 벌써 새루 한 시가 넘었는걸. 혜련아, 그 샌드위치 꺼내어서 여기서 점심들을 먹지."

하고 양복저고리를 벗는다. 문임은 얼른 김 장로의 손에서 그 저고리를 받아서 정한 바윗등에 놓는다.

세 사람은 싸가지고 온 샌드위치와 과자를 꺼내어서 먹었다. 혜련과 문임은 반석 위로 넘쳐흐르는 맑은 물을 가지고 물장난을 하였다.

"문임이는 몇 살?"

하고 김 장로가 물었다.

"스물두 살입니다."

하고 문임이 물장난하던 손을 들고 대답한다.

"스물두 살? 혜련이보다 두 살 위로군."

하고 김 장로는 문임과 혜련을 번갈아 본다.

"시굴이 어디?"

하고 김 장로가 또 묻는다.

"서산이야요."

"서산, 충청도 서산?"

"네."

"예산이 아니구 서산이야?"

하고 혜련이 웃는다.

"본래는 예산인데 아버지 때에 서산을 떠나셨대요. 그래서 일가는 다 예산에 있어요."

하고 문임이 대답한다.

"본은?"

하고 김 장로가 묻는다.

"한산이야요."

"한산? 양반이로구먼. 목은 선생 후손이로구먼."

하고 김 장로는 웃는다.

"아버니께서는 돌아가셨다구?"

하고 김 장로가 또 묻는다.

"네."

하고 문임의 얼굴은 시무룩해진다. 그리고 손에 들렸던 과자가 돌 위에 떨어진다.

"아버니께서는 무얼 하셨구?"

하고 김 장로가 또 묻는다.

"처음에는 교회 일도 보시고 학교 일도 보시다가 한 사오 년 전부터는 장사를 하셨어요. 벼랑 누에고치랑."

"응."

하고 김 장로는 고개를 끄덕끄덕한다.

"그럼, 아버니께서 돌아가실 무렵에는 교회에는 안 댕기셨나?"

하고 김 장로는 이상한 말을 묻는다.

"안 댕기셨어요."

하고 문임은 고개를 숙인다.

"왜?"

"교회에서 장로로 계시다가 작은집을 얻으셨어요."

하고 문임은 더욱 고개를 숙인다.

이 대답은 김 장로의 가슴을 찔렀다.

김 장로는 근년에 남모르게 성욕으로 타락이 되었다. 본래 교회 속에서 누구누구 하던 사람들이 중년이 넘으면서 타락하는 바람에 김 장로도 그 속에 끌려 들어가게 되었다. 처음에는 부정한 남녀 관계를 증오하던 김 장로도 근년에 와서는 인생의 쾌락이 성관계에만 있는 것 같고, 아까운 청춘 시대를 근엄하게 보내다가 이제는 인생의 석양이 가까운 듯하여서 하루바삐 한 번이라도 더 하는 듯이 젊은 여성에게 흥미를 가지게 되었다. 원래가 신앙이 있어서 신앙 생활을 한 것이 아니라, 행세와 이해관계로 끌려온 신앙 생활이라 이제 와서는 근엄한 신앙 생활이 습관도 되었지마는 지긋지긋하게도 되어서 박건배와 같이 아주 교회에서 쫓겨나 가지고 첩도 마음대로 얻고, 요릿집에서 기생도 마음대로 부르고, 술도 마음대로 먹고, 그러는 것이 도리어 자유로워 보이고 부러워 보였다. 그러나 그렇다고 곧 재래의 생활을 깨트릴 용기도 없었다. 그래서 몰래, 몰래, 소문 안 나게, 밑천 안 들게, 성의 쾌락을 얻으려 하였다.

문임의 아버지도 교회에서 장로로 있다가 작은집을 얻고 교회에서 쫓겨났다. 박도 교회학교의 선생으로, 교회 각 기관에 중요 인물로 수십 년 있다가 제 딸과 같은 여학생 하나를 건드려서 아이를 낳게 하고는 교회에서 쫓겨났다 하는 것을 생각하면, 김 장로는 무시무시한 생각이 나지 아니할 수 없었다. 만일 저 침모도 아이를 배었으면, 하고 김 장로는 잠깐 눈을 감았다.

김 장로가 집에 둔 침모를 건드릴 때에 만일 아이를 배면 어찌할꼬, 하는 근심을 아니 한 바는 아니었다. 만일 그러한 일이 있으면 돈으로 해결하리라, 이러한 궁리까지 다 한 것이었다. 그렇지마는 돈으로도 아니 떨어지는 날에는? 할 때에 김 장로는 대답이 없었다. 무어 그럴라고, 웬 아이를 그리 쉽사리 밸라고, 또 돈만 주면 멀리로 가겠지, 이렇게 생각하고 있었다.

김 장로는 이러한 불쾌한 생각을 끊어버리려 하였다. 모처럼 유쾌한 하루를 이러한 불쾌한 근심으로 낭비하고 싶지 아니하였다. 그래서 김 장로는 빙그레 웃으면서,

"문임이, 너 어디 약혼한 데는 없느냐?"

하고 새 화제를 꺼내었다.

"없습니다."

하고 문임은 고개가 무릎에 닿도록 숙였다.

"응, 그럼 내가 좋은 신랑을 하나 구해주지."

하고 김 장로는 웃었다.

"아니야요. 전 시집 안 가요."

하고 문임은 혜련의 다리를 꼬집으며 입을 꼭 다물고 웃었다.

김 장로는 화제가 다른 데로 돌아간 것이 기뻐서,

"혜련이나 문임이나 아예 그 연애라는 것 하지 말아라. 요새 젊은 놈들 어디 하나 믿을 놈 있다더냐. 더구나 여학생에게 편지질이나 하고 슬슬 따라댕기기나 하는 놈들은 한 놈도 믿을 놈이 없거든. 애어 그런 놈들 헌테 넘어가지 말어. 여자란 정조가 생명이어든. 한번 마음으로만 생각을 하여도 벌써 음란을 한 것이니라, 하고 성경에도 말씀하시지 아니하였느냐. 그리고 그놈의 문학인가 무엔가 애어 그런 것 읽지 말아라. 혜련이 너도 보니까 책상에 소설책이 있나 보더구나. 그걸 왜 읽어? 모두 음탕한 소리, 읽어서 하나 쓸데 있나? 없지. 그런 소설을 읽는 계집애들은 모두 놀아나나 보더라. 문임이도 소설 읽니?"

하고 한바탕 훈계를 하였다. 이렇게 훈계를 하는 것이 자기의 지위에 체면에 합당한 것 같았고, 또 김 장로 자신의 마음으로 미루어보건대 세상에 믿을 남자는 하나도 없는 것만 같았다.

"아부지는 왜 그렇게 문학을 미워하셔요?"

하고 혜련이 항의를 한다.

"글쎄, 그 문학이란 다 무어 하자는 게냐. 이 바쁜 세상에 소용 있는 책만 보재도 다 볼 틈이 없는데 그런 씩둑꺽둑한 이야기책을 보고 있어?"

하고 김 장로는 아직 엄격하다.

"그럼 학교에서 문학은 왜 가르쳐요?"

하고 혜련이 둘째 번 항의를 한다.

"그러길래 널더러도 가사과나 배우라고 그랬지. 문학이니 음악이니 그림이니 그게 다 무에란 말이냐. 그까진 것은 배워서 무엇에 써? 그래 중등 교원 자격을 준다니까 직업은 되지마는."

하고 김 장로는 대단히 못마땅한 모양을 보이며,

"문학이니 음악이니 또 그림이니 그런 것들을 배우니까 계집애나 사내나 다 방탕해지거든."

하고 세상을 근심하는 한숨을 쉰다.

"아아, 어쩌면 아부지가 저렇게 완고하셔?"

하고 혜련은 어이없는 듯이 웃는다.

산새가 어디서 귀엽게 우는 소리가 들린다.

"아부지 저 소리 들으시우?"

하고 혜련이 문임에게 손짓을 한다.

"거 산새 소리로구나."

하고 김 장로가 두리번두리번 소리 오는 데를 찾는다. 산새 소리는 그 친다.

"그 소리가 듣기 좋지 않아요?"

하고 혜련이 또 문임을 보고 웃는다. 문임도 혜련의 뜻을 알고 고개를 돌리며 웃는다.

"듣기 좋지."

하고 김 장로가 일어난다.

"아부지, 그게 음악이야요."

하고 혜련은 깔깔 웃는다.

"조것들이 날 놀려먹네."

하고 김 장로도 웃는다.

"아부지, 더 올라가서요?"

하고 혜련이 희끗희끗한 아버지의 머리카락 밑동을 바라보며 묻는다. 아버지가 점점 늙어가는 것이 혜련에게는 무척 슬펐다.

"너희들 다리 아니 아프냐?"

하고 김 장로는 모자를 들고 나선다.

"얼마나 걸었다고 다리가 아파요? 금강산 비로봉에도 올라간걸."

하고 혜련이 앞을 선다.

문임은 김 장로의 앞에 서기가 미안하여서 머뭇거리는 것을 김 장로가,

"어서 너희들이 앞서라."

하여서 문임도 김 장로의 앞을 섰다. 김 장로는 대여섯 걸음 떨어져서 두 여자의 뒤를 따랐다.

두 여자는 늙은 김 장로를 잊어버린 듯이 종알대고 끼득거리며 고개를 오르고 비탈을 돌고 개천을 건너서 망월사를 향하고 골짝 길을 올랐다. 혜련의 날씬한 모양과 문임의 통통한 모양이 합했다 흩어졌다 하였다.

뒤를 따르는 김 장로의 마음속에는 오직 문임만이 있었다. 그 불그레하게 상기한 얼굴, 통통하면서도 조화 잘된 몸, 더구나 끊임없이 웃음이 떴다 스러졌다 하는 검은 눈, 웃을 때에는 유난히 반달같이 보이는 커다란 입, 그 걸음걸이 따라서 움직이는 몸과 옷의 리듬, 이런 것은 김 장로에게 누를 수 없는 애착, 더 적절하게 말하면 탐심을 일으켰다.

'그렇지마는 문임은 딸의 동무, 딸과 같은 나이…… 나와 그와는 딴 시대 사람.'

이렇게 생각하면 김 장로는 슬펐다. 삼십 년 차이!

'늙은것의 망령.'

하고 김 장로는 스스로 저를 비웃었다.

그러면서도 손이라도 만져보고 싶은 생각, 그 동그스름한 어깨라도 쓸어보고 싶은 생각, 품에 안아보고 싶은 생각…… 일찍은 이러한 생각이 날 때에 하나님이 내려보시지나 않나 하고 꺼린 때도 있었지마는, 하나님의 존재를 믿지 못하게 된 오늘날에는 김 장로가 꺼리는 것은 오직 세상뿐. 명예와 금전의 손해뿐.

젊은 사람들의 뒤를 따르는 김 장로의 젊은 번뇌를 품은 늙은 몸에서는 땀이 나고 숨이 찼다.

'삼십 년 차이! 딸의 동무.'

하고 김 장로는 산모퉁이를 돌면서 반성하여보았다. 문임의 가슴속에 늙은 그에게 대한 사모의 정이 일어날 수가 있을까, 이렇게도 반성해보았다. 박이 옷이나 넥타이나 젊게 차리고 다니는 것을 비웃던 김 장로는 이제서야 그의 가엾은 심리를 알 수 있는 것 같았다.

'아아, 늙었고나.'

하고 김 장로는 제 나이를 생각하고 세는 제 머리를 생각하였다.

이때에 흥에 겨운 혜련과 문임은 노래를 부르기 시작하였다. 나무에도 풀에도 새에도 벌레에도 오는 봄은 사람의 마음에도 왔다. 와서 아니 될 늙은 김 장로의 가슴에도 봄이 왔다.

김 장로는 길가 바위에 몸을 기대어 늙은 심상을 쉬이면서 두 처녀의 노래를 들었다. 두 처녀의 몸은 나무 속에 가리어지고 노랫소리만이 흘러왔다. 젊은 여성의 마음 놓고 부르는 노랫소리는 김 장로의 가슴을 더욱 설레게 하였다.

'나도 젊었으면.'

하고 김 장로는 눈을 끔적끔적하였다. 눈의 윤곽에도 벌써 늙음의 자취가 완연하였다. 그것은 원시경을 쓴 것만이 아니었다. 눈의 빛조차 늙음으로 하여서 흐렸다. 원체 건강을 자랑하는 김 장로지마는 박건배에 비겨서는 더 늙은 편이었다. 김 장로는 자기의 피부에 탄력이 점점 줄어감을 잘 안다. 아직 주룩주룩 주름살이 잡힐 지경은 아니라 하더라도, 무엇이라고 형용할 수 없이 피부에서 젊음의 빛이 빠지고 힘이 없어짐을 김 장로는 잘 안다.

언젠가 온천에서 박건배와 같이 목욕을 할 적에 김 장로는 박이 저보다 두 살이 위건마는 피부가 팽팽하게 탄력이 있고 젊은 빛이 많은 것을 보고 부러워서 물은 일이 있었다.

"박은 어째 늙지를 않어? 몸이 사뭇 청년 같은데."

하는 김 장로의 말에 박은 만족한 듯 팔과 다리를 만지며,

"어느새에 늙어 쓰겠나?"

하고 김 장로의 탄력 없는 몸을 돌아보면서 웃었다.

"거 무슨 비방이 있나?"

하고 김 장로는 몸을 씻던 것도 잊어버리고 열심으로 물었다.

"비방? 잘 먹고 잘 자는 것이 비방이지. 우리는 아모런 일이 있더라도 끼니때와 자는 시간은 꼭 지키거든."

하고 박은 자랑삼아 말하였다.

"오입할 때에도 시간을 지켜?"

하고 김 장로는 박을 조롱하였다.

"암, 아무러한 일이 있어도."

하고 박은 김 장로의 조롱에 노여워하지도 아니하였다.

참으로 박은 잘 먹기로 유명하였다. 그는 자양 있다는 물건은 무엇이나 먹었다. 그는 몸에 해롭다는 것은 아무것도 먹지도 아니하고 하지도 아니하였다. 술, 담배는 물론 먹지 아니하였다. 교회에서 쫓겨난 뒤에도 술, 담배는 입에도 대지 아니하였다. 그가 위하는 것은 오직 몸이었다. 게다가 박에게는 돈이 있었다. 본래 타고난 건강이 있었다. 그는 이 몸을 유지하여서 건강과 성욕의 향락을 하는 것으로 인생의 최고요, 최후의 목표를 삼는 사람이었다. 그에게는 딸과 같은 여학생 첩이 셋이나 있었다. 그는 건강을 소중히 여기기 때문에 결코 기생이나 창기를 접하지 아니하였다. 그는 노리는 것은 오직 처녀였다.

김 장로는 박의 이러한 생활 내용을 가장 잘 안다. 그리고 겉으로 밖으로 대할 때마다 조롱도 하고 나무라기도 하면서도 속으로 진정으로 부러워한다.

"먹는 것으로야 저렇게 안 늙을 수가 있나? 그래도 무슨 약도 있겠지. 지금도 살무사 먹나?"

하고 김 장로는 물었다.

"살무사? 응, 살무사가 제일이야. 김도 금년부터는 살무사를 먹어보아요."

하고 박은 차마 들을 수 없는 말로 살무사의 효과를 김에게 말하였다.

박은 해마다 살무사를 백 마리씩 먹는다 하였고, 박이 십여 년래로 먹은 살무사를 합하면 일천 수백 마리는 되리라고 하였다.

김 장로는 처녀들의 노래를 들으면서 이 이야기를 생각하고, 박의 눈이 과연 독사의 눈처럼 변하였다고 생각하고는 혼자 빙그레 웃었다.

'나도 살무사나 먹어볼까.'

하고 김 장로도 여러 번 생각하여보았다.

대광교, 무교에 '살무사'라고 커다랗게 쓴 것을 보고는 좀 사다 먹어볼까 하기도 하고, 기회 있는 대로 살무사 먹는 법을 물어보기도 하였다. 그러나 뱀을 싫어하는 김 장로는 그것을 어떻게, 하는 생각이 앞서고, 또, 아내, 아들, 딸, 며느리 소시에 깍정이를 집에 불러들여서 살무사를 먹는다는 소문을 내는 것이 차마 못 할 일 같아서 여태껏 못 먹고 말았다.

김 장로는 혜련과 문임의 뒤를 따라서 걸음을 걷기를 시작하였다. 회색 뱀 하나가 김 장로의 앞으로 건너가다가 '나를 먹어보려오?' 하는 듯이 김 장로를 향하여서 혀를 날름날름하였다.

"요놈이!"

하고 김 장로는 단장으로 그 뱀을 후려갈겼다. 뱀은 허리를 얻어맞았으나 바위틈으로 달아나버리고 말았다.

김 장로는 '그놈이 따라오지나 않나?' 하고 뒤를 힐끗힐끗 돌아다보면서 빠른 걸음으로 올라갔다.

망월사 가는 길에서는 가장 험하고 가장 경치가 좋은 세 개 어우름에서 혜련과 문임은 김 장로를 기다리고 있었다.

김 장로는 뱀을 만났던 것이 불쾌하고 그놈을 죽이지 못한 것이 불쾌하고, 또 그놈이 살무사나 아닌가 하는 생각도 하면서 고개를 푹 수그리고 기운 없이 돌다리를 건너올 때에 혜련이,

"아부지!"

하고 불렀다.

혜련과 문임은 개천 가운데 우뚝 솟은 바윗등에 올라앉아 있었다.

김 장로는 고개를 들어 혜련과 문임이 앉은 곳을 바라보았다.

"아부지, 다리 아니 아프서요? 절까지 올라가실 기운이 있으서요?"

하고 혜련이 바윗등에 일어서면서 물소리를 이기느라고 큰 소리로 부른다.

김 장로는 단장에 의지하여 허리를 쉬이면서 혜련이 자기를 늙은이로 생각하는 것이 불쾌하여서 아무 대답도 아니 하였다. 그러다가 반항적으로 김 장로는,

"자, 어서 올라가자. 여기까지 와서 절에를 안 가보아?"

하고 앞서서 올라가기를 시작하였다.

'나는 아직 아니 늙었다. 늙기는 싫다.'

김 장로는 속으로 이렇게 중얼거렸다.

그렇지마는 다음 순간에 김 장로는 자기가 혜련이나 문임과는 딴 시대, 딴 나라에 사는 듯한 느낌을 금할 수가 없었다. '삼십 년'이라는 세월이 뛰어넘을 수 없는 커다란 간격을 새에 두는 것 같았다. 문임에게 대해서 야릇한 감정을 느끼면 느낄수록 김 장로는 문임이 손이 닿지 아니하는 먼 곳에 있음을 느꼈다. 그리고 새삼스럽게 제가 늙었다는 것과, 늙는다는 것이 어떻게 슬픈 것임을 느꼈다. 그리고 김 장로는 길게 한숨을 쉬었다.

길은 차차 어려워졌다. 김 장로는 여전히 앞을 서고, 혜련과 문임은 앞서거니 뒤서거니 노래도 하고 웃기도 하면서 김 장로의 뒤를 따랐다. 김 장로의 가슴속에는 문임의 모양만이 가뜩 찼건마는 문임의 속에는 김 장로의 그림자도 없으면서.

김 장로는 숨이 차고 땀이 흐름을 깨달았다. 그래서 양복저고리를 벗

어 들었다. 문임은 얼른 달려가서,

"아저씨, 저고리 저를 주셔요."

하고 손을 내밀었다.

"아니, 괜찮어."

하고 김 장로는 두어 번 사양하다가 문임에게 저고리를 주었다.

"아부지, 모자는 제가 들고 가겠어요."

하고 혜련이 김 장로의 모자를 빼앗는 듯이 받았다.

망월사에 올라가서 방을 하나 얻고 밥을 시키고, 김 장로는 세수를 하고는 목침을 베고 드러누웠다. 문임이 제 손수건으로 목침의 때 묻은 데를 덮어드렸다.

김 장로는 피곤한 모양을 보이기는 원치 아니하였으나 할 수 없었다. 혜련과 문임이 놀러 나간 동안에 김 장로는 문임의 향긋한 냄새 나는 손수건을 코에 덮고 번뇌의 공상을 하였다.

김 장로는 한잠을 자보려 하였으나 되지 아니하였다. 젊은 여성의 냄새가 김 장로의 마음을 뒤흔들어놓았다. 김 장로의 눈앞에 문임의 통통한 육체가 없는 것이 있는 것보다 도리어 견디기 어려웠다.

빨갛게 상기한 문임의 얼굴, 상그레 웃는 웃음, 어디 하나도 빈구석이 없이 실하게 보이는 그 잘 발육된 몸…… 이러한 생각이 김 장로의 오십이 넘어서 육십을 바라보는 마음을 뒤죽박죽을 만들어놓았다. 김 장로는 길게 한숨을 쉬었다. 주먹을 불끈 쥐고 안간힘을 썼다. 제 숨소리가 더욱 높아짐을 깨달았다.

"응."

하고 김 장로는 코에 대었던 문임의 손수건을 집어서 홱 내어던졌다. 그

냄새가 원수인 것 같았다.

그러나 다음 순간에 다시 그 손수건을 집어다가 코에 대어보고 입술에 대어보고 혀끝으로 핥아보고 가슴에 품어보았다.

'모든 것을 다 희생하고, 모든 것을 다 무릅쓰고.'

김 장로는 이러한 생각을 하였다. 아무리 하여서라도 문임을 품에 품어보지 아니하고는 살 수 없는 것 같았다.

김 장로의 손은 덜덜 떨리고 이는 떡떡 마주쳤다. 눈앞에는 뽀얗게 안개가 껴서 아무것도 보이지 아니하였다. 김 장로는 제 코와 제 몸에서 무슨 냄새를 발함을 깨달았다. 그것은 동물원에서 원숭이나 하마 곁에 갈 때에 나는 것과 같은 냄새였다. 아마 이것이 애욕의 폭풍우라는 것일 것이다. 김 장로의 머리에는 뿔이 나고 전신에는 털이 나서 금시에 영각을 하며 네발로 달아날 것 같았다.

그동안이 얼마나 지났는고.

"진짓상 올리랍시오."

하고 문밖에서 부르는 중의 소리에 김 장로의 혼은 저 축생계로부터 다시 인간으로 돌아왔다.

"응, 밥 먹지."

하고 김 장로는 벌떡 일어나 앉아서 문임의 수건을 아까 모양으로 목침에 덮어놓았다.

김 장로의 가슴속의 폭풍우는 갑자기 잔잔하였다. 그러나 그 대신 김 장로는 마치 열병을 앓고 난 것과 같이 몸이 허둥허둥함을 깨달았다. 김 장로는 일부러스럽게 기지개를 켜면서 하품을 하여보았다.

"응."

하고 입맛이 쓴 듯이 입을 쩝쩝하였다.

"아부지, 주무서요?"

하고 혜련이 문밖에서 불렀다.

"한잠 자고 일어났다."

하고 김 장로는 아무도 보는 사람이 없건마는 눈을 비볐다.

"저희들 들어가요?"

하고 혜련이 또 묻는다.

"들어와."

하고 김 장로는 미닫이를 열었다. 거기는 혜련과 문임이 손에 꽃을 한 줌씩 들고 서 있었다. 얼굴들은 더욱 빨갛게 상기가 되어 있었다.

혜련과 문임이 곁에 들어와 앉는 것을 볼 때에 김 장로는 두 젊은 여자의 얼굴을 차마 정면으로 바라볼 수 없는 듯한 부끄러움을 느꼈다. 제 얼굴에 지금까지 생각하고 있던 것이 역력히 새겨 있기나 한 것 같아서 낯을 들기도 부끄러운 것 같았다.

"꽃을 많이 꺾었구나."

하고 김 장로는 싱거운 소리를 하였다. 혜련과 문임의 눈이 우연히 김 장로의 눈과 마주칠 때에 김 장로는 하나님의 책망을 받는 듯하여서 고개를 숙여버렸다. 그러나 다음 순간에 김 장로는 다시 마음으로 문임의 풍부한 육체를 마음껏 껴안았다.

밥상이 들어왔다.

밥을 먹는 동안 김 장로의 눈은 끊임없이 문임에게로 갔다. 문임도 김 장로의 눈이 자주 제게로 쏠리는 것과 그 눈에는 소름이 끼치는 무엇이 품겨 있음을 느낄 때에 그것이 진저리치도록 싫어서 밥을 씹던 입을 쉬고 잠깐 생각에 잠기는 일도 있었다.

　김 장로는 문임이 먹는 모양이 귀여워서 견딜 수가 없었다. 두부와 튀각과 도라지와 고비와, 모두 맵고 짜고 시고 맛나는 것이라고는 없지마는 어떻게 하여서라도 이것을 맛나게 하여서 문임에게 많이 먹이고 싶었다.

　"이것 좀 먹어보려무나."

하고 김 장로가 혜련에게 권하는 것은 문임에게 권할 핑계를 얻으려 함이었다. 가끔 김 장로는 문임에게 마음이 팔려서 혜련의 존재를 잊는 일까지 있었다.

　"아부지, 인제 가세요. 저 해 보세요."

하고 혜련이 김 장로의 저고리를 들고 서서 재촉할 때에도 김 장로는 입고 싶지 아니하였다. 언제까지라도 문임과 함께 여기 있고 싶었다.

　"어, 참, 해가 다 갔군."

하고 김 장로는 혜련에게서 저고리를 받아 입고 문임에게서 모자를 받아 들고 절에서 떠났다.

　해는 벌써 만장봉 마루터기에 올라앉고 앞 골짜기에서는 황혼의 자주 안개가 피어올랐다. 시커멓게 뼈만 남은 수락산이 석양을 잔뜩 받아가지고 무시무시하도록 검누른 빛을 발하였다.

　낮보다도 물소리는 더 큰 것 같았다. 선뜩선뜩한 기운이 골짜기로 돌았다. 혜련과 문임은 으스스함을 느낄 지경이었다. 그것을 이기느라고 두 처녀는 노래를 부르기 시작하였다.

　하늘 가는 밝은 길이

내 앞에 있으니

슬픈 일을 많이 보고

큰 고생 하여도

하늘 영광 밝음이

어둔 그늘 헤치니

예수 공로 의지하여

항상 빛을 보도다.

하는 것이었다.

　김 장로는 두 처녀가 부르는 노래를 들으며 침침한 골짝 길을 걸었다. 저도 젊었을 적에는 이러한 노래를 듣고 감격한 일도 있던 것을 생각하였다. 그러나 자기의 앞에는 오직 갈수록 어두움의 그늘이 짙어가는 길이 있을 뿐이요, '하늘 영광 밝음'이 보이지 아니하였다. 오직 젊은 여자의 육체만이 그리운 듯하였다. 문임의 영혼에서 흐르는 노래의 뜻보다는 그 고운 목소리가 그리웠다. 김 장로는 깊고 깊고 어둡고 어두운 지옥의 그늘로 제 영혼이 한량없이 내려가는 것을 보는 듯하였다.

　혜련과 문임은 「애니 로리」를 영어로 부르고, 또 「블루 벨스」를 부르고 이 모양으로 몇 노래를 부르다가 그것조차 잠잠하였다. 노랫소리가 그친 때에 김 장로는 속으로,

　'하늘 가는 밝은 길이'

를 반복하여보았다. 그리고 근 사십 년 부르던 예수의 이름을 불러보았다. 그러나 거기서는 아무러한 감격도 솟지 아니하였다. 김 장로는 마치 믿고 있던 무엇에서 갑자기 떨어진 듯한 무서움 섞인 슬픔을 깨달았다.

'나이 육십을 바라보는 내가.'

하고 김 장로는 반성하려 하였다. 어두움의 그늘로 미끄러져 들어가는 저를 붙들어보려 하였다. 그러나 김 장로 몸이 늙고 피곤한 모양으로 그의 혼에도 탄력이 없는 듯하였다. 김 장로는 다시 마음에 문임을 껴안음으로 새 기운을 얻었다.

서울의 봄은 날로 새로워졌다. 진달래와 개나리와 버들잎이 조선의 봄의 서곡이거니와 벚꽃이 만발하고 복숭아가 방싯방싯하기 시작할 때가 봄의 절정이다.

오늘 아침에도 침모로 해서 김 장로와 그 앓는 부인과는 한바탕 언쟁이 있었다. 사실인지 아닌지는 모르나 아침 일찍이 침모가 사랑에서 나오는 것을 보았다는 놈아 어멈의 보고에 의하여서 생긴 싸움이었다. 놈아 어멈은 침모를 미워하였다. 그것은 놈아 어멈도 나이나 용모나 침모보다 지지 않는다고 자신하였고, 또 제 말에 의하면 놈아 어멈도 본디는 점잖은 집 딸로서 침모보다도 지체가 못지아니한데 침모는 놈아 어멈에게 대하여서 아씨 행세를 하려 든다는 것이 놈아 어멈의 비위에 맞지 아니하였다. 이 때문에 놈아 어멈은 침모를 잡을 기회만 엿보고 있는 판이요, 그러자니 김 장로 부인의 편이 되어서 일변 김 장로 부인의 비위를 긁고 일변 침모에게 대한 있는 일 없는 말을 고자질을 하였다. 그러면 김 장로 부인은 그것을 다행으로 여겨서 놈아 어멈에게 상급을 주었다.

"잘 지켜, 응? 혹시 밤중에 그년이 사랑에 들락날락하지 않나 좀 지켜보아요. 내가 어멈 공로를 다 할 테니."

이렇게 김 장로 부인은 놈아 어멈에게 부탁하는 것이었다.

"그럼요, 제 눈에 띄우기만 하면야."

하고 놈아 어멈은 충성과 용기를 보였다.

　그러던 것이 오늘 아침에 놈아 어멈이 김 장로 부인을 보고,

　"마냄, 그년이 글쎄 사랑 중문으로 살랑살랑 나오겠지요. 아직도 채 밝지도 않았는데. 암코양이 모양으로 살랑살랑."

하고 일러바친 것이었다.

　"저런 년이!"

하고 김 장로 부인은 부르르 떨었다.

　이 때문에 부인은 김 장로를 불러들여서 심문을 한 것이었다.

　"어젯밤에 사랑에 누가 왔었소?"

하는 부인의 심문에 김 장로는,

　"박이랑 와서 마장했지."

하고 물끄러미 부인을 보았다. 혜련은 슬그머니 방에서 나가서 엿들었다.

　"마장헌 다음에 말이오."

　"마장헌 다음에 오긴 누가 와?"

하고 김 장로의 눈초리가 쑥 올라간다.

　"오긴 누가 와? 그것을 당신이 모르고 누가 아우?"

　"그, 원, 무슨 소리를 다 하는고?"

　"무슨 소리? 새벽에 당신 방에서 살랑살랑 나온 사람을 본 사람이 있는데 잡아떼기만 하면 되오?"

하고 부인의 어성은 높아진다.

　"그, 원, 무슨 소리라고 다 하는고?"

하고 김 장로는 입맛을 다신다.

　"다 알어, 다 알어. 새벽에 당신 방에서 살랑살랑 나온 년이 어느 년인

지 내가 다 알어. 흥, 그런 법이 없습니다. 나는 다 죽은 년이니깐 당신이
아모러시기로 대수요마는 자식들이 부끄럽지 않소? 머리가 허연 이가,
나이 육십을 바라보는 이가, 게다가 교회에 장로가 그게 무슨 행사란 말
씀이오? 차라리 박 선생 모양으로 교회 직분도 다 내놓고 첩을 얻거나 기
생 오입을 해. 그게 도리어 어엿허지. 그래 체면에 집안에 둔 하인을 침
실로 불러들여서 그런 추행을 하신단 말씀이오? 아무리 급하시더라도
내가 죽기를 기다려서 장가를 드시구료. 여학생 장가를 드시구려. 돈은
있것다, 몸은 든든하것다, 무슨 걱정이오? 일생 먹지도 않고 입지도 않
고 돈 한 푼을 아껴서 쓰면서라도 살아보랴고 애를 쓰다가 먹을 만큼 되
니깐 병이 들어서 그야말로 먹지도 못하고 죽는 나만 불쌍하지. 그래도
하나님께서야 나를 나려다보시겠지. 하나님 나려다봅시사."
하고 부인은 울기를 시작한다.

부인은 체면을 보아서 속에 북받치는 분을 참고 아무쪼록 점잖게 말을
하려고 애를 쓰다가 더 참을 수가 없어서 울음이 터진 것이었다.

김 장로는 앓는 아내의 말을 들을 때에, 동정이 되는 것보다도 불쾌하
였다. 그뿐 아니라 남편으로의, 가장으로의 위신을 상한 것 같아서 분개
하였다. 그래서,

"그런 사특한 생각을 하고 있으니까 병이 나지. 낫지를 않지."
하고 뽐내었다.

김 장로의 말에 부인의 꼭 졸라매었던 분통이 터졌다. 잘못했다고 빌
줄 알았던 남편이 도리어 저를 책망하고 뽐내는 것이 참을 수가 없었다.
그래서 부인은 덜덜 떨면서 무엇을 찢는 듯한 소리로,

"그예히 큰 망신을 하고야 마실 테요. 내가 죽을 악을 다 써서 동네 다

들도록 떠들어보리까?"

하고 김 장로를 노려보았다.

"글쎄 떠들기는 무엇을 떠든단 말야. 아마 무슨 꿈을 꾸었남."

하고 김 장로는 귀찮은 듯이 일어나 나가려 하였다.

"무엇이 어째요?"

하고 부인은 몸을 반쯤 일으켜서 자리를 잡아당기며,

"가긴 어딜 가오? 여기 좀 앉으오. 그래도 잡아떼어? 잘못했다고 빌어도 모를 텐데 되려 뚝 잡아떼고 뽐내어. 어디 흑백을 가리어봅시다. 그래 어젯밤에 어떤 계집년이 사랑에 나간 일이 없단 말요?"

하고 뼈만 남은 주먹으로 방바닥을 두들겼다. 부인의 어성은 건넌방에서도, 부엌에서도, 머릿방에서도, 아랫방에서도 들렸다. 문임은 책 보퉁이를 싸다 말고 귀를 기울였다.

혜련은 문을 열고 뛰어 들어왔다. 들어오는 길로 어머니를 자리 속으로 안아 누이며,

"어머니, 밖에서까지 들려요."

하고 참으라는 눈짓을 하였다.

"들리면 대수냐? 너의 아버지 같은 위선자는 망신을 해야 한다. 세상 사람들은 속도 모르고 김 장로, 김 장로 하고 대접을 하지. 머리가 허연 것이 집안에 둔 하인을……."

"아이, 어머니! 무슨 말씀을 그렇게 하시우? 남 듣는데. 문임이도 있는데."

하고 혜련이 어머니의 입을 막는다.

"글쎄 무슨 소리야?"

하고 김 장로는 성난 눈으로,

"가만있으니까 못 하는 소리가 없구려. 어디 말을 해보우. 누가 어떤 사람이 사랑에를 들어왔더란 말이오? 누가 어디서 누구를 보았더란 말이오? 그 본 사람 좀 불러오우. 원, 말을 해두 분수가 있지그려."

하고 결심이 단단한 것을 보인다.

김 장로의 자신 있는 듯한 말에 부인은 좀 쭈그러진다. 놈아 어멈의 말만 믿고 온 집안이 다 알도록 큰소리를 낸 것이 잘못이나 아닌가, 하는 생각도 난다. 마침 딸이 애써서 말리는 것을 기회로 부인은 입을 닫치고 만다.

이리해서 김 장로 내외 싸움은 큰일에는 이르지 아니하고 말았다.

그렇지마는 문임과 함께 학굣길을 떠난 혜련의 마음은 자못 편안치 못하였다. 차를 타는 동안이나 걸음을 걷는 동안이나 혜련은 상심하여서 고개도 들지 아니하였다.

문임도 혜련의 속을 알기 때문에 아무 말도 붙이지 아니하고 혜련과 같이 상심한 모양을 보였다. 문임도 돌아간 아버지가 첩을 얻은 때에 하던 그 어머니의 태도를 연상하였다. 도무지 애욕이란 무엇인가, 하는 생각을 하였다.

이날 학교에서 혜련은 편지 한 장을 받았다. 겉봉에는 A교회 찬양대라고 하였으나 혜련은 그 편지를 받아들 때에 이상하게도 가슴이 울렁거림을 깨달았다. 그것은 임준상(林俊相)에게서 온 듯이 생각한 때문이었다.

혜련의 생각에는 임준상에게서 무슨 의사 표시가 있었으면 하는 기대가 비록 희미하게나마 늘 있었다. 애욕이란 것을, 연애란 것조차 부정하고 싶은 반면에는 또한 거기 대한 일종의 그리움이 없지 아니한 것이 혜련의 진정이었다.

혜련은 하학 시간의 조용한 틈을 타서 그 편지를 떼어 보았다. 그것은 과연 임준상에게서였다.

존경하옵는 김혜련 아가씨께.

라는 허두에서부터 불붙는 듯한 열정이 넘치는 듯하였다. 첫 줄 한 줄을 읽고 혜련은 차마 더 볼 수 없는 듯이 한참이나 눈을 감았다.

준상의 편지는 이러하였다.

이런 편지를 드리는 것을 심히 괘씸하게 생각하실 줄 아옵고 낯이 붉어집니다. 당신께서 이러한 괘씸한 편지를 받으시기도 처음이려니와 이 사람이 이러한 편지를 쓰는 것도 처음입니다. 이 사람은 일생에 이러한 편지를 오직 한 번, 이번 한 번밖에는 아니 쓸 결심이옵니다. 이 사람은 이 편지를 쓸까 말까 하고 주저하기를 몇백 번, 편지를 쓰다가는 찢어버리고 써서는 태워버리기를 몇십 번, 그러다가 아무리 하여도 이 가슴속을 당신께 말씀하지 아니할 수 없어서 이 편지를 드리옵니다.

사람이란 누구나 한 번은 사랑을 한다고 하옵니다. 어느 남자치고, 천주교의 신부나 불교의 중을 남겨놓고는 여자를 사랑하여보지 아니한 이가 없다고 하옵니다. 그러면 이 사람의 당신께 대한 사랑도 그러한 사랑일까요? 그러나 이 사람의 생각에는, 이 사람의 사랑만은 전에도 없고 후에도 없을 것 같습니다. 저마다 사랑이 이렇게 간절하고 괴로운 것이라 하면 그 사랑을 한번 치르고 난 사람이 살아남기가 어렵지 아니하겠습니까.

아니 드는 잠을, 시계 소리를 천이나 이천씩 세이다가 가까스로 드는 잠을 깨면 곧 눈앞에 나는 이가 당신이십니다. 그러면 자리 위에 꿇어 엎디어 당신의 건강과 행복을 위하야 하나님께 비옵고, 또 만일 이 마음에 품은 사랑이 죄 된 것이어든 소멸시켜줍소사 하고 하나님께 비옵니다.

학교에 가는 길에도 골목마다에서 당신이 나오실 것 같고 교실에 가서 강의를 들으면 눈에나 귀에나 마음에나 오직 당신뿐이어서 필기하던 끝을 잊어버리옵니다.

이래서 어이하리, 하고 마음을 잡으려 하오나 그렇게 힘을 쓰면 쓸수록 마음은 당신의 곁을 따라서 달리옵니다. 하늘과 땅이 온통 임이 되고 만다는 말씀을 이제사 깨달았습니다. 만일 당신이 아니 계시면 이 넓은 하늘과 땅이 텅 비이지 아니하겠습니까. 당신은 빛이시니 당신이 없으시면 하늘과 땅은 온통 캄캄한 암흑이 아니 되겠습니까.

이 사람은 당신을 호흡하고 사는 것 같습니다. 만일 이 천지간에 당신이 아니 계시다면 이 사람은 호흡할 공기가 없어서 죽어버릴 것 같습니다.

그러나 혜련 아가씨, 이 사람은 다만 이 천지간에 당신과 함께 존재한다는 것만으로 만족하고 살 수는 없습니다. 자나 깨나 몸과 마음이 늘 당신의 곁에 있고, 당신과 하나가 되지 아니하고는 살 수 없는 것 같습니다. 이 말씀이 터럭 끝만치라도 과장한 것이라 하면 하나님께서 내려다보십니다.

그렇지마는 이 사람은 당신의 배필이 될 자격이 없음을 잘 압니다. 첫째는 이 사람의 인물이 당신의 배필이 되기에 부족하옵고, 둘째로는 이 사람은 먼 시골 가난한 농부의 자식으로 남의 도움을 받아서 공부하고 있는 처지이기 때문입니다. 오늘날같이 취직난이 심한 때에 대학을 졸업한댔자 처자를 벌어먹일 수입을 얻을 것 같지 아니합니다. 하물며 이 사람은 의과도 아니요 법과도 아니요, 문과, 그중에도 가장 팔리기 어려운 조선문학과. 이것을 졸업하기로니 나 한 몸 입에 풀칠하기도 어려운 줄을 잘 압니다. 그러한 사람이 어떻게 당신 같으신 이의 배필이 되겠습니까.

　　만일 누구든지 이 사람이 당신을 사랑한다 하면 미친놈이라고 할 것입니다. 그러하면서, 그런 줄을 잘 알면서 당신을 사랑하는 이놈은 어리석은 놈입니다. 아마 절대로 성공 못 할 사랑인 줄을 알면서 하는 사랑, 그것은 진실로 괴로운 일입니다.

　　또 하나 내가 당신을 사랑하기에 합당치 못한 사정이 있습니다. 그것은 내게 학비를 보태어주시는 은인(이 사람은 그 은인의 집에 가정교사로 있습니다)이 무엇을 보고 그러시는지 모르거니와, 이 사람에게 그 따님을 허하고 싶어 하시는 뜻을 여러 번 발표하신 것인데, 이 사람은 아직 승낙한 일이 없사오나 그 은인 댁에서는 이 사람이 학교를 마치면 사위를 삼을 것으로 마음에 작정하고 계신 것입니다.

　　준상의 편지는 아직도 계속된다.

　　혜련은 준상의 편지를 읽는다.

그 은인의 따님은 대단히 현숙한 여성입니다. 그러하오나 이 사람은 당신 이외에 아모 여성에게도 사랑을 느낄 수는 없습니다. 이 사람은 일생에 오직 한 분 당신만을 사랑하다가 가렵니다. 만일 당신께서 이 사람의 사랑을 받아주시면 그런 고마운 일은 다시 없으려니와 비록 당신께오서 이 사람을 박차버리시더라도 이 사람은 가슴에 당신의 모양을 품고 사는 날까지, 살 수 있는 날까지 살아가려 하옵니다.

이 사람은 늙은 부모의 외아들입니다. 늙은 부모는 인제 더는 일하실 수도 없이 쇠하셨습니다. 이 사람을 학교에 보내느라고 밭날갈이나 있던 것도 거의 다 팔아버리시고 이 사람이 졸업하기만 기다리고 계십니다. 졸업만 하면, 학사만 되면 무슨 좋은 일이 생기거니 하고 기다리고만 계십니다. 부모의 정경을 생각하면 이 사람은 같은 시골 농갓집 딸과 혼인하여 늙으신 부모를 공양하는 것이 정당한 일인 줄 아옵니다. 그러하건마는 이 마음은 당신을 사모하야 아모러한 수단으로도 금할 수가 없사오매 이 사람의 고민은 형언하기 어렵습니다.

그러하오나 혜련 아가씨, 이러한 사정을 왜 당신께 여쭈어서 당신의 마음을 어지럽게 하랴, 이것은 과연 옳지 못한 일이옵니다. 옳지 못한 일인 줄 알면서도 이 편지를 아니 드리지 못하는 이 사람의 충정을 살펴주시기 바랍니다.

하나님이시여, 이 편지가 죄 되지 아니하게 하시옵고 이 편지를 받는 이에게 유혹이니 불행이 되지 아니하게 하시옵소서.

혜련은 편지를 다 읽고 나서 길게 한숨을 쉬었다.

혜련은 준상이 먼 시골 사람인 줄도 알았고, 또 그 입고 다니는 의복으로 보아서 가난한 사람인 줄도 알았다. 그러나 그가 남의 가정교사로 고학하는 사람인 줄은 몰랐다.

상학종이 울었다. 혜련은 편지를 도로 접어서 봉투에 넣어서 어디다가 찢어버릴까 하다가 차마 찢지도 못하고 어디다가 감출까 하고 망설이다가 치마허리 속에 끼었다.

혜련은 학교에서 돌아오는 길에 문임을 보고 준상의 편지에 관한 말을 할까 말까 하다가 아니 하고 허리에 넣은 준상의 편지를 만져보았다.

다음 주일날 찬양대에는 준상의 모양이 보이지 아니하였다. 혜련은 가슴이 두근거림을 깨달았다. 그것은 준상의 편지에 대하여서 혜련이 답장을 아니 한 까닭이었다.

혜련은 몇 번이나 답장을 쓰려고 생각하였다. 붓을 들고 종이를 대하기도 하였다. 그러나 모르는 남자, 그렇다, 모르는 남자의 사랑편지에 답장을 쓴다는 것이 죄인 것같이 생각해서 하루하루 지나는 것이 그만 주일을 당하고 만 것이다. 그뿐 아니라 답장을 하자니 할 말이 없었다. 거절을 하는 것이라면 간단하지마는, 또 승낙을 하는 것이라도 간단하지마는, 거절도 할 수 없고 그렇다고 '예, 나도 당신을 사랑합니다.' 할 뜻도 없는 것이 혜련의 심경이었다.

'그 하기 어려운 편지를 하고는 답장을 기다리다 기다리다 답장이 없으니깐 면목이 없어서.'

이렇게 생각하면 혜련의 마음은 견딜 수 없이 괴로웠다.

혜련은 합창을 할 때에도 정신이 없이 곡조를 잘못하고 예배가 끝난 뒤에는 예배당에서 뛰어나와서 계동으로 향하였다. 계동 ○○번지, ○○○방이라는 준상의 주소는 비록 한 번 본 것이건마는 잊어버릴 수가 없었던 것이다.

재동 네거리를 지나서 계동 궁터 앞까지 와서는 혜련은 혼자서 낯을 붉혔다.

'내가 어디를 가는 것이야?'

하고 몸을 돌려서 교동으로 내려가려 하였다.

'어떻게 그이를 찾아가?'

하고 혜련은 저를 책망하였다.

혜련은 다시 안동 네거리로 발을 돌렸다. 그리고 혹시나 준상이 지나가지나 아니하는가, 하고 행인을 주의하였다.

이튿날 학교에서 한 시간 쉬는 시간에 혜련은 문임의 옆을 찔러서,

"언니, 우리 뒷동산에 올라가."

하여 문임과 함께 뒷산 솔밭으로 갔다.

혜련은 준상의 편지에 관한 것, 은주의 말을 물리친 데 관한 것, 그리고 아버지와 어머니의 불화에 관한 것, 이런 것 저런 것으로 밤에 잠을 많이 이루지 못하였다. 그러면서도 한방에 있는 문임에게도 그런 사실을 말하기도 어려웠다.

학교에 와서도 선생의 강의도 고대로 귀에 들어오지 아니하고 가끔 끊어졌다. 더욱이 은주가 어찌 되었을까 하면 겁도 났다. 그 하기 어려운 말을 하였다가 핀잔을 받은 은주, 본래 남의 눈칫밥으로 자라서 노염과 부끄러움을 느끼는 정도가 남달리 예민한, 그리고도 상인이라기보다는 시인이라고 할 만한 열정을 가진 은주인 것을 생각할 때에 혜련은 마음을 놓을 수가 없었다. 그래서 참다 참다 못하여 문임에게 실토를 하고 의논을 하려 한 것이었다.

솔밭 속으로 포근포근한 흙을 밟고 뒷산으로 올라가노라면 혜련의 사려 많던 마음은 얼마쯤 가라앉는 것 같았다. 산새의 우는 소리, 그리고 어디선지 종다리 소리가 멀었다 가까웠다 들려오는 것, 모든 것이 맑고 조용한 첫 여름날의 풍경이었다.

"그만 올라가. 너무 올라가면 내려올 때 힘들지."

하는 것은 좀 뚱뚱한 몸을 가진 문임의 말이었다. 무슨 일인지 모르고 따라가는 문임에게는 다리 아픈 길을 걷는 것은 무의미한 일이었다.

"언니두. 한 걸음 한 걸음 수풀 속으로 깊이 들어갈수록 마음이 깨끗해지지 아니허우? 아주 몸이 다 가뿐해지는 것 같은데."

하고 혜련은 문임을 돌아본다.

"혜련이는 마음에 무슨 깨끗해지고 가벼워질 것이 있는 게지, 사상의 쓰라림이 있남. 그렇지마는 나같이 깨끗하기 가을 물 같고 차기 얼음 같고 속 텡 비인 사람이 깨끗해질 것은 무어구, 가벼워질 것은 무어야."

하고 문임은 두리번두리번 앉을 자리를 찾는다. 문임의 이 말은 결코 무심한 한 농담만은 아니다. 청춘의 적막한 신세타령이다. 올 것이 오지 않는다는 원망이었다. 부모도 없고 재산도 없어져서 동무 집에 부쳐서 사는 저는, 부모도 있고, 제집, 제 재산도 있는 다른 동무들에 비겨서 인생의 향락을 받을 권리가 훨씬 떨어질 것을 문임은 한탄하는 것이다. 다른 향락은 말 말고, 설사 사랑이라 하더라도 그것이 오직 몸 하나만으로 되나? 집, 재산, 부모, 형제, 이런 것들이 모두 남자나 여자의 위엄을 돕고 아름다움을 돕는 것인 줄을 문임은 안다. 문임도 저를 사모하는 남자 하나를 높은 공부가 없다 하여, 재산이 없다 하여 걷어차지 아니하였나? 그래서만은 아니겠지마는 그 순결하고 열정적인 남자는 '아아, 사랑하는 문임 씨'를 부르며 죽어버리지를 아니하였나? 그러나 이제는 문임이 남자에게서 걷어참을 받을 때가 아니냐. 문임은 학교 남자 선생들도 자기를 대할 때에 혹 불쌍하게는 보더라도 존귀하게 보아주지 아니함을 느낀다. 동무들까지도 저를 좀 따돌리는 듯하는, 좀 천하게 대수롭지 않게 보는 듯하는 빛이 있다고 문임은 생각하고 있다. 혜련은 학교에서 직원이나 학생 간에 특별히 귀염을 받는 터이거니와 문임은 여기 대하여서도 일종의 질투와 슬픔을 느낀다. 혜련의 품에 기대어서 사는 제 신세가 어떻게 초라한 것인가, 이렇게 문임은 생각한다. 그것이 잘못된 생각임은 말할 것도 없거니와 문임은 그것을 깨닫지 못한다.

"언니두 왜 그렇게 말을 해?"

하고 혜련은 모처럼 수풀 속의 고요함과 종다리 소리에 가라앉은 마음을 흔들렸다고 생각하면서 좀 섭섭하였다. 그러나 혜련은 곧 문임의 불쌍하고 원망스러운 신세를 생각하여서 마음을 도로 잡았다.

혜련은 문임의 곁으로 다시 돌아와서 그 어깨에 손을 짚으면서,

"언니, 내가 속에 걱정이 생겨서 그래. 그래서 언니헌테 의논을 하자구."

하고 애원하는 태도로 문임의 얼굴에 제 얼굴을 가까이 대었다.

문임은 무안도 하고 혜련의 제게 대한 진정이 눈물겹기도 하였다.

"혜련이, 내가 부러 그랬어. 노하지 말어."

하고 한 팔로 혜련의 허리를 안고 걸음을 옮겼다.

그러나 혜련은 제 속에 있는 걱정을 문임에게 하소연할 흥미가 다 깨어지고 말았다.

문임 편에서 미안해서,

"혜련이 노여지 말어. 어서 말을 해."

하는 재촉을 받고야 혜련은 비로소,

"언니, 도모지 세상이 귀찮어."

하는 것을 허두로 이야기를 꺼내었다. 혜련에게는 정말로 도무지 세상
이 귀찮은 것 같았다. 인생에 별로 탐탁스러운 것이 있는 것 같지 아니
하였다.

혜련은 설은주에게 대한 것과 임준상에게 대한 말을 대강대강 하였다.
시들한 말처럼 말하였다. 그러한 끝에 혜련은,

"그러니 이 일을 어쩌면 좋아. 나는 진정 말이지, 언니, 사랑이니 혼인
이니 다 시들해요. 세상 사람들이 좋다구들 떠드는 것들이 모두 시들하구
귀찮기만 해. 그렇지마는 은주라는 사람이 그 일루 해서 어떻게 되나 하
면 어찌허우? 설마 죽지야 않겠지마는 나헌테 그런 핀잔을 받구…… 그
게 어디 사내가 당할 노릇이야? 그런 창피를 받구 우리 집에 있을 것 같
지를 아니하단 말이야, 안 그렇수? 꼭 달아날 것만 같단 말이야. 그러니
그이가 어디루 가우? 도모지 일가친척두 조선에는 없는 사람이라는데,
돈은 없구. 임준상이야 그저 예사 연애편지루, 내게만 한 편지두 아니겠
지마는, 편지가 익숙한 투가 벌써 그런 편지를 한두 번만 써본 솜씨는 아
니어든."

하고 잠깐 말을 멈추고 웃는다.

기실 혜련은 준상의 그 편지가 오직 제게만 온 것인 것을 바라기도 하
고 믿으려고도 하였지마는, 그래도 믿고 믿던 아버지에게 의심을 품게
된 뒤로부터는 아무러한 사내의 마음도 믿을 수가 없는 것 같았다. 준상
과 같이 얼굴이 번지르르한 대학생이 아직도 숫총각일 것 같지는 아니하

였다. 혹은 제집에 본처가 있는지도 모르고, 혹은 이혼을 했는지도 모르고, 그렇지 아니하더라도 몇 여자를 건드리기까지 아니 했으리라고는 믿어지지 아니하였다. 하물며 마음까지의 동정, 그것을 바랄 수 있으랴. 혜련은 이렇게 생각하고 빙그레 웃었다.

"무얼 그럴라구. 그이가 글을 잘 쓰니깐 그렇지."

하고 문임은 준상의 동탕한 풍채를 생각하면서 그를 변호하였다.

"언니는 사내들을 그렇게 쉽사리 믿수?"

하고 혜련은 또 문임을 보고 웃는다.

"사내들 중에두 믿을 사람두 있구 못 믿을 사람두 있지. 사내들이라구 다 같을까."

하고 문임도 웃는다. 그는 자기를 사모하다가 병들어 죽은 순진한 시골 청년을 심중에 그렸다.

"그야 그렇지."

하고 혜련은 문임의 말을 받아서,

"그야 하구많은 사내들 중에야 믿을 만한 사람두 있겠지마는, 오늘날 이 조선 세상에 그런 사내가 몇이나 되우?"

하고 이야기로 들은 것, 제가 목격한 것, 소설에서 본 것 등 사내들의 믿을 수 없는 사실들을 연상한 뒤에,

"그러니 그렇게 희한한 믿을 만한 사내를 좀체 복으로 어떻게 얻어 만나우?"

해놓고는 제 말에 우스워서 혜련은 웃어버렸다.

문임도 따라 웃었다. 혜련은 말을 이어서,

"그러나 언니, 나는 믿을 만한 사내를 한 사람 알기는 알아. 마음으루

까지 동정인 사내를."

하고 갑자기 엄숙해진다.

"그게 누구야? 임, 준, 상, 씨?"

하고 문임이 빈정거리느라고 고개를 까딱까딱한다.

"아, 니."

하고 혜련은 굳세게 부인하느라고 눈을 크게 뜬다.

"그럼 누구?"

하고 문임이 새침해진다.

"그게 누군고 하니 설은주요."

하고 혜련은 한숨을 짓는다. 혜련은 은주가 어려서부터 어떻게 저를 위해주고 또 어떻게 마음이 순실하던 것을 기억한다. 주인집 막내딸로, 응석받이로 길러난 혜련이 부모 없이 남의 집에 와서 얹혀 있는 은주를 마치 행랑 자식 천대하듯 마구 굴어도 은주는 아무 말 없이 받아주던 것을 생각한다. "저리 가!" 하고 혜련이 소리를 빽 지르고 눈을 흘기면 은주는 비실비실 피해 가던 것을 생각한다. 그러한 동시에 혜련이 차차 나이가 먹어서 커다란 계집애가 된 뒤에는 어떻게 은주가 예절답게 혜련을 대하던 것을 생각한다. 그러할 때에 혜련은 은주를 도리어 괘씸하게 아니꼽게 생각한 일이 있던 것도 생각한다. 하인 녀석이 무얼 상전 아가씨보고 내외하고…… 이렇게까지 생각하였던 것도 생각한다. 일순간에 이러한 생각이 날 때에 혜련은 은주에게 대하여 미안한 마음에,

"보기에도 그이가 퍽은 얌전해."

문임도 설은주의 믿음성스러운 얼굴을 생각하였다. 코가 우뚝하고 눈이 크고 약간 슬퍼하는 빛을 띤 듯한 그 얼굴은 문임에게는 퍽 인상적이

었다. 그 슬픈 듯한 빛은 그의 처지에서 온 것이라고 문임은 생각하였다.

"그래, 얌전허구말구. 점잖구, 짓지 않구. 재주두 있어요. 상업학교에 다닐 때에두 늘 우등이었다우."

하고 혜련은 은주를 칭찬한다.

"그럼 왜, 혜련이 그이와 혼인허지 않어? 나 같으면 허겠네."

하고 문임은 마지막 말이 지나친 것을 깨닫고 낯을 붉혔다. 그러나 진정으로 문임은 은주에게 호감을 가졌다.

혜련은 문임의 속을 뜨려는 듯이 물끄러미 문임을 바라보더니,

"언니, 나는 여태껏 그이를 사랑하리란 생각을 해본 일이 없어. 은주야, 은주야, 하고 몇 해 전까지 불러왔거든. 지금두 허우가 잘 안 나와요. 그야 언니, 내 마음이 잘못이지. 어려서부터 나는 그이를 나보다 낮은, 나와는 같지 아니한 계급에 속한 사람같이 생각해왔단 말야. 그게 아마 우리 부모의 잘못일는지 모르지. 그래두, 지금두, 제가 감히, 이런 생각이 있단 말이오, 언니. 그야 은주두 본래는 좋은 집 자손이야요. 그 아버지는 우리 아버지허구 함께 공부를 하셨더래. 그리구 나종에는 이름난 지사더라나. 난 본 일은 없지마는."

하고 혜련은 그 아버지가 젊어서 구차하였을 때에 은주의 아버지의 신세를 졌다는 말은 하기가 싫었다.

"그래두."

하고 혜련은 마음속에 옳고 그르고를 가리지 못하는 듯이 멀거니 섰더니,

"그래두 설은주허구 혼인할 생각은 안 나."

하고 고개를 살래살래 흔들었다.

혜련의 이 말과 태도에 문임은 굳세게 반감을 느꼈다. 설은주를 그렇

게 생각한다면 문임에게 대해선들 그렇게 생각하지 아니하랴 하는 불쾌
감도 있거니와, 집과 돈이 있고 없는 것으로 그처럼 사람을 차별해서 혜
련이 저는 그것이 있으니까 높다, 하는 그 속이 미웠다. 그래서 문임은,

"왜, 설은주 씨가 돈이 없어서 그래?"

하고 톡 쏘고 싶은 것을 참았다. 그리고 혜련에게 대한 정이 갑자기 주는
것 같고 은주에게 대한 동정이 불 일듯 하였다.

'달 맥힌 계집애.'

하고 문임은 혜련을 물끄러미 바라보고 경멸하는 표정이 나올까 보아서
외면하였다.

혜련은 제 걱정 때문에 문임의 속을 느끼지 못하는가 싶었다. 그리고,

"언니, 아모리 해두 은주가 마음이 놓이지 아니하니 학교 파하거든 언
니 좀 가보아 주어요, 상회에. 그러다가 무슨 실수가 있으면 어떻게 허
우?"

하였다.

문임은 혜련이 제 속에 일어난 불쾌한 감정을 못 알아보는 것을 다행으
로 여겼다. 그래서 안심하면서,

"내가 설은주 씨를 찾아가서 어떻게 해?"

하고 마음 놓고 물었다.

"가서 눈치를 보면 알지 않겠수? 비관을 허는지 안 허는지. 그리구 언
니보구 무슨 말이 있겠지. 그러면 언니가 좀 위로의 말을 해주어요."

하고 혜련은 애원하는 빛을 보인다.

"글쎄 내가 가기는 어렵지 않지마는 사랑 잃은 쓰라림은 사랑과 죽음
으로만 고칠 수가 있다는데, 내가 무슨 말루 위로를 헌담."

"그래 언니가 가보시면 헐 말이 다 있지 않겠수?"

하고 혜련은 한참 시무룩하고 있다가,

"그렇지만 그 사람이 벌써 상회에서 달아나지나 아니했으까? 벌써 어디루 달아났으면 어떻게 해? 설마 죽을 리야 없지마는, 아무려나 언니 한번 가보아 주어요."

하고 혜련은 대단히 괴로운 빛을 보인다.

문임은 혜련에게 은주를 찾아갈 것을 약속하였다.

"우리 같이 가."

해보았으나 혜련은 고개를 흔들어서 굳게 부정하였다.

문임은 혜련과 갈려서 종로로 갔다. 벌써 날이 매우 더워졌다. 종로로 다니는 사람들의 등골과 이마에는 땀이 맺힐 만하였다. 더구나 가무는 날의 석양이다. 후끈후끈하는 바람결을 따라서 이리 몰리고 저리 몰리고 하는 먼지는 숨이 턱턱 막힐 것 같았다.

문임은 쑥스러운 길이다, 하고 속으로 생각하면서 부러 김 장로의 금은상회 앞을 지나기 얼마를 더 걸어가다가 다시 돌아서서 레코드 가게에서 흘러나오는 속요를 들으면서 금은상회 앞으로 왔다. 은주전자, 은컵, 이러한 것들을 늘어놓고 쇼윈도 앞에 서서 금으로 들국화를 아로새긴 주전자를 잠깐 들여다보는 체하면서 가게 안을 엿보았다. 늙은 부인 하나와, 아마 그의 딸이요 누구의 첩인 듯한 금비녀 꽂은 짙은 옥색 저고리에 무늬 많은 자줏빛 나는 치마를 입은 젊은 부인 하나가 진열장 유리 위에다 금붙이를 늘어놓고 고르는 모양이요, 그 맞은편에는 은주가 지켜서 있었다.

'옳지, 아직 달아나지는 아니했구나.'

하면서 문임은 가게로 들어갔다.

문임이 들어오는 것을 보고 은주는 잠깐 당황하는 빛을 보였으나, 얼른 상인의 평정을 회복해가지고 보통 손님에게 대한 것과 마찬가지로 잠깐 고개를 숙여서 인사를 하고는 고객의 분부를 기다리고 있었다.

문임은 은주의 가슴이 설레는 것을 짐작하였다. 그리고 저도 물건 사러 온 사람 모양으로 진열장을 들여다보면서 서성거렸다. 약혼에 쓴다는 보석 박은 반지들이며, 혼인에 쓴다는 편반지며, 비녀며, 은수저며, 귀불주머니며, 은장도들이며, 아이들의 노리개들, 모기장 끈에 다는 것들, 술잔들.

여자인 문임은 이러한 물건들에 모두 흥미를 느꼈다. 보석 박힌 반지, 인게이지먼트 링, 이것은 과년된 여자들이 가슴을 두근거림이 없이 보고 지나갈 수는 없는 것이다. 아무리 보석을 볼 줄 모르는 여자라도 금강석의 찬란한 광채와 루비의 핏빛, 그리고 진주의 종잡을 수 없는 빛을 못 알아낼 수는 없는 것이다. 그리고 적어도 금강석, 다이아라는 말이 더 통용되기 쉬울는지 모르지마는, 금강석 박은 백금 반지를 왼편 손 새끼손가락에 끼고 밤 회합에 서서 빛을 낸다는 것쯤은 젊은 여자의 허영심의 천자일호(天字一號)다. 문임의 눈이 이러한 물건에 오래 박히는 것도 당연한 일이거니와 저와는 별로 관계없을 듯한 비녀라든가 노리개 같은 것도 그것을 볼 때에 오는 모든 연상, 초례청, 신부례, 갓난이, 이러한 것도 여자의 아내로의 본능, 어머니로의 본능을 건드리지 아니할 수는 없는 것이다. 더욱이 제가 그런 것들을 마음대로 사서 가질 수 없을 때에 그 흥분은 더욱 큰 것이다. 그것을 훔치기라도 하고 싶고, 그것을 위해서는 사내에게 몸을 팔기라도 하고 싶게 되는 아가씨가 노상 없지 아니한 것이다.

문임은 마음속에 어떠한 동요를 느꼈다. 그의 눈앞에는 부자 남편이 보이고 큰 집이 보이고 금은보석의 풍족한 장신구가 보였다. 그러할 때에 문임이 받은 교육, 특히 성경에서 배운 것이 생각나서 문임은 일종의 위험감을 가진다. 그래서 문임은 고개를 이 유혹하는 물건들에서 돌린다. 문임은 숨찬 양을 남에게 보일까 저퍼서 주기도문을 외워본다.

하늘에 계신 우리 아버지, 이름을 거룩하게 하옵시며,
나라이 임하옵시며,
뜻이 하늘에서 이룬 것과 같이 땅에서도 이루어지이다.
오늘날 우리에게 일용할 양식…….

그러나 주기도문을 끝까지 다 외우지 못하고 문임은 그 끝을 잃어버린다. 금강석, 금반지, 돈 많은 남편, 이러한 것이 주기도문을 떠밀치고 마음속을 습격해 들어온다.

오늘날 우리에게 일용할 양식을 주옵시고 우리가 우리에게 죄 지은 자를 사하야준 것같이 우리의 죄를 사하옵시고…….

하다가 또 끝을 잃어버린다.

우리를 시험에 들지 말게 하옵시고 다만 악에서 구하옵소서.
대개 나라와 권세와 영광이 아버지에게 영원히 있사옵나이다.

하고 가까스로 끝을 맺을 때에 문임은 손수건으로 콧등과 이마의 땀을 씻고 한 번 한숨을 쉬었다. 그리고,

'시험에 들지 말게 하옵시고……. Temptation! Temptation! Temptation! Evil! Evil! Evil! Satan! Satan! Satan!'

하고 수없이 속으로 중얼거렸다. 그리고 나니 마음이 좀 잡히는 것 같았다.

"어떻게 오셨어요?"

하는 은주의 말에 문임은 꿈을 깬 듯이 비로소 그 흥정하는 부인네들이 벌써 가버리고 은주가 상인의 평정한 기계적인 태도를 버리고 예사 사람의 태도로 제 앞에 와 섰는 것을 깨달았다.

문임은 무슨 큰 부끄러운 일이나 하다가 들킨 사람 모양으로 낯을 붉혔다. 그러고는 미처 말이 나오지 아니하여 다만 한 번 웃었다.

"이리 앉으시지요."

하고 은주는 기대는 것 없는 둥근 교의 하나를 가리켰다.

"괜찮아요."

하고 문임은 겨우 제 사명을 자각하고 은주의 마음을 엿보려고 애를 쓰면서,

"이렇게 늘 혼자 계셔요?"

하고 물었다.

"왜요? 점원 한 사람이 더 있고 또 아이도 하나 있어요. 그런데 그 점원이 내환이 중해서 어제 오늘 못 옵니다."

하고 은주는 아무 흥이 없는 듯이 대답한다.

"늘 바쁘시지요?"

하고 문임은 별로 뜻도 없는 말을 주워댄다.

"무얼요. 또 여름이 되면 무슨 장사나 한산하니까요."

하고 은주는 아까 왔던 고객들이 늘어놓고 간 물건을 차곡차곡 진열장 안에 집어넣는다. 그러면서도 문임이 무슨 일로 왔는가 하는 듯이 때때로 문임을 본다.

문임은 은주의 마음을 알 수가 없었다. 은주는 아무 일도 없는 사람같이 태연하였다. 억지로 뜯어보면 세상에 흥미를 잃은 듯한 무표정한 빛이 있지마는, 그것은 은주의 본래의 면목이 아닐까. 그렇다고 문임은 이대로 돌아갈 수가 없었다. 혜련에게 보고할 확실한 재료를 얻지 아니하면 아니 된다. 혜련에게 보고하는 것뿐 아니라, 문임 자신의 궁금증을 면하기 위하여서라도 은주의 속을 더 떠보지 아니하면 아니 된다. 문임은 사실 은주에게 허물없이 말할 만한 친분이 없다. 혜련과 둘이서, 더러는 혜련의 집에서, 더러는 상회에서 몇 번 은주를 본 일이 있지마는 문임은 그와 별로 말을 하여본 일도 없었다. 그러한 사이에 너무 여러 말을 묻는 것은 실로 어려운 일이었다. 그래서 문임은 손가락으로 진열장 유리를 한참이나 가만가만히 두드리다가 용기를 내어서,

"그런데 신색이 좋지를 못하셔요. 어디가 편치 않으셔요?"

하고 말을 붙였다.

은주는 놀라는 듯이, 또는 뚱딴지라는 듯이 힐끗 문임을 돌아보았다. 문임은 이때에 은주의 속에 심상치 아니한 빛이 나는 것을 보았다.

'응, 그 아버지가 지사라더니 저 눈이로군.'

하고 생각하였다. 겸손밖에, 친절밖에는 아무것도 없는 듯하던 상인 은주에게서 위엄을 본 것이었다.

은주는 그 번개같이 번뜻 나타났던 위엄을 얼른 거두어 감추어버리고 다시 순한 상인이 되어서,

"네, 무어. 아무렇지도 않습니다."

하고는 모처럼 물어주는 말에 대답이 너무 초졸한 것을 뉘우치는 듯이 한 번 더 문임을 보며,

"어젯밤 장부를 좀 정리하느라고 늦잠을 자서 그런 게지요."

하고 그 희랍 조각과 같이 힘 있게 생긴, 그러나 열정적일 듯한 제 얼굴을 한번 쓸어본다.

'장부 정리!'

하고 문임은 한 가지 중요한 재료를 얻은 것을 일변 놀라고 일변 기뻐하였다.

문임은 생각하였다. 이것은 필시 장부를 정리해놓고 달아나려는 은주의 책임감에서 나온 것이라고. 분명히 그러한 것같이 생각했다. 그렇게 생각할 때에 문임은 더욱이 은주가 불쌍하였다. 사랑에 거절을 당하여 피 흐르는 가슴을 안고 밤늦도록 장부를 정리하는 은주의 정경이 견딜 수 없이 마음이 아프게 생각했다. 가고 싶은 학교에도 못 가고 남의 집 눈칫밥을 먹으면서 자라난 그가 어린 동생과 같이 불쌍하였다.

그래서 문임은 가슴이 울렁거리고 낯이 화끈거림을 깨달으면서,

"설 선생."

하고 불렀다. 그 소리는 떨렸다.

'선생'이라는 칭호를 처음 들어보는 은주는 대답이 나오지 아니하여서 다만 부르는 사람을 쳐다볼 뿐이었다. 문임은 은주의 곁으로 한 걸음 다가서면서,

"제가 다 알아요. 설 선생 속에 품으신 괴로움을 다 알아요."

할 때에 은주의 고개는 힘없이 숙여졌다. 은주는 차마 고개를 들 수 없는 큰 욕을 당하는 것 같았다. 그리고 말이 없었다. 일생에 고개 들어볼 기회 없는 그의 자존심이 또 한 번 짓밟힘을 깨달았다.

문임은 말을 이어서,

"혜련이헌테 들었습니다. 혜련도 퍽이나 설 선생을 존경합니다. 그리고 일전 그 일이 있은 뒤에 설 선생이 괴로워하시지나 아니하는가 해서 퍽으나 걱정을 하고 있어요. 그래서 오늘 제가 이렇게 찾아온 것도 혹시 설 선생이 잘못 생각하시지나 않는가 해서. 어디 여자의 마음이 그렇게 얼른 결정이 됩니까. 혜련이도 도모지 마음에 준비가 없었거든요. 불의에 그런 말씀을 들으니깐 어떻게 대답할 수가 있어요? 아모 여자라도 그런 경우를 당하면 처음에는 거절을 합니다. 그것이 여자의 본성이거든요. 그러니깐 아직도 혜련이가 설 선생께 대한 태도가 결정이 된 것이 아닙니다. 혜련이 말이, 세상에 믿을 남자 한 분을 아노라고요, 그분은 누구신고 하니 설 선생이라고요. 그러니깐 아직 실망은 마셔요. 저도 힘 있는 데까지는 힘을 쓰께요."

하고 단숨에 말하였다.

문임의 말이 끝나자 은주는 고개를 들어서 문임을 잠깐 보고는 다시 고개를 숙이고 길게 한숨을 쉬었다. 그의 등과 가슴이 불룩거리는 것이 문임의 눈에 분명히 보였다.

한참이나 말없이 숙이고 있던 고개를 번쩍 들어서 문임을 정면으로 이윽히 바라보더니, 은주는,

"고맙습니다. 저를 위해서 그처럼 생각해주시는 호의는 깊이 명심하

겠습니다."

하고 잠깐 말을 끊었다가,

"그렇지마는 제 마음은 벌써 작정이 되었습니다. 작정되었다느니보다 제 잘못을 깨닫고 뉘우쳤습니다. 다시는 혜련 씨에게 미안한 말씀도 아니 하고 걱정도 아니 끼칠 테니 안심하시도록 잘 말씀해주세요. 저는 제 걸어나갈 길을 분명히 찾았으니까요."

하고 정말로 시름 다 잊은 듯이 전차와 자동차와 걷는 사람들이 복작복작하는 종로 한길을 바라보고 있었다.

문임은 은주의 이 말과 태도에 학교 선생에게서 보는 이상의 점잖음과 위풍을 보았다. 그 속에는 높은 철학과 굳은 신념이 있는 것 같았다. 혜련의 말과 같이 참으로 믿음성 있고 기대고 싶은 인격이 있는 것 같았다. 상업학교밖에 다니지 아니한 젊은 상인이라 하여, 나이는 비록 위이지마는 동생과 같이 품어주려던 문임의 생각이 변하여 도리어 그에게 눌리는 느낌을 가졌다.

'Reliable personality(믿을 만한 인격자).'

하고 문임은 생각하였다. 그러나, 작정이라니 무슨 작정일까 하고 걱정도 되었다.

"그러면 어떻게 하실……?"

하고 문임은 묻기가 미안함을 깨달으면서 은주의 얼굴을 들여다보았다.

은주는 대답하기 어려운 듯이 또는 문임의 진의를 알려는 듯이 물끄러미 문임을 보았다. 은주의 눈에는 사람을 뚫어 보는 빛이 있었다. 은주는 문임의 눈에 아무 악의가 없는 것을 보았고, 그러할뿐더러 마음을 턱 열어놓는 빛이 있음을 볼 때에 문임에게 대한 호의가 솟았다. 은주는 제 결

심을 바로 말함이 옳지 아니함을 느끼면서도 또 문임의 호의를 저버리는 것이 미안한 생각이 나서,

"지금까지 김 장로 선생님 은덕으로 이만큼 자랐으니 인제는 제 발로 걸어 다니면서 제 손으로 밥을 벌어먹으랍니다. 그저 그것뿐이지요."

하고 싱그레 웃었다.

문임은 그 이상 더 캐어물을 수는 없었다. 또 더 묻지 아니하더라도 은주의 뜻은 다 알아진 것 같았다. 제 발로 걸어 다니면서 제 손으로 밥을 벌어먹는다는 말이 퍽 문임에게는 깊은 인상을 주었다. 나도 그렇게 할 것이 아닌가, 하는 생각이 났다.

이때에 옥비녀 꽂은 젊은 여자 하나와, 트레머리한 그보다도 더 젊은 여자 하나가 들어왔다. 옥비녀 꽂은 여자는 단속곳을 끄는 양이 기생인 듯하거니와 트레머리한 여자는 비록 굽 높은 구두는 신었을망정 학교에 다니던 여자 같았다.

비녀, 가락지, 귀이개, 연봉 등속을 흥정하고 있었다. 문임은 아마 저 트레머리한 여자가 시집을 가는 것인가, 아마 남의 첩으로 가는 것인가, 이러한 생각을 하였다.

흥정을 하는 동안에 은주는 아주 고분고분한 상인이 되고 말씨와 음성조차도 전연 딴사람같이 되었다. 손님이,

"다른 집에서는 그렇지 않은데."

하고 투정을 할 때에 은주가,

"그렇지 않습니다."

하고 저울눈을 손가락으로 가리켜가면서, 웃어가면서 접대하는 양은 그 위엄 있고 묵직한 은주와 딴사람이었다.

손님이 나가면 은주는 여전히 물건을 제자리에 차곡차곡 넣고, 그러고
는 본래 은주가 되어서 문임을 대하였다. 은주는 문임에게 이런 말을 하
였다.

"은혜란 도저히 다 갚을 수 있는 것은 아닙니다마는, 은혜를 갚지는 못
해도 은인에게 걱정을 끼친다든가 은인을 배반하는 결과를 보이게 하고
싶지는 아니합니다. 그런데 제가 어리석고도 마음이 약하여서 제 처지도
돌아보지 아니하고 혜련 씨에게 그런 말씀을 하여서 그 댁에 걱정을 끼치
면 어떡하나 하고 그것만 염려가 됩니다. 한번 던져진 말을 다시 주서 담
을 수는 없고, 마음대로 하면 곧 죽어버리거나 달아나버리고 싶습니다마
는, 그리하면 그야말로 은혜를 원수로 갚는 것이 되고, 그냥 가만히 있자
하니 마음이 졸이고요."

하고 어이없는 듯이 허허 웃으며,

"원, 아니 여쭐 말씀까지 여쭈었습니다. 그저 혜련 씨께 걱정이나 아
니 되도록 잘 말씀해주십시오. 저는 아모 일 없습니다."

문임은 상회를 나서서 사직동 집으로 오는 동안에 은주의 모양과 말과
생각을 여러 가지로 생각해보았다. 그리고 은주의 그림자가 제 마음에
붙어서 떨어지지 아니함을 깨달았다.

'내가 은주 씨를 사랑해드릴까?'

이러한 생각이 문뜩 날 때에 문임은 처음에는 혼자 웃고, 다음에는 한
숨을 쉬었다.

문임이 집에 들어갈 때에 의사가 나오는 것을 만났다. 중문 안에 들어
서자 들리는 것은,

"수술을 하랄 적에는 아니 하다가 이제 와서 수술할 기운도 다 없어졌

다는데 무슨 수술을 한다고 야단이야. 사람이란 아모 때에도 한 번은 죽는 것인데 죽는 게 그렇게 무서워? 쾌니시리 사람을 볶기만 하지 않나?"

하고 느릿느릿한 소리로 외치는 김 장로의 성난 소리였다. 김 장로는 대청에 서서 눈을 부릅뜨고 안방을 들여다보면서 호령을 하고 있었다.

문임은 김 장로야 보거나 말거나 허리를 굽혀서 인사를 하고는 부엌 모퉁이를 돌아서 안방 뒤를 돌아서 가만히 대청 뒤 뒷마루에 걸터앉았다.

"싫다. 약은 무슨 약을 먹으란 말이냐? 너의 아버지가 어서 내가 송장이 되어 나가기만 바라시는데 약이 무슨 약이야! 물 한 모금을 내가 먹을 줄 아느냐?"

하고 김 부인의 악쓰는 소리가 들린다.

"그만두려무나. 약을 안 먹으면 장히 무섭겠다."

하는 것은 김 장로의 볼 부은 소리.

"그래요. 누가 먹는다우? 내 하로바삐 죽으께 영감은 어서 젊은 계집애나 하나 얻어서 이천 냥 가지고 거드럭거리고 살아요. 그렇지만 이 집이랑 땅이랑은 아이들 이름으로 옮겨놓는 것을 보고야 내가 죽을걸. 새로 들어오는 년이 어떤 여우 년이 들어올 줄 알고. 그년이 자식새끼 낳아놓으면 이 애들은 의지가지없이 쫓겨나라고?"

하고 김 부인은 더욱 악을 쓴다.

"원, 말 같지 아니한 소리. 죽는 여편네가 무얼 이러고 저러고 잔소리야? 내 자식, 내 재산, 내가 작하나 잘 알아 하리라고."

하고 김 장로는 일어나서 사랑으로 나가버린다.

"혜련아, 어쩌면 너의 아버지가 저러시느냐. 저렇게도 애멸치시냐. 그래도 너는 아버지 말씀이면 다 옳지?"

하고 김 장로가 나가버린 줄을 알고 김 부인은 혜련을 보고 운다.

혜련은 울며불며 가까스로 어머니에게 약을 먹이고 마루로 나온다. 김 장로가 일어나 나간 뒤에 문임이 마루에 올라와 서 있었다.

"언니, 언니, 오셨수?"

하고 혜련은 제 부모의 추태를 문임에게 보인 것이 부끄러웠다.

"지금 왔어."

하고 문임은 제 수건으로 혜련의 이마의 땀과 눈물을 씻겨준다.

"인생이 다 이런가? 언니 부모두 이러셨수?"

하고 혜련은 문임과 함께 방에 들어와 앉으면서 문임에게 이렇게 묻고는, 문임의 무릎에 쓰러져 울었다.

"울지 말어."

하고 문임은 혜련의 등골의 땀을 씻기면서 위로하였다.

"이럴 걸 무엇 하러들 혼인들을 해?"

하고 혜련은 일생을 독신으로 지나는 서양 부인네들을 생각하였다. 그리고 말을 이어,

"난 정말 세상이 지긋지긋해. 난 아버지두 미워헐 수 없구 어머니두 미워헐 수 없거든. 두 분이 다 괜찮은 사람들 같은데, 왜들 그러실까? 서루 미워서 미워서 못 견디어하는 사람들 같으니. 내외란 젊어서는 의추가 좋다두 늙어지문 저렇게 미워지는 것인가. 그러니 사람이 일생 젊을 수야 있나? 아마도 어머니 말씀이 옳은가 봐. 아버지가 어디 정들인 여자가 하나 있나 봐. 어머니는 꼭 그렇다시는걸. 설마 저 침모야 아니겠지만."

하고 멍하니 무엇을 생각한다.

문임은 혜련의 생각을 돌릴 겸 은주 만났던 이야기를 꺼내려고,

"혜련이, 설 선생 걱정은 아니 해두 괜찮을 것 같애."

하고 입을 열었다.

이 말에 혜련은 비로소 은주에 관한 사건이 생각이 나는 것 같았다. 그처럼 그의 부모의 갈등은 혜련의 마음을 흔들고 눌러버렸다.

"그래 상회에 있어?"

하고 혜련도 마음을 은주의 문제로 향하였다.

"그럼, 같이 있는 사람 하나는 내환이 있어서 어저께부터 못 나온다구, 설 선생 혼자 계시던데."

하고 문임은 은주가 손님 대할 때 태도를 생각해본다.

"언니두, 설 선생은 무슨 선생이야. 선생이란 말을 그렇게 함부루 쓰우?"

하고 빙그레 웃는다.

"그럼 무어라구 해?"

하고 문임은 속으로는 혜련의 은주에게 대한 교만에 반항하면서도 부끄러워서 낮을 붉혔다.

"설이라든지, 설 서방이라든지 그러지."

하고 혜련은 입을 비쭉한다.

"혜련이는 왜 그이라면 그렇게 경멸하는 태도를 가져? 속으로는 그이를 존경하면서."

하고 문임은 분개한 생각을 가지면서 참다못하여 정식으로 항의를 하였다.

혜련은 잠깐 새뜩하는 듯하였다. 혜련은 그렇게 마음이 얌전하면서도

사람을 낮추보는 거만한 버릇이 있었다. 아마 그 아버지 김 장로의 버릇을 닮은 것이다, 이렇게 문임은 생각한다. 혜련의 그 거만한 마음과 태도가 혜련에게 일종의 끄는 힘을 주는 것은 사실이었다. 누구든지 다 눈에 차지 아니한 듯한 태도는 도가 넘지 아니하면 일종의 미다. 누구에게나 아첨하는 듯한 헤벌어진 태도보다는 조촐하고 쌀쌀한 맛을 준다. 혜련은 조촐하고 쌀쌀한 외양을 가진 계집애였다.

그러나 그것이 조금 지나치면 아니꼽고 건방진 데 흘러버리고 만다. 혜련은 은주의 말이 날 때에는 이러한 병이 보였다. 누구에게나 상글상글하고, 누구에게나 호의를 가지는 문임의 성격에는 혜련의 성미는 이따금 너무 싸늘하고 깔끔깔끔하였다. 면도날 모양으로 베어지는 줄도 모르게 베어질 것도 같았다.

그러나 혜련은 반성하는 힘을 가지고 나오기를 잊어버리지 아니한 드문 여자 중에 하나였다. 이 반성이야말로 영혼을 지옥의 불구덩이에서 건져내는 하나님의 손이다.

"언니, 내가 잘못이오."

하고 혜련은 새뜩했던 표정을 눅이고 수치의 표정을 보이면서,

"언니 말씀이 옳아. 내가 그이를 속으로는 존경하면서도 멸시하는 버릇이 있어요. 그것이 내가 어려서부터 가지고 온 버릇인가 봐."

하고 제가 어렸을 때에 어머니가 가끔,

"에미 애비 죽은 청승맞은 자식."

"거지 자식."

하고 무슨 실수가 있으면 은주를 두고 말하는 것을 듣던 것을 기억한다. 그때에 혜련은,

'나는 저런 청승맞은 거지 자식과는 다른 사람이다.'

하는 생각을 가지고, 만일 은주가 제 말을 잘 들어주지 아니하면은 심히 경멸하는 생각으로 눈을 흘기던 일을 생각한다. 그러나 그런 말을 하여서 어머니의 명예를 손상하기는 차마 못 할 일이었다. 또 사실상 지금은 어머니도 그때보다 도덕적으로 훨씬 높은 사람이 되기도 하였다.

"예수를 믿는 내가."

하고 혜련은 은주 멸시하던 일이 부끄러웠다.

"언니, 내 다시는 그이를 멸시하지 아니하께요. 언니, 내가 어리석어서 그래. 내가 무엇이기에, 그이가 무엇이 나만 못하기에. 언니, 내 다시는 그런 생각 아니 먹으께 용서해요. 언니."

하고 혜련은 울 듯하였다.

혜련의 이 말을 들을 때에 문임은 매우 기뻤다.

"용서는?"

하고 문임은 혜련의 손을 잡으면서,

"우리 서로 잘못하는 것을 보면 바루 충고하자구 그러지 않았어? 그러니깐 혜련이두 내 말을 고깝게 듣지 말아요."

하고 혜련의 뺨에 입을 맞추었다.

문임의 입술이 뺨에 닿을 때에 혜련도 몸이 자릿자릿하도록 기뻤다. 부모의 사랑도 다 깨어져버린 듯한 오늘날에 저를 품어주는 것은 오직 문임의 사랑임을 느꼈다. 비록 문임의 속과 제 속이 착 들어맞지 아니하는 줄을 알건만도, 문임의 속에는 열 겹 스무 겹 싸둔 무엇이 있어서 혜련에게도 그것을 풀어 보이지 아니하는 줄은 알면서도, 그래도 문임에게 기대는 것이 기뻤다. 혜련의 마음속에 임준상의 그림자가 못으로 박은 듯이 달라붙어서 마음을 어지럽게 하지 아니함이 아니지마는, 그것은 아직 무엇이 될지 모르는 것이었다. 임준상이 과연 제 것이 될는지, 또 임준상이 과연 믿을 만한 사람인지, 그것도 아직은 미지수이다.

혜련, 과년되고, 게다가 몸으로나 마음으로나 숙성한 편이요, 감수성이 대단히 예민한 처녀인 혜련은 동성 친구의 우정만으로만 만족하지 못할 빈구석이 없지 아니하지마는, 사랑하는 이성의 정이 올 때에 동성 친구의 우정 따위는 대낮에 외로 선 촛불만도 못하겠지마는 그래도 고적(이것은 남녀를 물론하고 청춘 시대에 짝을 구하는 본능이다)한 오늘에는 문임의 사랑이 혜련의 총 재산이다.

"언니."

하고 혜련은 문임의 손을 만적거리며,

"그래, 그이가 자살할 것 같지는 아니합디까? 설마 그럴 리야 없지만. 그래두 그이가 겉으로는 순해 보여두 마음이 맺힌 사람이라우."

하고 혜련은 어렸을 적에 은주가 젖가슴에 난 부스럼을 쨀 때에 눈물을 똑똑 떨구면서도 아프다는 앙탈 한마디 없이 입을 꼭 다물고 안간힘만 깡깡 쓰고 앉았던 일을 생각한다. 문임은,

"그이가 자살을 하자면 금시에라두 할 수 있는 이야. 혜련이가 바로 보았어. 아주 마음이 맺힌 이야. 그 눈을 보아요. 그런데 그이가 지금 어떻게 생각하고 있는고 하니, 은인께 걱정을 끼쳐서는 안 되겠다, 아저씨께두 걱정이 되지 않구, 혜련이게두 걱정이 되지 않게 해야 하겠다, 이렇게 생각하는 모양인데, 그래두 무슨 결심은 했는지 앞길의 결심은 했누라구, 오, 이런 말을 해. 지금까지는 아저씨 은혜 속에서만 살았지만, 은혜란 일생 두구 갚아두 갚을 수 없는 것이지만, 인제부터는 제 발루 걸어 다

니면서 제 손으로 벌어먹을 도리를 하겠노라구."

하고, 아무쪼록 은주가 하던 말을 고대로 혜련에게 옮기려고 애를 쓴다. 그래도 제가 옮기는 말에는 은주의 말에 있던 감격시키는 힘이 없음을 느낄 때에 은주의 남성적 인격의 억센 힘이 새삼스럽게 느껴졌다. 여자가 '무솔리니' 흉내를 내는 것과 같다고 문임은 생각하였다.

"그게, 언니, 무슨 뜻일까? 어디로 달아난다는 뜻일까?"

하고 혜련은 근심스러운 듯이 묻는다.

"글쎄, 나두 더 자세허게 못 물어보았어. 도모지 또 말을 해야지. 또 손님은 오구. 내가 열 마디나 해야 한 마디 대답을 하니. 그래두 땅이 꺼지게 한숨을 두어 번 쉬어요. 그이가 어디 한숨 지일 사람이야?"

하고 문임은 제 말이 혜련의 마음에 어떠한 효과를 주나, 하는 것을 알려고 혜련을 바라본다.

혜련은 눈만 감았다 떴다 하고 아무 말이 없다. 그러나 그것은 혜련의 마음이 무슨 무거운 기운에 눌리는 것인 줄을 문임은 보았다.

문임은 실로 터럭 끝만 한 이기심도 없는 밝고 정성스러운 마음으로,

"혜련이."

하고 불렀다.

혜련은 말은 없이 눈만 문임에게로 돌렸다.

"혜련이, 만일 어느 분헌테 마음을 준 데가 없거든 설 선생을 사랑해드려요. 내가 보기에는 그이는 남편으로 믿음성 있는 사람 겉애. 그까진 대학 공부가 그렇게 대수야? 인격이 제일이지. 대학깨나 다닌 사내는 조선에두 수두룩허지마는 어디 사람 같은 것 어디 있어? 모두 시큰둥만 허구 암것두 못 허는 주제에 건방지기만 허지. 인격이 제일 아니야? 난 혜련

이가 그이하구 혼인하는 게 제일 행복될 것 같애."

하고는 문임은 일종의 고적함을 느낀다. 말은 옳은 말인 줄 알면서 제게 소중한 무엇을 남에게 권하는 듯한 아쉬움이 있었다.

"그럴까, 언니?"

하는 혜련에게는 저를 은주의 배필로 보아주는 데 모욕에 가까운 불만을 느낀다. 금방 그런 마음을 아니 먹는다고 약속도 하고 작정도 하였건마는, 마음에 박힌 습관은 그렇게 쉽사리 떨어지는 것이 아니었다. 혜련은 아무리 하여도 임준상을 잊을 수가 없었다. 준상에게 대하여서는 혜련은 아무 지식이 없었다. 다만 그 풍채와 말솜씨와, 그러고는 그의 아름다운 테너를 알 뿐이었다. 그가 어떤 집 자손인 것조차 모른다. 다만 간접으로 들은 말로 그는 학교에서도 수재였고, 상처를 하였는지 이혼을 하였는지 모르지마는 그가 현재에 독신이어서 졸업을 앞에 두고 배필을 구하는 것만은 사실인 듯하였다. 그리고 그가 여자들에게 매우 친절하고 또 여자들에게서 환영을 받는 것도 알았다. 이만한 하잘것없는 지식을 가지고 혜련은 준상을 이상적 애인으로, 남편으로 생각해버렸다. 혜련이 생각하기에 좋은 것은, 남자에게서 바랄 모든 이상적인 것은 전부 준상에게다가 갖다 붙였다. 그러고는 이 남자야말로 조선에 제일가는 남자요, 제 배필이 될 사람이라고 혼자서 작정해버린 것이었다.

그와 반대로 은주에게 대하여서는 혜련은 너무 많은 지식을 가지고 있었다. 어려서부터 같이 자라난 그에게 대해서는, 혜련에게는 아무 신통한 것이 없고 모두 평범한 것 같았다. 은주의 좋은 점을 혜련이 아는 것도 사실이요, 상당한 존경을 가지는 것도 사실이지마는, 그래도 자릿자릿한 맛이 없었다. 무엇인지 모르는 준상에게 더 많이 끌리는 힘을 느끼었다.

"언니, 암만해두 나는 그이를 사랑할 수는 없어."

하고 마침내 혜련은 단안을 내렸다.

이 말에 문임은 적이 안심이 되는 것 같았다. 멀리 손 아니 닿는 곳에 있던 은주가 가까이 손 닿는 곳에 온 것 같았다.

'그러나, 그렇지만……'

하고 문임은 마음이 무거워졌다. 은주도 가난한 사람, 문임 저도 가난한 사람. 가난한 두 사람, 아무것도 없는 두 사람이 서로 사랑한댔자 무엇하나, 하는 생각이 천 근의 무게로 문임의 가슴을 내리눌렀다. 혜련은 재산이 있으므로 은주와 혼인하더라도 아무 걱정이 없다. 그렇지마는 문임은 아무것도 없는 알몸.

문임은 경제 문제를 생각지 아니하고 사랑에만 끌려서 가난한 남자에게 시집을 가서 지지리 고생하는 여러 선배들을 생각한다. 그들 중에는 혹은 불행한 파탄을 보고, 혹은 아내가 벌어서 남편을 먹이는 꼴을 본다. 문임은 둘 다 견딜 수 없는 고통일 것 같았다. 어려서부터 가난을 모르고 밥 귀한 줄, 옷 귀한 줄 모르고 자라난 문임은 잠시 남의 집에 부쳐 있는 구차한 생활도 견딜 수 없는 고생인데, 게다가 일평생의 가난 고생? 그것은 생각만 해도 진저리가 나는 일이었다. 문임의 몸이 지방적이요 좀 무른 편인 것이 이러한 생각을 하게 되는 선천적 약속일는지도 모른다. 또,

"나는 부잣집 첩으로 가면 갔지, 가난방이 여편네 노릇은 못 하겠다."

하고 꺼리지 않고 말하다가, 마침내 정말 부자의 첩으로 가버린 동무의 영향도 없지는 아니할 것이다.

"사랑 먹고 사나?"

하는 것이 약은 여자들의 격언이 되다시피 한 시대의 영향도 없지 아니할

것이다. 이상보다도 현실을 중하게 보는 선천적 기질의 관계도 없지 아니할 것이다. 실상 문임이 혜련을 볼 때에는 이상만 따르고 현실을 모르는 철없는 아이만 같았다.

'혜련은 사랑이 없어서 은주를 못 사랑하고, 나는 돈이 없어서 은주를 못 사랑하나?'

이렇게 생각하자 문임은 슬펐다.

김 장로 부인은 마침내 입원을 하였다. 어차피 죽을 사람이니 병원에 가서 죽게 하는 것이 좋다는 김 장로의 판단으로였다.

병원에 입원은 하였지마는 의사는 수술하기를 원치 아니하는 모양이었다. 그래서 용태를 보아서 한다고 해서 하루 이틀 끄는 것이 일주일이나 넘은 뒤에야 본인의 앙탈로, 또 김 장로도 동의하여서 위를 떼어내는 수술을 하게 되었다. 거의 다 썩어 문드러지다시피 한 위를 떼어내고 식도와 창자를 마주 매어놓고 나서 의사는 휘유 한숨을 쉬었다.

수혈을 할 필요가 있다고 해서 문임은 마침 혈형이 김 부인과 맞는 것을 다행으로 피를 두 컵이나 빼어서 김 부인의 혈관에 넣어주었다.

"이런 때에는 수혈이 쇳소리가 나는 수도 있건만."

하던 의사의 말이 요행 맞아서 김 부인의 수술 후의 경과는 매우 좋은 듯하였다.

김 장로는 가끔 병원에 부인을 찾아갔다.

"어떨 모양이오?"

하고 김 장로는 과장 선생에게 물었다.

"글쎄 아직 같아서는 경과는 좋으신 모양입니다마는 원체 쇠약하셨으니까요."

하고 과장은 장담은 아니 하였다.

　김 장로는 과장의 말을 듣고는 한숨을 쉬었다. 그것은 남에게는 아내의 병을 걱정하는 한숨이요, 김 장로 자신에게는 아내가 살아날까 보아 근심하는 한숨이었다.

　"아무래도 완인 되기는 어렵지요?"

하고 김 장로가 다시 묻는 말에 과장은,

　"노인이니까요."

하고 귀찮은 듯이 가버렸다.

　아내가 완인 되기를 바라는 김 장로는 아니다.

　"영감, 인제는 살아난 것 같아요."

하는 김 부인의 말에 김 장로는,

　"잘 조심을 해야지."

하고, 그래도 베개도 고쳐 베워주고 이불도 바로 덮어주었다.

　김 부인은 그래도 살아나려니 하는 모양이요, 살고 싶어 하는 모양이었다. 간호부들을 붙들고,

　"위를 떼어내고도 완인이 되어서 오래 사는 사람이 있소?"

하고 몇 번이나 물었다.

　"그러믄요. 있구말구요."

하는 간호부들의 말을 듣고는 혼자 만족해하였다.

　김 부인은 과장의 입에서 그 말을 들을 양으로 회진할 때마다 물었으나, 뚱한 과장은 아무 대답도 하지 아니하였다. 그것이 김 부인에게는 걱정이었다.

　그래서 한번은 찾아온 남편을 보고,

"여보시우, 과장 선생 보시구 내가 이러구두 완인이 되어서 오래 살 수가 있나 좀 물어보아주시우."

하고 청을 하였다.

김 장로는 속으로는 픽 웃으면서,

"내가 벌써 물어보았어."

하였다.

"무어랍디까? 남들두 나같이 수술을 허구두 살아나서 완인 된 사람이 있다구?"

하고 부인은 더욱 간절하게 알고 싶어 한다.

"살아날 사람이 있길래 수술들을 허지."

하고 김 장로는 불쾌한 빛을 더 감출 수가 없었다.

"영감이야 내가 어서 죽기를 바라시니깐. 그것이 미워서 심사루라두 더 살걸. 한 팔십 되두룩 살걸."

하고 부인은 화를 낸다.

"마음을 편안히 가져야 병이 낫는대."

하고 김 장로는 책망하는 듯이 외친다.

김 부인은, 의사의 말도 마음을 편히 가져야 병이 낫는다고 하므로 남편에게 대한 화풀이를 그치고 눈을 감고 말았다.

김 장로의 가족은 번갈아서 병원에 와서 김 부인의 간호를 하였다. 낮에는 며느리가 오고, 밤에는 혜련과 문임이 오고, 김 장로는 이따금 오고. 한번은 침모가 온 것을 보기 싫다고 김 부인이 쫓아버렸다.

그러나 김 부인이 얼마쯤 정신이 분명하게 되고 몸이 편안하게 되면서부터는 침모를 김 장로와 함께 집에 두는 것이 위태하여서 밤에 침모를 부르고 그 대신에 혜련과 문임이 하루걸러 밤을 새우기로 작정하였다. 그러다가 만일 무슨 일로 침모가 못 오는 날에는 열 번이고 스무 번이고 집에다가 전화를 걸라고 하여서 김 장로를 불러다 놓고야 마음 놓고 잠을 잤다.

김 뜻을 짐작하기 때문에 심히 불쾌하였지마는, 목숨이 며칠 아니 남은 아내라 하여 순순히 아내의 말대로 하여주었다.

이 모양으로 김 부인은 하루에 우유와 미음을 모두 두어 종지밖에 못 마시면서도, 아직 수술한 뱃가죽에 실도 빼어놓지 못하면서도 남편과 침모가 단둘이 집에 있을 기회가 없이하느라고 있는 애를 다 썼다.

오래 가물다가 비 많이 오는 어느 날, 밤이 열 시나 지나서 김 부인은 혼곤하게 자다가 깨어서(김 부인은 이삼일래로 신열이 나기 시작하였다) 병실을 돌아보다가 남편도 없고 침모도 없는 것을 보고 혜련더러,

"아가, 아부지 아니 오셨니?"

하고 물었다.

"다녀가셨어요, 어머니 주무실 때에."

하는 혜련의 대답에 부인은 깜짝 놀라는 듯이,

"아가, 어서 집에 전화 걸어서 아버지나 침모나 하나 오라고 하려무나."

하였다.

"열 시가 넘었는데, 그리구 비가 오는데."

하고 혜련은 낯을 찡그렸다.

"이 애가 글쎄, 메칠 못 살 어미 속을 왜 이렇게 상하게 하느냐?"

하고 부인은 팔을 내어두르면서 화를 내었다.

"글쎄, 지금 무어라구 오라구 허우? 이 비 오는 밤중에."

하고 혜련은 어머니의 질투가 추하게 보였다.

"혜련아, 네가 왜 내 속을 몰라주느냐? 아부지가 도모지 믿지 못할 어른이다. 겉으룬 번주그레허시지 속은 딴판이어든. 이 어미가 일생에 어떻게 속을 썩인 줄 알구 그러니? 어서 전화 걸어라. 아부지가 주무시거든 침모더러 어서 인력거라두 잡아타구 오라구, 내가 급히 헐 말이 있다구 그래라."

하고 부인은 울려고 들었다.

혜련은 할 수 없이 전화를 걸러 나갔다.

한참이나 있다가 전화에 나온 것은 아버지였다.

"저야요, 혜련입니다."

"오, 왜 그러니? 어머니가 무슨 일이 있느냐?"

하는 것은 김 장로의 졸리는 소리였다.

"아부지, 어머니가 침모를 좀 곧 보내시라고 그러세요. 급히 좀 헐 말이 있다구요."

하는 혜련의 낯에는 쥐가 일 것 같았다.

"침모는 왜?"

하고 김 장로는 입맛을 다시더니,

"오, 곧 보낸다구 그래라."

하고 김 장로는 더 말을 들으려고도 아니 하고 전화를 탁 끊어버렸다.

김 장로는 '큿' 하고 코웃음을 웃고, 안으로 통하는 문을 열고 안마당을 향하여,

"이봐 침모, 이봐 침모."

하고 불렀다. 드난이나 안잠자기가 이상하게 알까 보아서 김 장로는 더

욱 커다란 소리로,

"이봐 침모, 어서 병원에 좀 가보게."

하고 온 집 안에 다 들리도록 소리를 질렀다.

"네에."

하는 침모의 대답을 듣고는 김 장로는 문을 닫고 돌아와서 자리에 드러누웠다. 함석 차양을 두들기는 빗소리가 요란하고 늦은 전차의 궤도를 갈고 돌아가는 소리가 무슨 울음소리같이 들려왔다.

반자 위에서 쥐들이 덜그럭거렸다.

'딴은 침모가 얌전키는 해.'

하고 김 장로는 입맛을 다셨다. 아내가 하도 강짜를 하니 정말 침모를 건드려줄까 하는 생각을 해본다.

"이봐, 침모."

하고 부르려고 할 때에 대문이 삐걱 열리는 소리가 들렸다.

'아뿔싸, 벌써 가는군.'

하고 김 장로는 도로 자리에 누웠다.

'남의 속두 모르구.'

하고 김 장로는 혼자 픽 웃었다. 김 장로의 머릿속에는 문임의 풍후한 몸이 보였다.

아까 문임이 김 장로의 침실인 사랑방을 훔치고 자리를 깔고 들어갈 때에 김 장로는 껴안고 싶은 충동을 느꼈다. 그러나 차마 못 하였다. 딸 모양으로 아버지로 알고 마음 놓고 있는 문임을 건드리기는 참으로 미안하였다. 그래서 문임이 들어간 뒤에 김 장로는 성경을 한 절 보고, 그리고 기도를 올렸다. 그리고 마음을 잡고 잠이 들었던 것이다.

그러다가 침모를 병원으로 보내라는 전화에 김 장로의 욕심 심지에는 다시 불이 켜졌다.

　'아무래두 마누라는 죽을 것을.'

하고 김 장로의 느린 생각 바퀴가 돌기를 시작한다.

　'문임을 정식으로 결혼만 하면 고만이지.'

　이렇게도 생각해본다.

　'돈을 좀 넉넉히 주지.'

　이렇게도 생각해본다.

　'혜련이 보기가 부끄럽지마는.'

　이렇게도 생각해본다.

　'문임이가 말을 들을까, 젊은것이 이 늙은것과.'

　이렇게 생각하고는 김 장로는 머리와 얼굴을 만져본다.

　'박을 따라온 여학생도 있거든.'

　이렇게 전례도 생각해본다.

　'하나님께서 나를 위해서 문임을 내 집으로 보내신 것이 아닐까? 하나님께서 주시는 복을 물리치는 것이 도리어 죄가 아닐까?'

　이렇게도 생각해본다.

　'문임이도 내가 싫지는 아니한 모양이야. 퍽 친절하게 해주거든. 허기야 나만 한 사람이 조선에서 몇이나 되나?'

　이렇게도 생각해본다.

　실상 김 장로는 제가 무엇으로나 조선에서 몇째 안 가는 인물로 알고 있다. 교회에서도 목사를 들이고 내고 하는 세력이 있지 아니하냐. 교회 안에 있는 어느 기관에 그가 이사니 회계니 하는 소임을 아니 가진 데가 어디 있나? 서양 선교사들까지도 교회 여러 가지 일에 대하여서는 '미스터 김'이라 하여 그의 말에 귀를 기울이고 그의 비위를 맞추려고 하지 않는가? 김 장로는 이에 대하여서 큰 자부심을 가진다. 사실상 있지도 아니한 믿음과 점잖음을 가지고 이만한 명성을 쌓아 올리는 데는 김 장로의 고심은 여간한 것이 아니었다. 속에서 우러나지 아니하는 행실을 꾸미기가 여간 힘드는 일인가. 외길로 가는 인생 생활도 힘이 들거든 하물며 두 길 생활이랴. 김 장로에게 있어서는 인생이란 이러한 것이었다. 그는 제 속이 그러하기 때문에 남들도, 잘났다는 사람들이며, 인인 군자, 인격자라는 사람들도 다 그러려니 한다. 그러므로 그는 아무도 숭배하는 사람이 없다. 신앙이니 신념이니 하는 것은 다 말하느라고 지어낸 말로 안다. 그러므로 그는 그의 아들이 난봉 피우는 것을 책망하지마는 기실은 속으로는 난봉을 피우더라도 겉으로는 점잖지 못한 것을 책망하여서 '어리석은 놈'이라고 한다.

'천당은 어디 있고 지옥은 어디 있나? 그것은 다 어리석은 무리들을 가르치자니 지어낸 소리.'

김 장로는 이렇게 생각하기 때문에 김 장로가 무서워하는 것은 오직 감옥과 세상 사람들의 입이었다.

비는 더욱 악수로 퍼부었다. 전차 소리도 자동차 소리도 빗소리 때문에 다 먹혀버리고 오직 좍좍 하는 빗소리뿐이었다.

김 장로는 벌떡 자리를 차고 일어났다.

김 장로는 배스로브를 입고 레인코트를 입고 우산을 쓰고 안마당에를 들어섰다. 김 장로는,

'나는 문들이 다 닫혔나, 비 맞는 물건이나 없나, 이것을 돌아보러 나

온 것이다.'

하고 스스로 제게 말을 하면서 부엌문도 닫고, 대청 앞에 놓인 며느리와 손자의 신발도 올려놓고, 이 모양으로 두리번거리면서 뒤꼍으로 돌았다.

장독대 뚜껑도 돌아보았으나 다 잘 덮여 있었다. 문임이 자는 방에는 불이 꺼져 있었다.

김 장로는 문임이 혼자서 자는 방 앞에 섰다. 가난한 문임은 제 단벌인 구두를 신문지를 깔고 착 대청 뒤 툇마루에 놓은 것이 대청에 켜놓은 불빛에 비치어서 희미하게 보였다.

김 장로는 그 구두를 들어보았다. 뒤축이 한쪽이 닳아서 구두 모양이 찌그러지고 퍽 낡았다. 김 장로는 그 구두를 바싹 코에다가 대었다. 가죽 냄새밖에는 아무것도 아니 났다.

'구두를 한 켤레 맞추어주어야겠군.'

하고 구두를 도로 제자리에 놓았다.

그리고 문임이 자는 방의 창, 대청에 켠 불빛이 비스듬히 비추인 창을 바라보며 김 장로는,

'나는 비 맞는 것이나 없나, 문 안 닫힌 것이나 없나 돌아보러 나온 사람이다.'

하고 속으로 중얼거리면서,

"이 애가 어째서 덧문을 안 닫고 자누. 아가, 문임아, 덧문 닫고 자거라."

하고 불러보았다.

잠든 문임은 대답이 없었다.

"날이 선선헌데 이것이 이불이나 아니 차 던지고 자나?"

하고 중얼거리면서 김 장로는 문임의 방 쌍창을 방싯 열었다.

대청의 불빛이 비스듬히 방으로 흘러 들어가 쌍창 안에 누워 자는 문임의 발을 비추었다. 문임의 가슴으로부터 위는 그림자 속에 가리어지고, 모로 한편 다리의 무르팍부터 아래가 이불 밖에 나와 있었다. 불빛에 드러난 그것은 김 장로에게 누를 수 없는 충동을 주었다.

김 장로는 어느덧 신발을 벗고 방에 들어섰다. 무엇을 하러 들어가는지 저도 모르면서.

문임은 갑자기 들이쏘는 선뜻한 바람을 느껴서 고개를 한편으로 돌리고 몸을 돌려 누웠다. 자주 줄 있는 배스로브 등이 나타났다. 그리고 문임은 여전히 잤다.

김 장로는 얼른 이불을 끌어당기어서 문임의 몸을 덮어주었다. 이것은 이 방에 들어올 때에 마음 한편 구석에 먹었던 생각이 자동적으로 실현된 것이었다. 그러고는 김 장로는 잠깐 실신한 사람 모양으로 서 있었다. 다음 순간에 김 장로는 문을 닫았다. 가로 들어오던 전등 빛과 선들선들하던 바람이 끊어지고 방 안은 어두워졌다. 문임의 모로 누운 얼굴이 허옇게 어둠 속에 나떴다.

문임은 문 닫는 소리를 들었음인지 잠깐 고개를 돌렸다. 그러나 다시 안심한 듯이 잠이 들었다. 학교에서 영어 연극을 연습하던 꿈을 꾸고 있었다.

문임의 고개가 움직임을 보고 김 장로의 마음에는 불현듯 부끄러운 마음이 일어났다.

'내가 무엇 하러 여기를 왔는가?'

할 때에 낯이 화끈함을 느꼈다. 만일 문임이 눈을 떠서 자기가 여기 있는 것을 보면 그 창피함을 어찌할까, 하고 김 장로는 방의 어두운 구석에 몸을 감추었다. 문임의 덜 들었던 잠이 깊이 들기를 기다려서 살그머니 빠져나가서 사랑으로 가 자리라 하면서.

좍좍 비가 더 퍼붓기를 시작한다. 바람결에 몰린 빗발이 창을 엄습하는 소리가 들렸다. 그러한 소리들의 틈틈이 문임의 부드러운 숨소리가 들렸다.

김 장로는 얼마나 서 있었는지 모른다. '가자', '잠깐만 더' 하는 생각이 오락가락하면서 눈을 크게 떠서 문임의 누운 모양을 바라보고 있었다.

'아모 때에도 첫 번 한 번은 당해야 할 창피.'

이렇게도 생각해보고,

'늙은것이 이것이 무슨 꼴인구?'

하고 자책도 해보았다. 그러나,

'이 좋은 기회를.'

하는 생각이 모든 다른 생각을 눌렀다.

'무어, 지옥이 있나? 사람이란 죽어지면 고만인 것을.'

하고 마음속에 일어나는 양심의 부르짖음을 비웃으려 하였다.

'잠시라도 얻은 쾌락만이 오직 내 것이라고 할 만한 유일한 것이다.'

이렇게 생각할 때에 김 장로는 제 일생이 체면이니 양심이니 하는 동안에 다 저녁때가 되어버렸다는 한탄이 일어났다. 얼마 아니 남은 인생의 동안이라 하면 그것이 무척 아깝고 소중하였다.

'박은 지금 한창 재미있게 사는데.'

하고 명예도 존경도 사회적 지위도 다 잃어버리고 젊은 첩을 두셋이나 얻어가지고 향락 생활을 하고 있는 박이 부러웠다. 벌써부터 그것을 단행한 박은 김 장로 자기보다는 영웅인 듯하였다.

'그놈의 장로라는 지위가.'

하고 김 장로는 한숨을 쉰다.

'그깟 놈의 거 다 집어 팽개를 쳐버리면 고만이지. 내 재산은 있것다.'

김 장로는 이렇게 생각한다.

근래에 와서 김 장로는 가면을 벗어버린 제 면목을 차차 분명하게 보게 되었다. 처음에는 그 가면 벗은 제 진면목이 무섭기도 하고 보기 싫기도 하였지마는, 차차 그것이 도리어 가뿐함을조차 깨닫게 되었다. 그래도 수십 년 쓰고 온 가면을 활딱 벗어버리기에도 아까운 구석, 어려운 구석이 없지 아니하여서 팽개를 치려던 가면을 다시 쓰고 다시 쓰고 하였다.

'같지 아니한 그놈의 양심' 때문에 인생의 취할 쾌락을 못 취한 과거가 무한히 아까웠다. 센 터럭, 빛을 잃은 피부, 얼마나 김 장로에게 아까운 것이냐.

'물때가 늦어간다. 재우치는 저 바람 소리와 빗소리는 물때 늦어간다고 재촉하는 소리가 아니냐.'

김 장로의 마음에는 점점 풍랑이 일기를 시작하였다. 청춘의 열정을 잃어버린 김 장로의 마음은 늙고 병든 말 모양으로 날뛰기를 즐겨 하진 아니하였다. 김 장로의 또 하나 있는 마음이 소낙비같이 이 늙고 병든 말을 채찍질하지 아니하면 아니 되었다.

'머리가 허연 것이, 머리가 허연 것이.'

하는, 어디서 오는지 모르는 소리에 김 장로는 귀를 꽉 감으면서 최후의 용기를 내어서 문임의 자는 곁에 앉았다.

"아가, 문임아."

하면서 김 장로는 손으로 문임의 부드러운 뺨을 쓸었다. 문임은 깜짝 놀라 고개를 번쩍 들면서,

"누구야?"

하고 소리를 질렀다.

"내다, 내야."

하고 김 장로는 무료한 듯이 뒤로 물러앉았다.

문임은 벌떡 일어나서 이불로 몸을 꼭꼭 싸면서 한참은 말문이 막혔다가,

"아저씨, 웬일이셔요?"

"응, 용서해다오. 내가 미쳤다."

하고 김 장로는 고개를 숙여버린다. 실로 창피한 꼴이라고 생각한 것이다.

"아저씨."

하고 문임은 눈을 크게 떠서 어두움 속에 귀신같이 앉은, 자리옷 입은 김 장로의 모양을 물끄러미 보았다. 그것이 김 장로인 줄 안 뒤에는 문임은 무서움이 좀 줄었으나 불쾌한 감정이 북받침을 금치 못하였다.

"아저씨, 가서서 주무세요."

하고 문임은 떨리지마는 힘 있는 소리로 명령하듯이 외쳤다.

김 장로는 가까스로 고개를 들면서,

"내가 네게 좀 할 말이 있어."

하고 문임의 날카로운 칼끝을 피하려 하였다.

"아저씨, 하실 말씀은 내일 아침에 하세요."

하고 자리옷을 여미고 일어나서 전기등을 켰다.

김 장로는 전깃불이 무서운 듯이 눈이 부신 듯이 고개를 돌렸다. 방에

놓인, 딸 혜련의 책상과 벽에 걸린 혜련의 옷들이 김 장로의 눈에 띄었다. 금시에 혜련이 '아버지' 부르고 나서서 이 늙은 아버지의 망령을 원망할 것 같았다.

그러나 김 장로는 이러한 모든 양심의 소리를 억지로 막아버리려 하였다. '다 저녁때'라는 생각과 '물때가 늦어간다'는 생각만을 힘 있게 하려 하였다. 여자는 남자의 용기에만 정복된다는 말을 들은 것을 김 장로는 기억한다.

이 모양으로 김 장로는 용기를 수습하여서 이불로 몸을 둘러싸고 떨고 앉았는 문임을 정면으로 바라보았다. 다음 순간에 김 장로는 와락 달려들어서 문임의 어깨를 껴안으며,

"문임아, 내가, 이 늙은것이 오죽하면 이 밤중에 너헌테를 왔겠느냐. 나는 사회적 지위도 명예도 다 내어놓았다. 나는 목숨도 내어놓았어. 나는 문임이가 아니면 살 수가 없어."

하고 머리를 내어둘러서 문임의 입을 찾았다. 문임은 고개를 돌려서 이리로 저리로 피하였다. 그리하면서,

"아저씨, 아저씨."

하고 불렀다.

문임은 소리를 칠까 하였으나 그것은 차마 할 수 없었다. 어떻게 하여서라도 이 자리를 벗어나기만 하면 아무리 비 오는 밤중에라도 이 집에서 달아나버려서, 저도 성하고 김 장로에게도 망신을 주지 아니하고 싶었다.

"문임아, 내가 재산을 줄 테야. 얼마든지 네가 달라는 대로 줄 테야. 저 금은상회를 주든지 논을 주든지. 또 저 마누라라는 게 며칠 못 살 테니

나와 혼인만 하면은 내 재산은 다 네 재산이 아니냐? 아들놈이라고 난봉만 피우고, 내가 이 세상에 문임이밖에 바라고 살 사람이 없거든. 그러니까 문임아, 날 살려주는 줄 알고 내 말을 들어."

하고 김 장로는 씨근씨근하면서 문임의 귀에다가 입을 대고 애걸하였다.

문임은 꾀로밖에 이 자리를 벗어날 길이 없음을 깨달았다.

"아저씨, 그럼 제가 생각해보께요. 지금은 사랑으로 나가서요."

하고 순하게 말하였다.

김 장로는,

"안 되지. 문임이가 나를 사랑할 리는 없으니까, 내가 문임을 억지로 빼앗을 수밖에 없거든. 내가 죽으면 죽지 이 자리에서 그냥 나갈 리는 없어. 어차피 저질러놓은 일에 인제는 끝을 보는 것밖에 없거든."

하고 김 장로는 이제는 아주 짐승과 같은 용기를 가지고 덤비려 들었다.

"아저씨, 그러면 저는 소리칠 테야요."

하고 문임은 위협하였다.

"소리쳐도 괜찮지. 인제는 나는 아모것도 무서운 것이 없거든."

"아저씨, 저기 건넌방 문소리 나요. 제가 옷 입고 사랑으로 나가께요. 사랑에 나가서 아저씨 하라시는 대로 다 하께요. 나중에 버리지만 마신다면."

하고 문임은 고개를 잦혀서 김 장로를 우러러보았다. 김 장로의 눈에서는 불이 나고 입에서는 동물성 비린내 섞인 뜨거운 김이 후끈후끈하였다.

"정말?"

하고 김 장로는 더욱 씨근거리면서 문임의 눈을 들여다보았다.

"네에, 저 보세요. 대청에 발자국 소리가 나는데."

하고 문임은 귀를 기울인다. 비바람 소리에 섞여서 사람이 마루를 밟는 소리가 들리는 듯도 싶었다.

"정말 사랑으로 나와."

하고 김 장로는 무서운 얼굴을 지어 보였다. 진실로 만일 문임이 거짓말을 하고 아니 나오면 이번에는 억지로라도, 이렇게 결심하였다.

"네에."

하고 문임은 아첨하는 빛까지 보였다.

"십 분 이상 기다리게 말구. 내가 문임에게 재산 줄 계약서를 다 써놓을 테야."

하고 김 장로는 문임을 놓고 나가버렸다.

김 장로가 나가버린 뒤에 문임은 자리옷을 벗어버리고, 예사 옷을 갈아입고, 비 외투를 입고, 그리고 우산을 들고, 그러고는 방 안을 둘러보았다. 제 책상이며 제가 쓰던 물건이며 제 행리이며⋯⋯. 그러나 문임은 이것을 오래 바라보고 있을 새는 없었다. 문임은 전기등을 끄고 구두를 신고 나섰다. 대청 시계가 열두 시를 쳤다. 밤이 그렇게 늦지도 아니하였구나, 하고 문임은 그것을 다행으로 여기면서 사뿐사뿐 걸어서 조심조심하여 소리 아니 나도록 중문과 대문을 열고 퍼붓는 빗속에 길에 나섰다.

'어디로 가나? 병원으로 갈까?'

하고 잠깐 망설이다가 야주개를 향하고 걸었다. 괴괴한 거리에는 이따금 택시를 탄 술 취한 사람이 지나갈 뿐이었다.

문임은 김 장로에게 대하여 지극한 반감은 가지면서도 김 장로 때문에 이성이 그리운 충동이 눈을 떴다. 그가 안고 비비대기친 것이 진저리가 나도록 싫으면서도 몸에는 음탕에 가까운 발작이 일어났음을 깨달았다. 만일 김 장로가 좀 더 못 견디게 굴었던들 어찌 되었을는지 모르겠다고 문임은 생각하면서 전속력으로 달아나는, 손님 하나도 아니 태운 마지막 전차를 따라잡아보려고 달음박질을 쳤으나, 그 전차는 황토마루 정류장에 정거도 아니 하는 듯 잉잉 소리를 치며 종로를 향하고 달아나고 말았다.

문임은 숨이 찼다. 숨이 찰수록 어느 품이 그리웠다.

'김 장로가 인사체면 불고한 모양으로 나도 인사체면 불고하고 은주에게 매어달리리라.'

하면서, 문임은 종로 네거리에 가까운 김 장로의 금은상회 앞에 다다라서 반성할 여가도 주지 아니하고 문을 두드렸다.

은주는 아직 자지 아니하고 있었다. 가게를 드리고 나서 장부를 정리하고는 값가는 귀중품을 금고에 넣고, 그러고는 자기 전에 의례히 하는 모양으로 손수 가게의 창들과 문들이 잘 잠겼는가를 돌아보는 길이었다.

이러한 때에 문을 두드리는 소리. 은주는 깜짝 놀랐다. 이 아닌 밤중에 가게를 찾을 사람은 없는 것이다. 아마 경관이나 아닌가 하면서 은주는,

"도나다(누구요)?"

하고 물었다.

문임은 은주의 음성을 알아듣고,

"제야요, 문임입니다."

하고 한 번 더 덧문을 두드렸다.

문임이란 말에 은주는 아까보다도 더욱 놀랐다. 심상치 아니한 불길한 일이 생겼구나, 하고 은주는 문을 열었다.

문임은 안에 들어서면서,

"누구 다른 분 계서요?"

하고 물었다.

"아이가 있지요. 벌써 자요."

하면서 은주는 문임의 빛나는 눈을 쳐다보면서 문을 잠글까 말까 하고 망설였다.

"문을 잠그서요. 저는 여기서 자고 갈 테야요."

하고 문임은 염치를 잊어버린 여자와 같이, 주인이 들어오란 말도 하기 전에 우산을 놓고 신발을 벗고 물 흐르는 외투를 벗어서 걸 자리를 찾느라고 두리번거렸다.

은주는 문을 잠그고 나서 문임의 외투를 받아 들고,

"그런데 웬일이서요?"

하고 눈을 크게 떠서 문임을 흘겨보면서 물었다.

"놀라시게 해서 미안합니다."

하고 문임은 팔과 팔이 스칠 정도까지 은주에게 바싹 다가가면서,

"밤중에 쫓겨난 머리 둘 데 없는 사람이 어디를 갑니까. 고아는 역시 고아가 의지가 될 것 같아서 찾아왔습니다. 용서하서요."

하고 상그레 웃고는 고개를 숙인다.

"쫓겨나다니요?"

하고 은주는 더욱 눈을 크게 뜬다.

"인제 말씀할 만큼은 말씀할 테니 설 선생 방으로 가서요."

하고 문임은 아양 부리듯이 은주를 치어다본다.

"방이 어디 앉으실 만한 데가 되나요. 우선 여기 좀 앉으셔서 말씀을 허시구는 가실 데로 가서요."

하는 은주의 말은 냉혹하다 하리만 하였다. 은주는 이 젊은 여자의 때아닌 방문이 도무지 마음에 들지 아니하였다.

"그럼 먼저 말씀을 하지요. 선생님두 거기 좀 앉으셔요."

하고 문임은 단념하는 듯이 은주가 주는 교의에 앉는다.

은주도 앉는다. 눈도 깜짝 아니 하고 문임을 보며 무슨 소리가 나오나 하고 마음이 켜인다.

"그럼 들으셔요. 김 장로께서 밤중에, 바로 몇십 분 전이요, 제가 혼자 있는 방에를 들어오셨습니다."

"에?"

하고 은주는 놀란다.

"제가 잠이 깊이 들었는데, 들어오셔서 절더러 말을 들으라구 그러시는군요. 그 어른이 저를 무엇으로 알았는지 모르지요. 아마 퍽 만만한 계집애로 아셨던가 보아요. 그렇지만 그 어른은 제 은인이 아닙니까. 그리구 저를 친동기처럼 사랑해주는 혜련의 아버지가 아니십니까. 그래서 소리두 못 지르구, 욕두 못 허구. 뿌리치자니 뿌리칠 기운은 없구요. 그래서 이따가 사랑으로 나갈 테니 먼저 나가시라구 제발 빌었답니다. 그러자 마침 건넌방 문소리가 나니깐, 그럼 꼭 나오라구, 십 분 이상 기다리게 하면 다시 들어온다구 위협을 하고 나가시겠지요. 그래서 그 틈을 타서 빠져나왔습니다. 그러니 제가 쫓겨난 게 아니야요?"

하고 문임은 비창하고 분개한 표정을 보이면서,

"그러니 이 아닌 밤중에 비는 쏟아지는데 행길에 뛰어나서니 이 몸이 글쎄 어디를 갑니까. 병원으로 갈까 했지요. 김 장로 부인 병실에 혜련이가 가 자니깐요. 그렇지만 이 비 오는 밤중에 왜 왔느냐면 무어라구 대답을 합니까. 그 말을 바른 대로 다 하면 앓는 이가 기절을 아니 하시겠어요? 학교 동무의 집도 아는 데가 없지 아니하지요마는, 무에라고 하고 찾아갑니까? 그래서 고아의 설움은 고아이신 설 선생이나 알아주시려니 하구 염치 불고허구 이렇게 찾아왔습니다. 선생님, 저를 불쌍히 여겨주셔요. 그렇게 무서운 얼굴로 보시지 말구 저를 좀 품에 안아주셔요. 분한 생각, 설운 생각 다 하면 금시에 죽을 마음두 나지만, 선생님, 아직 죽기는 싫어요."

하고 문임은 말을 할수록 더욱 흥분이 되면서, 은주에게 말할 기회를 주지 아니하려는 듯이,

"제가 비를 맞구 여기까지 오면서 헌 생각을 다 말하게 해주셔요. 저는 설 선생을 사랑합니다. 저는 오늘부터 설 선생을 아니 떠나겠습니다. 설 선생께서 만일 저를 마다시면 저는 억지루라두 설 선생께 매어달리겠습니다. 설 선생, 저를 사랑해주셔요, 혼인해주셔요. 다시는 김 장로가 생념도 못 하게 저를 설 선생의 아내로 삼아주셔요. 김 장로는 힘과 돈으로 저를 정복한대요. 저는 돈두 없구 힘두 없으니깐, 고아의 사랑루 선생님을 정복하렵니다. 선생님, 제 정복을 받아주셔요, 네?"

하고 문임은 미친 듯이 은주의 어깨에 머리를 얹고 울었다.

은주는 몸에 얹히는 문임을 뿌리치려고도 생각하였으나 그가 하는 대로 가만 내버려두었다. 은주의 마음에 혜련이 있어서 그렇다는 것보다도, 문임의 정신을 의심하였다. 그렇게 얌전하던, 수줍기까지도 하던 여자가 어떻게 제정신으로야 이러한 말이나 행동을 할 수가 있을까, 하고 해괴하게 생각된 것이다. 정말 김 장로가 그러한 일을 하였을까. 가장 몰염치한 사람이나 할 일을 하였을까. 제 딸의 동무로 저를 아저씨라고 부

르는, 그나 그뿐인가, 제가 도와주는 여자를……. 아무리 하여도 은주에게는 그것이 신용이 되지 아니하였다.

그러나 문임의 말과 행동이 비록 상궤를 벗어났다 하더라도, 그것을 결코 미친 사람의 일이나 또 거짓된 일로 볼 수는 없었다. 그렇게 열렬하고 그렇게 말에 조리가 있지 아니한가. 그렇지마는 수십 년 아버지와 같이 믿어오고 또 존경하여온 김 장로(실상 세상에 나가 다닐 기회가 없는 은주에게 아는 선배라고는 김 장로와 및 그와 친한 몇 사람밖에 없었다)가 그러한 사람이라고 믿을 수는 없었다. 은주의 성품은 남의 가면을 가면으로 보아서 그 진면목을 엿보려고 하기에는 너무나 정직하였다.

"무슨 오해 아니셔요?"

하고 은주는 비로소 말끝을 찾아서,

"그 어른께서 문임 씨를 따님같이 아시니까 아마 귀애서서 무슨 말씀을 하신 것을 잘못 들으신 것이 아니셔요?"

하고 부드럽게 물었다.

"제 말씀을 의심하셔요?"

하고 문임은 분개한 듯이 울던 고개를 들어서 은주를 본다.

"아니, 의심하는 것이 아니라, 흔히 세상에는 그렇게 오해로써 생기는 희비극도 있거든요. 제가 믿어오기에는 김 장로 어른은 그러실 어른 같지 아니하길래 말씀입니다."

하고 은주는 눈을 감는다, 마치 보기 원치 아니하는 사실이 앞에 닥쳐오는 것처럼.

"오해 아닙니다."

하고 문임은 새침하면서,

"김 장로 어른으로 말씀하면, 은인으로 치면 제게도 은인입니다. 학비도 주시고 밥도 먹여주셨으니깐요. 제가 아버지께서 그렇게 갑작스레 돌아가시구 공부를 못 하게 되었을 때에 혜련이가 그처럼 저를 동정하여서, 김 장로께서, 학비 걱정을 마라, 우리 집에 와 있어, 하실 때에는, 저는 그 어른을 참말 아버지와 꼭 같이 고맙게 알구 사모했습니다. 그랬더니 오늘 보니깐 그것두 다 속에는 딴생각이 있어서 그런 것이야요. 재산을 얼마든지 줄 테니 같이 살자구요. 이 금은상회를 달라면 금은상회를 주구, 땅을 달라면 땅을 준다구요. 제가 없이는 세상에 도모지 살아갈 낙이 없누라구요. 이래두 제가 오해입니까? 또 말이, 저 마누란지 무엔지는 며칠 아니 있으면 죽을 테니 그때에 혼인을 하마구, 혼인을 하면 이 재산은 다 네 것이 아니냐구요. 이래두 제가 오해입니까? 그리구 또 말이, 이 자리에서 증거를 보여야 헌다구요. 제가 학비가 없어서 그 집에서 밥을 얻어먹는 신세니깐 돈만 준다면 무엇이나 예, 허구 덤빌 줄 아나 보지요. 돈 있는 사람은 돈이면 그만이요, 돈만이 제일루 아니깐요. 그래서 저는 그것이 분해서라두 돈 한 푼 없는 이헌테 시집을 가렵니다. 고아헌테 시집을 가렵니다. 제 말이 잘못이야요? 제가 무엇을 오해헌 것이 있어요?"

하고 힐문하는 태도였다.

은주는 속으로 문임의 말이 옳다고 찬성하였으나, 말은 하기를 원치 아니하여서 가만히 듣고만 있었다.

문임은 은주의 몸에서 떨어져서 아까 앉았던 교의에 물러 나와 앉으며,

"김 장로만이 아닙니다. 돈이 제일이라구 생각하는 것은 돈 가진 사람은 다 하는 생각인가 보아요. 혜련이두 그렇게 만사에 마음이 좋은 애

지마는, 돈 없는 사람은 아주 사람으루 보지 않습니다. 아주 그 애가 돈에 대한 교가 있습니다. 돈 있구두 돈교 없는 사람이 어디 있어요? 혜련이가 설 선생을 자기와 평등으루는 보지 않습니다. 도저히 연애니 혼인이니 헐 수 있는 계제루는 보지 않습니다. 제게 대해서두 마찬가지겠지요. 그런 줄 알아요. 설 선생두 돈이 없으시다구 멸시를 허는데, 제 따위가 무엇입니까. 그러니깐 설 선생이 아무리 애를 쓰셔두 혜련에게 대한 사랑은 성공 못 하십니다. 혜련에게는 벌써 마음에 먹은 사람이 있는걸요. 저 제대에 다니는 시굴 부자의 아들입니다. 혜련이가 설 선생을 좋은 사람으로 아는 건 사실이야요. 그렇지만 배필 될 이루는 아니 봅니다. 김 장로두 그렇지요. 김 장로두 설 선생이 일을 잘 보시구 돈을 잘 벌어들이니깐 신임은 허시지만 그렇게 교기 있는 이가 설 선생께 딸을 주겠어요? 어림두 없습니다. 김 장로가 돈 없는 사람을 얼마나 낮추보기에, 얼마나 사람이 아니루 보기에, 저를 첩을 삼으러 들겠어요? 돈을 많이 주께 같이 살자구, 그런 모욕이 어디 있어요? 돈만 준대면 아모런 계집애두 다 휘어들 줄 알구……. 장로두 그러니 다른 사람은 더 말헐 것 없겠지요. 그러니깐 저는 그것이 분해서라두 돈 한 푼 없는 어른을 사랑하렵니다. 그 사람들이 돈으루 사람을 정복하려 드니 저는 사랑만으루 사람을 정복해보랴구요. 저는 학교두 다 고만둘 테야요. 돈 없는 년이 학교에를 어떻게 다녀요? 또 다른 사람헌테 학비를 구하더라두 그 사람두 또 김 장로가 생각하는 것과 같은 생각을 하겠지요. 그러니 선생님, 내게 정복되어주서요. 더러운 돈 관계 없이 깨끗하게 정복되어주서요. 오늘 여기서 우리 혼인을 하서요. 목사를 청하재두 돈이 듭니다. 예배당을 빌재두 돈이 들구요. 하나님 안 계신 곳이 어디 있어요? 우리 여기서 혼인해요. 고아는 고아답게, 가난한 사람은 가난한 사람답게……. 아모렇기루 설 선생이나 제나 혼인을 허락할 사람은 어디 있구, 못 허게 헐 사람은 어디 있어요?"
하고 손을 내어민다.

　은주는 아니 놀랄 수가 없었다. 은주가 마음속에 가지고 있던 조선 여자라는 것은 이러한 것이 아니었다. 수줍고, 속에 있는 말을 겨우 눈으로 낯빛으로나 하고, 남편이 끌 때에도 억지로 끌리는 그러한 여자였다. 은주는 문임도 그러한 여자로 알았었다. 그랬더니 문임의 서슴지 않는 말, 흥분은 하였을망정 태연한 그 태도, 이런 것은 은주로는 처음 보는 것이었다.

　'요새 여자들은 다 이렇게 분명하고 활발하게 되었을까?'
하고 은주는 놀라운 눈으로 문임을 바라보면서 거의 정신없이 문임이 내어미는 손을 잡았다.

　문임의 말은 다 옳은 것같이 은주에게 들렸다. 제가 지금껏 생각하던 것, 김 장로가 아버지의 친구로서의 호의, 김 장로에게 대하여 느끼던 은혜의 관념, 혜련에 대하여 느끼던 그리운 마음, 이 모든 것이 다 싱겁고 어리석은 것같이 생각했다. 세상은 다 그러한 옛 투겁을 벗고 걸어 나갔는데 저 혼자만이 뒤에 떨어져서 그러한 생각을 품고 얌전하게 있던 것같이 생각했다.

　은주와 문임과 두 사람은 밤 동안 한잠도 이루지 못하였다. 처음 절반은 꿈같은 흥분 속에, 그러나 다음 절반은 앞날 일에 대한 근심 속에, 둘이서 혹은 같은 생각으로, 혹은 저마다 제 생각으로, 잠을 이루지 못하였다. 그러다가 첫 전차가 굴러가는 소리를 듣고 두 사람은 한 번 더 껴안고,

"죽거나 살거나 함께합시다."

하고 맹세를 하였다.

은주는 차마 정면으로 문임을 바라보기가 어려웠다. 보통학교와 야학으로 상업학교에밖에 못 다녀본 은주는 모더니즘에 물들 기회가 없었기 때문에 그의 마음은 다분으로 옛날 조선 남자의 마음이었다. 그가 비록 어려서부터 가정을 떠났다 하더라도, 그의 엄숙하던 구식 가정의 기풍은 은주의 뼈에 젖어 있었다. 이를테면, 그 기풍이 빠질 사이가 없어서 아직 송두리째 남아 있는 것이었다. 그 아버지의 근엄한 성품의 유전도 없지 아니할 것이다. 그 아버지, 설산이라는 이름을 가졌던 이거니와, 그 산이라는 이름은 삼점변에 메 산(汕) 한 자로 조선을 뜻하는 글자여서, 무론 자작 지은 이름이요, 호적상의 이름은 아니었다. 설산은 술을 먹었으나 비분강개한 회포를 푼다고 먹었고, 혹시 주석에 기생이 들어오면 그는 지사의 앉을 자리가 아니라고 하여서 자리를 차고 일어나 나가리만큼 그처럼 근엄한 사람이었다. 그가 십수 년 해외로 표랑하였지마는 그는 일찍 노는계집 하나를 건드려본 일이 없었고, 그의 동지들도 많이 그러한 사람이었다. 집을 생각하거나 계집을 생각하거나 제 의식을 생각하는 것은 그들에게는 수치였다. 그들은 잠꼬대까지라도 나랏일을 말하는 그러한 사람들이었다. 그때에는 이러한 기풍을 가진 지사가 많아서, 그들은 대개 은주의 아버지 모양으로 집을 버리고 처자를 버리고 해외로 방랑하였다. 그러한 남편을 가진 생과부들이 조선 안에서 아들딸을 데리고 이리저리로 돌아다니면서 동냥 공부를 시키는 사람이 퍽 많았다. 어떤 부인은 방물장사를 하거나 기름 장사를 하여서 아들딸의 학비를 대고, 어떤 이는 기숙사에서 밥을 지어주는 식모가 되어서 하나밖에 없는 딸을 공부를 시켰다. 은주의 어머니도 은주를 끌고 혹은 친정으로 혹은 시집 일 갓집으로 눈칫밥을 얻어먹이며 돌아다니다가 서울 와서 은주를 공부를 시켜볼 양으로 기름 광주리를 이고 다니기를 이태나 하였다. 혜련이 은주에게 대해서 멸시하는 생각을 품는 또 한 가지 이유는 은주의 어머니가 기름 광주리 이고 다니는 것을 본 까닭이었다. 그러나 은주의 어머니는 각기충심으로 죽어버렸다. 각기를 앓는 채로 못 이어보던 무거운 광주리를 이고 걸음을 많이 걸은 것과 영양이 부족한 것과 도무지 치료를 못 한 것이 그의 죽음을 재촉한 것은 말할 것도 없다.

그렇지마는 은주의 어머니는 그 남편에 지지 않게 마음이 개결한 부인이어서 제가 살아 있는 동안은 결코 자식을 남의 손에 맡기려 하지 아니하였다. 저는 굶으면서 은주를 먹이고, 저는 헐을 벗으면서 은주를 입혀서라도 독립독행으로 은주를 길러내려고 결심한 것이었다.

은주의 어머니는 삼십이 얼마 넘지 아니하여서 죽었다. 그는 학교에 다닌 일이 없고 겨우 언문을 읽었다. 그렇게 교양이 없으면서도 그는 남편의 뜻을 이해하여서 어린 은주의 손목을 잡고는, 남편이 어떻게 좋은 사람인 것과 은주도 아버지를 닮을 것을 누누이 말하였다. 은주는 지금도 그 어머니가 세브란스 병원 무료 병실에서 거의 죽을 때가 되어서 은주의 손을 잡고 하던 말을 기억한다.

"은주야, 너의 아버지는 결코 옳지 아니한 일을 하지 아니하셨다. 거짓말하시는 법 없고, 누구헌테 고개 숙이는 법 없고, 목이 날아나더라도 바른 말씀은 꼭 하시고, 밥을 굶어도 남헌테 구구한 소리 아니 하시고, 남이 무엇을 주어도 받지 아니하시고, 평생에 남의 여자 엿보지 아니하시고. 너의 아버지께서 만주에서 총 맞아 돌아가신 것도 그 꼿꼿하신 성미 때문이신 줄 나는 믿는다. 은주야, 나는 너의 아버지를 이 세상에서 제일 착하시고 제일 곧으신 어른으로 믿는다. 내가 너를 데리고 이렇게 고생을 하다가 죽지마는 나는 조금도 너의 아버지를 원망하지 아니한다. 은주야, 네가 커서 아버지와 같이 곧은 어른이 되는 것을 못 보고 죽는 것이 섧지마는 네 모습이 아버지를 많이 닮았으니 마음도 아버지를 닮아서 단단하고 곧을 줄 믿는다."

이러한 아버지(아버지에 관한 기억은 은주에게는 없다)와 어머니의 피를 받은 은주는 천성이 매우 근엄하였다. 가게에 앉았을 때에 밖으로 지나가는 여자를 알아보는 일이 없었다. 그러하던 은주가 남의 딸과 하룻밤을 같이하였으니, 비록 청춘의 혈기에 일시 꿈속 같은 쾌락에 취하지 아니할 수는 없었다 하더라도 자리에서 일어나 밝은 빛을 보면,

'아뿔싸, 내가 큰 죄를 지었고나.'

하는 양심의 가책이 일어나고 문임에게 대하여서는 무한히 미안하고 죄만한 생각이 났다. 그래서 정면으로 문임의 얼굴을 바라보기가 어려웠다.

그러나 문임은 마치 행복이 넘치는 듯한 얼굴로 자리도 개키고 은주의 옷도 돌아보았다. 마치 아내나 된 듯이. 그리고 정다워하는 웃음까지 띠면서 조금도 수줍어함이 없이 은주를 바라볼 수가 있었다. 은주는 문임의 이 태도에 한편으로는 일종의 쾌감을 느끼면서도 한편으로는 못마땅한 생각이 없지 아니하였다. 남편을 대할 때면 살짝 낯을 붉히면서 고개를 숙이고 눈도 들지 못하는, 그러한 것이 여자인 줄 생각하는 은주에게는 문임의 이 태도가 정당치 못하다고 생각하였다. 활동사진도 연애소설도 별로 본 일이 없는 그에게는 문임의 행동은 해괴한 일에 가까운 것이었다. 그래서 문임의 코케티시한 웃음을 띤 눈이 제 눈과 마주칠 때에 은

주 편에서 도리어 외면하였다.

은주는 심부름하는 아이가 일어나서 이 광경을 볼 것이 두려웠다. 가게를 열기 전에 문임이 가기를 바랐다. 그러나 문임은 중얼중얼 노래까지 부르면서 세수를 하고 머리를 빗었다. 은주는 어젯밤 불의에 숙소에서 뛰어나온 문임이 그 핸드백 속에 단장에 필요한 제구를 다 가지고 온 것을 놀라지 아니할 수 없었다.

'이 계집애가 성한 계집앤가?'

하고 은주는 머리를 틀고 앉았는 문임의 뒷모양을 보면서 생각하였다. 은주의 눈에는 얌전하고 아담하던 어머니의 그림자가 보였다. 일찍 어떤 남자와 마주 서서 말하는 것도 보지 못한 그 어머니, 부득이 어떤 남자와 말을 하게 된 때에는 반쯤 외면하고 고개를 숙이고 발부리만 들여다보던 그 어머니, 외딴길에서 남정네를 만나면 살짝 돌아서서 길을 피하던 그 어머니……. 은주에게는 이런 것이 여자의 정도라는 생각이 깊이 뿌리를 박고 있었다.

그런데 문임의 이 말괄량이 꼴. 예전에 상회에 올 때에는 그렇게 얌전을 빼던 문임이…… 하면 은주는 일종 환멸을 느끼지 아니할 수 없었다.

머리를 트느라고 어깨와 등과 허리의 근육이 여러 가지 모양으로 움직여서 일어나는 여자의 몸의 여러 가지 리듬과 포즈, 그것은 화가들도 좋아하는, 여자의 육체미 중에 중요한 것이건마는 은주에게는 그런 것이 다 못마땅하고 천착스러운 것 같았다.

'요새 계집애들은 다 저렇게 되었나? 나만 옛날 기분에 살고 있는 것인가?'

하고 은주는 길게 한숨을 지었다.

그와 반대로 문임은 모든 일이 이제 다 해결된 것같이 방글방글 웃고 있었다. 머리를 다 빗고 매무시를 다 고쳐 하고 치맛자락을 앞으로 보고 뒤로 보고, 그러고는 두 팔을 벌리고 와서 은주의 목에 매어달리면서,

　"나는 가요. 인제 나는 고아가 아니야요."

하고 매어달리면서 키스를 하였다. 그러고는 은주의 마음을 알아보려는 듯이 말끄러미 은주의 눈을 들여다보았다. 은주가 문임의 눈을 피하려는 듯이 허공을 바라보는 것을 보고,

　"왜 불쾌한 얼굴을 보이서요? 내가 무슨 잘못한 것이 있어요?"

하고 노여워하는 모양을 짓는다.

　"아니."

하고 은주는 가여운 듯이 문임의 어깨에 손을 얹으며,

　"여러 가지로 걱정이 되어서 그럽니다."

하고 싱그레 웃었다. 그러나 그 웃음은 곧 사라져버렸다.

　"왜 그러서요? 난 싫어요."

하고 문임은 은주의 가슴에 머리를 묻으며,

　"난 벌써 다 생각이 있어요. 난 보통학교 교원 자격이 있어요. 우리 아버지가 전문학교에는 안 보낸다고, 보통학교 훈도 자격을 얻어두라고 하셔서 훈도 자격을 얻었어요. 우리 혼인해가지구 어느 시골 가서 나는 교원 노릇하고 미스터 설은 가게 벌이고 그러구 살아요. 조금 벌면 조금 먹고 많이 벌면 많이 먹고 그러구 살아요. 무슨 큰 수를 보겠다고 남의 신세지고 남의 업수이여김 받고 이러고 있어요? 그러니깐 걱정 마서요."

하고 은주의 저고리 깃을 두 손으로 잡아 흔든다.

　은주는 문임의 계획과 결심에 놀랐다. 아무렇게나 뛰어온 것이 아니라

제 생각이 다 있어서 온 것임을 보고 놀랐다. 듣고 보면 과연 문임의 말이 유리하였다. 문임이 도리어 은주 저보다 수가 높은 것을 느꼈다.

그러나 그것만으로 은주의 마음이 편안해지지를 아니하였다. 첫째는 김 장로에게 관한 은의(恩義) 관계요, 둘째로는 혜련에게 대한 마음이 아무리 하여도 청산이 되지를 아니하였다. 이미 혜련이 분명히 은주의 청혼을 거절하였고, 또 은주도 이미 문임과 떼지 못할 관계에 들었으니 이제 새삼스럽게 혜련을 말할 처지도 염치도 아니지마는, 그래도 오랫동안 가슴에 품고 오던 혜련의 그림자에 대하여서는 굳센 애착이 있을뿐더러, 겸하여서 제가 문임의 사랑을 받음이 혜련에게 대해서는 배반인 듯한 괴로움이 되는 것이었다.

은주는 생각을 정돈하기가 어려워서, 지어서 웃으며,

"고맙습니다."

하고 가슴에 기대고 있는 문임을 한번 안아주고,

"그런데 어디로 가실 테요?"

하고 물었다.

"병원으로 가요."

하고 문임은 은주의 냉담한 듯한 태도에 약간 불만과 불안을 느끼면서,

"만일 제가 이렇게 매어달리는 것이 구찮으시거든 내 다시는 아니 오께요."

하고 발끈 성을 내며 층층대로 내려가고 말았다.

문임은 은주가 따라 내려와서 붙들어주나 하고 잠깐 층층대 밑에서 주저하였으나, 따라 내려오는 기척도 없음을 보고 문임은 일종의 모욕감을 느끼면서 나갈 문을 찾았다.

그때에야 계단을 내려오는 소리가 들리고 은주가 잠근 문을 열려고 애를 쓰는 문임의 뒤에 섰다.

"노여하지 마시오."

하고 은주는 문임의 어깨에 손을 얹었다.

문임은 은주를 돌아보지도 아니하고,

"어서 문을 열어주셔요. 다 알았어요."

하고 쇠빗장을 흔들었다.

"어디로 가셔요?"

하고 은주는 문임의 손을 잡으면서,

"지금 이 새벽에 어디로 가셔요?"

하고 간절하게 물었다.

문임은 그제야 은주의 가슴에 머리를 기대면서 들릴락 말락 한 음성으로,

"여자가 제 몸을 어떤 남자에게 내어던질 때에 얼마나 한 큰 각오를, 큰 결심을 가지고 하는 줄 아십니까. 한 번밖에 내어놓지 못할 몸입니다, 마음입니다. 그런데…… 그런데……."

하고 문임은 목이 메었다.

은주는 문임의 등을 또닥또닥하면서,

"내가 다 알아요. 다만 내가 배운 것이 없어서 어찌할 줄을 몰라서 그러는 것이지, 내가 다 알아요. 문임 씨, 내 마음도 문임 씨 마음과 꼭 같아요. 내가 말할 줄을 몰라서 그렇습니다."

하고 힘 있게 문임을 껴안고 키스하여주었다.

문임은 마치 실신한 사람 모양으로 이윽히 은주에게 안겨서 말없이 쌕

쌕하다가,

"저를 사랑해주셔요. 변치 말아주셔요. 내 좋도록 다 하께요."

하고 은주를 또 한 번 안고는 가버렸다.

문임이 살랑살랑 전동 골목으로 올라가는 것을 보고 은주는,

'저것이 어디로 가나?'

하고 대단히 마음이 켕기었다.

"나는 고아야요."

하고 울며 제 품에 몸과 마음을 다 던지던 것을 생각하면 은주는 문임의 뒷모양이 말할 수 없이 불쌍하였다. 그러나 은주 스스로 생각하기에 저는 너무도 무력하였다. 한 사람을 제 품에 보호할 것을 생각하면, 더욱이 제가 힘없고 초라함을 느꼈다. 나이가 삼십이 가깝도록 제 것이라고 할 것은 하나도 없는 저…… 이렇게 생각하면 은주는 슬펐다. 저를 그처럼 믿고 사랑하고 따르는 문임에게 든든한 안식처가 되어주지 못하는 제 모양이 한없이 처량하였다.

'돈이 있었으면…… 한 오천 원만 있더라도.'

하고 은주는 하루 종일 가게에 앉아서 생각하는 사람이 되었다.

은주는 지금까지 김 장로에게 월급을 타본 일이 없다. 옷이 없어지면 옷값을 타고, 구두가 떨어지면 구둣값을 탔지마는, 밤낮 가게에만 들어앉았는 은주에게는 구두 한 켤레로 일 년은 넘어 신을 수가 있고, 또 술도 담배도 아니 먹는 그에게는 용돈의 필요도 없었다. 신문은 가게 경비로 보고, 잡지 권이나 혹시 가다가 책권이나 사 보는 경비가 모두 합해야 일 년에 돈 십 원이나 될까. 은주는 실로 만들어놓은 사람과 같이 돈 들지 아니하는 점원이었다. 김 장로가 은주에게 재미를 붙인 것도 이 때문

이었다. 게다가 하루에 물건 파는 돈이, 적으면 돈 백 원, 많으면 수천 원이 될 때도 있지마는 은주는 동전 한 푼 건드리지 아니하고 꼭꼭 은행에 입금을 하였다. 그래서 상회를 낸 시초에는 날마다 한 번씩 상회에 들러서 문서와 시재를 검사하던 김 장로도 최근 수년간에는 혹은 사오일에 한 번, 어떤 때에는 한 달에 한 번이나 들를 때가 있을까, 이렇게 들르더라도 은주의 보고를 듣고는 만족하였다.

김 장로는 별로 은주를 면대하여서 칭찬하는 일도 없고 듣기 좋은 말을 하는 일도 없었다. 그러나 은주는 은인 김 장로에게 대하여서 일찍 불만을 느낀 일이 없었고, 도리어 어찌하면 이 은인에게 만족을 줄까 하는 것만 고심하고 있었다.

때때로 은주도,

'내 장래는 어찌 되려는 게인고?'

하는 생각이 아니 날 수는 없었다. 독립한 영업과 가정을 가지고 싶은 생각이 아니 날 수는 없었다.

그러나 그러할 때마다 은주는,

'다 김 선생의 처분이지.'

이렇게 생각하였다. 제가 김 장로에게 대하여 무슨 불만을 가진다든지 무슨 요구를 한다든지 하는 것은 은인에게 대한 도리를 어그리는 것으로 죄인 것같이 은주는 생각하고서 일어나려는 저를 꾹꾹 누르고 있었다.

"자네는 걱정 없네. 인제 김 장로가 이 가게에다가 따님을 곁들여서 자네헌테 물릴 것이니까 무슨 걱정이 있나?"

하고 이웃 점포의 점원들이 은주를 보고 놀려먹을 때에 은주는,

"어, 이 사람, 그게 무슨 소리라고 하나?"

하여버리지마는 은주 자신도 내심에는 그러한 희망이 없지 아니하였다. 은주는 그 성격상 마음 어느 구석에서 이러한 생각이 일어날 때면 스스로 부끄러워서 저를 책망하여버렸다. 그러면서도 이 희망(공상이 아닐까)을 버리기는 아까웠다. 김 장로가 자기에게 대하여 신임하는 빛을 보이면 보일수록 이 희망에는 실현성이 많은 것같이 생각하였다.

"그러니까 자네는 인제는 김 장로 따님의 마음을 정복을 하란 말일세."

친구들이 이렇게 말할 때에는 은주는 굳세게 부인은 하면서도,

'참, 그럴까 보다.'

하고 생각하지 아니할 수 없었다.

이웃 시계포에 있는 준삼이라는 청년은 밤 열 시가 되어서 가게만 닫히면,

"은주."

하고 뒷문으로 와서 부르는 것이 예사였다. 준삼은 언제나 깨끗한 양복을 입고 머리에 기름을 바르고 얼굴도 번뜻하고 언제 보아도 유쾌한 사람이었다. 그는 이 근방 점원 계급 중에서는 지도자였었다. ○○백화점 점원들 중에도 그의 부하라고 할 만한 사람이 몇 사람 있었는데, 그중에도 포목부에 있는 경칠은 준삼의 수제자인 감이 있었다. 그다음으로 준삼의 충실한 병정으로는 ○○상점이라는 포목상의 조카로서 주인 대리라고 할 만한 군모라는 뚱뚱하고 어리석은 청년이었다. 준삼은 이러한 병정들을 이용하여 각 방면의 정보를 수집하기 때문에 종로 상점계의 내용을 많이 알았다. 준삼은 '신마찌' 가는 데도 지도자인 것은 말할 것도 없지마는, 우동집 갈보, 백화점 여점원, 은군자, 이러한 데 대하여서는, 그 지식은 박사요, 그것을 후려내는 수완에 있어서는 대가였다. 그는 애오개

집이 있고 아내도 있다고 하나, 가게만 닫히면 계집애 후리러 다니는 것으로 일을 삼는 것 같았다.

이러한 준삼이 왜 은주를 좋아할까. 그것은 은주에게는 알 수 없는 일이었다.

"이 사람, 자네같이 너무 그런 샌님이 되어서는 못쓴단 말일세. 남아라는 게 술도 먹고 계집도 보고."

하고 가끔 설교를 하나, 그러면서도 준삼은 은주가 제 말을 듣지 아니할 줄을 잘 알았다. 그러면서도 준삼은 은주를 좋아해서 가끔 찾았다. 거의 날마다 찾았다.

"난 자네를 대하면 자연 마음이 좋아. 나도 마음이 악한 사람은 아니란 말일세. 우리네도 무산계급인 만큼……."

이러한 소리를 활동사진 변사청으로 늘어놓았다.

준삼은 어떤 때에는 혼자 오고 어떤 때에는 경칠이나 군모 같은 부하를 데리고 왔다.

그들의 화제는 언제나 돈과 계집이었다. 어떤 때에는, 누구는 주인의 눈을 살살 속여가며 돈과 물건을 빼어내어서 그것이 삼 년 동안에 이천여 원이나 되었다는 둥, 누구는 은행에 입금하라는 돈을 가지고 봉천으로 뛰어서 거드럭거리고 일 년쯤 살다가 발각이 나서 붙들렸다는 둥, 누구는 주인집 과부 된 딸을 놀려내어서 사위가 되고 오십 석 거리를 얻어내었다는 둥, 누구는 어떤 늙은 부자의 첩의 눈에 들어서 그 집 살림을 맡아 한다는 명목으로 비단옷 막 얻어 입고 비단 이불에서 막 호강을 한다는 둥, 또 누구는 십 원짜리 권업채권을 샀더니 그것이 빠져서 오천 원을 탔는데 그만 어떤 기생한테 홀딱 집어넣었다는 둥, 누구는 주인집 돈을 가지고 몰래 기미를 샀던 것이 사흘 동안에 한 섬에 이 원이나 뛰어서 수가 났다가 너무 허욕을 부려서 다 깝살리고 지금 서대문형무소에서 콩밥을 먹고 있다는 둥, 누구는 백화점 여점원에게 반해서 주인집의 시계를 훔쳐다 주었다가 미역국을 먹었다는 둥, 누구는 어떤 부자 과부의 눈에 들어서 갑자기 부자 서방님이 되어서 이제는 길에서 예전 친구를 만나도 외면을 하니 그놈을 한번 골려야 된다는 둥. 또 말이 어찌어찌 굴러가면 주인을 속여서 돈을 떼어먹고도 발각 아니 나는 방법 토론도 나고, 계집애를 후려내는 데는 시시데기는 어떻게 후려내어야 하며, 새침데기는 어떻게 후려내어야 한다는, 계집애 후리는 토론도 나고. 또 이야기가 굴러 가노라면 물건 사러 오는 고객 비평이 나서, 되지못하게 건방지고 뽐내는 사람은 반드시 요새에 잔돈푼이나 생긴 시골뜨기라는 둥, 아주 마님 태를 부리고 양반집 아낙네 태를 부리는 여편네는 반드시 남의 첩이라는 둥, 가장 물가를 아는 체하고 가장 약은 체하는 손님일수록 속아 넘기 잘 하는 고라리라는 둥.

이러한 말 끝에는 대개 말이 여자의 육체에 관한 입에 담지 못할 말로 돌아가서 시계가 열한 시를 치게 되면,

"자, 안 가려나?"

하고들 일어났다.

"집으루들 가나?"

하고 은주가 물으면,

"자, 오늘은 자네도 가세."

하고 준삼이 은주의 소매를 끌다가,

"어, 용서합시오. 김 장로님의 귀중하신 서랑이시고, 어, ○○전문학

교의 재원 김혜련 양의 사랑하는 남편이신…… 하하."

하고 손을 홱 뿌리치고 나가버린다.

준삼은 은주에게 혜련을 후려내어야 된다는 것과 후려내는 방법이 무엇무엇인 것을 많이 말하였고, 또 주인이 밑을 지지 아니하는 정도에서 돈도 슬금슬금 떼어서 제 주머니에 넣는 것이 옳다고 말하고, 주인도 으레이 그럴 줄로 알고 있는 것이니 만일 정직한 체하고 그것을 아니 하면 주인에게도 도리어 못난이라는 웃음거리가 된다는 말을 하였다. 사실상 준삼이 언제나 옷을 깨끗이 입고 다니고 돈을 비교적 흔하게 쓰는 것이 이 수단으로 된 것인 듯하였다.

은주는 무론 준삼의 말을 귓등으로도 아니 듣고 씩 웃어버리지마는, 준삼의 말에 사람의 속에 파고 들어가는 어떠한 힘이 있는 것을 부정할 수는 없었다. 준삼의 말대로 하기만 하면 혜련을 제 것을 만들 수 있을 것도 같고, 또 이태, 삼 년 가는 동안에 감쪽같이 몇천 원 돈을 만들 수 있을 것도 같았다. 다만 은주는 그런 일을 하기에는 피가 너무 깨끗하였던 것이다.

그러나 이제는 시각이 바쁘게 진퇴를 결정할 시기가 되었다. 문임과 은주와의 관계, 그리고 문임에게 대한 김 장로의 생각, 김 장로와 은주와의 처지. 이것은 상서롭지 못한 삼각관계였다. 이 삼각관계의 결과는 은주가 김 장로의 은혜를 배반하는 자가 되어서 금은상회를 물러나는 수밖에 없는 것이다.

그렇지마는 은주는 어디로 가나? 수중에 척푼이 없이 어디로 가나?

은주는 가게를 돌아보았다. 진열장에 나와 있는 것만 하여도 수만 원어치는 된다. 하루에 물건을 팔아서 사는 돈이 어떤 날에는 수천 원에 달할 때도 있다. 그러므로 은주가 몇천 원 돈을 훔쳐내는 것은 그리 어려운 일이 아니었다. 만일 준삼 말대로 하면 이 가게를 들어먹기라도 할 수 있는 것이다.

'하루에 사는 돈만이라도 내 일생 생활의 밑천이 되는 것이다.'
하고 은주는 생각하였다.

또 준삼의 말대로 하면 주인은 자본을 내고 나도 몸을 내었으니 줄잡아도 이 장사에서 나오는 이익의 절반은 일하는 사람의 몫이 되어야 옳은 것이다. 그러나 은주는 십 년 근고에 무엇을 얻었는가.

이러한 생각이 날 때에 은주는 무서운 마음이 생겨서 고개를 돌려 종로 한길을 바라보았다. 사람들은 혹은 젠체하고 혹은 풀이 죽어서 분주히 오락가락하였다. 전차가 짜증내는 듯이 삐걱거리며 궁둥이를 흔들고 달아나고, 삼십육년식 자동차가 기운차게 소리를 지르면서 먼지를 일으키고 달렸다.

이때에 어깨가 축 처진, 아내 앓는 점원이 수면 부족으로 눈이 개개 풀리고 입술이 조갈이 일어가지고 비틀거리고 들어왔다. 본래 핏기 없고 팔팔치는 못한 사람이지마는 산후 미류로 앓는 아내와 핏덩어리 갓난이를 혼자서 맡아보는 그는 불과 십여 일에 더욱 변상이 되어서 아편쟁이도 같고 귀신도 같이 되었다.

"안에서 좀 어떠서요?"
하고 은주는 나이가 자기보다 십 년 장이나 넘는 그에게 물었다.

이건호라는 점원은 입을 씰룩거리면서,

"살 가망은 없지요. 두 목숨이 다 죽는 목숨인데 의사 말이 입원을 해서 수술이나 하여보면 혹 살 도리도 있다고 하니, 어디 돈이 있어야 아니하오? 세간이라고 모두 두들겨 팔아야 십 원이 나올까 말까 하고. 입원하자면 야종에는 어찌 갔든지 당장 보증금 삼십 원은 있어야 한다고 하니 백사지에 돈 삼십 원이 어디서 나요? 그렇다고 두 목숨이 다 죽는 것을 그냥 보고 앉았을 수도 없고. 그러니 생각다 못해서 상회로 왔지요. 어디 한 달 월급을 미리 돌려주실 수 없을까 하고. 이거 도무지 염치없는 말씀이외다마는 세 식구를 살려주시는 심 치고 한 삼십 원 돌려주셔요. 설 주사가 하시랴면 될 듯도 싶으니."

하고 은주의 눈치를 보아가며,

"염치없는 줄은 알아요. 이달에는 벌써 보름 동안이나 놀고 무슨 염치로 월급을 달라고 하겠어요? 그렇지만 나도 이 댁 일을 근 십 년 보았으니 퇴직금 주시는 줄 알고 삼십 원만 돌려주셔요."

하고 애걸하는 듯이 고개를 수그린다.

은주는 머리를 만지면서,

"아시는 바와 같이 내가 무슨 힘이 있어요? 내가 어떻게 삼십 원은 돌릴 수가 있습니까. 주인어른께 말씀을 드려보시지요."

하였다.

건호는 땅이 꺼지도록 한숨을 지으면서,

"설 주사 돈 없으신 줄을 낸들 모르나요? 다 알지요. 그렇지만……."

하고 머뭇머뭇하다가,

"그렇지 않아도 지금 주인 장로 댁에를 댕겨오는 길이라오. 가서 무슨 말씀이야 아니 해보았겠어요? 그래도 안 된다는걸…… 웬일인지 오늘은 대단히 성이 나서서…… 없는 놈이란 그렇지요. 네 계집 자식 죽고 사는 것을 내가 어찌 다 아느냐고. 반달이나 일을 안 보고서 돈이 무슨 돈이냐고. 퇴직금이라니 무얼 잘한 일이 있길래 퇴직금이 무슨 퇴직금이냐고. 그동안 십 년 가까이 먹여 살려낸 것만 해도 고마운 줄 모르고 그런다고…… 글쎄 세상에 그런 말법이 있어요? 돈이면 제일인가요? 내가, 그야 변변한 사람이야 못 되지요. 잘한 일이야 없지요. 참말 설 주사가 나를 보아주시지 아니했으면 벌써 쫓겨났어야 옳지요. 설 주사 은혜는 태산 같은 줄 알지요. 설 주사 같으신 양반은, 젊으신 양반이시지만, 세상에 드무신 양반이시지요. 그렇기로니, 그렇다 하기로니 이놈인들 놀고 밥만 얻어먹은 것은 아니지요. 나를 내어쫓고라도 퇴직금으로라도 돈 삼십 원만 돌려달라는데 그것을 아니 해주어야 옳아요? 네 계집 자식 죽고 살고 내가 무슨 아랑곳이냐고 해야 옳아요? 그래 김 장로는 만년 부자로만 사는 사람인가요? 아내도 자식도 없나요?"

하고 점점 더욱 흥분해가며,

"아이구, 제 것 없는 놈은 다 이렇게 설움을 받아야 옳은 세상인가요? 제 것 없는 놈은 다 죽어야 옳은가요?"

하고는 좀 반항적인 태도를 보이면서,

"흥, 예수를 믿는다고? 장로라고? 예수 믿는 사람이 그래? 아이구."

하고 절망적인 한숨을 쉰다.

이 모양을 보고 은주는 금고에 있는 수백 원의 지전과 은전을 생각하지 아니할 수 없었다. 그리고 당장 들고 나가기만 하면 돈이 될 금붙이, 은붙이를 아니 볼 수가 없었다. 그러나 그것은 제 마음대로 할 수 있는 것이 아니었다.

건호는 과연 능률 있는 점원은 아니었다. 그리 믿음성 있는 점원도 아니었다. 그렇지마는 이 금고에 있는 돈 중에는 건호의 죽어가는 아내와 핏덩어리 갓난이 가족이 죽을병이 들었을 때에 약 먹을 밑천으로는 쓰여야 옳을 부분이 있을 것만은 확실한 것 같았다. 은주는 가만히 눈을 감았다.

은주는 전화를 걸었다. 김 장로를 찾았다.

"어디요?"

하는 김 장로의 성난 소리가 들렸다.

"제올시다. 은주올시다."

"응, 왜?"

하고 김 장로는 은주가 말을 하려는 것을 막는 듯이,

"문임이 거기 아니 다녀갔니?"

하고 물었다.

은주는 가슴이 뜨끔하고 낯을 붉히면서,

"다녀갔습니다."

하는 소리가 좀 떨렸다.

"언제?"

"식전에 다녀갔어요."

"어디로 갔어?"

"병원으로 간다고 그래요."

"병원으로? 어디서……."

하고 김 장로는 문임이 어디서 잤다더냐고 물으려다 안되었다 하고 말을 끊고는 전화를 끊어버렸다.

은주는 문임이란 말에 가슴이 설레는 것을 금할 수가 없었다. 김 장로는 분명히 문임 때문에 상성이 되었다. 김 장로가 어젯밤 사랑에 누워서 혹은 사랑에서 들락날락하면서 쾌락의 꿈을 안고 문임이 나오기를 기다리다가, 아마 한 시간이나 두 시간 동안 기다리다가, 다시 문임의 방으로 들어와 보아, 문임은 간 곳이 없어, 대문으로 나와 보아, 대문이 열렸어…… 그러고는 실망과 분개와 무료로 밤을 새우던 양을 은주는 상상하였다. 그리고 이것이 필시 큰일을 내리라고 생각하였다.

"쓸데없어요, 설 주사."

하고 건호는 다시 전화를 걸려는 은주를 향하여 외쳤다.

"김 장로가 웬일인지 오늘은 단단히 골이 나서 도모지 다른 사람은 입도 못 벌리게 해요."

하고 또 한숨을 쉬었다.

그래도 은주는 다시 전화를 걸었다.

"제야요. 은주입니다."

하고 은주는 가슴속에 누르기 어려운 흥분을 느끼면서도 아무쪼록 목소리를 냉정하게 하려고 애를 썼다.

"왜 그래? 무슨 일이야?"

하는 소리가 곁에 앉은 건호에게도 들렸다.

"저 오늘 돈을 한 삼십 원 쓰게 해주세요."

하고 은주가 말을 더 하려 할 때에,

"왜? 돈은 무얼 하게? 오, 건호가 또 거기 갔는가 보구나. 줄 돈 없어. 널더러 그런 참견하라더냐?"

"그래도, 두 목숨이 명재경각이라고……."

"글쎄 아모 말도 말어. 천하에 그런 사람이 얼마라고? 그런 사람을 다 구제하려면 나라 힘으로 못 해. 본래 내보내랴고 하던 터이니까, 다시는 오지 말라고 말하고, 보름 동안이나 쉬었으니까 한 푼도 안 주어도 좋지만, 다시 아니 온다거든 돈 십 원만 주어서 보내."

하고 김 장로의 편에서 또 전화를 끊어버린다.

은주가 말하기 전에 건호가 먼저,

"김 장로 하는 말 다 들었소이다. 십 원만 주어서 보내라고요? 다시는 오지 말라고요? 오지 말라면 말지요. 그렇지만 내 계집, 자식 다 죽여서 묻어놓고는 이놈도 죽겠지마는 만만히 가만히는 안 죽을걸. 그 십 원이라도 주시오."

하고 손을 내어민다. 그 벌린 다섯 손가락이 경련하는 모양으로 떨린다.

은주는 앞이 캄캄하여짐을 깨달았다. 제가 은인이라고 감사하는 마음과 존경하는 마음으로만 대하여오던 김 장로가 어떤 사람인 것을 알게 된 것 같고, 또 은주 자신의 장래가 필경은 건호와 같이 될 수밖에 없는 것을 분명히 본 것 같았다. 마음 같아서는 은주는 당장에,

"나도 나가오."

하고 건호와 함께 나가버리고 싶었다. 나가서 구루마를 끌어서라도 건호의 오늘날의 궁경을 도와주고 싶었다. 준삼이 하던 말, 의리니 인정이니 그것은 다 옛날에나 있었던 것으로, 전기등이 들어온 것을 보고는 다 죽어버리고 말았다는 말이 옳은 듯하였다.

은주는 건호를 좋아하지 아니하였다. 건호는 악인도 아니지마는 그리 남에게 호감을 주는 사람도 아니었다. 외양도 번뜻하고 말솜씨도 있고 경위가 밝은 듯도 하면서도 못나고 막힌 점이 있고, 입으로는 정직한 것을 주장하면서도 반드시 마음이 똑바른 사람도 아니었다. 겸손한 듯하면서도 속으로는 남을 내려다보는 생각이 있었고, 더욱이 제가 서울 사람

인 것을 내세워서 은주를 마치 세상을 모르는 시골뜨기로 여기는 눈치가 있을뿐더러 김 장로의 인색하고 자기를 못 알아주는 것도 그가 본래 시골 사람이기 때문인 것처럼 말하였다.

이 모양으로 은주는 평소에 건호에게 대하여서 호감을 가지지 아니하였지마는 만일 건호의 사정이 정말 그렇다 하면 동정 아니 할 수 없었고, 또 김 장로의 건호에게 대한 처치에 굳센 반감을 아니 가질 수 없었다.

그래서 은주는 제 방에 올라가 고리짝 속에 넣어두었던 겨울 양복과 외투와, 그리고 제가 가지고 있던 구식 회중시계를 갖다가,

"이거 잡히신대야 이십 원이 될지 모르지만 갖다가 보태어 쓰셔요."

하고 작은 금고에서 돈 십 원을 내어서 그것과 함께 건호에게 주었다.

"이거 원 염치없소이다그려."

하고 건호는 그다지 크게 고맙다는 빛도 아니 보이고 그 물건을 신문지에 싸가지고 나가면서,

"내가 죽으면 못 갚구요, 살면 갚으리다."

한마디를 던지고는 가버렸다.

은주는 건호의 태도가 불쾌하였다. 그만큼 호의를 가지고 입던 옷까지 내어주는데, '염치없소이다' 한마디밖에 할 말이 없던가 하고 고개를 흔들었다.

그러나 은주가 더욱 놀란 것은 진열장 속에 있던 금비녀 세 개가 없어진 것이었다. 은주는 그제야 건호의 이상하게 허둥대던 것이 그것이로구나 하고 입술을 물었다.

"삼득아."

하고 은주는 사환 아이를 불렀다.

"나 이층에 올라간 동안에 너 여기 있었지?"

하고 은주는 삼득에게 물었다.

"언제요?"

하고 삼득은 무슨 일 저지른 것이나 있는가 하고 눈을 크게 떴다.

"아까 이 주사 왔을 적에 말이다."

하고 은주는 삼득을 노려보았다.

"네, 아 참, 이 주사가 담배를 사 오라고 하셔서 담배 가게에 갔다 왔는데요."

하고 삼득은 어리둥절하였다.

은주는 다만 고개를 끄덕끄덕하면서 금비녀 세 개가 누웠던 자리를 물끄러미 들여다볼 뿐이었다.

'으응, 마음보가 저러니까.'

하고 은주는 건호에게 더욱 반감을 느끼면서 김 장로에게 전화를 걸 것인가, 파출소에 도난계를 할 것인가 하고 망설였다.

아무려나 수백 원어치 물건을 잃었으니 주인 김 장로에게 아무 말 없이 있을 수는 없었다. 은주는 그만한 것을 판상할 능력이 없지 아니하냐. 그래서 어찌할까 하고 고민하였다. 어젯밤 도무지 잠을 자지 못한 은주의 머리는 대단히 혼란하였다. 한길로 지나가는 전차와 자동차 소리도 어디면 세상에서 오는 것같이 희미하게 들렸다.

은주가 김 장로나 파출소에 말하면 반드시 이건호는 붙들릴 것이다. 그리고 그는 죄 없이 놓여나올 수는 없을 것이다. 그리되면…… 하고 생각하면 그 뒷생각이 무서웠다. 죽어가는 그의 아내와 난 지 며칠 아니 되는 그의 어린 자식.

은주는 마침내 고개를 흔들었다. 그 금비녀를 팔거나 잡혀서 앓는 아내를 입원이나 시킬 수 있는 기회를 주고 나서 김 장로에게 보고하리라고 생각하였다.

'내가 도적 누명을 쓰더라도.'

하고 은주는 결심하면서 비녀 놓였던 빈자리를 다른 물건으로 채워버렸다.

이날 은주는 조금 일찍 가게를 닫고 수통을 틀어서 약간 땀을 씻고는 일찍부터 자려 하였다.

그러나 자리에 누운 은주의 머리에는 어젯밤의 그림자가 떠올라 도무지 잠을 잘 수가 없었다. 낮에는 이 일 저 일, 더구나 이건호와 금비녀 사건으로 정신을 쓰는 데가 많아서 눈이 감기지도 아니하였으나, 고요한 밤은 은주에게 문임에 관한 추억 외에는 다른 것은 금하는 것 같았다. 문임의 촉각과 향기와 소리와…… 은주는 이 그림자에 찬 피곤한 머리를 아무리 할 수도 없었다.

아마 자정은 지났을 것이다.

"은주, 은주."

하고 부르는 소리가 밖에서 들렸다. 그것은 분명 준삼의 소리였다.

은주는 대답하기가 싫었으나 하도 여러 번 부르기 때문에 자리에서 일어나서 창을 열고,

"누구요?"

하고 고개를 내밀었다.

"누구는 누구야? 낼세, 내야."

하고 준삼은 맥고모 쓴 머리를 잔뜩 뒤로 잦히고 은주를 치어다보면서,

"어느새에 자나?"

하였다.

"어느새가 무엇이야? 자정이 넘었는데."

하고 은주는 졸리는 눈을 비볐다.

"자정 넘은 게 그렇게 대수야. 요새에 해만 넘으면 자정인걸. 어서 문 좀 열게. 좀 할 말이 있단 말야."

하고 혀 꼬부라진 소리를 하면서 단장으로 문을 두드렸다. 준삼의 뒤에는 경칠이 선 것이 보였다.

은주는 머리가 아프고 눈이 떠지지 아니하건마는,

"잠깐만 기다려."

하고 층층대를 내려가서 문을 열었다.

"이건 어느새에 자?"

하고 준삼은 은주의 어깨를 툭 쳤다. 준삼의 입에서는 술 냄새가 났다. 준삼은 마치 신사인 것처럼 차렸다. 회색 포라 세비로에 단장 짚고 안경 쓰고, 눈이 나쁜 것도 아니건마는 그는 밤에 나올 때에는 안경을 쓰는 버릇이 있었다. 누가 보면 그는 돈푼이나 있는 집 부랑자 서방이라고 볼 것이다. 다만 구두가 헐었다. 준삼의 이 풍채가 준삼으로 하여금 건달패 노릇을 하게 하는 것이라고 은주는 늘 생각하였다.

준삼은 들어와 앉는 맡에 은주를 물끄러미 한참 보더니,

"이놈!"

하고 눈을 흘겼다.

별로 희롱을 하지 아니하는 은주건마는 준삼을 만나면 그 물이 들어서 농담도 붙이는 일이 있었다.

"왜 그러나?"

하고 은주는 어이없이 웃었다.

"이놈, 내가 모르는 줄 알고?"

하고 준삼은 웃음 나는 것을 억지로 참으면서 무서운 모양을 보인다. 경칠이, 좀 싱거운 경칠이, 준삼의 모양이 우스워서 픽픽 웃는다.

"알기는 무얼 알어?"

하고 은주는 좀 귀찮아하면서 물었다.

"어젯밤에 누가 왔었어? 누가 너한테 밤중에 와서 자고 갔느냐 말이야?"

하고 죄인 취조하는 경관의 흉내를 내었다. 준삼은 혹은 술주정으로 혹은 싸움짓거리로 혹은 부랑자 취체로 한 해에 한두 번은 경찰에 붙들려 가는 것이 예사였다.

"이 사람 꿈을 꾸나?"

하고 은주는 픽 웃으면서도 가슴이 내려앉는 듯하였다.

"꿈을 꾸어? 이놈, 아비를 속이고."

하고는 준삼은 표정을 고치면서,

"이놈, 기예 혜련 양을 꼬여냈단 말이지. 가장 얌전한 체, 가장 점잖은 체하면서도 저 볼 장은 다 본단 말이어든. 그래 며늘애기가 마음에 들더냐. 아모러나 한턱내기나 해라. 우리가 네놈의 족장을 때리러 왔단 말야. 이놈, 내숭한 놈 같으니."

하고 두 손으로 은주의 다리를 번쩍 든다.

은주는 약간 낯을 붉히면서,

"이 사람아, 아모리 취담이기로 그게 무슨 소린가. 혜련 씨가 밤중에 여기를 오다니 그게 말이 되나? 그런 소리는 농담이라도 하지 말게. 명예 관계어든."

하고 엄숙한 빛을 보였다.

"허, 이놈 보게. 내가 다 보았는데, 이 눈으로 보았단 말야. 혜련 씨가, 아따 며늘애기가 비 외투를 입고 우산을 받고…… 그때도 자정은 되었어. 비가 퍼붓는데, 이리로 와서는 자네가 문을 열고 맞아들이는 것을 보고, 어, 이놈, 은주 놈 잘한다, 허구 다 내님이, 이 애비가 알고 있는데 무슨 소리야? 안 그런가, 경칠이."

하고 경칠을 돌아보다가 경칠이 픽픽 웃고 있는 것을 보고,

"이 자식은 왜 싱겁게시리 웃기만 해. 되지못한 자식. 어른이 무슨 말씀을 하시거든 떡 이렇게 읍하고 섰는 것이야."

하고 정말 자식을 꾸중하듯이 점잔을 뺀다. 감기려는 눈을 억지로 뜨려고 애쓰는 준삼의 꼴이 은주에게도 우스웠다.

"응, 잘됐네. 잘됐어."

하고 준삼은,

"그래야 쓰지. 혜련 씨 꼬랑지만 꼭 붙들고 매달리면 천 석 하나는 떼논 당상이다. 네가 잘되면 설마 이 애비 밥 굶기겠니? 또 이……."

하고 경칠의 팔을 와락 잡아끌면서,

"또, 이 네 어붓동생 놈 말이다. 이놈도 불과 삼 년에 돈푼이 있는 것 다 깝실려버리고 나같이 남의 집 사환 노릇을 하게 되었지마는…… 어, 이놈 경칠아, 너 밥 굶게 되거든, 이, 네 형의 집에만 가! 그렇지, 은주야?"

하고 준삼은 더욱 취하여진다. 아마 어디서 컵 술을 사 먹고 들어온 모양

이다.

"이것은 왜 악담을 해?"

하고 경칠은 정말 골이 난 듯이 일어나면서 준삼의 따귀를 붙인다.

준삼은 벌떡 일어나서 경칠에게 덤빌 듯이 벼르기만 하고는 껄껄 웃어 버리고 만다.

마치 이러한 일을 기회로 술이 깬 듯이 경칠 같은 것은 안중에도 없다는 듯이 어음도 훨씬 분명하게,

"그런데 은주, 아까 종로경찰서를 지나오는데 분명 건호가 포승을 지고 붙들려 오데. 암만해도 건호야. 내가 그 얼굴을 들여다보랴니까 외면을 하거든. 자네 혹시 무슨 일인지 아나?"

하고 은주를 본다.

"사기취재겠지 무어야?"

하고 불끈했던 경칠이 벌써 성이 풀려서 말참견을 한다.

"그 못난이가 사기취재를 해? 그러면 제법이게."

하고 준삼은 경멸하는 듯이 아랫입술을 내민다.

은주는 가슴에 짚이는 바가 있었으나 아무 말도 하지 아니하였다.

"사기취재가 아니면 절도겠지. 궁한 놈이 짓는 죄가 이 두 가지밖에 있나?"

하고 준삼은 제 일인 듯이 픽 웃으며,

"강도질할 기운은 없고, 원체 건호라는 놈팽이가 건방지단 말야. 나깨나 먹었노라고 어른 노릇 하려 들고 나이나 먹으면 어른이야? 돈이 있어야 어른이지. 제나 내나 삼백 살을 먹기로니 영감마님 소리 한번 들어볼텐가? 기껏 이 생원이나 이 주사지. 인력거 있을 적에는 우리네도 인력

거만 타면 서방님이요 나으리였지마는, 인제는 기생 아씨허고 파리 날리는 의사 나부랭이밖에는 인력거도 안 타는 세상이 되었단 말야. 허, 건호놈도 지금쯤은 똥통 냄새를 향내로 알고 맡고 자빠져서 빈대헌테 잘 뜯기겠네. 그놈의 유치장 빈대란 지독하거든. 유치장에 가는 놈치고 제나 내나 살 만만한 놈 있겠나. 그러니깐으루 이놈의 빈대들이 입심만 늘어서 사뭇 물어뜯는단 말일세. 허기야 건호 집엔들 돈이 없지 빈대야 없겠나? 그러나 저러나 그 마누라가 앓아서 천당 길을 바라본다는데……. 그리고 웬 새끼는 또 내질러서. 제나 내나 새끼를 낳으면 웬 팔자 좋은 것이 나리라고…… 이잉."

하고 마룻바닥에 침을 퉤 뱉는다.

준삼이 지절대는 소리를 들으면서 은주는 아침에 와서 하던 건호의 말을 생각하였다. 만일 정말 건호가 경찰에 붙들려 갔다 하면 그 집에는 앓는 아내와 갓난이와, 그리고 열칠팔 세 되는 딸 하나가 있을 것을 생각하매 길게 한숨을 아니 쉴 수 없었다.

"그게 건방지단 말야."

하고 준삼은 지절대기를 계속한다.

"건호 딸 있지 아니한가, 왜? 그 옥순인가 한 애. 아따, 날마다 벤또 가지고 오던 애 말일세. 요새에는 아니꼽게 내우를 시키는지 아니 보이데마는. 내가 그랬네그려, 건호보고 당신은 예쁜 딸이 있으니 그것으로 밑천을 잡으라고. 외양이 고만하니 기생으로 박아도 좋고 갈보로 팔아도 좋고, 또 어디 늙수그레한 부자 녀석의 첩으로 팔아도 돈 몇백 원은 걱정 없단 말야. 그런데 놈팽이 아주 골을 낸단 말야. 제가 우봉 이씨라나, 양반이라나. 두 양반은 어떻구. 요새 세상에 돈이 있어야 양반이지 제나 내나 무산선녀 같은 딸이 있기로니 아가씨 소리 한번 들어보겠나? 시집을 가기로니 아씨 소리 한번 들어보고? 늙어 꼬부러지기로니 마님 소리 한번 들어보고? 처녀로 상담소에 가면 '기지배'요, 머리 쪽 지고 가면, 진고개로 가면 '오모니'요, 종로 쪽으로 오면 '어멈'이요, 늙으면 '할멈'이란 말야. 제밀, 제 애비를 낳았단 말인가, 할멈이게."

하고 준삼은 아직도 할멈 소리를 들으면서 남의 집 안잠을 자고 돌아다니는 제 조모를 생각한다. 그리고 발을 한 번 텅 구르면서,

"나는 옥순이 같은 딸이 있으면 당장에 팔아먹겠네. 왜 안 팔아먹어? 외양이 고만하면 잘 받으면 천 원을 받을 테니, 아유, 돈 천 원이 어디야? 천 원만 있으면 가게라도 하나 낼 게 아닌가."

이 모양으로 준삼은 새로 한 시까지나 떠들다가 경칠과 함께 가버렸다.

은주는 건호가 도적질을 하면서도 딸을 팔아먹지 아니하는 심정을 가여이 생각하면서 잠이 들었다.

이튿날 아침에, 아니나 다를까 경찰에서 사람이 와서 금비녀 세 개 훔친 도적을 잡았으니 잠깐 경찰서까지 오라는 말을 전하였다.

그 경관의 말을 들건댄, 건호가 비녀를 훔쳐가지고 나가는 길로 종로에서 그리 멀지 않은 어떤 전당포에 가서 잡히려다가 그때 마침 다른 범인을 잡으려고 그 전당포에 지키고 있던 사복형사의 손에 붙들린 것이라고 한다.

"비녀를 셋씩 잡히러 댕기니 도적인 줄을 왜 몰라?"

하고 경관은 웃었다.

은주는 경관을 따라서 경찰서로 갔다. 십오 분쯤 사법계에서 기다리다가 경관이 오라는 데로 따라가보니 그것은 아마 심문하는 방인 듯한데 거

기는 어떤 정복 입은 순사부장 하나와 사복 입은 형사 하나가 앉았고, 그 앞에 건호가 수갑을 찬 채로 앉아 있고, 테이블 위에는 종이로 싼 것이 놓였다. 은주는 그것이 금비녀인 것을 알았다.

"당신 ○○금은상회 주인이오?"

하고 은주를 보고 사복한 형사가 물었다.

"아니오, 나는 점원입니다."

하고 은주는 건호의 풀 죽은 모양을 바라보았다. 건호는 원망하는 듯한 눈으로 두어 번 은주를 노려보았으나, 그리고는 외면하고 있었다.

"점원?"

"네."

하고는 그 형사는 부장에게 지금까지 한 말을 통역하였다.

"주인은 없나?"

"주인은 집이 따로 있어서 하루에 한 번도 오시고 이틀에 한 번 들르시는 때도 있습니다."

하고 은주는 사실대로 대답하였다.

"그러면 당신이 지배인이오?"

하고 형사가 귀찮다는 듯이 소리를 질러서 물었다.

"지배인도 아닙니다. 그저 상회 일을 맡아보지요."

"소오까."

하고는 그 형사는 또 부장에게 통역을 하였다.

"그래, 점원이면서 금비녀가 세 개씩이나 잃어진 줄도 몰랐어?"

하고 부장은 은주를 노려보면서 소리를 질렀다. 뒤를 이어서 사복한 사람이,

"너도 공모자 아닌가? 팔아서 같이 노나 먹자는 공모자 아닌가?"

하고 은주를 노렸다.

이러한 모욕적인 말에 은주는 전신의 피가 머리로 솟아오르는 듯하였다.

은주가 아무 말도 없이 섰는 것을 보고 형사는,

"분명 그렇지? 그렇지 않으면 금비녀를 셋씩이나 도적을 맞히고도 왜 도난계를 아니 하느냐 말이다."

하고 더욱 딱딱거렸다.

은주는 불쌍한 건호를 죄에 빠지게 하고 싶지 아니하였다. 그의 앓는 아내와 핏덩어리 아들을 생각하였다. 그래서 은주는,

"그런 것이 아니외다. 이 사람이 도적질한 것도 아니요, 나와 공모한 것도 아니외다."

하고 입을 열었다.

건호는 놀라는 듯이 은주에게로 고개를 돌려서 은주를 바라보았다.

"그러면 이 금비녀 세 개가 어찌하야 이놈의 손에 갔단 말야?"

하고 형사가 호령하였다.

"말씀하오리다."

하고 은주는,

"이 사람의 아내가 지금 병으로 위독합니다. 그리고 갓난 어린애가 젖을 못 먹어 죽으려 듭니다. 그래서 아내를 입원을 시켜서 수술을 받게 하여야 할 텐데 돈이 없다고 나헌테 와서 걱정을 하기로 미처 주인한테 물어보지도 못하고, 또 나중 말씀을 하면 주인도 잘했다고 할 줄 믿고, 그럼 어서 이것이라도 가지고 가서 잡혀서 입원을 하도록 하라고 이 금비녀

셋을 내어주었습니다. 그런 것이지 이 사람이 훔쳐낸 것은 아닙니다. 그러니까 죄가 있으면 내게 있을지언정 이 사람에게 있는 것은 아닙니다."

은주의 말을 형사는 부장에게 통역하였다. 부장은 형사의 통역하는 말을 듣더니 은주를 한번 훑어보았다. 그리고,

"분명 그런가?"

하고 따져서 물었다.

"분명 그렇소이다."

하고 은주는 부장을 보았다.

"사실을 똑바로 말해. 죄지은 놈을 두남을 두면 안 돼!"

하고 부장은 한 번 더 따졌다.

"분명 그러하외다. 주인 모르게 물건을 제 마음대로 남에게 집어준 것은 죄지마는, 그것은 내가 받는 월급으로 판상할 수도 있고 또 설사 그것이 죄가 된다 하더라도 그 책임은 내가 질 것뿐입니다. 이 사람이 어서 집에 돌아가지 아니하면 두 생명이 다 죽을지 모릅니다. 이 사람을 곧 놓아주시면 내가 이 사람을 데리고 주인헌테 가서 다 해결을 하겠습니다. 그리고 국법에 어그러진 죄가 있거든 내가 지겠습니다. 사실 이 일의 책임은 내게 다 있으니까요."

하고 은주는 침착하게 조리 정연하게 말하였다.

건호를 건져내리라는 결심을 한 은주는 형사의 말에서 받은 모욕감이나, 건호가 저를 좋지 못하게 끌어넣은 듯한 데 대한 불쾌감이 다 스러지고 오직 용기만이 나는 듯하였다. 그것은 자기희생의 만족감이었다.

은주의 진술은 경관에게 호감을 준 듯하였다. 그러나 경찰에 걸린 사건이 그렇게 간단히 처리될 수는 없었다. 은주는 또 부르거든 들어오라

는 말을 듣고 상회로 돌아왔다.

김 장로 부인은 마침내 세상을 떠났다. 살아날까 봐서 겁나하는 남편과 난봉 피우기에 어디 가 있는지 모르는 아들을 머릿속에 그리면서 숨을 거두어버렸다. 침모에게 대한 질투나 재산에 대한 못 잊힘이나 다 이제는 쓸데없는 것이 되고 말았다. 혜련과 문임만이 눈이 붓도록 울었다.

운명을 다한 뒤에야 김 장로는 아내가 죽어서 누운 병실에 왔다.

"아버지."

하고 혜련이 김 장로의 가슴에 매어달릴 때에는 김 장로의 눈에도 눈물이 고였다. 김 장로는 아내의 얼굴을 덮어놓은 홑이불을 들쳐보았다. 감긴 눈이 조금 열려서 허연빛이 발할 때에 김 장로는 소름이 끼치게 무서웠다. 김 장로는 얼른 아내의 얼굴을 이불로 덮었다.

"오, 네가 나 죽기를 기다리고 있었지."

하면서 아내가 이불을 차고 일어날 것만 같았다.

김 장로는 이 방에 더 있기가 싫어서 등골이 쭈뼛쭈뼛함을 느끼면서 방에서 나왔다. 김 장로는 복도 창 밑에 놓인 벤치에 앉아서 창밖을 바라보았다. 인왕산의 거무스름한 그림자가 여름 달빛 속에 잠겨 있었다.

"휘우."

하고 김 장로는 한숨을 쉬었다. 그러나 마음 한편 구석에,

'인제 벗어났다, 시원하다.'

하는 생각이 날 때에는 아내의 혼령이 뒷덜미를 덮쳐누르는 듯하였다.

흰 수술복에 흰 마스크를 쓴 K 의사가 지나다가 김 장로를 보고,

"아, 그런 일이 어디 있습니까?"

하고 미안한 듯이 조상하는 인사를 하였다.

"제명인 걸 어떡헙니까? 이번에 너무 애를 써주셔서……."

하고 김 장로는 점잖게 치사하는 인사를 하였다. 그러면서도 속으로는 아내가 얼른 죽어준 것이 시원하다는 생각이 떠나지 아니하였다.

"오늘날 의학으로 할 일은 다 해보았습니다마는 원체 병이 중하시고 쇠약하셨으니까."

하고 젊은 의사는 진정으로 미안하다는 뜻을 표하였다.

"그러신 줄 알지요. 무엇이라고 감사할 말씀이 없소이다."

하고 김 장로는 한 번 한숨을 쉰다.

"그런데 시체는 어찌하십니까? 벌써 운명하신 지 한 시간이나 지났는데…… 댁으로 모셔 가시거나 그러지 아니하면 시체실로 옮길 수밖에 없습니다. 병원 규칙이니까요."

하고 의사는 직무적 냉정한 태도로 태도를 고친다.

"그건 집으로 가져가서 무얼 해요. 시체실로 옮기지요."

하고 김 장로는 아내의 시체를 집으로 옮긴다는 것이 크게 흉한 일같이 생각했다. 김 장로의 눈앞에는 안방에 있는 문임의 모양이 보였다.

의사는 김 장로의 부인이 누운 병실로 갔다. 김 장로도 뒤를 따라갔다.

의사의 명령을 받은 간호부가 통통거리고 달려가더니 사내 하인 두 사람이 맞들이를 가지고 와서 문에 대령하였다.

혜련이 그 보기 흉한 맞들이를 보고 깜짝 놀라면서,

"아버지, 어머니를 어디로 모셔요? 집으로 모시고 가시지요?"

하고 뻘겋게 부은 눈으로 김 장로를 보았다.

"쓸데없는 소리. 시체를 무엇 하러 집으로 끌고 가?"

하고 소리를 지른다.

"아모러기로 아버지."

하고 혜련은 기막히는 양을 보인다.

"쓸데없는 소리 말어. 사람이란 죽으면 몸뚱이는 썩어버리는 것인데…… 영혼은 하나님께로 가고."

하고 앞을 막아서는 딸을 밀어제친다.

맞들이 든 사람들이 들어와서 시체를 맞들이에 담아가지고 나간다. 혜련은 문임의 어깨에 매어달려서 울고, 혜련의 올케는 혜련의 뒤를 따라서 울며 부인의 시체를 따라간다.

시체실에는 다른 시체 하나가 먼저 누워 있었다. 그것은 아인가 싶어 기럭지가 짧았다. 시멘트 바닥, 거기 놓인 검은 침상 둘, 그 위에 누운 두 시체, 전등불에 비추인 그 그림자, 저편 시체 곁에서 훌쩍훌쩍 울고 앉았는 부인네, 이런 것들은 혜련이나 문임이나 인생의 봄철의 주인인 사람들에게는 너무나 비참하고도 무시무시한 광경이었다.

언제까지 바라보아도 꼼짝도 아니 할까. 바로 얼마 전까지 팔다리도 움직이고, 고개도 이리저리로 돌리고, 정신없는 외마디 소리라도 말도 하고, 물도 달라고 하고, 손을 내밀어 혜련을 부르기도 하고, 이런 모든 일을 하던 어머니가 어쩌면 저렇게도 가만히 있을까. 아무리 바라보아도 꼼짝도 바싹도 아니 할까.

전신에 구슬땀이 흐르고 숨이 가빠 턱을 추며 가래가 끓던, 그것이 인생으로의 마지막 일이었다. 갑자기 악살을 당하는 사람을 제하고는 누구에게나 평등으로 오는 인생의 마지막 고통의 서비스. '형, 형, 형' 하고 힘드는 숨을 쉬면서 눈을 뒤솟는 양은 혜련이나 문임에게는 차마 볼 수 없는 숨이 턱턱 막히는 광경이었다. 아무리 주사를 놓아도 산소흡입을 시켜도, 혜련이 피눈물로 '어머니'를 부르고 하나님을 불러도 예정한 죽음의 프로그램은 변할 수가 없었다. 혜련이 죽는 이의 입에 물을 떠 넣을 때에 그것은 힘없이 주루룩 흘러내리고 말았다. 그리고 숨이 차차 느려지기 시작하여 마침내 뚝 끊어질 때, 꼬르륵하는 소리가 한 번 나고는 다시는 가슴이 움직이지를 아니할 때, 그때에 혜련의 어머니는 죽은 것이다.

'사람은 죽으면 어찌 되는 것일까? 금방 살았던 어머니가 어디로 갔을까?'

하고 혜련은 어머니의 시체를 바라보았다. 흰 홑이불에 씌운 시체. 그것이 누운 침대보다도, 시멘트로 다진 땅바닥보다도 더 고요한 시체, 땅에 묻혀서 흙이 되어버릴 시체.

혜련의 눈에서는 눈물도 더 나오지 아니하였다.

'죽음이란 무엇인가? 산다는 것은 무엇인가? 난다는 것은 무엇인가?'

하고 혜련은 인생을 생각할 때에 시체와 해골이 넘너른한 끝없는 광야가 눈앞에 떠올랐다.

'나도 저 시체들 중의 하나다.'

하고 생각할 때에 혜련은 몸에 소름이 끼쳤다.

혜련은 문임에게 끌려서 집으로 돌아오는 길에, 어머니는 어디로 갔을까, 과연 하늘나라로 갔을까, 하고 별이 총총한 자정 넘은 하늘을 우러러보았다. 그러나 어머니의 일생을 생각하면 그 혼이 하늘나라로 갈 것 같지 아니하였다. 혜련은 어머니가 어떻게 은주를 귀찮아하고 미워하였던가, 어떻게 침모를 미워하고 아버지를 원망하였던가, 어떻게 하인들에게 무정하게 하였던가, 문임에게 대해서까지도 의심하는 마음을 가졌던가를 생각할 때에 어머니가 햇빛과 같이 빛나는 옷을 입고 수정과 정금으로 되었다는 하늘나라에 오를 것 같지 아니하였다. 어머니는 집에서 앓을 때의 모양으로 머리는 흐트러지고 옷은 때 묻고 꾸깃꾸깃하고 얼굴은 성남과 미워함으로 찌그러지고…… 이러한 초라하고도 비참한 모양으로 침침한 죽음의 골짜기로 헤맬 것만 같았다.

이렇게 생각할 때에 혜련은 슬펐다.

"어머니, 그러시지 마셔요. 성경에 미워하지 말라고 안 그러셨어요."

하고 성난 어머니를 간하던 것을 혜련은 생각하였다.

"그렇다, 에미는 지옥으로 간다!"

하고 악을 쓸 때의 어머니를 혜련은 생각한다. 그러고는 혜련은 슬펐다. 길가에 잠든 집들, 그 집들 속에 자는 사람들과 어머니와를 비교하여보았다. 어머니는 결코 남보다 더 악한 사람은 아니었다. 돈 있다고 아첨인지는 모르나 도리어 현숙하다는 말까지도 교인들 중에서 들은 부인이었다.

혜련은 길게 한숨을 지었다.

혜련은 집에 돌아와서 안방에 들어서자 눈물이 쏟아졌다. 다 낡아빠진 장이니 상자니 이부자리니, 모두가 어머니의 손때 묻은 것이었다. 한길에 내다가 버려도 아무도 집어 갈 사람도 없는 물건이건마는 어머니는 그것을 무척 아꼈다. 혜련의 생각에는 이해할 수 없으리만큼 아꼈다. 혜련은 그런 것들을 돌아볼 때에 슬펐다.

그리고 그 아랫목, 이태 동안이나 어머니가 앓고 괴로워하던 그 아랫목, 꺼멓게 그은 장판에 어머니가 누웠던 요 자리만에 노랗게 새로운 맛을 보이는 그 아랫목, 그리고 어머니가 별것을 다 넣어두던 그 벽장문.

혜련은 눈앞에 어머니의 모양이 보이는 듯하여 몸에 소름이 끼치게 무서웠다. 그 무서움을 죽이기 위하여 혜련은 방바닥에 얼굴을 비비면서 울었다. 문임은 혜련을 이리 안고 저리 안으면서 따라 울었다. 혜련이 우는 대로 문임도 끝없이 눈물이 솟았다. 혜련이 느껴 우느니만큼 문임도 못지아니하게 느껴 울었다.

"사람이 죽는 게 무엇이오, 언니?"

하고 혜련은 울다가 울다가 고개를 들어서 문임의 눈물에 젖은 얼굴을 보면서 물었다.

"누구는 안 죽나? 다 한 번씩은 죽지."

하고 문임은 깨달은 것처럼 대답하였다.

"다 죽지? 나두 죽구 언니두 죽구?"

하고 혜련은 허공을 바라본다.

"그럼, 나구 죽구, 나구 죽구…… 그게 세상이 아니야?"

하고 문임도 한숨을 쉰다.

"나두 어서 죽었으면…… 금방 죽었으면."

하고 혜련이 또 울기를 시작한다.

"왜 그런 소리를 해, 혜련이? 왜 그런 숭헌 소리를 해?"

하고 문임은 혜련을 껴안는다.

"언니는 오래 살구 싶소? 언니는 세상에 오래 살 재미가 있는 것 같수? 난 도무지 세상이 구찮기만 해. 오래 살면 살수록 시언치 않은 일만 많을 것 걸애. 마음만 더러워지구. 그럼 새 옷을 입구 댕기면 더러워지는 모양으로 사람의 마음두 세상에 오래 살면 더러워지는 것 걸애. 나는 아직 더러워진 것 같지 않으니 깨끗한 채로 죽어버리고 싶어. 살면 무얼 해? 무슨 좋은 일이 있어? 더러워만 지지."

하고 혜련은 제 손길을 펴서 본다. 마치 무슨 더러운 것이 묻지나 아니하였나 하는 듯이. 그리고는 임종 시에 어머니의 손이 검고 쭈글쭈글하고 흉업던 것을 생각한다. 혜련의 마음에 기억되는 어머니의 모양은 아름다운 것은 아니었다. 내 어머니라는 것을 떼어놓으면 보기 흉한 모양이었다. 앓는 동안의, 더구나 임종 가까운 얼마 동안의 어머니의 마음은 그 얼굴보다도 더 흉한 듯하였다. 그저 원망과 미움과 질투와 탐욕과, 그리고 죽기 싫어하는 구차스러움과……

"어머니, 그런 것이 다 무엇이야요? 깨끗하게 고요하게 기쁘게만 생각하셔요."

하고 혜련은 이삼 차나 그 어머니에 간하리만큼 그 어머니의 번뇌를 보기가 딱하였다. 그것이 혜련의 마음속에서 정답고 아름답고 자비스러운 어머니의 기억을 말살해버렸다. 혜련은 어머니의 아름답던 착하던 기억만을 모아보려 하였으나, 흉한 기억이 너무나 강하기 때문에 다 가리어지고 말았다.

"사람이라고 다 그럴까? 아모리 오래 살아두 깨끗한 사람도 있지."

하고 문임은 위로하였다.

"어디 있수? 그런 깨끗한 사람들이 어디 있수?"

하고 혜련은 반항하는 듯이 어성을 높이면서,

"그런 사람들이 있는 곳이 있다 하면 난 그 사람들 사는 데로 갈 테야, 언니. 죽어서 이 목숨을 끊어서 갈 수 있는 곳이라 하면 금시에 이 목숨을 끊어버릴 테야, 언니."

하고 무시무시하다고 할 만한 눈으로 문임을 노려보았다.

"혜련이, 인제 가서 좀 눈을 붙여."

하고 문임은 혜련을 끌었다.

혜련은 정신없는 사람 모양으로 문임에게 끌려서 방으로 갔다.

"좀 자. 사흘이나 잠을 잠같이 못 자고 어떻게에?"

하고 문임은 요 하나를 깔고 베개를 놓고 혜련을 끌어다가 누였다. 문임은 혜련이 고민하는 양이 심히 애처로웠다. 혜련의 슬픔이 보통 슬픔이 아니라 대단히 깊은 슬픔인 것도 짐작하였다.

혜련은 문임이 하는 대로 아무 반항도 없이 자리에 누웠다.

"언니두 자우."

하고 혜련은 한참이나 있다가 가만히 앉았는 문임의 손을 잡아끌었다. 문임은,

"어서 자. 난 혜련이 잠드는 것을 보구야 잘 테야."

하고 문임은 혜련을 안아서 모로 누이고 어머니가 어린애에게 젖 먹이는 모양으로 문임을 안고 한 팔굽으로 몸을 버티고 혜련의 뺨에 제 뺨을 대었다.

"언니, 고맙수."

하고 혜련은 문임을 꼭 껴안았다. 그러면서 일전 준상이 자기의 허리에 팔을 돌리려는 것을 뿌리치던 것을 생각하였다.

그것은 이러하였다.

혜련은 어느 날 준상과 함께 경무대 뒤를 돌아서 삼청동으로 내려오는 산보를 같이하게 되었다. 문임에게도 말없이 혜련은 준상과 사오 차 편지 왕복이 있던 끝에 준상의 제의로 오후 일곱 시에 효자동 전차 종점에

서 만나기로 하였던 것이다. 혜련은 일생 처음의 랑데부라 가슴을 두근거리면서 전차를 타고 와서 약속한 시간보다 한 십 분 늦게 정한 처소에 왔다. 준상은 정복 정모로 전차 종점에서 연해 시계를 보면서 서성거리고 있었다.

혜련이 비둘기 모양으로 가슴을 할딱거리고 화끈거리는 낯으로 준상에게 인사를 할 때에 준상은 마치 친형이나 되는 듯이 모자 차양에 약간 손을 대는 듯하고는 혜련의 어깨에 팔이 스치리만큼 가까이 서서 걷기를 시작하였다. 아직 황혼이라고 할 정도도 아니었으나 경무대 앞에서 장난하던 학생들도 다 가버리고 아주 호젓하였다. 혜련은 서울에서 생장하면서도 이곳이 처음이기 때문에 그 울창한 송림이며 높다란 문들이며 쓰러진 궁장이며 침침한 길이며, 이런 것이 모두 무시무시하였다. 그보다도 장대한 남자와 단둘이서 옷을 스치면서 가지런히 서서 걸어간다는 것이 대단히 무서운 사건인 것 같았다.

'내가 어쩌자고 여기를 왔어.'

하고 혜련은 도무지 마음이 놓이지 아니하였다. 준상은 쉴 새 없이 혜련의 귀에다가 입을 대고 무슨 말을 하였으나 그 말이 잘 들리지를 아니하였다. 다만 혜련을 무한히 찬미하고 또 무한히 사랑하여 잠시도 잊지 못한다는, 그러한 소설을 읽는 듯한 말인 것만 혜련은 알아들었다.

준상의 그 아름다운 말들이 혜련의 귀에 거슬리지는 아니하였으나, 그 너무도 익숙함이, 너무도 기교적임이 혜련의 마음에 일종의 불쾌와 의심을 주었다. 꽤 많이 계집애들을 후려낸 솜씨로구나, 하는 생각이 날 때에 혜련은 불쾌라기보다도 슬펐다. 혜련도 학교에서나 가정에서 요새 학생들을 믿을 수 없다, 그들의 꿀 바른 말을 귀담아듣지 말라, 하는 말을 많이 들었다. 그러나 진실하게 교회에 다니는 임준상, 그렇게 점잖아 보이는 임준상이야 설마…… 이렇게 생각하였던 것이다. 그랬던 것이 준상의 솜씨가 능란한 듯함을 볼 때에 이 믿음이 깨어지는 것 같았다. 그래서 혜련은 한 마디도 대답을 아니 하였다.

두 사람이 점점 더욱 호젓한 데로 걸어갈 때에 준상의 손이 혜련의 손을 더듬는 동작을 혜련은 느꼈다. 혜련은 한 걸음 멈칫하여 준상의 뒤에 떨어졌다. 이때에 준상이,

"무엇에 놀라셨어요?"

하고 혜련의 허리에 팔을 두르려 하였다.

"아스세요!"

하고 혜련은 한 걸음 비켜서면서 준상을 정면으로 바라보았다.

혜련은 준상을 괘씸하다고 생각하였다.

그때에 준상이 부끄러운 듯이 고개를 숙였다가 미안한 눈으로 혜련을 보면서,

"노여셨어요? 용서하서요. 그렇지마는……."

하고 또 고개를 숙였다.

준상의 이러한 모양이 혜련의 마음에 찼던 불쾌의 얼음을 녹이고 준상에게 대한 정다운 생각을 솟아나게 하였다.

"아니에요. 어서 가서요."

하고 혜련은 한 번 웃었다.

준상은 다시 걷기를 시작하였다. 그러나 말은 없었다. 지금까지는 준상이 혜련을 끌고 갔지마는 이제부터는 혜련이 길을 인도하는 대로 준상이 따랐다.

삼청동으로 넘어가는 고갯턱에 다다랐을 때에 소나무 밑에서 불이 번쩍거리는 것이 보였다. 혜련은 깜짝 놀라며,

"에그머니나, 저게 무엇이야요?"

하고 혜련은 저도 모르게 준상의 팔을 꼈다.

"그게 거지들입니다. 여름에는 거지들이 여기서 잡니다."

하면서 준상은 혜련을 껴안았다.

혜련은 이번에는 뿌리치려고도 아니 하였다.

"저를 사랑해주십니까?"

하고 준상은 혜련을 안으며 팔에 힘을 주어 혜련이 거의 아픔을 느끼도록 껴안으면서 더운 입김을 혜련의 얼굴에 뿜었다.

"네."

하고 혜련은 준상을 바라보았다. 그러면서 혜련은 거의 반항키 어려울 만한 이성의 유혹력을 느꼈다.

"그러면 제게다가 사랑하신다는 표를 주세요."

하고 준상은 한 손으로 혜련의 어깨를 잡았다.

혜련은 숨이 막히고 정신이 아뜩아뜩하는 듯한 이상한 감각을 느꼈다.

준상의 입술이 혜련의 입술을 범하려 할 때에 혜련은 거의 본능적으로 날래게 손을 들어서 준상의 얼굴을 떠밀치고 몸을 빼쳐서 빨리빨리 걸음을 걸었다.

혜련은 고개에 올라서서야 뒤를 돌아보았다. 그때에야 준상이 고개를 숙이고 기운 없이 따라오는 것이 보였다.

'사내는 여자의 육체만 보고 영혼은 못 본다.'

하고 혜련은 준상을 돌아보지도 아니하고 달아 내려왔다. 그때에 혜련의

마음에는 준상은 땀 냄새 나는 고깃덩어리로밖에 보이지 아니하였다. 그의 입술이 제 입 가까이 왔던 것을 생각하면 웩질이 날 것 같았고, 그의 팔과 손이 닿았던 등과 허리와 어깨를 소독약으로 씻어버리고 싶도록 근질근질하였다.

'그것이 남녀의 사랑이라면…… 살을 마주 대는 것이 남녀의 사랑이라면 짐승하고 무엇이 달라?'

하고 혜련은 인생이라는 것에 굳센 싫음을 느끼면서 건춘문 앞길로 내려왔다. 마침 의전병원에서 시체 실은 침대인력거가 나오고 그 뒤로 어떤 젊은 부인이 아이고아이고 소리를 내어 울면서 따랐다. 혜련은 그 시체차의 등불이 동십자각께로 반작반작하면서 스러질 때까지 궁장 밑에 숨어 서서 바라보았다.

이런 것을 생각하고 혜련은 어머니의 시체를 생각하였다.

"언니, 어서 자우. 나 잘 테야."

하고 혜련은 문임의 등을 또닥또닥 뚜드렸다.

"자아, 그럼."

하고 문임은 혜련의 입을 맞추고 요도 안 깐 채 베개를 베고 누웠다.

"혜련이, 자?"

하고 문임은 두어 번 고개를 들어서 혜련을 들여다보고는 은주의 살의 감각을 기억하면서 잠이 들었다.

그러나 혜련은 잠이 들지 아니하였다. 몸이 아프도록 피곤해서 자고는 싶으면서도 잠이 오지 아니하였다.

문임이 코를 골고 이를 갈았다. 혜련은 이것을 처음 들었다.

'팔자가 세다던데.'

하면서 혜련은 입을 반 이상이나 벌리고 곤하게 잠든 문임을 바라보았다.

혜련은 죽은 어머니에게 대한 사모하는 정을 회복하고 싶어서 애를 썼다. 염을 할 때에도 꼭 곁에 지켜 섰었다. 그러나 이따금 어머니의 퍼런 살이 보이는 일이 있을 때마다 혜련에게 소름 끼치는 무서움이 있을 뿐이었다. 마침내 울긋불긋한 수의를 다 입힌 때에는 혜련은 차마 바로 볼 수 없도록 무서웠다. 시체를 떡 주무르듯이 하는 염하는 늙은이가 괴물같이 보여서 그 사람까지도 무서웠다. 그 보기 흉한 시체의, 장작개비 같은 팔과 다리가 금시에 움직일 것도 같고 벌떡 일어날 것도 같아서 혜련은 숨을 데를 찾고 싶을 지경이었다.

"사람이 죽으면 정을 떼느라고 무서워진다."
하는 말을 혜련도 들은 일이 있다. 아마 어머니 입에선지 모른다.

'왜 무서운가? 죽은 사람이 무엇 때문에 무서운가. 썩으면 물 되고 흙 될 것, 그것이 왜 무서운가? 무서울 것 없다.'
고 아무리 혜련이 생각하려 하여도 무섭기는 여전히 무서웠다.

'어머니는 하늘이나 딴 세상으로 가버리고, 어머니가 쓰고 살던 다 낡아빠지고 다 헐어빠진 헌틀뱅이가 되어서 그런가?'

혜련은 이렇게도 생각하였다.

마침내 시체를 관 속에 집어넣고 뚜껑을 덮어버리는 때에 혜련은 막아낼 수 없이 눈물이 쏟아져서 느껴 울었다. 그러나 어머니에게 대한 정다움은 회복하지 못하고 말았다.

장삿날 혜련은 은주가 하관하는 곁에 서서 느껴 우는 것을 보았다. 그리고 준상도 번뜻번뜻 눈에 띄었다. 은주는 회계를 맡아보느라고, 심부름을 하느라고 눈코 뜰 새가 없었다. 그러다가 하관하는 영결 시에만 잠시 제 감정을 제 마음대로 쓸 여유를 얻었던 것이다. 나이 삼십이 다 되었지마는 부모 없는 은주에게는, 또 그 부모의 돌아감이 남과 같이 심상치 아니한 은주에게는 특별한 슬픔이 있었다. 비록 김 장로 부인에게 특별한 사랑을 받은 일이 없다 하더라도, 그래도 어머니와 같이 십수 년을 믿고 오던 은주에게는 그 부인을 영결하는 것이 슬픈 일이었다. 더구나 오래 은주의 가슴에 품은 혜련에게 대한 사랑은 혜련의 어머니인 이씨 부인에게 대한 새로운 사모까지도 되었던 것이었다.

마지막 횡대가 덜꺽 덮이고 흙이 그 위로 우르르 굴러 들어갈 때에 혜련은 인생이란 것을 본 것 같았다. 그리고 고개를 들어서 돌아보면 울툭불툭한 수없는 무덤들. 그 속에는 제 무덤도 있는 듯하였다. 분명 제 무덤도 그 속에 있는 듯하였다.

"얼마나 슬프세요?"

하고 준상이 어느 기회에 혜련의 곁에 와서 물을 때에 혜련은 말없이 고개만 숙여버렸다. 혜련은 준상에게 대하여 '나를 무얼로 보았어?' 하는 분개한 생각이 있었다. 영혼을 알지 못하는 고깃덩어리라는 생각도 있었다. 그뿐 아니라 혜련은 지금은 인생에 대한 모든 희망을 잃은 상태였다. 어머니와 아버지, 그렇게도 믿고 사랑하던 아버지에게 대해서까지도 환멸을 느끼는 이때였다. 예복을 입고 점잖게 모인 수많은 회장자(會葬者), 모두 교회의 두목들이요, 사회의 명망 있는 신사요 숙녀들이라는 이들이다. 영혼을 잃어버리고 욕심과 미움과 아첨으로만 뭉쳐진 고깃덩어리와 같이 보였다. 김 장로가 가장 슬픈 듯이 여러 사람의 위문을 받고 섰는 것이 미울 지경이었다.

"언니."

하고 자동차를 타려고 묘지에서 내려오는 길에 혜련은 문임을 불렀다.

"왜애?"

하고 문임은 혜련의 이마와 뺨에서 땀과 눈물을 씻겨주면서 물었다.

"저 무덤 속에 있는 사람들은 다 악한 생각을 하고 있겠지?"

하고 혜련은 한숨을 쉬었다.

어머니 죽은 뒤에 혜련의 태도는 돌변하였다. 계속하여 학교에는 다녔으나 공부에도 마음이 없고 노는 데도 마음이 없었다. 학과 후에 배우던 피아노도 흔히 머리가 아프다는 핑계로 쉬고, 제가 그렇게도 좋아하던 연극 연습도 이 핑계 저 핑계로 빠졌다.

"혜련이가 왜 저래?"

"어머니가 돌아가시더니 저렇게 딴 애가 되었어."

"무슨 다른 근심이 있나 온, 아마 실연을 했나 봐."

동무들이 혜련을 두고 이런 말들을 하게 되었다.

학교에서만 그러는 것이 아니라 집에 돌아와서도 더욱 그러하였다. 마루나 방이나 어디나 앉은 대로 우두커니 앉아서는 언제까지든지 말이 없었다. 문임과 단둘이서 자리에 누웠을 때에도 혜련은 별로 말이 없었다. 이따금,

"언니, 난 살기가 싫여."

이러한 소리를 하였다.

"왜 그래? 왜 그렇게 비관을 해? 누구는 어머니 아니 죽는 사람 있어?"

하고 문임은 혜련이 비관하는 원인을 어머니가 죽은 것에 돌렸다. 그러면 혜련은 길게 한숨을 지으며,

"언니는 내 마음을 몰라. 어머니 돌아가신 것이 설운 것보다도 내가 아버지와 어머니를 신뢰하고 존경하고 자랑으로 삼지 못하는 것이 설워요. 나는 내 부모를 신뢰하고 존경했어요. 내 아버지는 흠 없는 아버지요, 내 어머니는 세상에 드문 어머니라고 믿어왔어요. 그래서 그것을 자랑으로 알고, 그것을 자랑으로 알고 있으면 내 마음이 기쁘고 또 다른 사람들보다 나는 높은 사람 같아서 퍽 행복되었어. 여간 행복된 것이 아니야요. 그랬던 것이, 그랬던 것이 나는 인제는 이 행복과 이 자랑을 다 잃어버렸어. 그래서 인제는 내가 지극히 가난하고 천해진 것만 같어. 그리구, 그리구, 도모지 아모 소망도 없는 것 같고. 죽고만 싶어. 저 미아리 공동묘지에 묻힌 시체들 모양으로 아모것도 모르고 어두움 속에 가만히 누워 있는 게 제일 좋을 것 같어."

이런 말을 느릿느릿 한숨 섞어 하였다.

"아이, 왜 그렇게 숭한 생각만 해?"

하고 문임은 책망하는 듯이 혜련을 노려보며,

"죽기는 왜 죽어? 천년만년은 더 못 살아도 오륙십 년 일생이 무엇이 그리 지리해서 지레 죽어? 어려서는 부모 사랑으로 살지마는, 자라나면 동무 사랑, 남편의 사랑으로 사는 게 여자지 무에야? 혜련이도 임준상 씨허구 혼인이나 하고, 그리고 아들 낳고 딸 낳고 그럭저럭 한세상 보내는 게 아니야? 그렇게 살아가노라면 고생도 있고 낙도 있지. 어떻게 일생에 늘 한결같을 수야 있나? 안 그래, 혜련이? 그만 일로 혜련이가 살기가 싫다면 나 같은 년은 벌써 죽어버렸겠네. 부모가 있나, 집이 있나? 안 그래, 혜련이? 그렇게 비관 말아요. 하나님을 믿으니 또 나를 믿으라. 아자씨께서 원산으로 가자고 하시거든 뫼시고 가요. 바다에서 목욕이나

172

하고 또 사람들이 북적북적하면 좀 낫지, 좀 잊히지. 그러다가 무슨 좋은 일이 또 생기겠지. 임준상 씨가 원산으로 갈는지 알어?"

하고 문임은 혜련을 좀 웃겨보려고 애를 쓴다.

"언니, 그런 소리는 말아요. 왜 그다지도 언니가 내 속을 못 알아줄까? 내가 그까진 연애 같은 것으로 이 슬픔을 잊을 것 같소? 그까진 것으로 이 인생에 대해서 희망을 가질 것 같수? 언니마자 왜 그럴까? 왜 그다지도 내 속을 못 알아주까? 아아, 외로워."

하고 돌아누웠다.

혜련이 이러한 마음의 상태에 있는 것은 혜련의 얼굴과 표정을 변하게 하였다. 맑고 아기자기하던 혜련이 시무룩하고 음침하고 말없는 사람이 되어버리고 말았다.

김 장로의 눈에도 그 딸의 변화가 아니 뜨일 수 없었다. 얼굴이 수척한 것까지도 아버지의 눈에는 띄었다. 그리고 김 장로는 혜련이 이렇게 된 원인을 어머니의 죽음에 돌렸다.

"혜련아, 너 요새 어디가 아프냐?"

하고 김 장로는 혜련을 보고 걱정하였다. 그래서 김 장로는 원산에 집 하나를 얻어가지고 혜련과 여섯 살 된 손자와 문임을 데리고 가기로 하였다.

문임은 상회에서 자고 난 이튿날 병원으로 가서는 김 장로 부인의 병이 위독하기 때문에 학교에도 못 가고 그냥 병원에서 숙식을 하였다. 그러다가 김 장로 부인이 별세한 뒤로는 혜련을 혼자 두고 떠나기 어려운 사정도 있거니와 혜련과 늘 같이 있기만 하면 김 장로에게서 올 위험도 없을 듯하여서 그냥 예전대로 있었다. 다만 혜련이 나가고 없을 때에 혼자 집에 있지 아니하도록 조심할 뿐이었다. 또 어쩌다가 김 장로와 단둘이 기회가 있어도 김 장로는 마치 아무 일도 없었던 것처럼 극히 태연하고 자연하게 다만 딸을 대하는 것과 같은 태도로 문임을 대하였다. 그래서 문임은 아마 김 장로가 회심을 하였거니, 그날 잠깐 마음에 마가 들어서 그랬던 것이거니 하게까지 되었다.

"문임이도 가자. 혜련이허구 같이 가."

하고 김 장로가 혜련과 문임이 둘이 다 있는 자리에서 정식으로 제의할 때에 문임은,

"싫어요, 저는 안 가요."

하고 굳세게 거절할 생각은 나지 아니하여서 사양 비슷하게, 그러나 속으로 은주가 있는 서울을 떠나기가 싫어서,

"저는 집에 있지요, 언니도 혼자 있는데."

하고 김 장로의 며느리 종호의 처가 혼자 있는 것을 이유로 거절해보았다.

"문임이가 안 가면 혜련이가 어찌하게? 혜련이가 문임이를 떨어져서 사나?"

하고 김 장로는 빙그레 웃었다.

문임은 마침내,

"네."

하고 허락하지 아니할 수 없었다.

내일은 원산으로 떠난다는 날, 문임은 용기와 시간을 내어서 아침 일찍이, 그러나 가게 문을 열었을 만한 때에 금은상회를 찾았다. 문임이 바라던 대로 새로 들어온 점원은 아직 오지 아니하고 은주가 혼자서 진열장을 바로잡고 있었다. 문임이 들어오는 것을 보고 은주는 하던 일에서 손을 떼고 물끄러미 문임을 바라보았다.

"제가 와서 안됐어요?"

하고 문임은 미안한 듯이 은주의 곁으로 가까이 가면서 물었다.

"아니오."

하고 은주는 한번 이마 근육을 움직인다.

문임은 은주가 손이라도 한번 잡아주기를 바랐으나 그런 기미도 없었다. 문임은 약간 머쓱하였다. 그것은 제 마음을 들여다볼 때에 은주에게 대한 열정이 얼마큼 식은 것을 깨달은 때문이었다. 내가 왜 그랬던고, 하고 후회할 지경까지는 아니라 하더라도 너무 경솔하였다, 좀 더 생각해서 하였더면 좋았을 것을, 하는 후회까지 났기 때문이다. 이튿날로 김 장로의 집을 뛰어나와서 은주와 함께 어느 먼 시골로 달아나서, 은주는 가게를 벌이고 문임 저는 보통학교 훈도가 되어서 살자던 그 열정은 이제는 반나마 잃어버린 것을 깨달았기 때문이었다. 오래 품어오던 크나큰 희망을 버리고 시골구석에 들어가서 썩어지기는 아까운 것 같았다. 문임의 앞에는 그의 허영을 만족시킬 모든 것이 다 있는 것 같았다. 그러면서도 문임은 은주에게 대하여 애착도 있고, 또 은주와는 떠날 수 없는 결합이 있음을 의식하였다. 여기 문임의 괴로움이 있었다. 이 괴로움은 은주를 면대할 때에 더욱 커지는 듯하였다. 은주의 눈이 제 속을 꿰뚫어보는 듯함을 깨달을 때에 더욱 그러하였다.

"저는 원산 가게 되었어요."

하고 문임은 무거운 입을 열었다.

"원산?"

하고 은주의 두 눈썹이 올라감을 볼 때에는 문임은 땅속으로 들어가는 것 같았다.

"네, 원산."

하고 문임은 고개를 숙였다 들었다 하면서,

"저어, 혜련이가요, 어머니 돌아가신 뒤로는 밥도 잘 안 먹고 몸이 약해져서 김 장로 아저씨께서 혜련이를 원산으로나 데리고 가보신다고 그러시는데, 혜련이 혼자만은 못 견딜 터이니 절더러도 가자고 그래서요."

하고는 눈을 들어서 은주를 바라보았다.

은주는 다만 고개를 끄덕끄덕할 뿐이었다.

문임은 엷은 얼음을 밟는 듯이 아무쪼록 은주의 의심을 아니 일으키고 비위를 아니 거스르리라고 말을 골라서 꾸미면서,

"저는 가기 싫다고 그랬어요. 집에 있는다고 세 번이나 네 번이나 거절을 했어요. 그랬건만도 혜련이가 자꾸만 울고 붙드는구면. 언니 안 가면 나도 안 간다고. 그러니 어떡해요? 어떻게 안 간다고 할 수가 있어요?"

하고 또 한 번 눈을 들어서 은주를 바라본다.

은주는 이번에는 고개도 끄덕거리지 아니하고 다만 멀거니 문임의 눈을 들여다볼 뿐이었다.

"그래서."

하고 문임은 하던 말을 이어서,

"아무리 핑계를 해도 할 수가 없어서 가기로 했어요. 내일 떠나요. 용서하셔요."

하고 은주의 손을 찾아서 꼭 쥐면서 애원하는 듯이 은주를 치어다본다.

그래도 은주가 말없는 것을 보고, 문임은 무안한 듯이 은주의 손을 놓으면서,

"김 장로 아저씨가 그 후에는 도모지 아무런 눈치도 없으셔요. 아마 그

176

날 밤만 잠깐 환장을 하셨던 게지요? 그래도 이번 가는 것이 저는 무슨 큰 죄나 저지르는 것 같아서, 제 마음이 변한 것은 아니지마는, 용서하세요. 부득이하지 아니해요? 제 한 달 반 동안 잘 다녀오게요."

하고 또 은주의 손을 더듬어 잡으려 하였으나 은주는 시끄럽다는 듯이 문임의 손을 피하여 말없이 아까 하다가 남았던 일을 다시 계속하였다.

"제 마음을 의심하셔요?"

하고 문임은 무안이 변하여 약간 분함을 느끼면서 물었다.

"아니오."

하고 은주는 여전히 덜그럭거리고 물건을 이리저리 옮겨놓는다.

"그럼 왜 그러셔요? 왜 아모 말이 없으셔요?"

하고 문임은 한 걸음 은주를 따라간다. 문임은 은주의 건강하고 좋은 육체의 끄는 힘을 굳세게 느낀다.

"나같이 고등교육 못 받은 사람은 문임 씨 같은 양반의 마음을 알 수가 없어서 그러지요. 말을 아니 하는 게 아니라 말을 못 하는 게지요."

하는 은주의 말에는 칼날이 품긴 듯하였다.

"그럼 절더러 혜련을 따라가지 말란 말씀이에요? 제가 이번 길에 가는 것이 옳지 않단 말씀이야요? 왜 절더러, 문임아, 가지 말아라, 못 그러셔요? 저를 사랑하시지 아니하시는 게죠?"

하고 문임은 패전하였던 형세를 다른 전술로 돌리려 하였다.

문임의 열 있고 높은 어성에 은주는 일하던 손을 멈추고 문임을 바라보면서,

"모도 두고 보면 알지요. 말이 무슨 쓸데가 있어요? 나허구 같이 달아나자던 이가 인제는 김 장로 아저씨를 따라서 피서를 간다는 세상에 말이

무슨 소용이야요. 달 반 동안 댕겨오신다니 그때에 보면 알겠지요. 사실은 정직하니까 사실이 증명하겠지요. 어서 가세요. 내 은인들을 도와드리러 가시는 길에 나는 감사하다고밖에 할 말이 없지요."

하고 잠깐 흥분하였다가 다시 평정하여진다.

이튿날 오후 세 시 오십 분, 경성역을 떠나는 나진행 특급열차에는 몇 패의 피서객들이 있었다. 아무렇게나 차린 남학생들이며 좋아서 날뛰는 아이들, 그리고 땀에 적삼 등이 촉촉하게 젖고 약간 흥분한 빛을 띤 여학생들이 그 아버지나 오라버니를 따라가는 양도 보였다. 김 장로 일행도 이들 중의 하나였다. 김 장로와 혜련과 문임과, 그리고 김 장로의 어린 손자요 종호의 아들인 영수. 영수는 문임의 손에 매어달려서 좋아하였다.

자리들은 잡아놓고도 서늘한 바람을 탐하여 플랫폼에 나와서 서성거리는 객들은 잠시 인세의 번뇌를 떠난 듯하였다.

은주가 이마의 땀을 씻을 새도 없이 행리와 식료품 등속을 차실에 싣고 있었다. 은주의 눈은 특별히 피하는 것도 아니지마는 혜련과 문임에게 떨어지지 아니하였다. 그러나 은주의 눈에 혜련이나 문임이 비추일 때에는 은주의 마음은 아팠다. 아니 아프려 하여도 어찌할 수 없이 아팠다.

문임은 은주에게 대하여서 미안한 마음이 있으면서도 해수욕장에 간다는 것이 기뻤다. 저도 저 행복된(문임은 그렇게 생각하였다) 피서객들 중에 하나려니 하면 제 지위가 높아지는 것 같았다. 그리고 은주보다 한 계급, 두 계급이나 높이 올라선 듯하였다. 그러다가도 제가 남의 집에 부쳐 있는 신세인 것을 생각하면 낮이 화끈거리도록 부끄러웠다. 문임은 돈이 소원인 것을 절실히 느꼈다.

'은주허구 둘이서 벌어서 잘살아볼까.'

하는 생각도 문임은 여러 번 해보았다. 그러나 그것은 창망한 일인 듯하였다. 또 일생에 안 먹고 안 쓰고 힘써 벌어서 돈이 모아진다 하더라도 돈이 생길 만한 때에는 벌써 저는 돈을 향락할 수 없는 늙은이가 될 것 같았다. 문임은 김 장로 부인을 보았다. 그러므로 문임은 제 손으로 돈을 버는 것보다는 이왕 남이 모아놓은 돈을 향락하고 싶었다. 그렇게 생각할 때에 은주를 사랑하기는 어려울 것 같았다.

'몸을 허락한 것을 어찌하나?'

이렇게 생각하면 문임은 괴로웠다. 그러나 그것이 나 하나뿐인가. 세상에는 그러한 여자가 많다는 말을 들었다.

'아이를 떼고도 처녀로 속이고 시집을 가는 이가 많은데.'

이러한 지식을 문임은 어디선지 얻었다.

'그러나 은주에게 대한 애착심은?'

하고 문임은 은주를 버리기가 아까움을 깨닫는다.

"사랑 먹고 살더냐? 밥 먹고 살지."

하는 동무의 말을 문임은 기억한다. 그렇다, 사랑으로는 해수욕 가는 차표를 살 수는 없다, 이렇게 문임은 생각한다.

따르르하는 소리가 끝날 때에 김 장로는,

"다들 타!"

하고 자기가 먼저 차에 올랐다.

"안녕히 계셔요."

하고 문임은 은주에게 고개를 까딱하였다. 은주도 천연하게 고개를 숙였다.

혜련도 전에는 아니 하던 일이나 오늘은 인사를 아니 할 수 없는 듯한 생각이 나서 은주를 향하여 고개를 숙였다. 혜련의 가슴속에는 은주에게 대한 존경과 동정의 감정이 한꺼번에 솟아올랐다.

은주는 의외의 혜련의 인사에 당황하면서 답례하였다. 그때에 은주는 눈이 뜨거워짐을 깨달았다.

차장의 호각 소리를 뒤이어서 고동이 울고, 그러고는 차가 움직이기를 시작하였다. 은주는 문임의 목과 혜련의 목이 잠깐잠깐 창밖으로 나옴을 보았다. 그러고는 길게 한숨을 지으며 돌아섰다.

'둘 다 내 것은 아니다.'

은주는 이렇게 생각하였다.

원산 바다에 온 혜련은 날마다 조금씩 유쾌한 기분을 회복할 수가 있었다. 비도 개고 사람도 많이 모여서 해수욕장은 대단히 흥성흥성하였다. 아침저녁 따라서 젖빛으로 쪽빛으로 고동색으로 야청으로 빛깔을 변하는 바다라든지, 바다 저쪽으로 보이는 작은 푸른 섬이며 흰 구름 봉우리라든지, 황혼에 먼 산에 덮인 구름에서 번쩍거리는 번개라든지, 이런 것이 다 혜련의 음울한 기분을 전환하기에 효과가 있었다.

처음에는 솔밭과 모래판에 날뛰는, 또는 드러누운 벌거벗은 남녀들이 추해 보이고 징글징글해 보여서 보기도 싫던 것이 차차 그 속에서 일종의 조화와 힘과 아름다움과 기쁨도 찾게 되었다.

'물욕과 음욕이 가득 찬 고깃덩어리, 썩어서 구린내 날 고깃덩어리, 당장도 혼과 살이 모도 썩어서 코를 들 수 없이 더러운 냄새를 피우는 시체의 무리.'

이렇게 생각하던 혜련도 차차 건장한 젊은 남성의 몸의, 그의 몸과 얼굴에 나타나는 성적인 어필에 흥미를 가지게까지 되었다.

혜련도 수영복을 입고 바다에 들어가서 문임과 같이 놀았다. 늙은 김 장로까지도 손자를 끌고 안고, 나이를 잊어버린 듯이 물에서 모래판에서 기뻐하였다.

입맛이 나서 밥을 잘 먹는 딸을 보고도 김 장로는 아버지로의 기쁨을 깨달았고, 문임의 잘 발육된 나체에서는 애인으로의 도취를 느꼈다.

"문임이는 참 몸이 좋고나."

하고 수영복을 입고 선 문임을 보고 김 장로는 그 가느스름한 눈에 웃음을 띄우면서 말할 때에,

"아이 아저씨, 보시지 마세요."

하고 몸을 비꼬고 돌아서리만큼 문임도 김 장로와 친숙하게 되었다.

어느 날, 문임이 목욕을 가고 혜련만 혼자 있을 때에 김 장로는 눈을 감고 한참이나 무엇을 괴롭게 생각하는 듯하더니 문득 눈을 뜨며,

"혜련아."

하고 불렀다.

"네?"

하고 혜련은 그림엽서로 동무들에게 편지 쓰던 손을 멈추고 소리 오는 편을 돌아보았다.

"나 네게 좀 물어볼 말이 있어!"

하고 김 장로는 점잖게 말하였다.

"아부지, 무슨 말씀이셔요?"

"응, 좀 허기 어려운 말이다. 그렇지만 네게는 아니 할 수가 없거든."

하고 잠깐 혜련의 눈치를 보다가,

"너 문임이를 어떻게 생각하니?"

하고 더욱 점잖은 양을 보인다.

"어떻게라니요?"

하고 혜련은 잠깐 낯을 찡긴다.

"아니, 문임을 어떤 사람으로 아느냐 말이다. 인품이 어떠하냐 말이야."

"좋은 애죠."

"글쎄 나 보기에도 그런 것 같애. 사람이 괜찮은 것 같애. 그럼 너 보기에도 그런가 보구나."

"그런데 아버지, 별안간에 그런 말씀은 왜 물으세요?"

하고 혜련은 우스움과 무서움을 동시에 느끼면서 아버지를 뚫어지게 보았다.

"아니, 글쎄 말야."

하고 김 장로는 다시 등교의에 드러누워서 조는 듯이 눈을 감는다.

'이상도 하다.'

하면서 혜련은 쓰던 편지를 다시 쓰기 시작하였다.

얼마 있다가 또 김 장로가,

"혜련아."

하고 불렀다.

"네?"

하고 혜련은 붓을 든 채로 앉았다.

"내가 문임이허구 혼인을 하면 어떻겠니? 아버지도 혼자 살 수는 없고 재취를 해야 할 텐데, 혼인하자는 데는 많지만두 나는 문임이가 마음에 든단 말이다."

하는 김 장로의 말에 혜련의 손에 들렸던 붓은 떨어지고 그 입은 벌어졌다. 혜련은 놀란 것이다.

김 장로가 문임과 혼인하고 싶다는 말에 혜련은 하도 어이가 없어서 다만 그의 얼굴을 바라볼 뿐이었다.

'그럴 수도 있을까? 어머니가 돌아가신 지 한 달도 못 하여 막내딸과 같은 여자와 혼인을 하고 싶다고, 또 나이 오십이 넘은 이가. 그럴 수도 있을까?'

하고 혜련은 어안이 벙벙하였다.

김 장로도 딸의 마음을 알아서 무안함인지, 혜련의 대답을 기다리지 아니하고 외면하고 밖으로 나가버렸다. 그러고는 며칠 동안은 아무 말도 없었다.

그러나 어느 날 밤, 김 장로가 혜련과 문임을 데리고 해안에서 달을 보며 산보할 때에 문임이 다른 동무를 만나서 뒤에 떨어졌을 때에 김 장로는 혜련의 곁으로 가까이 오며,

"애, 너 한번 문임의 의향을 물어보아라. 혹 달리 약혼을 하였거나 마음에 둔 남자가 있나 없나, 내가 저와 혼인을 하고 싶은데 의향이 어떠한가, 네가 한번 좀 문임에게 물어보아라."

하고 혜련의 어깨에 손을 얹었다.

"아버지, 혼인을 하셔야 하겠어요?"

하고 혜련은 항의하는 뜻으로 물었다.

"응, 혼인을 해야지. 네 어머니도 돌아가시고 내 뒤를 누가 거두느냐?"

하고 김 장로는 의지할 데 없다는 한숨을 쉬었다.

"아버지, 아버지 잡수시는 것이랑 의복이랑 다 제가 잘 거두어드리께

혼인은 마셔요. 인제 아버지가 혼인을 하시면 집안이 화평할 것 같지 아니합니다. 오빠보다도 언니보다 나 어린 어머니가 들어오면 어떻게 집안이 화목할 수가 있어요?"

하는 혜련의 말에 김 장로는 말없이 한참이나 단장을 두르며 걸음을 걷더니 문득 우뚝 서며,

"혜련아, 네 말이 옳기는 옳지. 나도 그런 생각은 해보았어. 그렇지만 나는 혼자 살 수는 없어. 혼인은 해야겠고, 또 혼인한다면 문임과 해야겠어. 문임이가 내 마음에 든단 말이다. 또 문임이면 너허구도 사이가 좋고, 사람이 심덕이 있을 것 같고, 몸도 건강한 것 같고, 외양도 그만하면 쓸 만하고…… 꼭 내 맘에 들어. 네 잘 말을 해보아라. 아버지가 네 신세를 좀 지자. 내 먼저 들어가게 너희 둘이 잘 이야기를 해보아."

하고 문임이 어디 있나 하고 뒤를 돌아본다.

혜련은 스무 살 갓 넘은, 딸이라도 막내딸 같은 계집애에 탐을 내는 머리가 희뜩희뜩한 아버지의 꼴이 가엾기도 하고 내숭스럽기도 하였다.

"아버지, 문임이를 사랑하세요?"

하고 혜련은 달빛에 비추인 김 장로의 얼굴을 쳐다보았다. 마치 정말인가 농담인가, 정신이 있나 없나를 알아보려는 듯이. 그리고 혜련은 아버지 얼굴에서 예전에 그렇게도 즐겁게 찾아내었던 점잖고 깨끗하고 자비스러운 빛(혜련은 아버지를 그러한 사람으로 보아왔었다)이 스러진 것을 분명히 볼 수가 있었다.

"사랑은 나 많은 사람이 무슨 사랑이 있느냐. 혼인을 아니 하고는 집 꼴이 안 되겠으니까 그러지. 주부 없는 살림이 되느냐. 그렇다고 늙수그레한 과부는 싫고."

하고 김 장로는 딸에게 안 할 말까지 한 것을 뉘우치면서,

"늙고 젊고는 문제가 아니지마는 어디 문임이만 한 여자는 쉬우냐. 네가 문임이를 좋아하니까 더욱 좋단 말이다."

하고 더 말을 하려고 할 때에 문임이 동무를 작별하고 총총걸음으로 두 사람 곁으로 왔다.

"너희들은 더 놀다가 오너라. 너무 으슥한 데로 가지도 말고, 또 너무 늦도록 있지 말고 들어와. 나는 누구 좀 찾아보고 먼저 들어갈란다."

하고 김 장로는 혜련과 문임을 두고 돌아가버렸다.

혜련은 아버지의 그림자가 어슬렁어슬렁 차차차차 희미하게 스러지는 것을 바라보고 우두커니 서 있었다.

"혜련이, 무얼 그렇게 생각허구 섰어?"

하고 문임은 지금껏 동무하고 이야기하던 흥분이 남아서 혜련하고 이야기하고 싶은 마음이 많았다.

혜련은 문임이 손을 잡아끄는 대로 걷기를 시작하였다. 그러나 혜련의 가슴속에는 아버지의 가여운 모양(그것은 비참하다 하리만큼 혜련에게는 가여운 모양이었다)을 뗄 수가 없었다. 마치 아버지가 때 묻은 젖은 누더기를 입고 녹슨 양철통과 냄새나는 주머니를 메고 청계천 다리 밑에서 덜덜 떨고 있는 늙은 거지와도 같이 가엾고도 더럽게 보였다.

문임은 남의 속도 모르고,

"혜련이, 지금 숙희가 그러는데 혜련이 좋아하는 이가 여기 와 있대. 저 천막촌에 천막을 치고 와 있다구. 언제 왔다더냐니깐 한 사오일 되었다니 혜련이 여기 왔단 말 듣고 따라온 것이 아니고 무엇이야?"

하고 가만히 팔을 꼬집는다.

혜련도 웃으면서,

"언니두, 나 좋아하는 이가 어디 있수? 난 좋아하는 이가 있다면 설은 주 씨일까?"

하고 지금 한 말을 취소하는 듯이 웃어버린다.

"설은주 씨?"

하고 문임은 잠깐 낯빛이 변하였다가 얼른 놀라는 듯한 태도를 변하면서,

"그렇게 싫다던 설은주 씨를?"

하고 묻는다. 문임은 가슴속에 울렁거림을 느끼고 숨이 가빠짐을 감추기 어려웠다. 문임은 무론 은주와의 관계를 혜련에게 말한 일이 없으므로 혜련의 이 말이 자기를 빈정거린 말이라고 해석할 수는 없었다. 그러면 진실로 혜련의 가슴속에 은주에게 대한 사랑이 생긴 것인가. 그렇다 하면 문임은 질투에 가까운 감정을 아니 가질 수 없었다.

"왜 누가 싫다구 했나?"

하고 혜련은 웃음을 거두고 대답한다.

"그래두 암만해두 설은주 씨허구 혼인은 못 하겠다고 안 했어? 혜련이두 변덕이야."

"혼인 못 허는 것허구 싫어허는 것허구는 딴 문제 아니오? 좋아하면서두 혼인 못 헐 수두 있구, 또 싫어허면서두 혼인할 수두 있구, 그렇지."

하고 혜련은 어머니와 아버지에게 대하여 환멸의 비애를 느낄수록 은주의 참된 성품과 꾸밈없고도 힘 있는 모양이 뚜렷하게 뛰어남을 깨달았다. 어머니 초상에나, 또 서울을 떠날 때에 정거장에서나, 그가 하는 일은 정성되고도 자연스럽고도, 그리고도 점잖았다. 말도 없고 하는 체도 없이 저 할 일을 하고 있는 그 인격이, 또 이를테면 자기에게 중대한 모욕

을 주었다고 할 만한 혜련 자기에게 대하여서도 원망하는 빛도, 그렇다고 아첨하는 빛도 없이 예사롭게, 그러나 웅숭깊은 무슨 슬픔과 생각을 가진 듯한 묵직한 태도를 지켜서 도무지 법도에 넘는 것이 없이, 못 믿고 지나치는 것 없이 하는 것이 무섭도록 높은 것 같았다. 더구나 단박에 허리를 껴안고 입을 맞추려 하던 임준상과 비길 때에 그 높음에 있어서 천양지차가 있는 것 같았다.

"나 같으면 좋아하는 사람이면 혼인허겠네. 무엇이 무서워서 못 해? 세상에 좋아하는 사람밖에 더 귀한 것이 어디 있어?"

하고 문임은 자신 있는 듯이 굳세게 말하였다.

혜련은 다만 문임을 처다볼 뿐이요 말이 없었다.

"하물며 싫은 사람허구 어떻게 혼인을 해?"

하고 문임은 다소 흥분한 어조였다.

또 혜련은 문임을 한 번 처다보았다.

"그럴까?"

하고 혜련은 기운 없이 반문하였다. 혜련은 아버지에게 부탁받은 사명을 생각한 것이었다.

"그렇지 않구!"

하고 더 말을 하려다가 문임은 제가 은주에게 대하여 취하는 태도를 생각하고는 그만 말문이 막혀버리고 말았다.

혜련은 혼잣말 모양으로,

"아마 설은주 씨는 내 배필이 되기에는 너무나 높을는지 몰라. 그이는 범상한 사람은 아닌 것 겉애. 분명 그이는 비범한 사람야. 그런데 나는 내가 생각해두 그저 평범할 계집애여든. 암만해두 그런가 봐."

하고는 고개를 들어서 달을 쳐다본다.

달은 바로 송도원 송림 위에 있다. 강물과 바닷물이 합하는 곳에 물결이 일어서 특별히 달빛을 반사하고 있다. 덕원 뒤로 보이는 큰 산에서는 구름이 피어오르고, 거기서는 우렛소리는 없이 번개만 번쩍번쩍한다. 별들도 가끔 날아다니는 구름 속에 숨었다 드러났다 한다.

"무얼 그렇게 생각하고 있어? 은주 씨를 생각하느라고 그래?"

하고 문임이 물을 때에 혜련은 허공을 바라보는 대로 머리를 살래살래 흔든다.

"무얼, 그렇지?"

하고 문임이 다시 물을 때에 혜련은 문임을 물끄러미 바라보면서,

"언니! 내 한마디 물을게 똑바로 대답하겠수?"

하면서 문임의 팔을 끼고 걷기를 시작한다.

문임은 가슴이 좀 설렘을 느끼면서,

"무슨 말야?"

하고 혜련을 모로 본다.

"아니 글쎄 똑바로 말허지?"

하고 혜련이 한 번 더 다진다.

"글쎄, 그게 무슨 말야? 내가 언제는 혜련이보고 거짓말했어?"

"아니, 그런 게 아니지마는."

하고 혜련은 잠깐 주저하다가,

"언니."

하고 퍽 정다운 음성으로 부른다.

"말해!"

하고 문임은 여태껏 농담하는 태도로 말한 것을 미안하게 생각한다.

"언니, 사랑하는 남자 있수?"

하면서 혜련은 우뚝 서서 문임을 정면으로 바라본다.

"철썩, 철썩."

하고 물결이 두 사람의 발밑을 친다.

문임도 우뚝 섰다. 그리고 고개를 숙였다. 문임의 눈앞에는 은주가 나선다. 그러나 은주는 사랑하는 사람이 아닌 것으로 곧 단정을 내린다. 그러나 문임은 사랑하는 사람이 없다고 하기가 어려움을 깨닫는다. 그러면서도 오래 주저하는 것이 불리할 것을 생각하고서 문임은 고개를 들며,

"내가 어디 사랑하는 남자가 있어? 내가 사랑하는 남자가 있으면 혜련이가 모를라구. 누가 나 같은 것을 사랑해줄 사람두 없구."

하고 가장 천연한 것을 꾸민다.

"정말?"

하고 혜련이 눈을 치뜬다.

"그럼, 내가 언제 거짓말했어?"

하고 문임이 더욱 시치미를 딴다.

혜련은 문임을 믿는다는 듯이 고개를 까딱까딱해 보이고는 발로 옴질옴질 모래를 파다가,

"언니, 인제 만일 청혼하는 사람이 있으면 어떡헐 테요?"

하고 문임의 낯을 들여다본다.

"아이, 혜련이가 왜 오늘은 이상한 소리만 해? 자, 인제 돌아가."

하고 문임은 발을 돌린다.

"언니."

하고 혜련은 문임의 손을 붙들어 세우면서,

"아니야, 정말야. 정말 나더러 문임의 의향을 물어보아달라는 이가 있어."

하고 혜련은 한숨을 짓는다. 혜련은 어린 딸더러 그러한 청을 하던 늙은 아버지의 심정과, 이러한 청을 들은 젊은 여자의 심정을 슬프게 아니 생각할 수 없었다.

문임은 그 서늘한 달빛 아래서도 낯이 후끈거림을 깨달았다. 그리고 말이 없었다. 말은 없으면서도 어디 좋은 자리에서 제게 청혼이 들어오는가, 하고 혜련이 알 만한 젊은 남자들을 생각해보았으나, 그럴듯한 사람을 알아맞힐 수가 없었다. 아무려나 혜련이 장차 말하려는 것은 행복된 기별일 것은 틀림없다고 생각하면서 혜련의 입을 바라보았다.

혜련은 아버지의 부탁을 충실하게 실행하리라고,

"언니, 내 말을 어떻게 듣지 말아요. 노여 말어요."

하고 허두를 낸 뒤에 심히 말하기가 미안한 듯이,

"아버지가 아까 날더러, 언니 저기서 동무허구 이야기하고 있었을 때 말야, 메칠 전부터도 말씀을 내다가는 마시고 내다가는 마시고 하시더니 아까 날더러 그러신단 말야. 언니허구……. 노야지 말어요. 아버지는 대단히 어네스트하서요. 암만해두 언니하구 혼인을 하구 싶다구. 큰살림에 주부 없이는 지낼 수 없구, 아모리 돌아보아두 언니만 한 이가 없다구. 언니면 나허구두 친허구 매우 좋겠으니 날더러 한번 언니 의향을 물어보아달라구 그래서요. 아버지 말씀이, 언니가 누구 사랑하는 남자가 없느냐구. 아버지는 여간 열렬하신 것이 아니어요, 언니."

하고 말을 끊었다.

혜련의 말에 문임은 일종의 환멸을 느꼈다. 머리가 희끗희끗한 늙은이의 청혼은 젊은 여자에게 그리 유쾌한 일은 아니었다. '언감생심' 하고 괘씸하게 큰 모욕으로 생각할 재료도 되지 아니함이 아니었다. 문임은 비 오던 날 밤 일을 생각하고, 그 밤에 제가 가졌던 순결하던 감정을 생각하였다. 그러나 지금은 아무리 하여도 그러한 순결한 감정이 발하지를 아니하였다.

'돈이나 넉넉히 쓰고 살아볼까?'

이러한 생각이 났다. 그러나 그 생각을 솔직하게 표현할 용기도 없었고, 또 이왕 몸을 파는 바이면 값이나 비싸게 하는 정책도 아니 쓸 수가 없는 것 같았다.

"아이, 그게 무슨 소리야?"

하고 문임은 기막힌 듯이 웃었다.

"난 그 이상 더 말할 수도 없고 더 권할 수도 없으니 언니 맘대로 해요. 아버지도 여간 생각하셔서 하신 말씀이 아니니까, 아마 다시 말씀하시기는 어려우실 것 같애. 그럼, 언니, 잘 생각해보시구려. 생각해본다고 언니가 그러더라고 내 아버지헌테 여쭤께."

하고는 혜련은 문임은 오거나 말거나 훨훨 걷기를 시작하였다.

문임이 그 말을 들으면서 펄펄 뛸 줄만 알았던, 또 그러기를 바랐던 혜련은 문임의 태도에 굳센 반감을 느꼈다. 비루하다고까지 생각했다.

'가난하니깐 그런가?'

하고 혜련은 울고 싶을 듯이 분한 것을 참고 세모래판으로 걸었다.

"혜련 씨 아니서요?"

하고 부르는 젊은 남자의 소리에 혜련은 우뚝 섰다.

"나야요."

하고 어두움 속에서 나서는 것은 수영복 위에 아무것도 걸치지 아니한 임준상이었다. 밤 헤엄을 친 듯하여 수영복에서 물이 흐르는 것이 보였다. 준상은 가슴을 감추는 듯이 두 손으로 제 어깨를 만지면서,

"원산 오셨단 말씀은 들었지요."

하고 유쾌한 듯이 웃었다.

"오신 지 오래서요?"

하고 혜련은 가슴이 울렁거림을 느끼면서 물었다.

"이삼일 되었어요. 몇 동무들허구 천막을 치고 있지요. 춘부장은 아까 뵈었지요. 오래 계서요?"

하고 준상은 으스스한 것을 막느라고 몸을 이리저리 움직인다. 이때에 어디서,

"오오, 준상이!"

하고 부르고 껄껄대는 여러 소리가 들렸다.

"안녕히 주무세요."

하고 혜련은 준상이 무슨 말을 더 하고 싶어 하는 눈치를 알면서도 싸늘한 인사말을 던지고는 저편이 답례도 하기 전에 빠른 걸음으로 걷기를 시작하였다.

준상은 무안하여서 혜련과 다른 방향으로 걸었다. 혜련이, 그렇게 제게 대해서 정다운 생각을 가지고 있던 혜련이 무슨 까닭으로 이렇게 쌀쌀하게 되었을까 하면서……

실상 임준상의 혜련에게 대한 사랑은 결코 뜬 사랑은 아니었다. 혼인까지 하여도 좋다는 정도의 사랑이었다. 요새 청년의 사랑으로 혼인을

목표로 한다면 어지간히 참된 사랑일 것이다.

준상은 무론 여자에게 사랑을 주는 일에는 경험 없는 사람이 아니었다. 그의 준수한 용모와 좋은 목소리와 또 대학생이라는 것과, 게다가 언제나 깨끗하게 몸을 거둘 만한 재산과, 그리고 누가 보든지 싫어 아니 할 그의 풍채와 언어 동작이 젊은 여자의 눈을 끌기에 족하였기 때문에, 혹은 동향에서 온 여자로, 혹은 친구의 누이로 그에게 사모하는 마음을 가지는 이도 한둘만이 아니었고, 그가 한두 번 허리를 안아보고 키스쯤 해본 여자는 이루 다 꼽기도 어려울 만하였다. 만일 준상이 원하였더면 여러 여자의 몸까지도 범할 수 있었을 것이지마는, 그가 예수교회에를 다닌다는 생각과 또 그의 범죄에 대한 용기의 결핍이 그로 하여금 여자와의 관계에 일종의 경계선을 굳게 하여서, 아직도 동정을 지킨다는 자부심을 상치 아니하게 하였다.

준상은 혜련에게 대하여서는 열렬에 가까운 사랑을 느꼈다. 그가 경무대 솔밭에서 혜련의 허리를 안으려 한 것은 결코 희롱으로서는 아니었다. 분명 그때에 그의 가슴은 새색시의 것 모양으로 울렁거렸다. 다만 임준상은 불타듯 열렬하게 되지 못하는 성품이 있었다. 그것은 밝은 이성의 힘 때문에도 아니요, 굳은 도덕적 의지력 때문에도 아니었다. 도리어 그는 외모와 같이 명철한 사람도 아니요, 제가 생각하는 바와 같은 덕행가도 아니었다. 오히려 그는 향락주의적 경향을 가진 사람이었다. 말이나 행동이나 다 번드레하게 저를 잊고 세상을 위하는 지사 같지마는 기실은 아무 신념도 결심도 없었다. 그는 무엇이 옳은 일인지를 남의 말을 듣거나 책을 보면 얼른 알아듣는다. 알아들을뿐더러 능히 남에게 그것을 전하고 주장하는 변재와 일시적인 열도 있다. 그러나 그는 그 '옳음'이란 것을 꽉 붙들어서 제 생명에다가 못 박아 붙이지를 못한다. 그는 옳은 것을 잘 알면서 하나도 옳은 일을 하지는 못하는, 그러한 조선의 현대에서 흔히 보는 성격 중의 하나였다.

준상은 열정가로 자임하고 있다. 아직 세상 경험이 적은 젊은 친구들도 그를 열정가라고 부른다. 그러나 그의 열정은 양철냄비와 같은 열정이어서, 얼른 끓어나지마는 곧 식어버리는 그러한 열정이었다.

이 세 가지 특색, 죄악을 짓기에는 약하고, 무엇이나 얼른 알아듣는 이해력과 제가 아는 것을 남에게 말하는 발표력이 있고, 그리고 언제든지 쉽게 열정을 발할 수 있는 이 세 가지가 그로 하여금 동무들 중에 존경을 받게 하는 이유가 되었다.

준상은 이러한 성격을 가지고 혜련을 이해하였고 또 사랑하였다. 준상은 제가 주는 사랑의 모든 행동은 반드시 혜련에게 무조건으로 환영받을 것이라고 믿었던 것이다. 그러다가 혜련에게 두 번째나 쌀쌀한 대접을 받을 때에 준상은 아프게 자존심을 상하지 아니할 수 없었고, 또 제가 저를 믿던 힘에 큰 타격이 되지 아니할 수 없었다.

'이 사랑은 실패인가? 내가 인제는 실연의 슬픔을 당할 차례인가?'

이렇게 생각하면서 준상은 고개를 수그리고 걸었다.

"준상이."

하고 뒤에서 부르는 것은 이명훈이라는 의학부 학생으로 준상과 같은 천막에 있는 동무였다.

"명훈인가?"

하고 준상은 혜련에게 대한 괴로운 생각을 집어치우고 우뚝 섰다.

"지금 그이가 그인가?"

하고 명훈은 혜련이 걸어가던 쪽을 가리키면서 웃었다.

"그이가 그이라니?"

하고 준상은 시치미를 뗀다.

"자식은, 이러니까 쑥이란 말야."

하고 명훈은 준상의 어깨를 절컥 소리가 나도록 손바닥으로 때리며,

"지금 그이가 자네 스위트냔 말일세. 그이가 김혜련이야?"

하고 싱글벙글한다.

준상은 기운 없이 고개를 끄덕끄덕하고는 고개를 숙여버린다.

"상당한데. 괜찮어. 낮에도 보았는데 확실히 미스 원산은 되던걸, 미스 코리아는 몰라도. 클래식 타입이지만, 모던 타입은 아니지만, 걸음걸이가 좋아. 테니스깨나 쳤나 보던데……. 그래 어느 정도쯤이나 갔나?"

하고 명훈은 혼자 지껄인다.

"여, 이 사람."

하고 준상은 열없이 웃는다.

명훈은 강의나 하는 듯한 어조로,

"자네가 시방 그 색시하구 만나던 장면을 내가 다 관찰을 했는데, 자네가 쭉지가 축 처진 것을 보니까, 또 혜련 씨가 뒤도 안 돌아보고 가는 것을 보니까, 아마 자네가 한 개 얻어맞은 모양일세그려. 원체 자네는 유한 마담의 정랑 격이지 모던 아가씨네의 애인 격은 못 된단 말일세. 자네는 여자 편에서 무르팍에 안아 끌어올려주어야 될 작자니 되겠나? 모던 아가씨네는 무엇을 바라는고 하니 말야, 어떤 남자를 바라는고 하니, 새로 이르면 매나 독수리 같은 남자를 바란단 말일세. 급한 스피드로 달려들어서 쩩소리도 할 새가 없이 숨이 턱턱 막히도록 움키어 쥐어주는 남자를

바란단 말야. 머리에 향유를 바르고 슬픈 듯이 고개를 기울이고 황혼 규방 창 밑에서 우는 소리로 세레나데를 부르는 것은 중세기적 연애 방식이란 말일세. 모던 아가씨들헌테 그 방식을 쓰다가는 백이면 백 오쟁이를 지지. 미역국을 먹는 것인가, 원. 이 사람, 시대라는 것을 인식해야 된단 말일세. 인텔리 여성의 연애란 시대의 첨단을 걷는 것이어든. 세상에 작년에 지은 양복을 입고 나서는 사내는 있어도 유행 떨어진 옷을 입고 나서는 여자는 없단 말일세. 스피드 시대요, 스포츠 시대요, 군국주의 시대의 연애는 모름지기 그 식으로 간단 말야. Veni, vidi, vici! 왔다, 보았다, 정복하였다! 이것은 로마의 시저의 보고서의 명구가 아닌가. 자네도 연애를 하랴거든 말이지, 모름지기 Veni, vidi, vici 식으로 하란 말야. 알아들었나? 요새 모던 여성들이 빼앗길 사랑은 준비해두었어도 바칠 사랑은 불행히 준비가 없단 말일세. 매 모양으로 독수리 모양으로 확 달겨들어서 꽉 움켜쥐고 와락 빼앗을 때에 모던 여성은 사랑의 기쁨을 느낀단 말일세. 자네 알아듣겠나? 하하하하."

하고는 또 한 번 어깨를 툭 치면서,

"난 먼저 가네. 오늘 명사십리 다녀온 것이 좀 고된데. 달밤 여름 바닷가에서 어디 좋은 러브신이나 한 막 연출하게. 허지만 치마가 아니라 무엇을 쓰나, 무엇이나 쓰고서 바다에 풍덩실, 그 신파비극만은 말란 말일세. 아우프 뷔더세혠."

하고는 휘파람을 불면서 가버린다.

"어디로 가나?"

하고 준상은 그 자리에 서서 명훈이 활개를 활활 치며 스러지는 것을 보고 있었다. 준상이, 사랑이 힘드는 일임을 비로소 맛본 것 같았다.

준상은 혼자 강가 제방으로 걸었다. 푸르고 부드러운 풀이 덮인 사이로 사람 하나 걸어갈 만한 가느단 길이 꼬불 기어간 데를 준상은 이슬에 젖은 풀잎이 발에 다리에 스쩍스쩍 스치는 데로 저녁 바람이 선선한 줄도 모르고 걸어 올라갔다. 거지들이 모기 없는 모래톱을 찾아서 하룻밤을 새울 준비를 하고 있었다. 제방 밑 웅덩이에서는 개구리들이 소리를 높여서 울었다. 아마 물때 맞추어 그물에 고기를 따러 가는 것인가, 강으로 배 두어 척이 삐걱삐걱 저어 내려오는 것이 달빛 속에 꿈같이 보였다. 어떤 젊은 남녀가 어깨를 딱 붙이고 준상과 반대 방향으로 걸어 내려오다가 준상을 불의에 발견하고 놀란 듯이 두어 걸음 서로 떨어지는 것도 보았다.

"준상이 아닌가?"

하고 저편 남자가 소리를 쳐 불렀다.

그것은 명훈이었다.

"금시 저기 있더니 어느새에 이리로 돌아왔어?"

하고 준상은 곁에 선 여자에게 잠깐 고개를 숙이면서 명훈의 앞에 섰다.

"저는 먼저 가요."

하고 그 자줏빛 원피스 입은 여자는 두 사람에게 인사하고 앞으로 가버린다.

"아, 여보세요. 혼자 가실 테야요?"

하고 명훈이 두어 걸음 그 여자의 뒤를 따르면서,

"저 모래톱에랑 솔밭에랑 거지들이 득시글득시글해요. 내 모셔다 드리지요."

하는 것을 그 여자는 뒤도 안 돌아보고,

"괜찮아요."

하고는 횡하게 가버린다.

　"그이가 누군가?"

하고 준상이 물었다.

　"모르지."

하고 명훈은 아직도 아까운 듯이 그 여자의 뒤를 바라본다.

　"몰라? 모르는 여자허구 이 밤중에 산보를 다녀? 이렇게 으슥헌 데로."

하고 준상은 명훈을 훑어본다.

　"피차에 마찬가지지. 내가 모르는 여자허구 다니면 저 여자도 모르는

남자허구 다니는 것 아니야? 그러니까 쓱싹이란 말일세."

　"이 사람아, 그러기로 누가 보더라도."

　"보기로 어때? 젊은 남녀가 서로 사랑하는 것은 하나님의 뜻이 아닌

가."

　"그래, 저이가 자네가 사랑하는 여자야?"

하고 준상은 놀란다.

　"괜찮아요, 쓸 만해."

하고 명훈은 고개를 기웃거리더니 그 여자가 보일락 말락 할 때에,

　"꿋 나잇 마이 러브."

하고 소리소리 지르며 팔을 내두른다.

　"그런데 성명도 모르고?"

　"이 사람은 왜 이리 성명에 상성이야? 성명을 알고 모르는 것이 사랑

에 무슨 상관이냐 말일세. 눈과 눈이 마조치고 손과 손이 마조치고……

이러면 고만이지 성명은 알아서 무엇 하느냐 말야. 혼인신고나 하게 되

면 성명 삼 자도 필요하고, 사주팔자도 필요할는지 모르지마는 해수욕장에서 하룻밤 산보쯤 하는 사랑에 수고스럽게, 뉘 댁이시오, 저 댁이시오, 할 것은 무엇 있나? 애초부터 저런 것과 혼인할 생각은 없으니까."

"이 사람, 그러면 남의 여자를 하룻밤 끌고 돌아다니다가 버리고 만단 말인가, 앗게."

하고 준상은 두어 번 고개를 흔든다.

"안 버리면 그걸 다 어떡해? 한번 눈에 든 계집애를 다 아내를 삼다가는 아내 두는 광이 병영만 해도 모자라겠네. 오늘에는 오늘의 애인이 있고 명일에는 명일의 애인이 있다! 이것이 현대 연애관이란 말일세. 자네와 같이 한 여자를 보면 거기 착 달라붙어서 후후 한숨을 지고 다녀서야 어디 사랑이 힘이 들고 품이 들어서 해먹을 수가 있나? 그것은 어느 점을 보나 불경제란 말이어든. 이 바쁜 경제 시대에 비생산적 연애에 시간, 정력을 소비해서 쓰겠나. 그저 곤한 때에 차 한잔 마시는 격으로 연애 유희를 할 것이란 말이지, 하하."

하고 또 그 여자가 가던 곳을 바라본다.

준상에게는 명훈의 말이 불쾌하였다. 저를 마치 유치한 사람과 같이 여겨서, 교훈하는 태도로 조롱하는 태도로 말하는 것이 불쾌하였다. 준상의 동무들 중에 준상에게 존경을 가지지 아니하는 몇 사람 중에 명훈은 그중에도 으뜸가는 사람이다. 그들을 준상은 자기의 인격을 이해하지 못하는 것들이라고 멸시하여왔으나, 마음 한편 구석에는 '그놈들이 내 속을 꿰뚫어보는구나. 내 약점을 모조리 아는구나.' 하는 생각이 없지 아니하였다. 오늘 저녁에 명훈이 한 말도 준상이 그 진리성을 승인하지 아니하려고 발버둥침에 불구하고, 도리어 진리의 날카로운 날을 가지고 준상의 마음을 속속들이 해부하여 밝은 빛 아래 폭로하는 듯하였다.

'아아, 보기 흉한 내 속이여!'

하고 준상은 이 참혹한 광경에 대하여 눈을 감지 아니할 수 없었다.

'자기 변호!'

준상이 만일 참회의 피 흐르는 길을 밟지 아니한다면 자기 변호의 도금한 고약으로 제 마음을 쌀 수밖에 없는 것이다.

'세상이 바로 알지 아니하였으면' 하는 마음을 가지고 살아가는 준상의 마음의 고통은 결코 작은 것이 아니었다. 속에 구린내 나는 더러운 옷을 입고 겉에 얄따란 홑것을 입은 것과 같아서 바람결만 있어도 더러운 속이 드러날까 하여 마음을 졸이는 것이었다. 차라리 깨끗한 엷은 껍데기를 마저 벗어버렸으면 마음이 편할 것 같았다.

준상은 제 동무들 중에 그러한 용기를 가진 동무들이 많을 것을 본다. 추악한 속을 도무지 가리려 하지 아니하고 담대하게 그냥 드러내놓고 백주 대로상으로 돌아다니는 것을 준상은 잘 안다. 준상도 외식의 고통, 위선자의 힘듦을 맛볼 때마다 이 동무들의 본을 받고 싶어 한 것도 한두 번이 아니었다. 그러나 준상에게는 그 깨끗한 껍질이 아깝다는 것보다도 그것을 벗어버릴 용기조차 없어서 못 한 것이었다.

'저들에게는 거짓의 죄 하나만은 나보다 적다.'

준상은 가끔 이렇게 생각한다.

'속속들이 깨끗하게 해보자.'

이렇게 얼마나 많이 준상은 결심하였을까. 얼마나 많이 주를 부르고 기도를 올렸을까.

그러나 속에 입은 더러운 옷을 아주 벗어버리기가 아까웠다. 재물 욕심, 이성에 대한 향락의 욕심, 세상에서 존경받고 칭찬받고 싶은 욕심, 남의 위에 서고 싶은 욕심, 이러한 욕심의 속옷은 몸에 착 달라붙어서, 마치 물 묻은 옷 모양으로 몸을 조이고 마음을 괴롭게 하건마는, 그것을 벗어버리자면 살이 떨어지고 피가 흐를 것 같았다. 이래서 준상은 속에 구린내 나는 더러운 것을 감춘 채 그 더러운 빛과 냄새가 밖에 드러나지 않도록 깨끗한 것으로 덧싸고 덧싸고, 그리하고는 향내 나는 것을 위에다가 발랐다. 이러노라니 몸은 더욱 무거워지고 부자유해졌다.

'뻘거벗고 싶다!'

준상은 수영복 하나로 바다에서 놀 때에 얼마나 벌거벗는 쾌미를 느꼈는고. 그러면서 물에서 나오는 대로 다시 냄새나는 옷을 주워 입고 꼭꼭 졸라매지 아니하면 아니 될 운명을 슬퍼하였던고?

'어찌 이리도 용기가 없을까? 어찌 이리도 단행력이 없을까?'

하고 준상은 괴로워한다.

'거짓된 선인보다 정직한 악인이 얼마나 행복될까?'

하고 눈앞에 술 막 먹고, 여자 뒤 막 따르고, 아무런 소리나 아무런 짓이나 꺼림 없이 막 하는 동무들이 준상에게는 한없이 부러운 것 같았다. 선하게 될 용기도 없고 악하게 될 용기도 없는 중간치기인 제 모양이 준상에게는 그리도 초라하고 가여웠다.

'오냐, 명훈의 말대로 혜련에게 대하여서 용기를 내어보자. 돌격을 하여보자. 부서질 때 부서지더라도 막 부딪쳐보자.'

하고 준상은 주먹을 불끈 쥐어서 흔들어보았다.

준상은 비로소 사랑의 괴로움을 느끼는 것같이 괴로워하였다. 혜련이 준상에게 대하여 냉랭하면 냉랭할수록 준상의 열은 더욱 높았다. 준상은 기회 있는 대로 혜련을 가까이하려 하였으나, 혜련의 태도는 언제나 찬물에 돌같이 쌀쌀하였다. 준상이 아무리 말을 붙여보아도 도무지 곁을 주지 아니하였다.

혹 바닷물에서 혜련이 혼자 멍하니 섰는 기회를 타서 준상이 그 곁으로 지나가면 혜련은 파랑 모자를 쓴 고개를 숙여서 인사할 뿐이고는 준상을 피하는 듯이 다른 데로 헤어 가버렸다. 그러할 때마다 준상은 무안하고 낙심하였다.

김 장로는 대개는 텐트 속에 누워 있거나 모래 위에서 등을 구우면서 우두커니 바다를 바라보고 앉아 있었다. 그 곁으로 준상이 지나가다가 인사를 하면 김 장로는,

"응, 평안하시오? 좀 앉구려."

하고 다소 호의를 보이는 듯하였다.

김 장로의 말대로 준상이 천막 그늘에 앉아 있노라면 흔히는 혜련과 문임이 볕을 피하려고 텐트를 향하고 걸어오다가, 준상이 있는 것을 슬쩍 보고는 내외하듯이 다른 데로 피해버렸다. 그러면 준상은 미안하여서,

"또 오겠습니다."

하고 김 장로에게 인사를 하고는 일어난다. 혜련에게도 인사를 하려고 그의 눈이 저를 향하기를 기다리나, 보고도 못 본 체하는 듯이 도무지 준상 편으로 눈을 돌리지 아니하고 도리어 반대 방향을 바라보면서 모래 장난을 하거나 문임과 이야기를 하였다. 이리되면 준상은 너무 오래 서성거릴 수도 없어서 물로 들어가버린다.

동무들은 수면에 오락가락하는 젊은 여자들을 보고 이런 평, 저런 평을 하고는 끼득거리지마는, 준상의 눈에는 혜련의 모양밖에는 다른 모양

은 보이지 아니하였다. 대개는 그 곁을 떠나지 아니하는 문임의 모양까지도 보지 못하는 경우가 많았다. 잠시 헤엄을 치는 동안에 혜련의 그림자를 잃어버리면 준상은 물에 우두커니 서서 눈을 이리저리로 굴려 혜련의 자주 수영복, 파랑 모자를 찾았다. 혹은 물에, 혹은 모래판에, 혹은 김 장로의 텐트 밑에 혜련의 호리호리하고 날씬한 모양을 찾아놓고야 비로소 마음이 가라앉았다.

그러다가 만일 어디서도 혜련의 모양을 못 찾는 경우거나 혜련과 문임이 그 아버지를 따라서 돌아가는 뒷모양을 본 경우에는 준상은 갑자기 해가 지고 바다가 어두워진 것같이 깨닫는다. 헤엄도 치기 싫고 물속에 더 있기도 싫었다.

준상은 스포츠맨은 아니었다. 학교에서 테니스와 철봉도 좀 해보았고, 고보 시대에 선생을 따라서 한두 번 해변 캠핑을 하면서 수영을 배우고 금년에도 날마다 연습을 하였기 때문에 오백 미터쯤은 헤기도 하나 그것이 그렇게 좋아하는 것은 아니었다.

준상은 제 헤엄으로라도 혜련의 주목을 끌었으면 하였다. 그래서 혜련의 눈에 띌 곳으로 헤어 돌았다. 또 평틀에서 내리뛰는 것도 열심으로 하였다. 그러나 혜련의 눈은 제게로 오는 것 같지 아니하였다.

준상은 비로소 사랑하는 사람의 앞에 설 때에 제가 어떻게 가난하고 하잘것없는 존재인 것을 깨달았다. 저로는 감히 그의 신 끈도 매지 못할 높은 자리에 있는 것을 깨달았다. 아무것도 제게는 혜련의 마음을 끌 것이 없음을 깨달을 때에, 잘생겼다는 얼굴도, 말솜씨 글재주도, 대학생이라는 간판도 혜련의 마음을 끌지 못함을 깨달을 때에 준상은 지금까지 자랑으로 알아오던 이 모든 것이 다 한 푼어치 가치도 없음을 느꼈다.

혜련의 마음을 움직이게 할 것이 무엇일까. 그것이 만일 돈으로 살 수 있는 것이라 하면 제게 있는 것을 다 팔아서라도 사고 싶었다. 그것이 만일 몸을 가지고 할 수 있는 것이라고 하면 살을 찢고 뼈를 갈아서라도 구하고 싶었다.

그러나 준상은,

'아아, 내게는 혜련의 마음을 살 아모 보물도 없는가?'

하고 한탄 아니 할 수 없었다.

준상은 지금까지에 자기가 여자를 사랑하였다는 것이 모두 겉껍질임을 느꼈다. 비로소 사랑이 무엇인지를 아는 듯하였다. 사랑은 유희가 아니다. 사랑은 죽느냐 사느냐 하는 문제인 것 같았다. 만일 혜련의 사랑을 얻지 못하면 준상은 살아 있을 수 없을 것 같았다.

처음 원산으로 올 때에도 준상은 혜련이 그리워서 온 것이지마는, 그래도 그때에는 되면 되고 안 되면 할 수 없고, 하는 마음의 여유가 있었지마는, 혜련을 날마다 바라보고 만나고, 혜련에게 쌀쌀한 대우를 받아갈수록 혜련은 준상의 혼에 깊이깊이 배어드는 것 같았다. 이제 준상의 혼에서 혜련을 떼어버리자면 크게 피를 흘리지 아니하고는 아니 될 것 같았고, 그보다도 더 준상의 생명에까지 관계될 것 같았다.

바닷가에서 보는 많은 젊은 여성을 준상은 모두 유심히 보았다. 마치 여성의 육체의 미와, 그리고 정신의 미와의 관계를 비교 연구나 하는 태도로 유심히 보았다. 장차 애인을 고르려는 젊은 남자로서는 공통한 생각이었다. 그 결과로 보건댄, 혜련은 이 바다에 모인 모든 여성 중에서 가장 뛰어나는 여성이라고 믿었다. 혜련의 약간 수척한 모양이 마음에 걸렸으나 그것이 도리어 혜련의 정신적으로 높음을 표시하는 듯하였다.

혜련이 준상에게 대하여 하도 쌀쌀하게 굴 때에 준상은 혜련의 몸에서와 행동에서 보기 흉한 점을 골라보려고 애를 썼다. 그래서 혜련의 몸이 마른 것을 '말라깽이', 혜련의 날씬한 자세를 '병쟁이같이 기운 없는 자세', 혜련이 물에서나 모래판에서 가끔 혼자 무엇을 생각하고 있는 것을 '아니꼬운 소갈머리', 혜련이 제게 대하여 쌀쌀하게 구는 것을 '건방지구 사람의 가치를 몰라보는 어리석은 계집애', 이 모양으로 정떨어지는 별명을 지어가지고는,

'사내가 그까짓 계집애 하나로……'

하고 혜련을 미워해보려고도 하였다.

이러한 준상의 노력은 일시적 효과를 아니 줌도 아니었으나, 그러나 그것은 필경은 헛된 일이었다. 제 마음에서 혜련을 떼어놓으면 저는 알빠진 조가비와 같이 텅 빌 것 같았다. 혜련이 없는 천지는 차마 견딜 수 없는 공허한 것이었다.

어떤 날 저녁, 캠프에서 저녁밥이 끝난 뒤 동무들이 원산에 연극 구경 가자는 것도 머리가 아프다는 핑계로 거절해버리고, 혜련이 저녁 산보 나오기를 기다리고 길목을 지키고 있었다. 오늘 밤에는 어떠한 일이 있더라도 혜련과 말할 기회를 얻어서 속에 있는 말을 털어놓자는 결심을 굳게 굳게 하고서.

서쪽 산에 구름 속에서 번개가 번적거렸다. 다른 데는 다 푸른 하늘이요, 오늘 석양도 붉은 노을 하늘 가득 남기고 넘어갔건마는, 서쪽 멍석만한 구름 덩어리 가장자리에 가끔 네온사인 같은 번개가 번적거렸다.

"바람이 되랴나? 소내기가 오랴나?"

하고 준상은 그것이 마치 제 운명의 암시나 되는 것같이 보고 있었다. 준

상은 그 검은 구름 봉우리가 뭉개뭉개 피어오르기도 하고 갈라지기도 하고, 한편이 툭 불거지는가 하면 한편이 이지러지기도 하고, 그러다가는 번개의 불줄이 여러 가지 곡선을 그리고 하는 양을 보고 옥수수 잎을 만적거리고 서 있었다.

이때에 김 장로의 굵은 음성이 들렸다. 준상은 놀라는 듯이 고개를 돌렸다.

"진지 잡수셨어요?"

하고 준상은 김 장로를 향하여 허리를 굽혔다.

"응, 임 군이오? 진지 자셨소?"

하고 김 장로는 매우 유쾌한 모양이었다.

준상은 김 장로의 뒤를 따르는 혜련과 문임을 향하여서도 인사를 하였다.

"또 비가 오랴나, 원."

하고 김 장로는 준상이 보던 번개질하는 구름장을 바라본다.

"아이, 저 번개!"

하고 혜련이 소리를 지른다.

"글쎄올시다. 금년에는 웬 비가 그리 많아요?"

하고 준상은 김 장로의 왼편 곁에 한 걸음쯤 떨어져서 따라 걸었다.

준상은 김 장로 일행을 따라서 바닷가로 나갔다. 바람은 옷자락을 날릴 만치 불건마는 물결 소리는 들릴락 말락 하였다.

바닷가에는 저녁의 서늘함을 취하는 사람들이 많이 나와 있고, 잔교 끝 전기등 밑에는 사람들이 오글오글 모여 있었다. 밤물에 헤엄을 치는 젊은이들도 보였다.

김 장로의 이야기 동무를 하면서 준상은 바닷가로 얼마를 걸어 올라가다가 어찌어찌하는 동안에 김 장로는 문임과 나란히 서게 되고, 두어 걸음 떨어져서 준상은 혜련과 어깨를 가지런히 하여서 걸을 기회를 얻었다. 그것은 김 장로가 문임과 가까이할 기회를 엿보는 눈치를 알고 혜련이 물결에 발을 씻는 체하고 두어 걸음 떨어진 까닭이었다.

　"혜련 씨."

하고 준상은 이 천재일우의 좋은 기회를 잃지 아니하려 하여 가만히 불렀다.

　"네?"

하는 혜련의 대답은 예상했던 것보다 부드러웠다.

　"잠깐 할 말씀이 있는데요."

하고 준상은 혜련의 곁으로 다가섰다.

　"말씀하시지요."

하고 혜련은 그의 쌀쌀한 본색을 내어놓았다. 준상은 혜련이야 듣거나 말거나 할 말은 단숨에 다 하리라 하는 듯이,

　"나는 혜련 씨를 사랑합니다. 원산에 온 것도 혜련 씨를 따라서 온 것입니다. 나는 혜련 씨를 떠나서는 살 수 없습니다. 그런 줄을 이번에야, 요새에야, 이전에도 안 그런 것은 아니지만 요새에 와서 더욱 깊이깊이 깨닫습니다. 혜련 씨가 내게 대해서 쌀쌀하게 하시는 것도 다 알지요. 그렇게 하시는 혜련 씨 태도는 칼로 이 가슴을 우비는 것 같습니다. 그리고 혜련 씨가 내게 쌀쌀하게 하시면 할수록 내 가슴은 더욱 타오릅니다. 나는 인제는 더 참을 수가 없습니다. 더 견딜 수가 없습니다. 나는 체면도 염치도 불고하고 혜련 씨헌테 내 마음을 말씀하기로 결심했습니다. 나는

무슨 말씀을 어떻게 해야 될지 모릅니다. 내 활랑거리는 마음은 지금 두서를 차릴 수가 없어요. 나는 붉은 피로, 끓는 피로 내 목숨을 내걸고 지금 한 말씀이, 무슨 말씀을 했는지 내 머리는 지금 몽롱합니다마는, 내가 한 말씀은 다 내 마음속에서 나온 말씀인 것을 맹세합니다. 지금 와서 자복하지요. 서울서 그동안 편지로 드린 말씀이나, 직접 만나서 한 말씀이나, 그것도 거짓말이라고는 아니 합니다마는, 지금 한 말씀에 비기면 꾸민 것도 있었어요. 그러나 지금 내 마음은 참된 것뿐입니다. 사람을 칼로 찌르면 아프다고 소리를 지를 때에 그 소리가 거짓될 여지가 있겠어요? 없을 것입니다. 혜련 씨, 나를 어떻게 하시랍니까. 나를 안 믿어주십니까? 나를 사랑해주시지 못하십니까? 혜련 씨 입에서 한 말씀만 들으면 나는 곧 춘부 선생께 청혼을 할 테야요. 인제는 사랑 문제가 아닙니다. 내게는 사생 문제야요. 말씀해주세요."

하고 고개를 숙이고 묵묵히 걷고 있는 혜련을 보았다. 혜련은 남이라고 하기보다는 짙은 옥색이라고 할 치마에 서양목 적삼을 입고 단발한 머리를 끄나풀로 꼭 졸라서 나불나불 뒤로 늘였다. 달빛에 보는 혜련의 이 모양이 준상의 눈에 폭 박히는 듯하였다.

"고맙습니다."

하는 것이 혜련의 간단한 대답이었다. 이 대답을 하고는 혜련은 고개를 반쯤 들어서 힐끗 준상을 바라보았다. 준상의 빗질 아니 한 머리가 바람에 나불나불하였다.

혜련은 준상의 말에서 전에 못 보던 열정을 보았다. 도저히 거짓말은 될 수 없다는 느낌도 얻었다. 그 참된 듯한 열정적인 말에 혜련의 마음은 아니 흔들릴 수는 없었다. 그러나 혜련은 마음이 흔들려서는 아니 된다

하고 마음의 입을 꼭 다물었다.

　준상은 '고맙습니다' 하는 대답 뒤에 다른 말이 계속되기를 기다렸으나 없었다. 그 말 한 마디로는 혜련의 대답이 '예스'인지 '노우'인지 알 수가 없었다.

　준상은 용기를 내어서,

　"예스나 노우나 분명한 대답을 해주셔요. 더 기다리기는, 더 이러한 초조 속에 있기는 참 견딜 수 없습니다."

하고 우뚝 섰다.

　혜련도 자동적으로 우뚝 서면서,

　"저는 그런 말씀 다 믿을 수 없는 사람이 되었어요. 특별히 임준상 씨를 못 믿는다는 것은 아닙니다. 모든 사람을 다 믿지 못하게 되었단 말씀이야요. 저를 그처럼 사랑해주시는 것은 고맙습니다마는 제게는 드릴 사랑이 없는 것 같애요. 저는 모든 사람을 다 믿을 수 없는 것 같애요. 믿어지지를 아니합니다. 저는 임준상 씨께 대해서 호감을 가지고 있습니다. 그러나 사랑은 드릴 것이 없어요. 솔직하게 말씀하면 저는 사랑이란 것을 도모지 믿지 못할 것 같아요. 사람의 마음에 믿을 것이 하나도 없지만, 그중에도 사랑이란 건 가장 못 믿을 것인가 해요. 이런 말씀하면 건방지다고 하실는지 모릅니다만, 정말 그렇습니다. 저는 일생에 어느 어른을 사랑해드릴 것 같지 아니해요. 그러니깐 미안하지만 저는 생각 마세요."

하고 준상의 얼굴을 바라보았다. 준상은 마치 화석이 된 것같이 혜련에게 생각했다. 그처럼 준상의 얼굴 근육과 눈이 굳어진 것이었다.

　준상은 한참이나 잠자코 있다가,

"그러면 혜련 씨는 나를 사랑하지 아니하신단 말씀입니다그려? 사랑할 수 없단 말씀입니다그려?"

하는 음성은 떨렸다.

준상의 비장한 음성이 혜련의 몸에 오싹 소름이 끼치게 하였다. 그래서 혜련은 한 걸음 뒤로 물러서면서,

"아냐요, 그런 말씀은 아닙니다. 그렇게 고깝게 들으실 말씀은 아닙니다."

하고는 무슨 말을 할는지 몰랐다. 혜련은 일이 대단히 중대한 결과를 생할 것같이 생각한 것이었다.

"그러면 어떻게 들으란 말씀이야요?"

하고 준상은 힐문하는 듯이 대들었다.

혜련은 무슨 힘에 눌려서 몸과 마음의 자유를 잃은 듯함을 느끼면서,

"제가, 제 마음이 말씀야요, 제 환경이 그렇게 만든 게지요. 도무지 세상에 대하야 애착이 없고 사람에 대하야 신념이 없단 말씀야요. 그것을 말씀한 것입니다. 임 선생이 어떠시다는 말씀은 아냐요."

하고 힘써 변명하였다.

"그럼 나를 미워하는 것은 아닙니다그려?"

하고 준상은 큰 숨소리를 죽이려고 애를 쓰면서 묻는다.

"아냐요, 제가 미워하기는요, 아닙니다."

하고 혜련은 아무쪼록 어성을 부드럽게 하려고 애를 썼다. 이때에,

"혜련아, 혜련아."

하는 김 장로의 소리가 들린다.

"아이, 아버지가 부르세요."

하고 혜련은 준상에게 고개를 까딱하고는 무서운 것에서나 벗어나는 듯이 걸성걸성 걸었다. 준상은 잠깐 주저하다가 혜련의 뒤를 따랐다. 그러나 준상의 다리는 무거웠다. 무엇이 무엇인지 갈피를 잡을 수가 없었다. 맴을 돌다가 우뚝 선 것도 같고, 몽둥이로 정배기를 얻어맞은 것도 같았다. 부끄러운 듯도 싱거운 듯도 한 중에 아픔을 섞은 단맛도 있었다. 그러나 이 착잡한 감정 중에 가장 견디기 어려운 것은 혜련의 참뜻이 무엇인지를 모르는 의혹의 감정에서 오는 초조였다. 이 무겁고 찌뿌듯한 감정은 준상의 모든 근육에서 힘을 온통 빼어버리는 것 같았다.

"무슨 이야기를 그리 많이 했니?"

하고 김 장로는 책망 절반, 농담 절반으로 혜련과 임준상을 바라보고 웃었다. 문임은 무슨 부끄러운 일이나 있는 듯이 마주 와서 혜련의 손을 잡았다. 혜련과 문임은 피차에 그 손끝이 찬 것을 깨달았다.

"무슨 이야기 했어?"

하고 문임은 혜련을 놀려먹는 것같이 말하였으나 기실은 자기가 지금까지 김 장로와 한 말에, 들은 말에 대한 부끄러움을 감추려 함이었다. 대개 이번 이야기에서 문임은 김 장로에게 반허락을 준 것이었다.

김 장로는 마침 혜련이 준상과 이야기하느라고 뒤에 떨어진 것을 기회로 문임을 향하여 직접 말을 붙였다. 그것은 꼭 아내가 되어달라는 간단한 말이었다. 문임은 이 간단한 청혼 속에 충분히 성의와 열정까지도 볼 수 있는 것 같았고, 또 그동안에 김 장로의 연령에 대한 싫은 마음도 가시어서 도리어 사랑에 가까운 호감을 느끼었다.

"문임이, 꼭 허락해주어. 무엇이나 문임이 소원대로 다 해줄 테야."

하고 김 장로는 늙은 애인의 설움을 느끼면서 물건으로 젊은 여성의 마음을 살 수밖에는 없다고 생각하였다.

그 말이 문임에게는 더할 수 없이 가엾게 들렸다.

"고맙습니다, 저 같은 것을."

하고 문임이 김 장로에게 대답할 때에 문임의 눈앞에는 은주의 모양이 얼른거렸다. 문임은 숨이 막힐 듯함을 깨달았다. 그래서 고개를 숙이고는 말이 없었다.

"그럼, 내 말을 들어준단 말이지?"

하고 김 장로는 문임의 손을 더듬으려 하였다.

문임은 한 걸음 물러서면서,

"저는 약속한 사람이 있어요."

하고 대답하지 아니할 수 없었다. 은주가 곁에 말없이 서 있는 것 같았다.

"약속한 사람?"

하고 김 장로는 우뚝 서면서,

"아니, 혜련이 말이 아모도 없다던데?"

하고 눈을 크게 떴다.

"약속이라고까지 할 것은 없지만."

하고 문임이 약속이란 말을 부인하려 할 때에 문임의 혀는 잘 돌지 아니하였다.

"정말야? 그게 누구야?"

하고 김 장로는 말에 노기까지도 띠었다.

"아닙니다. 약속이라고 할 것도 없지만 저를 따르는, 무에라고 말씀을 해야 옳을까, 어떤 그러한 청년이 있어요. 그이가 퍽 고적한 신세이고, 그래서, 퍽 고적해서, 그러길래 저도 동정이 가고, 또 사람도 퍽으나 참

212

된 청년이고, 그래서 노상 아니라고 거절할 수도 없어서, 말만이라도 제가 그이헌테 호의를 가진 것처럼, 사실 호의도 가지고 있습니다마는, 사람이 참되고 또 퍽이나 고적한 사람이니깐요."

"그래, 대관절 그 사람과 약혼을 했단 말야?"

"아닙니다. 약혼이 무슨 약혼입니까."

"그럼 서로 사랑을 했단 말야?"

하고 김 장로는 질투의 감정을 느낀다.

문임은 잠시 말이 없었다.

"요샛말로 서로 사랑을 했단 말이지?"

하고 김 장로가 더욱 다진다.

"여러 번 만난 이도 아니지만."

하고 문임은 사랑이란 말까지 부인하기는 어려웠다.

"아니 대관절 그게 누구란 말야?"

"설은주 씨야요."

"설은주?"

하고 김 장로는 더욱 놀란다.

"네."

"아니, 저, 상회에 있는 은주 말야?"

"네."

김 장로는 어안이 벙벙하여 물끄러미 문임을 보았다. 하필 설은주가? 괘씸하게도 생각했다.

'그놈이 은혜를 모르고…… . 그놈을 당장에 내어쫓아버리리라.'

이렇게 생각할 때에 이가 갈림을 깨달았다. 만일 문임의 앞에서 추악한 꼴을 아니 보이리라 하는 생각이 없었던들 김 장로는 발을 구르고 소리를 질렀을는지도 모를 것이다. 문임의 앞인지라 비록 참았지마는 김 장로는 숨결이 참을 금할 수는 없었다.

그러나 김 장로는 몇 걸음 걷는 동안에 돌이켜 생각하였다. 설사 문임이 은주의 것이 되었더라도 그것을 빼앗지 아니하면 아니 된다는 것이었다.

"어느새에, 어떻게 은주를 사랑하게 되었단 말야?"

하고 김 장로는 가까스로 성난 기운을 진정하고 입을 열었다. 은주와 문임과의 관계를 소상히 알고 싶었다.

문임은 이 경우에 김 장로에게 제 결백함과 아울러 제 마음이 어떻게 높은 것을 증명할 필요가 있는 듯이 생각했다. 문임의 속에는 김 장로의 눈 밖에 나기 싫은 생각이 있었다.

"제가 말씀 여쭙지요. 은주 씨가 오래 두고 혜련이를 사모했어요."

"혜련이를? 은주가 혜련이를?"

하고 김 장로는 또 한 번 놀랐다.

"네, 퍽 여러 해 전부터 사모했던 모양이야요. 그러고도 입 밖에 내어서 말은 못 하고 은주 씨 혼자서만 애를 태고 있던 모양이야요. 그러다가 얼마 전에, 지난봄입니다. 은주 씨가 혜련이헌테 자기 속을 말했더래요. 그러니깐 혜련이가 똑 잡아떼었거든요. 그러니깐 다시는 두말을 아니 했지만 은주 씨 속이야 오죽하겠어요? 그래, 학교에서 하로는 혜련이가 저를 보고서 은주 씨 걱정을 한단 말씀이죠. 어저께 그렇게 똑 잡아떼어서 거절을 했는데 어찌 되었는지 모르겠다고, 그렇게 뜻이 굳고 말이 없는 사람이 그런 말 내기가 얼마나 힘들었겠느냐고, 아마 무척 무안도 하고 낙심도 해서 혹 무슨 일이 있을는지도 모른다고, 그러니 상회에 가서 은주 씨의 낯색도 살피고 눈치를 좀 보아달라고, 그러고 마음을 좀 떠보고 위로도 좀 해달라고, 혜련이 저더러 그런단 말씀야요. 저도 은주 씨 처지가 가엾고 해서 몇 번 상회에를 가보았어요. 혜련이가 하라는 대로 말도 해보고요. 그런 것입니다."

하고 문임은 결론을 무엇으로 할는지 몰라서 입을 다물었다.

"원, 저런 놈 보았나? 저런 믿지 못할 놈 보았나. 괘씸한 놈 같으니."

하고 김 장로는 부르르 떨었다.

이 모양을 볼 때에 문임은 강한 반감을 느꼈다. 그래서,

"왜 그러세요? 설은주 씨가 혜련이를 사랑하는 것이 무엇이 나뻐요? 왜 못 사랑할 사람이야요?"

하고 뾰롱뾰롱하게 쏘았다.

"아니, 그런 게 아니지마는…….."

하고 김 장로는 머쓱했다.

"저는 은주 씨를 동정해요. 은주 씨가 잘되는 것을 보지 않고는 저는 아모 데도 혼인 아니 할 테야요. 차라리 은주 씨하고 혼인할 테야요."

"잘되는 것을 보다니?"

하고 김 장로는 반문한다.

"혜련이하고 혼인을 했으면 제일 좋고요. 그랬으면 제일 좋겠어요. 은주 씨가 여간 좋은 사람이 아니야요. 또 혜련이를 여간 사랑하는 것이 아니구요. 혜련이도 은주 씨를 퍽 존경한답니다."

하고 문임은 김 장로의 눈치를 엿본다.

김 장로는 고개를 숙이고 말없이 얼마를 걷다가,

"그럼 혜련이하고 은주하고 혼인을 하게 되면 문임도 나하고 혼인을 한단 말이지?"

하고 김 장로가 문임의 어깨에 손을 얹으며 다진다.

"네."

하고 문임은 서슴지 않고 대답해버렸다. 그러고는 문임은 제가 무슨 영웅적인 일에 제 몸을 희생이나 하는 것 같은 쾌감을 느꼈다. 그보다도 문임의 허영심의 탐욕에 도덕적인 이유를 붙일 수가 있었음을 기뻐한 것이다.

"문임은 은주와는 아모 깊은 관계도 없지?"

하고 김 장로는 문임의 정조에 대하여 깊은 관심을 가진 것이 말끝마다 보였다.

"아이, 아모것도 없습니다."

하고 문임은 똑 잡아뗐다. 그리고 김 장로가 제 정조를 의심하는 것이 괘씸한 것같이 생각하였다. 그리고 속으로, 나는 진실로 깨끗한 사람이라고 스스로 다졌다. 그렇게 생각하면 마음이 든든해지는 것 같았다.

"그럼, 내 혜련이더러 은주하고 혼인하라고 말해보게."

하고 김 장로는 또 한 번 문임의 어깨에 손을 얹었다. 문임은 담대하게 한 손을 들어서 제 어깨에 얹힌 김 장로의 손 위에 얹었다. 나무로 깎은 듯이 꽉꽉한 손이었다.

어떤 날 아침. 혜련은 원산 온 후에 늘 하는 습관대로 새벽 산보를 나갔다. 전에는 흔들어 깨워서라도 문임을 데리고 나왔지마는 문임도 아버지에게 마음을 허락한 듯한 태도를 보이면서부터는 혜련은 아무쪼록 혼자 나왔다. 문임이 따라나서면 마다고는 아니하더라도 혜련 편에서 문임을 재촉하는 일은 없었다. 그것은 다만 아버지와 문임에게 종용한 기회를 주려는 것뿐이 아니었다. 사실 근일에는 김 장로와 문임은 가끔 혜련을 피하여서 하는 이야기가 있는 모양이었다. 그보다도 문임이 혜련에게서 천리나 만리나 멀어간 것 같고, 아무리 하여도 다시는 옛날의 가까움을 회복할 수 없는 것같이 생각해서 같이 다니거나 이야기를 할 흥미조차 잃어버린 때문이었다.

그래서 이날 새벽에도 시계가 다섯 시를 치는 소리를 듣고는 성경과 찬미를 들고 아무쪼록 소리 아니 나게 살그머니 집에서 빠져나왔다. 스무 날 지난 반달보다는 좀 큰 달이 골프 마당 수풀 위에 걸려 있었다. 여름날로는 희한하게 맑아서 가을날인 듯한 느낌을 주는 하늘과 공기였다.

혜련은 가슴속에 형언할 수 없는 일종의 적막을 느끼면서 침침한 솔밭 속 해안으로 통하는 길을 걸었다. 때때로 어젯밤 소나기의 남은 방울이 혜련의 어깨를 때렸다. 학생들의 텐트도 아직 잠잠하였다. 혜련의 발자국 소리만이 짜작짜작하고 혜련의 귀에 울렸다.

송림을 나서면 그래도 환하였다. 그것은 아직 아침 빛은 아니요 바다 빛이었다. 갈마의 산머리에 아직 붉은 빛이 나지도 아니하였는데, 바다만이 밤새도록 부르던 노래를 아직도 부르고 있었다.

혜련은 물결이 찰싹거리는 바로 물가에 섰다. 바람 한 점 없고 바다는 대패로 민 듯하였다. 그래도 물가에는 찰싹찰싹 소리를 낼 만한 물결이 있었다.

혜련은 그 물결 소리의 뜻이나 알아들으려는 듯이 가만히 눈을 감고 고개를 숙였다. 그리고 아침 기도를 올렸다. 기도는 거의 습관적이어서 별로 마음을 자극함이 없었다.

무엇인지 모르나
알고 싶은 마음,
물결 소리에도
귀 기울이는 마음.

누구인지 몰라도
기다리는 생각,
도요새 소리에도
놀라지는 생각.

혜련은 길게 한숨을 쉬었다.
혜련은 물가에 놓인 빈 보트에 몸을 기대고 솔솔 부는 듯 마는 듯한 바
람에 머리카락과 치맛자락을 펄렁거리면서,

하늘 가는 밝은 길이
내 앞에 있으니
슬픈 일을 많이 보고
큰 고생 하여도
하늘 영광 밝음이
어둔 그늘 헤치니
예수 공로 의지하여
항상 빛을 보도다.

를 불렀다.

앞에 보이는 바다가 '하늘 가는 밝은 길' 같기도 하고 '슬픈 일을 많이 보는' 것이 혜련 자신 같기도 하였다.

이제 저 동편 하늘에서 해가 불끈 솟으면 혜련의 마음의 어둔 그늘을 헤칠 것 같기도 하였다. 그래도 저 잔잔한 바다에도 남실남실하는 결이 있는 모양으로 혜련의 마음에는 화평이 없었다. 알 수 없는 불안과 흔들림이 있었다. 가슴을 누르는 무거움이 있었다.

"Whiter than snow, yes, whiter than snow(눈보다 더욱 희어지게)."

한 구절을 불러보았다. 혜련은 그 눈과 같이 흰 마음에 검은 티끌이 앉는 것이 설웠다. 혜련은 제 혼을 눈보다 더 희게, 더 깨끗하게 가지고 가고 싶다는 뜨거운 원이 있었다.

'흰옷을 입은 천사.'

이러한 것에 대한 동경이 있었다.

갈마반도 위에 약간 있는 구름(해 뜰 때에 아무리 맑은 날에라도 조금은 있는 구름)에 차차 남빛, 자줏빛, 보랏빛, 주홍빛, 금빛, 이 모양으로 물이 들기 시작하였다. 혜련은 잊어버렸던 큰일이 생각난 듯이 보트에서 몸을 일으켜서 다시 물가로 나와서 해 뜨는 곳을 똑바로 바라보았다. 그리고 다만 해 뜨는 것 구경만이 아니라 정말 마음을 에워싼 어두운 그늘을 헤치고 싶었다. 아직 들어가보지 못한 세계지마는 이 우주에 어디나 인간에서 보는 더러움 없는 세계가 있을 것처럼 생각했다. 그 속에는, 사는 사람들도 인간에서 보는 것과 같이 거짓과 사욕이 없고 사랑으로만 살 것 같았다. 그것이 천국일 것이다. 우주 안에 이렇게 불완전하고 더러운 세상만이 있을 리가 없다. 반드시 거룩하고 깨끗한 천국이 있을 것이다. 이것은 성경에서 듣고 배워서 그렇게 생각하게 되었다는 것보다 혜련의 마음이, 혼을, 그것을 요구하였다. 굳세게 요구하였다. 혜련은 제 속에 거짓과 사욕의 더러운 풀숲을 보는 동시에 또한 거룩함과 깨끗함의 아름답고 향기로운 꽃도 보았다. 아무리 거짓과 사욕으로 가득 찬 듯한 사람에게서도 혜련은 이따금 천국의 빛과 향기가 번적거림을 보았다. 그것은 지금 와서는 아주 신임을 잃어버린 아버지 김 장로에게서도 보았고, 그렇게 보기 흉한 임종을 한 어머니에게서도 그것은 보았다. 문임에게서도 보았고, 준상에게서도 보았다. 혜련은 그 난봉 오빠 종호에게서조차 천국의 빛을 보았다. 더구나 새벽 바닷가에 말없이 서서 해 뜨기를 바라고 섰는 순간의 사람들에게서 그것을 보았다. 혜련에게는 이것이 다 천국이 있다는 약속과 같았다. 사람들이 어떠한 한 껍데기를 벗어버리면 그 천국의 빛이 환하게 빛날 것만 같았다.

'죽어서야…… 이 고기 껍데기 몸뚱이를 벗어버리고야 천국에 들어갈 것인가. 예수께서 육신으로 하늘나라에 오르셨다는 것 모양으로 우리도, 나도 이 육신을 쓴 채로는 천국에 들어갈 수는 없는가. 천국은 이 더러운 땅(혜련에게는 그렇게 보였다)에서 한량없이 먼 곳에 있어서 이 무겁고 둔한 몸뚱이로는 도저히 그 허공을 통과할 수는 없는가. 한번 그 천국의 영광을 바라볼 수도 없는가. 만일 이 몸을 버림이 곧 천국에, 더러움, 거짓, 사욕 없는 나라에 들어가는 길이 된다면…….'
하고 혜련은 보랏빛으로, 자줏빛으로 변하는 바다를 바라보았다.

방금 갈마산에 오르는 해는 그 자금색 빛으로 하늘과 바다를 물들여놓았다. 그리고 특별히 진한 금빛 길이 해에서부터 마치 혼인 자리에 신랑 신부가 들어갈 길 모양으로 똑바로 혜련의 발 앞에까지 뻗었다.

'이 지구상에서 볼 수 있는 가장 장엄한 광경.'

하고 혜련은 머리가 쭈뼛함을 깨닫는다. 그리고 해에서부터 제 발밑에까지 뻗은 그 황금 길이 저를 부르는 것 같았다.

오, 임이시여,
가오리다, 가오리다.
임께서 깔아놓으신
금빛 길 밟고 가오리다.

저 물결 위로
저 구름 뚫고, 이 길을 밟고,
저 공중으로 달려가,
임의 품에 안기오리다.

이렇게 혜련은 중얼거렸다. 그 금빛 길을 밟고 깨끗한 하늘나라에 오를 것 같았다.

그러나 혜련은 늠실거리는 금물결에 발을 들여놓을 수가 없었다. 갈릴리 바다를 평지와 같이 걸으시고 공중을 굳은 땅 밟듯이 걸으셨다는 예수를 생각하면서 혜련의 가슴은 발락거렸다.

돛단배들이 항구에서 나와서 해 뜨는 쪽으로 미끄러져 나가는 것이 보였다. 갈매기와 도요새들이 기쁜 듯이 떼를 지어서 날았다. 섬들이 햇빛을 받아서 빛났다. 지새는 달빛에 죽음과 같이 어스름하던 세상이 환하게 밝았다. 다섯 시 차에 내린 손님들의 자동차 소리가 들렸다. 그러나 혜련의 무거운 마음과 몸은 여전히 물가 젖은 모래 위에 서 있었다.

혜련은 오늘도 만날 이를 못 만난 듯이, 찾을 것을 못 찾은 듯이 실심한 사람같이 물가 젖은 모래를 밟고 걷기를 시작하였다. 밤 동안에 물결이 말짱하게 씻어서 고이고이 다져놓은, 촉촉이 젖은 모래에 혜련의 두 발이 자국을 남겼다. 물결이 밀어다 던진 조개들을 혜련은 집어서 그 무늬를 보고는 바다에 던져주었다.

이때에 뒤에서 혜련을 부르는 소리.

"혜련 씨."

혜련은 우뚝 서며 고개를 돌렸다. 그것은 준상이었다. 무르팍바지에 교복 저고리를 입고는 맨발로 오는 준상이었다.

혜련은 말없이 고개를 숙여서 인사하였다.

준상은 차마 더 가까이 오지 못하는 듯이 서너 걸음 떨어져서 서며,

"아까부터 저 뒤에서 혜련 씨 기도하시는 것과, 노래 부르시는 것과, 그리고 바다와 하늘을 바라보고 생각하시는 양을 보고 있었습니다. 고요하신 명상을 깨트리기가 미안해서 가만히 보고만 있었지요. 전에도 그렇게 생각하지 아니한 것이 아니지만 오늘 아침에 저는 하늘빛이 나는 혜련을 뵈었어요. 까마아득하게 우러러보아도 내 눈이 미치지 못할 높은 곳에서 계신 혜련 씨를 뵈었어요. 제 마음도 혜련 씨를 따라서 높아지고 깨끗해지는 것 같습니다. 저는 지금 정말 하늘 영광 밝음을 혜련 씨를 통해서 뵈온 것 같아요. 해가 솟아오를 때에 제 눈은 해에 있지 아니하였습니다. 그 해가 비추이는 혜련 씨에게 있었습니다. 오늘 해가 뜬 것이 혜련 씨의 영광을 나타내기 위해서 뜬 것입니다. 셀레스티얼 뷰티, 셀레스티얼 글로리(하늘의 아름다움, 하늘의 영광)를 저는 보았어요. 그것을 뵈올 때

에 제 마음에는 오직 경건과 오직 감사와 오직 환희가 있을 뿐입니다. 성
경에 씌운 하늘나라의 이야기, 그것이 이야기만이 아닌 줄을 저는 오늘
에야, 지금에야 알았어요. 저는 분명히 새 하늘과 새 땅을 보았습니다.
혜련 씨, 제 말씀을 믿어주세요. 이러한 경우에 제게는 거짓말을 꾸며낼
여유가 없습니다. 이것 보세요. 제 가슴은 이렇게 북 치듯 합니다. 숨이
이렇게 가쁩니다."

하고 한 번 길게 한숨을 짓고 손으로 가슴을 만지면서,

"혜련 씨, 저는 날마다 아침에 바닷가에 나왔어요. 비 오는 날 제쳐놓
고는 날마다 무엇을 보러 나온 줄 아십니까? 바다를 보러 나온 것도 아닙
니다. 해 뜨는 것을 보러 나온 것도 아닙니다. 행여나 혜련 씨를 뵈올까
하고 나온 것입니다. 그러다가 번번이 혜련 씨를 못 뵙고 돌아설 때면 내
맘은 어두웠습니다. 슬펐습니다. 아무리 하늘이 맑고 해가 떴더라도 그
것이 내게 무엇이야요. 내 맘에 해는 오직 혜련 씨뿐입니다. 그러다가 오
늘이야 비로소 해를 보았습니다. 혜련 씨, 오늘이야 비로소 해를 보았습
니다. 하나님께서 제 기도를 들어주셨어요. 저는 지금 고개를 숙이고 하
나님께 감사하다는 기도를 올렸습니다. 그러나 저는 도저히 내 말을 가
지고 이 감격을 표현할 수는 없어요!"

하고 두 손을 마주 쥐어서 가슴에 댄다.

준상은 혜련의 앞에 꿇어앉고라도 싶었다. 그러나 그리할 수도 없었
다. 준상의 맘에는, 혜련은 빛나는 천사와 같았다. 바람에 나부끼는 혜련
의 머리카락이나 옷자락까지도 이 세상 물건 같지는 아니하였다. 준상의
눈에는 빛이 있었다. 준상의 몸은 약간 떨리는 듯까지도 하였다.

혜련은 처음에는,

'꿀 바른 사내들의 말.'

이라고 일종의 경멸과 불쾌까지도 느꼈으나 차차 말을 듣고 또 그 어성과 태도를 볼 때에 준상의 말을 믿지 아니할 수 없었다.

'정말 그럴까? 정말 저이가 그처럼 나를 사랑할까?'

하고 혜련은 감사와 정다움을 품은 눈으로 준상을 바라보았다. 그러고는 말없이 고개를 숙이고 물가로 걷기 시작하였다. 혜련의 가슴은 진정할 수 없이 설레었다.

준상은 혜련의 생각을 헤아리지 못하여 물끄러미 서서 보다가 대여섯 걸음 떨어져서 혜련의 뒤를 따랐다.

"저를 따라오지 마세요."

하고 혜련은 고개를 돌려서 준상을 보았다. 준상은 머쓱해서 주춤하였다.

"남이 보면 이상하게 생각합니다."

하고 혜련은 쌀쌀스럽게 앞으로 걸었다.

혜련은 준상의 말과 모양이 마음을 파고드는 것을 느꼈다. 그리고 그것을 위험하게 생각하였다. 아무리 하여도 혜련은 준상에게 몸과 마음을 내던져주고 싶지 아니하였다. 아니, 준상뿐 아니라 이 세상 아무에게도 몸과 마음을 내던져주고 싶지 아니하였다. 그렇게도 믿었던 아버지조차도 못 믿게 된 오늘날, 이 세상에서 제가 믿을 수 있는 사람, 저를 마음 놓고 맡겨버릴 수 있는 사람을 찾아낼 것 같지 아니하였다. 그렇지 아니한 사람에게 제 몸을 맡기는 것은 깨끗한 제 몸을 더럽히는 것만 같이 생각했다.

혜련은 한참 걸어가다가 뒤를 돌아보았다. 준상은 아직도 그 자리에 우두커니 서 있었다. 혜련은 준상에게 대하여 가여운 생각이 났다. 진정으로 준상이 혜련을 그처럼 사랑한다 하면 혜련의 이 쌀쌀한 태도에 얼마나 마음이 괴로울까.

'그러나 그 사람의 말을 고대로 다 믿을 수가 있을까? 설사 그 순간에는 참이라 하더라도 그 마음이 변하지 아니할 것을 담보할 수가 있을까?'

혜련은 이렇게 생각하였다. 사람을 믿을 수 없는 혜련이었다.

혜련은 덕원강과 바다가 합하는 합수목에 생긴 모래섬에 섰다. 바다도 아침 햇빛을 받아서 빛나고 강물은 어제 비에 불어서 붉은 물결을 보이고 있었다. 모래톱에서 자던 거지들은 아마 비가 두려워서 어젯밤엔 비각이나 공동변소에 숙소를 정한 모양이요, 그들이 무엇을 끓여 먹느라고 아궁이로 쓴 돌 두 개가 연기에 그은 얼굴에 햇빛을 받고 있었다. 소들은 벌써 강가 풀밭에 나와서 꼬리를 치고 있고, 황새도 다른 날과 다름없이 물가에 한 다리를 들고 서서 먹을 것을 엿보고 있었다. 가슴패기 흰 도요새들이 혜련을 피하여 도요 도요 하면서 물가에 밀려나오는 잔고기를 줍고 있었다.

혜련은 모래섬에서 멀거니 먼 섬을 바라볼 때에 마음에 갑자기 적막한 생각이 났다. 혜련은 나무 꼬챙이를 주워서, 물로 깨끗이 씻긴 모래 위에,

누군지 모르는 그이를 그리워하는 나.

라고 썼다가 '나' 자를 지우고 '마음'이라고 고쳤다.

써놓고 읽고 생각하니 그것은 어떤 시인의 시에 있는 구절 같았다.

고달픈 이 몸을 던질

어느 가슴도 있고 싶어라.

하고 써놓고는 두어 번 읽어보고는 누가 보는가 싶어서 발로 쓱쓱 비벼버
렸다.

그러나 글자를 지워버려도 그 마음에 새겨진 노래는 지워지지를 아니
하였다.

How can I leave thee!

How can I from thee part!

Thou only hast my heart,

Dear one believe,

Thou hast this soul of mine,

So closely bound to thine,

No other can I love,

Save thee alone.

이러한 노래를 생각해보았다. 정말 그러한 사랑도 있을 수 있는가. 그
이만이 내 사랑을 가지고 나만이 그이의 사랑을 가진, 그러한 사랑도 있
을 수 있는가? 그이의 혼과 내 혼이 하나가 되어서, 나는 그이 하나밖에
는, 그이는 나 하나밖에는 더 사랑할 수 없는 그러한 사랑도 있는가?

And she is a' the world to me,

And for bonnie Annie Laurie,

I'd lay me down and dee.

　나를 그이의 '온 세계'로 알아주고 나를 위해서는 목숨도 버리기를 아끼지 아니하는 그러한 '그이'도 있을 수 있을까?

　'그것은 모두가 시인의 공상이다. 이 세상에서는 볼 수 없는 것이다.' 하고 혜련은 모래 위에 썼던 것을 다 지워버리고 일어났다.

　혜련은 집으로 돌아갈 마음이 없었다. 저 강가 풀밭으로 한정 없이 걸어가고만 싶었다. 혜련의 맘은 설레는 듯도 하고 가라앉는 듯도 하고 도무지 지향할 바를 몰랐다. 적어도 준상으로는 만족할 수 없는 마음 같았다. 혜련의 신경은 대단히 흥분한 상태에 있는 듯하다. 그의 신경질로 생긴 선천적인 체질 때문일까.

　혜련은 구두와 치맛자락이 젖는 것도 돌아보지 아니하고 강가로 걸었다. 강굽이 물결 없는 곳에 작은 배 사오 척이 매여 있었다. 더러는 반쯤 육지에 놓이고 더러는 물에 떠서 흔들리고 있었다. 돛대도 없고 키도 삿대도 없는 배들이었다. 배 속에는 빗물이 고여 있었다.

　혜련은 그 배들을 볼 때에 제 신세와 같은 것같이 생각했다. 어디로 갈는지도 모르는 배들. 마치 내버려진 것 같은 배들.

　혜련은 강가 풀밭에 들어섰다. 밀풀, 클로버, 베풀, 이러한 풀들이 이슬에 젖었고, 그 밑에서는 벌써 가을벌레들이 울고 있었다. 해는 산 끝과 송림에는 비치었지마는 이 풀판에는 아직도 비치지 아니하였다.

　그때에 맞은편 둔덕 위에 나타난 두 사람. 혜련의 가슴은 울렁거렸다. 그것은 누구인지는 몰랐으나 혜련의 마음을 그처럼 흔들었다. 그 두 그림자는 점점 가까이 왔다. 혜련은 그중에 하나가 오빠 종호인 것을 알았다. 다른 한 사람은 누런 무르팍바지에 흰 와이셔츠를 입고 수염이 나는 대로 내버려두고 머리도 언제 깎은지 모르게 더부룩한 이였다.

혜련이 오빠라고 부르기 전에 종호가 우뚝 서서 혜련을 바라보며,

"거, 혜련이 아니냐?"

하고 외쳤다.

"네, 오빠 언제 오셨수?"

하고 혜련은 젖은 풀을 헤치고 종호가 선 곳으로 빨리 가려고 허둥지둥 걸었다. 여기서 오빠를 만난 것이 그렇게도 반가웠던 것이다. 집에서 쫓겨나다시피 한 방탕한 오빠. 그래도 차차 철이 날수록 그 오빠에게 동정하는 마음이 혜련에게 일어났다.

"강 선생님이시다. 강 선생님이 너를 한번 만나보신다고 위해 오셨어, 금강산서."

하고 종호는 감격한 어성이었다.

혜련은 멈칫 서서 강 선생이라는 이를 바라보았다. 그이는 분명 강영호 선생이었다.

"아이, 선생님."

하고 혜련은 다리가 굳어진 것 같아서 더 옮겨놓을 수가 없었다.

"우리가 그리 갈 터이니 오지 말어."

하고 강 선생은 단장으로 풀을 헤치며 둑을 내려왔다.

"날 알아보겠어?"

하고 강 선생은 혜련을 물끄러미 보았다.

혜련은 그 가슴에 안기고 싶도록 강 선생이 반가웠다.

"선생님!"

하고는 혜련은 더 말이 없었다.

"어, 그것이 벌써 오 년이나 되나. 혜련이가 아직 삼 학년 적이지? 사 학년 적인가? 몰라보게 되었어."

하고 강 선생은 한숨을 지었다.

"해라 허시지, 무얼 그렇게 말하세요?"

하고 종호가 강 선생께 항의를 하였다.

"응, 해라도 하고 싶지만 어디 지금 그럴 수가 있나? 내가 이번에 오 년 만에 고국에 돌아와서 서울서도 아무도 찾지 아니하고 바로 금강산으로 갔었어. 서울서 누구를 찾을 것은 있나? 그래 금강산에서 정양을 하고 있는데 종호 군을 만났단 말야. 종호 군을 보니까 혜련이도 한번 만났으면 하는 생각이 난단 말야. 그래서 종호 군을 따라서 밤차로 여기 와서 내렸어."

"그럼 어느 여관에?"

하고 그제야 혜련도 입이 열려서 강 선생에게 묻는 말을 종호를 향하고 물었다.

"아니, 정거장에서 오는 길야. 원산에 오면 알 사람도 여럿이 있을 것 같고, 그래서 혹시 혜련이가 새벽 산보나 나왔으면 잠깐 만나고 다음 차로 갈 양으로."

하고 강 선생은 옛날 기억을 더듬는 듯이 스르르 눈을 감는다.

그래도 혜련은 반가운 강 선생을 붙들려고 기껏 하는 소리가,

"저희 있는 데로 가세요. 선생님. 아버지도 와 계십니다."

하였다.

"응, 또 만날 때도 있지."

하고 강 선생은 종호를 돌아보며,

"자, 가세, 그럼. 덕원으로 가서 수도원 구경이나 하고 덕원서 차를 타세 그만."

하고는 다시 혜련의 곁으로 바싹 다가서서 혜련의 머리와 얼굴과 온몸을 자세히 보며 차마 눈을 떼기가 어려운 듯이 한참이나 주저주저하다가,

"혜련이, 내가 잊지 않어. 잘 있어."

하고는 몸을 픽 돌려서 혜련이 인사의 말을 할 새도 없이 동둑 쪽으로 거의 달음박질하다시피 걸어갔다.

혜련은 몇 걸음 따라가다가 눈물이 앞을 가리어서 더 가지 못하고 얼마 있다가 덕원으로 가는 다리 쪽을 바라볼 때에는 강 선생과 종호는 벌써 긴 나무다리를 반이나 넘어 건너간 때였다.

높은 다리 위에서 푸른 풀판과 산을 배경으로 하고 아침 햇빛을 모로 받은 강 선생의 모양은 마치 화인으로 지진 것같이 혜련의 가슴에 들어박혔다.

혜련은 두 사람을 향하고 손수건을 내어둘렀으나 두 사람은 보았는지 못 보았는지 다만 단장을 내어두를 뿐이었다.

'덕원 수도원이면 나도 따라가볼걸.'

하고 혜련은 다 지난 뒤에야 이런 생각을 하였다. 강 선생의 앞에 있을 때에는 그러한 것을 생각할 여유가 없었던 것이다.

혜련은 두 사람을 꼭 따라가려는 것도 아니건마는 빠른 걸음으로 다릿목까지 왔다. 그러나 그때에는 강 선생의 그림자는 뽕나무밭 그늘에 사라지고 말았다. 혜련은 다리에 한 발을 내어디디고는 마치 금지를 당한

사람 모양으로 우두커니 서 있었다. 이 다리는 건너가서는 아니 되는 다리, 이 다리 건너편에는 알 수 없는 어떤 세상이 있는 것 같았다.

'그러기로 어쩌면 그렇게.'

하고 혜련은 비로소 전신의 긴장을 잃어버리고 맥이 탁 풀려서 다리 난간에 몸을 기대어섰다. 앞이 아뜩아뜩하는 듯하였다.

복숭아, 옥수수, 토마토, 떡, 이런 것을 머리에 인 부인네들이 다리로 지나가며 혜련의 모양을 힐끗힐끗 보았다. 그중에는 혜련의 집에 토마토를 팔러 오던 키다리 마나님도 있어서,

"아이고, 어찌 여기 오셨소? 오늘 옥수수라 좋다이."

하고 머리에 인 함지박을 혜련의 앞에 내려놓으려는 것을 혜련은 눈질, 손질로 어서 내리지 말고 말도 말고 가지고 가라는 뜻을 표하였다. 키다리 마나님은 못마땅한 듯이 혜련을 훑어보고는 무에라고 입속으로 중얼거리면서, 내려놓으려던 함지박을 도로 이고 앞서간 동행들을 따라서 무릎까지밖에는 아니 치는 굵은 베치마를 너풀거리면서 송아리 동네로 향하는 길로 가버린다.

그리고 난 뒤에는 하늘과 땅은 다시 고요해진다. 바다와 강과, 풀판과 솔밭과, 소와 송아지와, 돛 달고 저어 가는 배, 그리고 벌레 소리. 다리 난간에 몸을 기댄 혜련의 눈에는 오륙 년래의 광경이 요지경 모양으로 얼른얼른 지나갔다.

아까 강 선생이 작별할 때에 혜련을 물끄러미 보던 눈, 바로 그 눈이다. 오 년이 지났지마는 그 눈은 변함이 없다. 아무 악의도 욕심도 없이 따뜻한 봄 바다와 같은 눈. 그 눈을 보면 성났던 것도 풀어지고, 손발 끝까지 온기가 돌아가는 듯하였다. 강 선생이 교실에 들어오면 아이들은

도무지 소리가 없었다. 그리고 그 부드러운 눈이 언제나 내 위로 굴러가나 하고 아이들은 초조하게 그것을 기다렸다. 혜련의 생각에는 강 선생의 눈이 제게로 향하기를 가장 기뻐하는 것같이 생각하였다.

강 선생의 목소리도 좋았다. 은근하고도 위엄이 있었다. 도무지 짓거나 빼는 것이 없고 어린애같이 천진한 중에는 자연스러운 위엄이 있었다. 그러고는 시인이었다. W여학교에서 애들의 숭배의 대상이 된 것도 무리가 아니었다.

특별히 혜련은 강 선생을 사모하였다. 강 선생이 사 학년 담임이던 해에 혜련이 강 선생을 사모하는 마음이 극도에 달하였다. 학교 문만 들어서면 혜련의 눈은 강 선생을 찾았다. 강 선생이 눈에 띄면 혜련은 그 곁으로 달려가고 싶었다. 그러나 열일곱 살 된 계집애로는 아무리 선생님이라 하더라도 그렇게 가까이하기가 어려웠다. 그래서 멀리서 강 선생을 바라보기만 하고는 혼자 마음을 졸일 뿐이었다.

강 선생이 맡은 과목은 수신과 조선어 작문과 서양사였다. 어느 과정이나 강 선생이 하는 강의면 아이들이 다 환영하였고, 그중에도 혜련은 가슴 설레는 감격을 가지고 한 마디도 빼어놓지 아니하고 들었다. 그러기 때문에 강 선생이 가르치는 말은 마치 바로 맞은 화살과 같이 쏙쏙 혜련의 가슴을 파고들었다. 더구나 수신 시간에는 강 선생은 성자와 같이 열 덩어리가 되어서 무슨 재료이든지 '사람이란 이해관계로 움직일 것이 아니라 옳다고 믿는 바 신념을 따라서 살아갈 것이다.'는 결론으로 인도할 때에 십육칠 세의 계집애들도 모두 주먹을 불끈불끈 쥐었다.

혜련은 공책에다가 강 선생이 강의하는 일언일구를 하나도 빼지 아니하고 다 적으려고 애를 썼다. 그러나 한 시간이 반이나 지나서 강 선생의 혼이 열 덩어리가 될 만한 때에는 혜련은 그만 강 선생에게, 다만 그 말뿐 아니라 그 전체에 황홀하여 필기하기를 잊어버리는 일이 있었다.

'오오, 우리 선생님!'

하고 혜련은 몇 번이나 속으로 외쳤다.

강 선생은 학생들을 열정적으로 사랑하였다. 그것은 학생들의 작문을 일일이 고치고, 친절하게 비평을 써서 들려주는 것으로도 알 수가 있었다. 그는 학생들의 내력과 성질과 장처와 결점을 낱낱이 연구하여서, 어찌하면 이런 점은 더 조장할까, 어찌하면 저런 점은 고칠까 하는 것을 잠시도 잊지 아니하는 듯하였다. 학생들도 대개는 강 선생의 성의를 알기 때문에 강 선생의 훈계를 고맙게 기쁘게 들었다. 실상 아무러한 책망이라도 듣기 어려운 말이라도 강 선생의 입을 통하여 나오면 향기와 따뜻함이 있었다. 혜련은 얼마나 강 선생에게 꾸중이라도 듣기를 바랐을까.

그러나 학생 간에 이렇게 환영을 받는 강 선생은 직원 간에는 미움받는 사람이 되었다. 강 선생은 학생들의 비위를 맞추기에 힘을 써서 그들을 버려준다는 둥, 학생들과 너무 개인적으로 접촉이 많다는 둥 하여 강 선생을 허는 말이 생기고, 어떤 사람은 형사, 순사 모양으로 강 선생을 미행하여 그 사행을 적발하여서 강 선생을 내쫓을 핑계를 얻기에 힘을 썼다.

하루는 하학하고 돌아오는 길에 혜련은 우연히 강 선생과 얼마 동안 함께 걷게 되었다. 이것은 혜련이 그 사모하는 강 선생과 단둘이 만나는 첫 기회였다. 마침 하기방학을 앞둔 때라 혜련은 더움과 부끄러움과 기쁨이 합한 흥분으로 땀을 흘리면서 강 선생을 따랐다. 이야기라야 별것이 있을 리가 없었다.

네거리에 와서 갈라지게 될 때에 혜련이,

"저는 이 길로 가요."

하고 인사를 여쭐 때에 강 선생은 우뚝 서서 말없이 한참 동안 혜련을 바라보다가,

"혜련아, 공부 잘해라."

하고는 언짢은 낯빛이 되었다.

"선생님……."

하고 혜련은 울 듯하게 슬퍼졌다.

"나는 네게 가장 많이 희망을 둔다. 부디 공부 잘해."

하고 또 한 번 강 선생은 작별 인사 같은 말을 하였다. 그 말소리는 떨렸다.

"선생님, 어디로 가세요?"

하고 혜련은 강 선생의 그 봄 바다 같은 눈을 쳐다보며 물었다.

"응, 아마 멀리로 갈 것 같애. 나도 공부하러, 학교 공부가 아니라 인생과 자연 공부 하러 말이다. 자, 어서 가거라."

"선생님, 어쩌면 저희들을 버리시고……."

하고는 눈물 쏟아지는 눈을 얼른 책 보퉁이로 가리었다.

혜련이 눈물을 씻고 돌아볼 때에는 강 선생은 벌써 전동 쪽으로 뒤도 안 돌아보고 가버렸다. 그것이 혜련이 강 선생을 마지막으로 본 것이었다.

혜련은 강 선생을 따라가고 싶었다. 가서 울고 매어달리고도 싶었다. 그러나 그도 못 하고 혜련은 무거운 가슴을 안고 집으로 돌아온 것이었다.

이렇게 떠나게 된 강 선생의 그림자는 그 후에도 때때로 누르기 어려운

정다움을 가지고 혜련의 가슴을 엄습하였다. 강 선생이 떠난 뒤였다. 학교는 혜련에게는 마치 빛을 잃은 것과 같았다. 다른 선생이 강 선생 대신으로 와서 강 선생이 맡았던 과목을 가르칠 때에는 혜련은 일종의 분개함까지도 느꼈다.

그러면서 여학교를 졸업하고 전문학교로 갔다. 강 선생이 학교를 떠난지, 기실은 조선을 떠난 지 삼 년 만에라고 기억되는데, 혜련에게 『목자의 노래』라는 시집 한 권이 우편으로 왔는데, 경성 어떤 발행소의 포장지에 쌌을 뿐이요, 보낸 사람이 누구라고는 쓰이지 아니하였고, 다만 책에 인쇄된 저자의 이름으로 보아서 그것이 강 선생의 시집인 것을 짐작하였다.

혜련은 그 시집을 읽을 때에 시에 '임'이라든가 '그대'라든가 '그이'라든가 하는 말을 제 몸에 비추어보았다. 강 선생을 떠날 때에는 열일곱 살의 소녀였으나 이 시집을 읽을 때에는 스무 살이 넘은 성숙한 여성인 까닭이었을까?

길 모퉁이에
그대 서서 울 때에
내 갔노라,
아아, 내 갔노라.

이 구절은 혜련에게는 분명히 저를 가리킨 것만 같았다.

송화강 긴 물굽이
흘러 흘러 북으로 갈 때,

내 마음 물을 거슬러
남으로 남으로 가노라.

　이런 것도 저를 생각하는 것만 같았다. 강 선생은 길림에도 있었고, 길
림 가까운 어떤 시골서 정말 목축을 하고 있다는 말도 들었던 혜련은 송
화강 가에 양 떼나 소 떼를 데리고 서서 멀리멀리 남쪽에 있는 제게로 생
각을 보낸 것이 아닌가 하였다. 원산에서 만난 강 선생의 모습, 수염도
나는 대로, 머리카락도 자라는 대로 내버려두고 혜련을 물끄러미 보던
그 바다와 같은 눈에는 거의 세상의 속기를 끊었다 할 만한 것 등 혜련이
평소에 상상하던 바와 다름이 없었다.
　강 선생의 『목자의 노래』는 전부 어떤 '임'이라고도 하고 '그대'라고도
하고 '그이'라고도 하는 한 사람을 생각하는 노래로 된 것인 듯하였다. 그
런데 그 한 사람이라는 것이 아무리 하여도 혜련 저인 것만 같았다.
　강 선생은 아버지와 같은 선생, 혜련은 딸과 같은 제자. 그럴 리가 없
다고 혜련도 여러 번 부인하였지마는 그래도 속마음으로는 꼭 그런 것만
같았다. 만일 강 선생이, 고향이 어딘지 가족이 있는지 없는지도 분명치
아니한 강 선생이 조선에 못 잊히는 것이 있다고 하면 그것은 혜련 제가
아닐 수 없는 것 같았다.

오, 그는 내 딸,
내 입으로 낳은 딸.
그러나 아니 태운 딸이길래로
멀리 두고 생각만 하노라.

이런 것은 분명히 혜련인 것 같았다. 그리고,

나는 그리운 이를 두고 왔노라.
소중하기로 떠나왔노라.
행여나 이 몸의 버림이 그를
더럽힐까 송구하여 떠나왔노라.

이런 구절을 생각할 때에 혜련은 더욱이나 강 선생의 심사를 다 알 수 있는 것 같았다.

그러나 오 년의 세월이 지나는 동안에 강 선생의 그림자는 혜련에게는 잊어버려진 기억이었다. 그러나 그 잊어버려진 기억은 오늘 아침에 새로운 빛과 열을 가지고 부활하였다.

'내가 왜 좀 더 선생님을 붙들지 아니하였을까?'

하고 혜련은 다리 난간에서 몸을 일으켜서 강 선생이 스러져버린 덕원 쪽을 바라보았다.

이날 종일 강 선생의 그림자는 혜련의 속에 파고들어서 떠나지를 아니하였다. 강 선생이야말로 혜련이 무의식중에 그리워하고 찾으려고 하던 '그이'인 것만 같았다.

나를 찾아오신 그대
말없이 가셨네.
그 눈이 던진 암호를
못 푸는 내 심사여.

혜련은 강 선생의 목자의 노래를 흉내 내어서 이렇게 생각해보았다. 혜련은 강 선생이 저를 찾아올 때의 심사와 저를 보고 갈 때의 심사를 알고 싶었다.

'그렇다. 그 목자의 노래는 강 선생이 내게 보내시는 편지다!'

혜련은 바닷가에 앉아서 이렇게도 생각해보았다. 혜련은 강 선생에게 대해서 억제할 수 없는 그리움을 느꼈다.

'내가 사람을 이다지 그리워해본 일도 있나?'

혜련은 속으로 이렇게 생각해보았다.

"오늘은 웬일야? 혜련이가 무얼 그리 생각만 허구 있어?"

하고 문임이 젖은 몸을 가지고 혜련의 곁에 와 앉으면서,

"무슨 걱정이 있어?"

하고 근심스러운 듯이 묻는다.

"아니."

하고 혜련은 고개를 흔들었다.

"저 보아요. 준상 씨가 사진 허가를 맡아 왔으니, 혜련이 사진을 한번 박았으면 좋겠다구."

하고 문임이 눈으로 한편을 가리킨다. 문임이 가리키는 방향에는 과연 준상이 사진기계를 들고 이쪽을 바라보고 서 있었다.

"사진은?"

하고 혜련은 고개를 흔든다.

"한번 박혀. 그처럼 그이가 애를 쓰니."

하고 문임은 팔꿈치로 혜련의 옆구리를 잠깐 건드린다.

"아주 다들 야단야."

238

하고 문임은 손으로 바다에 오글오글하는 사람들을 가리키면서,

"저기 미스 원산 계시다, 미스 코리아 계시다, 하고 남자들이 혜련을 보고들 야단야. 오늘은 또 혜련이가 무슨 생각만 하고 가만히 앉았는 양이 좋다고……."

할 때에 김 장로가 바다에서 나온다.

김 장로가 나오는 것을 보고 준상이 가까이 걸어와서,

"사진 하나 박히게 해주세요, 세 분이. 잘될는지 모릅니다마는."

하고 교섭을 한다.

"사진? 그러지."

하고 김 장로는 혜련과 문임을 돌아본다. 두 사람은 말이 없다.

준상은 삼각을 펴서 사진기를 버티어놓고, 산이 들어가면 안 되니깐 이리 앉으라는 둥, 거기는 섬이 들어가서 요새 사령부에서 허락을 아니 할 테니 저리 앉으라는 둥, 세 사람의 위치를 정해놓은 뒤에 자동으로 박혀지는 장치를 눌러놓고는 저도 세 사람의 뒤, 혜련의 어깨 너머로 얼굴이 보일 만한 자리에 뛰어와 앉았다. '딸깍' 하는 소리가 들렸다. 사진기계는 네 사람을 한 건판에다가 몰아넣은 것이다. 김 장로는 문임과 함께 박히는 것이 기쁘고, 준상은 혜련과 함께 박히는 것이 기쁘면서, 그러나 혜련은 마음에 조금도 기쁨이 없으면서, 문임은 마음을 더한 김 장로보다도 임준상에게 반가운 정을 느끼면서, 이 저마다 딴생각을 품은 세 사람을 사진기에는 마치 운명의 손과 같이 한 건판 속에 몰아넣은 것이었다.

김 장로의 발론으로 원산을 떠나서, 송전, 장전, 해금강 등지에 들러 별장 터나 하나 잡고 금강산을 거쳐서 서울로 올라가기로 작정이 되었다. 이 계획에 대해서는 혜련도 반대할 맘이 없었다. 그것은 강 선생이

다녀간 뒤로는 혜련은 원산에 더 있을 마음이 없었다. 바다에 나가도 재미가 붙지 아니하고 산보를 하여도 시들하였다. 마치 텅 빈 것 같았다.

"모든 것을 다 잃은 듯한 텅 비인 내 심사여."

혜련은 이렇게 중얼거렸다. 그렇기 때문에 혜련은 원산을 떠나는 것이 좋았다. 어디를 가도 신통한 구석이 있을 것 같지 아니하지마는 원산에 있는 것보다는 나을 것 같았다.

오늘 아침 여덟 시면 원산을 떠난다는 날, 혜련은 마지막으로 해 뜨는 것을 바라보고 바닷가를 걸어서 강가 풀판으로 강 선생을 만나던 날과 꼭 같은 코스로, 그때와 같은 감격을 얻어보려 하였다. 그러나 헛된 일이었다. 강 선생의 존재를 빼어놓은 천지는 혜련에게는 무의미한 듯하였다. 도리어 더욱 가슴에 공허를 느꼈다.

혜련은 다리 난간에 몸을 기대고 꼬리 치는 소들과 고기 엿보는 황새들과 소리 없이 흘러 내려가는 물을 바라보았다. 그러나 그런 것들은 혜련에게 아무 감동도 줌이 없었다.

"가자."

하고 혜련은 길게 한숨을 짓고 집으로 돌아오고 말았다.

'금강산을 들른들 그 어른을 어디서 만나?'

하고 혜련은 실낱만 한 희망을 품었다.

짐은 문임과 김 장로가 다 싸고 혜련은 시무룩하고 보고만 있었다. 그래도 김 장로나 문임은 불쾌한 모양을 보이지도 아니하고 매우 유쾌한 듯이 짐들을 쌌다.

택시를 기다리고 있을 때쯤 해서 준상이 산보 나왔던 길에 들른 듯이 혜련의 숙소에 들렀다. 그는 정복을 입고 구두까지 신었었다. 그 구두가 젖은 것을 보면 풀판으로 혜련을 찾아 돌아온 것이 분명하였다.

"오늘 떠나신다고요?"

하고 준상은 슬픈 듯이 물었다.

"응, 임 군이오? 오늘 우리는 가."

하고 넥타이를 조르면서 김 장로는 대답하였다.

"바로 서울로 가셔요?"

하고 준상은 혜련의 가는 곳이 알고 싶었다.

"아니, 송전으로 해금강으로 들러서 금강산이나 보고 갈까 허구. 임 군은 여기 오래 있어?"

"아니요, 저도 오늘 떠나겠습니다."

하고 준상은 혜련을 본다. 혜련은 이러한 말은 듣지도 아니할 듯이 우산 끝으로 마당에 무슨 글자를 쓰고는 지워버리고 있었다.

정거장에 간성행 열차를 탈 임박에 준상이 모자를 젖혀 쓰고 씨근거리면서 가방 하나를 들고 달려와서 김 장로 일행이 앉은 차에 올랐다. 차에는 대개 피서객들이었다. 낯이 볕에 그을고 정강이가 나오는 짧은 바지를 입은 사내들, 어깨까지 내어놓은 원피스를 입고 짧은 양말을 신어 볼록한 장딴지를 내어놓은 여자들, 그중에는 고의적삼에 대팻밥모자와 단장 하나로 아무렇게나 차리고 이 식전 아침에 벌써 술이 반장이나 된 사람도 있었다. 그 사람들은 마치 모든 인사체면에서 떠난 사람들 같았다. 그중에서 김 장로 일행은 가장 점잖은 일행이었다. 김 장로도 칼라 넥타이에 점잖은 회색 양복, 긴 바지를 입고, 문임이나 혜련도 다 살이 나오지 아니하는 조선 옷을 입었다. 긴 보라치마에 노라우리한 생고사 적삼이 볕에 그은 혜련의 얼굴에 퍽 어울렸다. 오늘은 단발한 그 머리를 나붙

나불하게 끈으로 졸라매지를 아니하고 조고마하게 틀어서 더욱 단정한 새 아름다움을 주었다.

준상은 처음에는 두엇 뒷자리에 앉았으나 김 장로가 이야기를 하자고 자리를 내어주어서 혜련과 마주 앉을 수가 있었다. 준상이 김 장로 자리에 앉은 동안에 다른 사람이 준상의 본래 자리를 점령하였기 때문에 준상은 무척 다행으로 여겨서 송전까지 혜련과 마주 앉아서 갈 수가 있었다.

송전에 내린 김 장로 일행은 곧 해안으로 돌아다니면서 별장 지을 곳을 골랐다. 인색한 김 장로가 해안 별장 터를 고른다는 것이 혜련이 보기에 실로 의외였다.

"여기는 어떨까?"

하고 김 장로는 가끔 그럴듯한 곳에 서서는 혜련과 문임을 돌아보았다. 혜련은 그것이 제 대답을 듣자는 것이 아니라 문임의 대답을 듣자는 아버지의 뜻인 줄 알기 때문에 잠자코 있었다. 일종 반항적인 감정까지도 가지고 있었다. 문임도 물론 아무 말도 아니 하였다. 그러나 문임이 다른 데를 향하고 발을 옮겨놓으면 그것은 문임이 그 자리를 찬성하지 아니하는 것으로 김 장로는 해석하고 또 다른 데를 찾았다.

끝없이 퍼렇게 터진 바다는 영원의 노래를 부르고 있었다. 별장 터에 아무 흥미를 가지지 아니한 혜련은 얼마 따라가다가는 우두커니 서서 동해의 푸른 물결을 바라보고 있었다. 수평선에 구름조차 없고 다만 까마아득하였다. 혜련의 마음속에는 오직 강 선생의 눈이 있을 뿐이었다. 풀판에서 물끄러미 저를 들여다보던 그 바다와 같은 눈이었다. 어디서 바스락 소리만 나도 혜련은 깜짝 놀라는 듯이 돌아보았다. 그런 때에는 준상이 사진기계를 가지고 따라왔다.

"지금 그 포우즈가 좋아요. 잠깐만 고대로."

하고 준상은 혜련이 멀거니 바다를 바라보고 섰는 뒷모양과 옆모양을 카메라에 넣으려 하였다. 혜련은 준상이 원하는 대로 응해주었다. 응해준다는 것보다도 무관심한 태도로 내버려두었다. 또 한편으로는 준상의 애타하는 심정에 대하여 동정하는 마음도 있었다.

김 장로는 혜련이 뒤에 떨어지는 것이 다행한 듯이 모르는 체하고 문임을 데리고 집터를 보면서 돌아다녔다. 아무 데도 문임의 마음에 드는 데가 없었다. 문임은 이런 적막한 구석에 집을 짓는다는 것이 애초에 마음에 들지 아니하였다. 입 밖에 내어서 말을 아니 하지마는 원산 송도원이 제일 좋을 듯하였고, 또 장전이나 해금강이 송전보다는 나을 듯하였다. 마음에도 아니 드는 늙은 남편을 따라서 이런 적막한 곳에 와서 여름을 난다는 것은 견디지 못할 일일 것 같았다. 그래서 김 장로가 열심으로 끌고 다니면서,

"여기가 좋지 않어?"

하고 문임의 동의를 구하여도 문임은 대답을 아니 하였고, 김 장로가 성가시게 대답을 청하면,

"제가 알아요?"

하고 낯을 붉힐 뿐이었다.

"누구 위해 짓는 별장인데."

하고 김 장로는 행복스러운 듯이 웃었다. 그러고는,

"주인 당자가 원치 아니하는 곳이니 할 수 없지."

하고 또 웃고는,

"그럼, 우리, 우선 해금강으로 가."

하고 다음 차로 고성으로 가기로 하였다.

준상은 해금강까지 따라갈 수는 없어서 온정리로 먼저 갔다. 삼일포에서 내려서 삼일포를 구경하고 온정리로 혼자 오는 준상은 몇 번이나 해금강으로 따라가지 아니한 것을 후회하였다. 그리고 차가 떠날 때에 혜련이 차창으로 내다보면서 던진 웃음과 고개 숙임의 뜻을, 이것인가 저것인가 하고 두루 생각해보았다. 그리고 송전서 박은 혜련의 사진이 든 코닥 상자를 소중한 듯이 만져보았다. 오래 두고 볼수록 혜련은 둘 있기 어려운 아름답고 순결하고, 그리고는 이지와 감정이 골고루 발달한 여자인 것 같아서 준상의 가슴속에 일어나는 사모의 정은 더욱더욱 깊어지고 간절해졌다.

"하나님, 감사하옵니다. 이런 아름다운 여성을 만나게 하여주심을 감사하옵니다. 그의 사랑까지도 제게 보내주시옵소서. 저는 진정으로 그를 사랑하겠나이다."

준상은 일생에 처음 되는 정성된 뜻으로 이러한 기도를 올렸다.

"내일 갈 테니 깨끗한 방을 잡아주어."

하던 김 장로의 부탁은 준상에게는 큰 복음인 것 같았다. 그래서 준상은 온정리에 오는 길로 여관이라는 여관을 모조리 훑어서 개천가로 향한 방 둘을 잡고, 제가 있을 방은 내일 또 마련하기로 하였다. 그러고는 종이를 사다가 손수 도배 떨어진 데를 바르고 또 방을 깨끗이 치우고 걸레질까지 말짱하게 쳐놓고 이부자리도 욧잇, 베갯잇과 홑이불을 새로 갈도록 주인에게 부탁하였다.

준상은 그날 밤에 잠을 이루지 못하였다. 오직 혜련에게 대한 생각뿐이었다. 자정이나 넘어서 준상은 일어나서 혜련에게 편지를 쓰기 시작하였다.

　　나의 가장 존경하는 김혜련 씨.

　　정직하게 말하면 나는 이번에 와서야 비로소 당신을 발견하였습니다. 지난봄 서울서 드린 편지는 취소합니다. 그때에는 내가 당신도 몰라뵈었고 또 나 자신도 몰랐습니다. 그리고 사랑이 무엇인지도 몰랐습니다. 그러므로 나는 이제 와서 그 편지 전문을 취소해버립니다.

　　혜련 여사. 나는 다만 당신과 나만을 새로 발견한 것이 아니라 인생과 자연을 새로 발견하였습니다. 이것을 신천신지라고 하는 것일까요. 당신은 내 눈에서 한 껍질을 벗겨주셨습니다. 그래서 내 눈으로 하여금 새 빛을 감음하는 새 힘을 얻게 하였습니다. 당신은 내게 있어서는 하나님의 사자이셨습니다.

　　혜련 여사. 나는 사람이 어떻게 아름답고 사랑할 만한 존재인 것을 당신을 통하여서 느꼈습니다. 이지와 감정과 의지력이 어떻게 조화하면 아름다운 인격이 일러지는가를 깨달았고, 당신과 같은 표본이 인류에 나타난 것은 세계의 큰 영광이라고 믿습니다.

　　혜련 여사. 도모지 붓이 내 말을 듣지 아니합니다. 지금에야 비로소 말과 글이 얼마나 불완전한 것과, 사람의 마음이 얼마나 미묘하고 신비한가를 깨달았습니다.

　　혜련 여사. 내가 당신에게 대한 사랑은 인제는 벌써 연애가 아니라 신앙이 되었습니다. 하나님의 완전하신 작품(그것은 당신이십니다)에 대한 수희 갈앙입니다. 숭배자로, 찬미자로 당신의 앞에 꿇어앉은 자입니다. 당신은 내게 있어서는 인생의 전체요 세계의 전체십니다. 무엇이라고 더 소중하게, 더 찬미해서 할 말씀을 시인도 문사도 아닌 나는 모릅니다.

정직하게 고백합니다. 당신 앞에 선 것은 하나님의 앞에 선 것과 같아서 추호도 속을 기일 수는 없습니다. 다만 떨려서, 가슴이 울렁거려서 생각하는 바의 십분지 일도 표현을 못 할 뿐이지 티끌만 한 거짓도 꾸밈도 과장도 없음을 거듭거듭 맹세하옵니다.

정직하게 말씀하면, 나는 처음에는 당신을 아름다운 한 여성으로 한 번 만져볼까 하는 생각이었습니다. 한참 동안 단물을 빨아먹고는 쫓아 버리자 하는 그러한 심사였습니다. 심히 죄송한 말씀이나 사실입니다. 그러다가 수풀 속의 산보에서 당신에게 준열한 꾸지람을 들을 때에 나는 비로소 당신의 속에 사랑할 만한 것 외에 두려워하고 존경할 무엇이 있음을 발견하였습니다. 그럴 때에 나는 굳세게 저를 책망하였습니다. 제 인생에 대한 태도가 참되지 못하고 정성되지 못한 것을 아프게 뉘웇고, 그러고 나서는 당신을 귀여운 여성으로 사랑하는 것이 아니라 존경할 벗으로 숭배한다는 생각이 움돋기 시작하였습니다. 그래도, 그러면서도 내게는 항상 우월감이 있었습니다. 그것은 다만 남성으로의 우월감뿐이 아니라 어리석게도 저를 과대평가하고 당신을 과소평가하는 데서 나온, 그런 건방진 우월감이었습니다.

그러나 때는 마침내 왔습니다. 이 건방진 우월감이 여지없이 부서질 때가 마침내 오고야 말았습니다. 나는 육체적 완력으로 당신보다 우월하겠습니다. 낫살로도 그러하겠습니다. 책 페이지나 외국말 마디나 더 배운 것으로도 우월하겠습니다. 사실상 이런 것들이 나로 하여금 건방지게 하는 재산이었습니다. 그러나, 그러나, 아아, 하나님 감사합니다! 나는 마침내 바닷가에 거니는 당신, 바닷가에서 해 뜨는 것을 바라보고 기도하는 당신, 모든 기회의 당신에서 당신의 속에는 빛나는 소울이 있음을 발견하였습니다. 이것은 내가 인생에 나온 지 이십육 년에 처음 발견한 빛입니다. 이 빛을 볼 때에 나는 마치 햇볕에 선 눈사람과 같이 녹아버려서 그 부피 크던 몸뚱이가 더러운 흙 한 줌이 되어버림을 깨달았습니다.

우러러 사모하는 혜련 여사. 이 발견이 내 일생에 어떻게 큰 사건입니까. 다만 내 일생의 방향 전환이란 말만 가지고 될 것입니까. 아닙니다. 이야말로 예수께서 니고데모에 하신 말씀과 같이 거듭난 것입니다. 이 몸이 난 지는 이십육 년이나 되었지마는 이 혼이 난 것은 바닷가에 선 당신의 앞에서입니다.

이제 와서는 당신을 감히 내 품에 넣겠다는 생각은 영영 없습니다. 그것은 크게 외람된 생각입니다. 도리어 이 몸이 당신의 품속에 들고 싶다는 원뿐입니다. 감히 당신을 내 아내로 삼겠다는 것이 아니라 영원히 당신을 뫼시겠다는 생각뿐입니다. 신령한 길을 가르쳐주신 스승으로, 은인으로 당신을 뫼시겠다는 생각뿐입니다.

혜련 여사. 지금 생각하면 나는 인생을 한 동물로 보았었습니다. 다윈의 말과 같이 생존을 경쟁하는 이기적 투쟁이 곧 인생으로 보았었습니다. 남을 사랑한다든가, 남을 위하여 제 목숨을 버린다든가 하는 것은 한 허위가 아니면 아름다운 말에 불과하는 것으로 보았습니다. 세례를 받은 예수교인인 내가, 주일학교의 선생 노릇까지 하는 내가, 방학이면 전도 여행까지 하던 내가 이런 말을 한다는 것은 실로 놀라운 모순입니다. 그러나 그것이 사실입니다. 나는 천사이신 당신의 앞에 경건하게 자백하지 아니할 수 없습니다. 나는 위선자였습니다. 나는 양의 껍질을 쓴 이리였습니다. 이리만도 못한 개였습니다. 회칠한 무덤이었습니다. 속에는 이기적인 모든 더러운 것을 품고서 겉으로는 가장 예수교인인 체하였습니다.

그러나 인제(그것은 큰 은혜입니다) 당신을 통하여 내게 비추인 하늘빛으로 말미암아 내 가면은 벗겨졌습니다. 나는 참회의 제단 앞에 섰습니다. 내 참회를 받아주시고 내 머리에 손을 얹어 나를 축복해주실 제사장은 다른 아모런 이도 아니요 오직 당신이십니다.

암만 써도 쓸 말이 끝날 것 같지 아니하였다. 준상은 다 새벽이 되어서야 팔을 벤 채로 잠이 들어버렸다.

한 시간이나 잤을까, 준상이 잠이 깨었을 때에는 아직 전등이 안 나가고 바깥이 어두웠다.

이때에 준상의 머릿속에 번개같이 일어나는 생각은, 혜련이 필시 해금강 바닷가에 아침 산보를 나오리라는 것이었다. 푸른 바닷가 흰 모래판에 서서 해 돋기를 기다리는 혜련의 모양을 생각할 때에 준상은 견딜 수가 없었다.

'가보자. 해금강이 여기서 삼십 리. 자동차면 반 시간.'
하고 시계를 내어 보았다. 다섯 시 십 분 전. 해 뜨는 것이 다섯 시 오십 분쯤.

준상은 뛰어나갔다. 자동찻집으로 갔다. 자는 운전수를 두들겨 일으켜서 해금강으로 가자고 할 때에 운전수는 눈을 크게 떴다.

"해 뜨는 것을 보랴고 그러오. 빨리빨리."

하고 준상은 재촉하였다.

"혼자세요?"

하고 운전수는 냉각기에 물을 넣으면서 물었다.

"혼자요."

하고 준상은 자동차에 올라앉았다. 이 운전수는 바로 얼마 전에, 이처럼 새벽에 어떤 젊은 남녀가 해금강을 가자고 서둘러서 태우고 갔던 것이, 그 남녀가 몸을 마주 매고 자살을 한 통에 이 운전수도 경찰에 불려 갔던 것을 기억하기 때문에 새벽에 해금강 간다는 것이 불길하게 생각한 것이었다.

'그렇지만 혼자라면 괜찮지.'

하고 운전수는 속으로 중얼거리면서 운전수석에 올라앉았다. 그리고 마음속에 그때에 둘이 타고 가던 젊은 남녀의 환영을 그려보았다.

아직도 어두운 길을 자동차는 기운차게 달렸다. 준상은 이 길이 중대한 길같이 생각되었다. 일찍 이렇게 중대한 길을 다녀본 일이 없는 것 같았다. 늦지나 아니할까, 똑바로 바닷가에서 만나질까, 하고 심히 초조한 마음으로 준상은 연해 앞을 내다보며 이쪽으로 저쪽으로 자리를 바꾸어 앉았다.

준상의 속주머니에는 밤에 쓴 편지가 있었다. 준상은 몇 번이나 그것을 만져보고 스스로 수줍은 생각이 났다.

준상에게는 그것은 임을 찾아가는 길이었다. 올지도 모르는 임을 동해 바닷가로 찾아가는 길이었다. 준상은 해 뜨는 바닷가에서 혜련을 품에 안는 양을 그려보았다. 그것은 준상의 가슴이 용납하기에는 너무나 큰 행복인 듯하였다. 제 정성이 이만하니 반드시 혜련은 감동이 되어서,

"네, 나는 기쁘게 당신의 사랑을 받습니다."
할 것만 같았다.

혜련에게 사랑의 허락을 받는 순간, 그것은 준상에게는 천하를 얻는 순간이었다. 그 자리에서 죽어도 여한이 없을 것 같았다.

'혜련이와 같은 여자가 또 있을 수는 없다. 그는 천상천하에 오직 하나뿐일 것이다.'

하고 준상은 제가 지금까지에 보고 접촉한 여러 여자들을 생각해보았다. 닭과 학이었다. 그렇게 생각할 때에 준상은 자기의 품이 깨끗하지 못함을 부끄러워하였다. 그는 아직 혼인한 일은 없으나, 얌전하다는 이름을 들으면서도 수삼의 여자를 안아본 일이 있었다. 기실은 혜련도 그런 여자 중에 하나로 안아보려는 것이었다, 애초에는. 그러나 지금에 와서는 혜련을 얻으면 살고 잃으면 죽을 것 같은 그러한 상태가 되었다.

"저를 사랑하시는 것이 처음이셔요? 이 가슴에는 일찍 다른 여자가 안겨본 일이 없어요? 이 가슴의 안방에는 제가 처음으로 들어앉은 것이야요?"

하고 혜련이 묻는다 하면 어찌할까 하고 생각하면 준상은 슬프고도 부끄러웠다.

"네, 내 혜련, 참 그렇소이다. 이 가슴에는 일찍 다른 여자의 그림자가 들어본 일이 없습니다. 지극히 깨끗한 이 가슴. 이 가슴은 혜련을 맞으려고 지금까지 비어 있던 방입니다. 만일 혜련이 이 방에 아니 드시면 이 방은 영원히 비어 있겠지요. 이 가슴에는 일찍 다른 여자의 머리카락 냄새나 입김이 닿아본 적이 없습니다. 그 담벼락이나 천장이나 모두 새것입니다."

이렇게 대답할 수 있었으면 얼마나 기쁠까, 하고 준상은 한숨을 쉬었다.

그러나 준상은 여러 여자의 머리 냄새와 입김을 기억한다. 그것이 슬펐다.

'정조란 무엇이냐? 순결이란 무엇이냐? 그것은 다 봉건시대 사상의 유물이다.'

하던 생각이 지금에 와서는 깊이깊이 뉘우쳤다.

'아아, 사랑해보고서야 정조와 순결이 어떻게 고마운지, 어떻게 소중한 것인지를 알겠구나.'

하고 준상은 고개를 수그렸다.

'만일 혜련에게도, 혜련의 가슴에도 일찍 다른 남자의 그림자가 비추인 일이 있다면? 일찍 다른 남자의 입김이 닿은 일이 있다면?'

하고 생각할 때에, 그러한 생각만 해도 슬픔과 분노로 가슴이 터질 것 같았다. 만일 혜련에게 그러한 일, 다른 남자와 접촉한 일이 있는 줄을 알면 준상은 칼을 들어서 혜련의 그 가슴, 다른 남자의 그림자가 들었던 가슴을 욱이어버릴 것 같았다.

'응, 그것은 참지 못할 일이다. 용서할 수 없는 일이다.'

하고 준상은 주먹을 불끈 쥐었다.

'그러나, 준상아 너는?'

하고 반성할 때에 쥐었던 주먹은 맥없이 풀려버리고 말았다.

'여자들이 남자의 정조를 생각하는 관념은 좀 다르겠지. 남자는 으레히 여러 여자를 접할 수 있는 것으로 알겠지.'

하고 준상은 생각해보았다. 그러나 아무렇게 생각해도 마음이 개운치는 아니하였다.

'아아, 뉘우쳐지는 지나간 내 생활. 나는 왜 겉으로 꾸미던 모양대로 속도 그러하지를 못하였던고! 왜 성경에 말씀과 같이, 눈으로 보고 음심을 품어도 간음이라고 하신 말씀과 같이 일생을 깨끗한 동정으로 지내오지를 못하였던고! 이 더러운 넝마를 어떻게 혜련에게 드리리. 그렇다, 혜련이가 나를 사랑하지 아니하는 것이 까닭이 있다. 내 몸에서 죄의 비린내가 나기 때문이다. 마치 담배 아니 먹는 사람이 담배에 감각이 예민한 모양으로 혜련은 내 몸에서 비린 냄새를 맡은 것이다!'

하고 준상은 눈을 감고 한숨을 쉬었다.

'나는 혜련의 앞에 참회하리라. 땅바닥에 무릎을 꿇고 참회하리라.'

준상은 이렇게 생각하였다.

"어디까지 가셔요?"

하고 운전수가 뒤를 돌아보며 물었다. 차는 고성읍을 지나서 바닷가 벌판길로 달리고 있었다.

"해금강."

하고 준상은 생각에 잠겼던 고개를 들었다. 동편 하늘에는 불그레한 기운이 돌았다.

"이번 물에 길이 나빠져서 여기서 더는 못 갑니다."

하고 운전수는 심술궂은 듯이 차를 멈추었다.

좀 더 가달라고 준상이 보채어보았으나 운전수는 듣지 아니하였다.

준상이 자동찻값을 치르고 해안을 향하고 걷기 시작하였다. 드문드문 소나무가 새벽 어스름에 졸고 있고, 이슬 맺힌 풀숲에서는 벌레들이 울고 있었다. 참으로 고요한 새벽, 깨끗한 새벽이었다. 준상은 이 고요하고 깨끗한 분위기 속에 더운 머리를 가지고 있는 것이 부끄러운 듯하였다.

준상은 자기의 들뜬 감정을 가라앉히려고 애를 써보았다. 저 잎사귀 하나도 움직이지 아니하는 늙은 소나무와 같이, 또는 이슬에 촉촉이 젖어서 고개를 숙인 풀잎과 같이 제 마음을 고요하게 만들고 싶었다.

그러나 준상의 생각한 바와는 반대로 준상은 거의 구보로의 속도로 해안을 향하고 달렸다.

새벽의 고요함! 연보랏빛 바다에 실물결 하나도 없이 마치 다리미로 다려놓은 비단결과 같았다. 망망한 동해 바다가 이렇게도 고요할 수가 있나, 할 만치 그만치 고요하였다. 그리고 수평선 위에는 수평으로 갈기갈기 찢긴 붉은 구름이 있었다.

준상은 해만 뜨면 제가 바라던 기회를 잃어버릴 것만 같아서 북으로 북으로 해금강을 향하고 올라갔다.

길가의 여관, 그것은 분명 김 장로 일행이 유숙하는 여관일 것이다. 그러나 준상은 아무쪼록 바닷가로 치우쳐서 그 여관에 있는 사람들이 설혹 잠을 깨어서 내다보더라도 눈에 뜨이지 아니할 만하게 먼발치로 걸어서 해금강으로 향하는 작은 고개를 넘었다.

흰 모래와 푸른 물, 검은 바위, 그리고 주인 없이 누워 있는 배 몇 척, 그것밖에는 아무것도 없었다.

준상은 실망을 느끼면서 잠깐 물가에 서 있다가 문득 발자국을 찾으려는 생각이 나서 허리를 굽혔다. 밤물이 밀었다가 물러 나가서 곱게 다져진 물가 젖은 모래에 과연 조고마한 발자국이 규칙적으로 북을 향하고 물가로 올라갔다.

'아마도 혜련이다. 분명 혜련이다!'

하고 준상은 새삼스럽게 가슴이 울렁거렸다.

'내가 어째 이럴까? 이처럼 내가 혜련을 사랑할까?'

하고 준상은 스스로 낯을 붉히면서 그 발자국을 따라서 갔다.

과연 산모퉁이를 돌아서 물가에 솟은 바위 위에 섰는 그림자! 그것은 옥색 치마를 입은 혜련이었다.

준상은 우뚝 섰다. 혜련이 동편 하늘을 바라보고 섰는 모양을 이윽히 보다가, 준상은 그 자리에서 몸을 감추어버리고 싶었다. 혜련의 그 아무 잡념 없이, 생각이 있다면 천국 생각만 가뜩 차서 고요하게 있는 마음을 건드리고 싶지 아니하였다. 건드리기가 황송한 듯하였다.

준상은 잠깐 바위 뒤로 몸을 비켰다.

'아아, 아름다운 모양, 깨끗한 모양!'

하고 준상은 얼빠진 사람 모양으로 혜련을 바라보고 있었다. 그동안에 바다 빛이 무슨 빛으로 변하였는지, 하늘에 구름이 어떠한지, 준상은 몰랐다. 준상은 시간을 잊고 저를 잊었다. 황홀하였다. 아무 생각도 없었다. 언제까지나 움직이지 아니하는 혜련의 모양은 마치 대지 위에 돋아난 것 같았다.

갑자기 혜련의 몸은 빛 속에 떴다. 혜련의 얼굴은 금빛으로 빛났다. 푸른 하늘을 배경으로 뚜렷이 나뜬 혜련의 모양!

해가 뜬 것이다. 준상은 잠깐 고개를 들어서 동쪽을 바라보았다. 거기는 아까 있던 붉은 구름들이 마치 장막을 걷은 듯이 스러지고 둥그레한 불덩어리만이 바다 위에 나떴다. 우리 지구에 사는 생물로서 생각할 수 있는 가장 큰 불덩어리, 가장 뜨거운 것, 그것은 지구상에 있는 모든 것을 다 태워버릴 수 있는 더움의 힘이다. 지구 그 물건이 그 속에 뛰어 들어갈 때에 그것은 한 찰나 새에 가스가 되어버리고 말 것이다. 가스 이상으로 분해되어버릴는지도 모른다. 그리고 그가 발하는 엄청난 큰 빛! 해 자신도 우주의 무한에 비할 때에 창해일속이라고 천문학자가 가르친다 하더라도, 그것은 우리에게는 가장 큰 도움이요, 빛이요, 힘이다. 준상은 제 가슴속에 그 태양을 집어삼키고 싶었다. 그리고 제 몸과 마음이 모두 그와 같이 열이 되고 빛이 되고 힘이 되고 싶었다.

바다도, 그렇게 다리미로 다린 듯이 고요하던 바다도 늠실늠실 물결이 일기 시작하였다. 준상의 발밑에서도 작은 물결들이 찰싹찰싹 연연한 소리를 내었다. 바람도 깨었다. 혜련의 치마폭이 팔랑거렸다.

준상은 그린 듯이 서 있었다. 천지는 경각간에 환해졌다.

혜련은 제사가 다 끝난 제관 모양으로 몸을 돌이켰다. 그 순간에 눈에 띈 준상의 모양! 혜련은 그것이 강 선생이나 아닌가 하였으나 곧 준상인 것을 알았다.

혜련은 어제저녁 여관에 들어서 숙박계를 할 때에, 강 선생과 오빠가 그 전날 이 여관에서 자고 떠난 것을 알았다. 그러고는 그길로 온정리로 따라가고 싶었다. 그 숙박계 책에는 두 사람이 다 가는 데를 '내금강'이라고 하였다. 그러나 해금강에서 내금강으로 가는 데는 두 코스가 있다. 하나는 배천지, 개잿령, 유점사, 안무재를 거쳐서 가는 길, 또 하나는 신계사, 비로봉을 거쳐서 가는 길. 설사 온정령, 말휘리를 거치는 코스가 있다 하더라도 그 길로 갔을 것 같지는 아니하였다. 어느 코스로 갔을까…… 혜련은 밤에 이것을 생각하며 잤다.

그리고 새벽 산보를 나올 때에 혜련은 강 선생이 어느 길을 걸었을까, 어디쯤에서 해 뜨는 것을 보셨을까, 하고 찾다가, 아마 이것이리라 하고 고른 데가 그 바윗돌이었다.

혜련은 그 바위에 올라서서 새벽 바다를 바라보고 동경의 명상에 잠겨 있었다. 반드시 강 선생이라는 사람을 그리워하는 것만이 아닌 것 같았다. 강 선생이라는 한 사람을 통하여서 이 세상에서는 찾을 수 없는 무엇, 그러나 아무리 하여서라도 그것을 찾아서 그 품에 안기지 아니하고는 못 견딜 듯한 무엇, 그렇게도 그리운 무엇을 동경하는 심사였다. 이 세상에서는 찾을 수 없는 아름다운 것, 미쁜 것을 그리워하는 심사였다.

저 끝 간 데를 모르는 바다와 하늘, 그것도 이 그리움을 쌀 수는 없는 것 같았다. 이 그리운 마음은 혜련을 괴롭게 하였다. 구하여 얻어지지 못할 것을 그리워하는 마음 같아서, 더 살고 싶지 아니한 듯한 생각조차 있었다. 발밑에 출렁거리는 깊고 푸른 물, 그것은 원산 해안에서 보던 물과는 달랐다. 말할 수 없이 맑고 깊고 신비한 것 같았다.

'이 몸을 여기서 던져버릴까?'

혜련은 이러한 생각을 했다. 이 세상에서 더 오래 산댔자 별로 신통한 구석이 있을 것 같지 아니하였다.

'강 선생을 또 한 번 만나기로니 무엇 하나?'

이렇게 생각하면 혜련은 아무 희망도 없는 것 같았다. 강 선생은 혜련이 사랑할 수 없는 이가 아니냐? 스승과 제자. 그것은 아버지와 딸! 이것은 조선에서는 허락되지 아니하는 사랑이다. 게다가 강 선생께는 처자가 있을 터이다! 그렇다면?

'그렇지만 내가 꼭 그 어른과 부부가 되자는 것인가?'

하고 혜련은 고개를 흔들어보았다.

'그렇다! 혼인이라는 것을 생각할 때에 사랑은 모독되는 것 같다. 사랑하니 사랑하는 것이 아닐까. 몸과 몸이야 만나거나 못 만나거나 그 어

256

른의 정신을, 혼을 이 가슴에 품고…….'

이렇게 혜련은 생각하여본다.

'그래도 그리운 그의 몸! 그의 몸을 떠나서 그의 혼을 생각할 수 있을까?'

혜련은 또 이렇게도 생각해본다.

그러나 혜련의 정신적인 성격은 누구를 사랑한다 할 때에 그의 몸을 사랑한다는 것이 부정한 것같이 생각했다. 준상이 허리를 안으려 할 때에 혜련이 불쾌감을 느낀 것도 그 때문이다. 몸을 사랑하는 것은 죄악 같았다. 그러므로 혜련은 강 선생의 몸을 생각하지 말고 그 아름다운 마음만을 가지고 싶었다. 그러나 저를 강 선생의 마음에 비교할 때에, 그것은 이 바다와 실개천과 같았다. 실개천에다가 바다를 몰아넣을 수가 있을까? 제 소원은 마치 그것인 것 같았다.

그러나 꼭 만나야 할 이를 만난 듯한 심정은 어찌할 수가 없었다. 그이의 마음을 구해보다가 못 얻으면 이 세상을 떠나리라, 하고 바다를 굽어보았다. 새파란 물! 그것은 한량없이 깊은 듯하였다. 또 그것은 혜련이 제 몸을 잠가버리기에 합당하게 깨끗한 것 같았다. 혜련은 이 아침 바닷물의 유혹을 느꼈다.

혜련은 해가 수평선에서 뚝 떨어져서 하늘로 오르는 것을 보고는 돌아섰다. 이때에 준상을 본 것이었다.

준상은 모자를 벗어서 흔들었다. 혜련은 그 인사에 대하여 약간 고개를 숙이는 듯하였다.

혜련이 준상의 섰는 곳에 가까이 오도록 준상은 말이 없었다.

"온정리 아니 가셨어요?"

하고 혜련은 의아한 듯이 물었다.

"네, 온정리서 잤어요. 잤다는 것보다는 온정리서 밤을 지났습니다. 한잠도 못 잤으니까요."

준상의 대답에 혜련은 더욱 눈을 크게 떴다.

준상은 혜련이 놀라는 기회를 이용하려는 듯이 혜련의 곁으로 한 걸음 가까이 오며,

"자려고 애도 써보았습니다마는, 어떻게 내가 잘 수가 있겠어요? 내 마음은 도저히 말씀으로 다 표현할 수는 없습니다. 그 괴로움, 그 잊히지 못함, 그 사모함. 그래 잠은 아니 오고 이것을 썼지요."

하고 속주머니에서 어젯밤에 쓴 편지를 꺼내어 혜련에게 주며,

"말이 안 되었지마는 한번 읽어주세요. 이 편지는 지난봄에 혜련 씨께 드린 내 편지를 근본적으로 부정하고, 또 참회하고 사죄하는 편지야요. 그때 생각과 지금 생각과는 아주 달라졌으니까요. 다만 혜련 씨에 대한 생각만이 달라진 것이 아니라 내 인생관이 전체로 근본적으로 뒤집혔단 말씀이야요. 인제 와서는 혜련 씨가 품고 계시는 높은 생각을 좀 알아듣는 것 같습니다. 혜련 씨는 내 선생님이셔요. 선생님이라도 큰 선생님이십니다. 혜련 씨 때문에……."

하고 더 말하려는 것을 혜련은 지루한 듯이,

"그럼 이 편지는 읽겠어요. 지금 아버지가 기다리실 듯하시니 가보아야겠어요. 이따 온정리서 뵈어요."

하고 고개를 숙여 작별 인사를 한다.

혜련의 이 쌀쌀한 태도는 처음 당하는 일이 아니지마는, 그 앞에 무릎을 꿇고 사랑의 허락을 청하려고까지 결심하고 왔던 준상에게는 견디기

어려운 타격이었다.

준상은 이윽히 머쓱하고 섰었다. 분개한 생각조차 일어나려 하였다. 그러나 준상은 혜련에게 한 편지에 쓴 제 맹세를 생각하고 그 분개한 마음을 참았다. 혜련이야 저를 사랑하든지 말든지 저는 혜련을 사랑할 것이라고 맹세하였다. 그러기에 사랑이 아니냐고 생각하였다.

준상은 빠른 걸음으로 혜련을 따라갔다. 혜련은 한참 동안은 준상이 뒤를 따르는 줄을 알면서도 모르는 체하고 걸었다. 그러나 누가 보더라도 식전 새벽에 어떤 젊은 남자와 같이 걸어가는 것이 도리닪지 않다고 생각하고 약간 불쾌한 생각까지 품으면서 혜련은 걸음을 멈추고 돌아섰다.

그러나 준상의 얼굴에 호의와 애원으로 가득 찬 표정을 볼 때에, 또 온 정리서 이 새벽에 사십 리 길이나 저를 보려고 온 것을 생각할 때에,

"따라오지 말아요!"

하고 야멸친 소리를 지를 수는 없었다. 그래서 준상이 제 옆에 가까이 올 때까지 혜련은 말없이 가만히 서 있었다.

준상은 혜련이 걸음을 멈추고 돌아서는 것을 보고 잠깐 주춤하였다가,

"혜련 씨, 나는 혜련 씨를 사랑합니다. 내 사랑을 받아주시겠습니까? 혜련 씨에게 합당치 못한 내인 줄 알면서도 나로는 이 감정을 누를 수가 없습니다. 나는 인제 다른 사람을 사랑할 수는 없어요. 내가 사랑하는 이는 영원히 혜련 씨뿐입니다. 이 말씀을 하랴고, 그리고 무슨 말씀 한마디를 혜련 씨 입에서 들으랴고 새벽길 사십 리를 왔어요."

하고는 어른께 꾸지람을 기다리는 아이 모양으로 고개를 숙여버린다.

혜련도 고개를 숙였다. 준상의, 저 깊은 혼에서 나오는 간절한 말에는

듣는 사람을 내리누르는 어떤 힘이 있음을 혜련은 깨달은 것이었다. 게다가 준상은 혜련의 마음속에 오래 사모하던 그림자가 아니냐. 혜련은 가슴이 아프도록 무거워짐을 깨달았다.

혜련은 한참 동안 말이 없다가 고개를 들어서 준상의 흥분되어서 빛나는 눈을 바라보면서,

"고맙습니다. 그러신 줄 제가 다 알아요."

하고 한마디를 하고는 또 쉬고, 한마디를 하고는 또 쉬면서,

"그렇지만, 그렇지만……."

하고 차마 말이 나오지 아니하다가,

"그렇지만, 저는 마음에 허락한 이가 따로 있어요."

하고는 또 고개를 숙이고 아랫입술을 물었다.

'마음에 허락한 이'라는, 일생에 처음 입에 담아보는 말이 제 귀에 도로 울려올 때에 혜련은 정신이 아뜩하여짐을 깨달았다. 내 어찌 이런 큰 소리를 하게 되었는고, 하고 낯이 후끈거렸다. 그러나 제 속에 먹은 뜻을 처음으로 발표할 기회가 이 기회라고 생각한 것이었다.

"네? 마음에 허락하신 이?"

하고 준상은 놀랐다.

혜련은 아무 말이 없었다.

"언제부터?"

하고 준상은 무슨 말을 하는지 모르면서 또 물었다. 혜련은 여전히 잠잠하였다.

"그이가 누구시야요?"

준상의 음성은 떨렸다. 준상은 마치 제 몸을 거눌 수가 없는 것 같았다.

260

꽝 하고 몽둥이로 머리를 얻어맞은 모양으로 귀가 잉잉하는 듯하였다.

"그런 말씀은 물어주시지 마세요."

하고 혜련은 겨우 고개를 들었다.

"그것이 정말이십니까? 나를 골리려고 하시는 말씀이 아니고 정말이십니까, 네?"

하는 준상의 얼굴의 근육은 썰룩거렸다.

"네."

하고 혜련은 고개를 한 번 끄덕하여서 제 대답이 옳다는 다짐을 두었다.

"더 여쭙지 않겠습니다. 지금 내 마음은 갈피를 잡을 수가 없어요. 내가 무엇인지, 내가 장차 어떻게 되는 것인지 나는 알 수가 없어요. 천지가 왼통 뒤죽박죽이 된 것 같아요. 내 부서진 마음을 도로 주워 모아보기 전에 나는 내가 누구인지를 모르겠습니다. 나는 먼저 가요."

하는 말을 던지고는 준상은 달음박질하는 모양으로 촌락으로 향한 길로 걸었다. 걸음이 빠르기는 빠르나 허둥허둥하는 것같이 혜련에게는 보였다.

혜련은 준상의 뒤를 물끄러미 바라보고 서 있었다. 그러고는 슬픈 생각이 복받쳐 올랐다. 준상이 불쌍하였다. 저 사람은 아버지 모양으로, 또는 박 선생 모양으로, 세상에 항용 있는 사내들 모양으로, 그렇게 제 몸만 위하는 거짓된 사람, 못 믿을 사람은 아닌 것 같았다. 적어도 지금 이 자리에서 하던 표정, 하던 말만은 터럭 끝만 한 거짓도 없는 참과 지성이라고 생각하였다. 혜련은 인생의 참된 장면 하나를 얻어본 것 같았다.

준상은 고개에 올라서서 잠깐 혜련이 섰는 양을 돌아보고는 스러져버리고 말았다.

혜련은 무거운 마음, 무거운 걸음으로 여관을 향하고 돌아왔다. 길만 들여다보면서, 마음에는 여러 가지 생각을 하면서.

'사랑이란 이상한 것이다.'

혜련은 이런 생각도 하였다.

준상이, '나는 마음에 허한 이가 있다'는 말을 들을 때에 하던 그 괴로워하는 모양, 그가 떨리는 음성으로 한 몇 마디 말. 그것을 보고 듣는 사람의 마음이 이처럼 괴로우면, 그것을 하는 당자의 가슴은 여북할까. 아마 그것은 인생으로는 견딜 수 없는 아픔일 것 같다고 혜련은 생각하였다. 실연의 아픔이니 마음의 상처니 하는 말뜻이 알아지는 것 같았다.

불현듯 혜련은 은주를 생각하였다. 창경원 온실 앞에서 은주가 제게 대해서 한 고백, 그 고백에 대해서 제가 던진 쌀쌀한 말, 조롱까지 섞은 말, 그리고 제가 보인 모욕적인 태도, 이것을 당한 은주의 마음이 얼마나 아팠을까, 분했을까.

'아아, 내가 다 잘못했다.'

'아아, 미안해라.'

'칼로 그이를 찌른 것이나 마찬가지.'

혜련은 걷던 걸음을 멈칫하고 고개를 들어서 하늘을 바라보았다.

'그 후부터 몹시 침울해진 은주의 태도!'

혜련은 원산 오느라고 떠나던 날, 정거장에서 일부러 제 눈을 피하며 시무룩한 얼굴로 짐을 실어주던 은주, 기차 떠날 때에 비로소 저를 바라보고 고개를 숙이던 은주, 그러고는 돌아서던 은주…… 그는 필시 가슴이 터지도록 슬펐으리라고 혜련은 생각하였다. 그런 생각을 하면 혜련은 가슴이 답답해지는 것 같았다.

'참 잘못했다. 참 미안해라! 그렇게 순진하고 미더운 사람, 정말 참된 사람! 잘못했다. 미안해라.'

하고 혜련은 '잘못했다', '미안해라'를 수없이 뇌었다.

이러한 생각들을 하면 혜련은 인생의 짐이 갑자기 무거워지는 것 같았다. 이 인생이 결코 걸어가기 쉬운 길이 아닌 것 같았다.

여관까지에 얼마 남지 아니하였을 때에 문임이 마주 나오는 것이 보였다. 혜련을 찾아 나오는 것이 분명하였다. 그러길래 혜련이 오는 것을 보고는 문임은 그 자리에 섰다.

"상 들어왔어."

하고 문임은 혜련의 어깨에 팔을 걸면서,

"혜련이, 준상 씨 만났어?"

하고 혜련의 얼굴을 들여다보면서 웃었다. 문임은 준상이 바닷가로 훨훨 걸어가는 양을 본 것이었다. 문임은 준상을 무심하게 볼 수는 없었다.

혜련은 말없이 고개를 까닥하였다.

"그래 무어래?"

혜련은 또 고개만 끄덕거렸다.

"그래, 혜련이는 무어랬어? 사랑한다고 그랬어?"

문임은 일래에 말이 퍽 담대해졌다. 처녀의 수줍음이 줄고 산전수전 겪은 빛을 보였다.

"아니."

하고 혜련은 고개를 흔들었다.

"그래도 혜련이가 무슨 생각을 깊이 하고 있는 모양인데. 걸음걸이가…… 고개를 푹 수그리고."

문임은 꼭 혜련의 대답을 듣고야 말려 하였다.

혜련은 먼저 고개를 살래살래 흔들고 나서,

"아니, 난 지금 은주 씨 생각을 하고 있었어. 내가 그이헌테 퍽으나 잘못한 것 같아서. 그렇게도 참되고 양심적인 이헌테, 그렇게도 내게 호의를 가진 이헌테 내가 너무나 잘못한 것 같아서 퍽으나 미안해요. 내가 그이를 속이거나 배반한 것은 아니지만, 난 그이헌테 한 번도 마음을 허락하노란 표시를 한 일이 없지만…… 그래도 어째 그런지 퍽으나 미안해요. 지금 불현듯 그런 생각이 나. 내가 그이헌테 퍽으나 잘못했지?"

하고 문임의 얼굴을 본다.

문임의 얼굴은 뇌빈혈을 일으킨 사람 모양으로 해쓱했다. 혜련의 말은 마치 칼날 모양으로 문임의 가슴을 푹푹 찔렀다. 그것은 마치 혜련이 문임을 단단히 때릴 목적으로 준비한 형벌인 듯하였다. 하나님이 혜련의 입을 빌려서 문임을 책망하시는 것 같았다.

문임은 고개를 숙이고 말이 없었다.

혜련의 말, 은주에 관한 말에 얻어맞은 문임의 마음은 서리 맞은 잎사귀와 같이 풀이 죽어버리고 말았다. 그 아픔! 그 아픔!

문임이야말로 자진해서 은주에게 마음을, 몸까지도 허하지 아니하였나? 싫다는 은주를 억지로 끌어서까지 사랑의 허락을 받지 아니하였나? 자기는 보통학교에 교원이 되고 은주는 장사를 하고, 이렇게 시골 가서 살자고까지 문임 제가 발론하고 맹약하지 아니하였나? 그런데, 그런데? 문임은 울고 싶었다.

"원산 가면 내 편지하께요. 잘 있다 오께요."

한 것은 누군데? 원산을 떠나기 전날 문임이 은주를 찾아가서 약속한 말이다. 과연 문임은 두 번이나 편지와 그림엽서를 은주에게 보내었다.

잘 왔습니다. 원산에는 비가 와요. 바다에 물결이 대단히 높습니다. 생각 많은 가슴과 같아요.

이런 소리를 은주에게 써 보낸 것은 누군데?

설 선생이 여기 계셨으면 얼마나 좋을까? 바닷가에 사람이 수없이 많아도 광야에 혼자 있는 것과 같이 외롭습니다.

이것은 뉘 말인데?

그러나 편지 끝에는 문임 본명은 쓰지 아니하고 RM이라고 썼다. RM 이라고 썼으니깐 괜찮겠지, 이렇게 생각하지 아니하면 아니 될 문임이 되어버렸다.

그날 오전에 바람 일기 전에 해금강을 구경하고 돌아와서 혜련이 바닷가에 나간 틈에 문임은 김 장로와 단둘이서 혼인 준비할 이야기를 하고 있었다. 정이란 들이면 드는 것인가, 문임은 요새에 와서는 김 장로에게 대하여 일종의 애정을 느끼기까지 하였다. 늙은 애인의 지극한 은근이 젊은 문임을 움직인 것인가.

"나 그 집에선 살기 싫어요!"

문임이 이런 타박도 하였다.

그러나 문임은 김 장로의 제게 대한 사랑을 이용해서 은주에게 대한 속죄를 하리라는 생각이 났다.

"그런데 말야요. 은주 씨가 마음에 걸리는데."

하고 문임은 응석을 그치고 시치미를 땠다. 문임은 김 장로와 단둘이 있을 때에는 응석을 부릴 만큼 되었다. 문임은 그것이 김 장로를 포로를 만드는 가장 유력한 무기인 것을 벌써 발견한 것이었다.

"또 은주 소리야?"

하고 김 장로는 화를 냈다. 그는 은주 말이 문임의 입에서 나오면 질투를 느끼는 것이었다.

"그럼, 난, 은주 씨한테 시집갈 테야요."

하고 문임은 뾰로통한다.

"마음대로 해!"

하고 김 장로는 일어나서 창으로 바다를 바라보았다.

"제 말씀을 다 듣지 않으시고 그러세요?"

하고 문임은 뾰로통을 버리고 원망하는 무기를 보낸다.

"무슨 말야?"

하고 김 장로는 돌아와 앉는다.

"그만두세요."

하고 문임은 김 장로에게 등을 향하고 돌아앉아서 훌쩍훌쩍 운다.

김 장로는 뉘우치는 마음이 생긴다. 아직 이렇게 우락부락하게 다룰 때가 아님을 느낀다.

"문임이!"

하고 비는 음성을 발한다.

"문임이! 그래 은주를 어떡허란 말야?"

김 장로는 정치적 절충을 할 준비를 가졌다.

"내가 잘못했으니 어서 말을 해! 내가 또 무슨 말은 안 듣겠어? 문임이 해달라는 일이면 무엇이나 다 할 테야."

김 장로는 완전히 굴복하였다.

문임은 울던 끝에 웃음이 나왔다.

"문임이, 자, 이리 돌아앉아서 어서 말을 해. 내가 참 문임의 말도 다 아니 듣고 화를 냈어. 자, 내 다시는 안 그러게, 어서 말을 해요."

김 장로는 장래의 보장까지도 서약하지 아니하면 아니 되도록 궁상에 빠졌다. 문임의 마음이 만일 다른 데로 돌아선다면? 그것은 김 장로에게는 생명 관계의 큰일이었다.

"자, 어서, 그만 풀어요. 그리고 말을 하라니까."

하고 김 장로는 문임의 손을 잡아 돌려 앉혔다.

"그럼 제 말씀대로 하실 테야요?"

하고 문임은 풀 때가 된 것으로 보았다.

"암, 허구말구."

"그럼 혜련이허구 은주 씨허구 혼인을 시켜주세요. 그렇게 하실 테야요?"

김 장로는 눈을 감는다.

"거 보세요. 무얼 내 말대로 다 해주신다고."

문임은 입을 비쭉한다.

"그러기로 혼인이야 어떻게 그렇게……. 대관절 혜련이도 어린애가 아닌밖에 제 마음도 있을 테지, 안 그래?"

김 장로는 매우 대답하기 어려운 표정을 한다.

"그럼, 혜련이만 좋다면 허락하실 테야요?"

하고 문임은 이 기회를 놓치지 아니하고 언질을 받으려 든다.

"제가 원한다면 할 수 없지."

김 장로는 제 뜻에는 맞지 아니하나 이 경우에 이렇게 대답할 수밖에 없음을 느낀다.

"혜련이가 은주 씨를 사랑해요."

하고 문임은 힘을 주어서 단언한다. 그것은 금방 혜련의 입에서 들은 말이 있기 때문이었다.

"무어, 혜련이가 은주를?"

하고 김 장로는 놀란다.

"그럼요. 아까도, 식전에 말씀야요. 제가 혜련이 찾으러 안 나갔어요? 혜련이가 고개를 푹 수그리고 무슨 생각을 깊이 하고 있는 모양이길래, 무슨 생각을 하느냐고 물었더니 은주 씨 생각을 하노라고 그래요."

"아니, 은주가 청하는 것을 거절했다면서?"

"글쎄, 그랬는데요. 그것을 대단히 후회하는 모양 같아요. 은주 씨 말을 그렇게 거절해버린 것을 무척 미안하게 생각하는 모양 같아요. 분명 그렇습니다. 두고 생각해본즉 어디 그만한 남자가 있어요?"

은주를 칭찬하는 소리에 또 김 장로는 불쾌한 듯이 양미간을 찡기고 외면한다. 문임은 그 눈치를 알고 김 장로 눈에 안 띄리만큼 웃었다. 그리고 문임은 말을 이어서,

"그런데요, 혜련이가 은주 씨를 사랑하는 게 왜 확실한고 하니, 또 하나 증거가 있단 말씀이야요. 저어, 저어."

하고 문임은 약간 가슴이 설레는 것과 낯이 후끈거리는 것을 느끼며 잠깐 주저하다가,

268

"저어, 임준상 씨 안 있어요? 그 대학생."

하고 김 장로의 눈치를 본다.

"응, 있지. 그래?"

하고 김 장로는 무슨 말이 나오나 하는 호기심을 가지고 눈을 크게 뜨고 문임의 입을 바라본다.

"임준상 씨가 여간 혜련이헌테 마음이 있는 게 아니란 말씀야요. 언제든지 꼭 따라다니지요. 이번에도 따라오지 않았어요? 송도원서 동무들하고 캠핑하고 있다가 동무들도 다 버리고 따라오지 않았어요? 그런데 오늘 식전에도 온정리서 여기까지 왔단 말씀야요, 혜련이를 보러."

"준상이가? 식전에?"

"네에. 저리로 훨훨 가는 것을 보았는데. 혜련이 말이 만났노라고요."

"그럼 혜련이가 새벽마다 산보 나가는 것이 준상이를 만나러 나가는 것이야?"

하고 김 장로의 어성은 좀 높아진다. 아버지로의 분개를 느낀 것이다.

"아니! 말씀을 들으셔요. 그런 게 아니라, 혜련이가 새벽 산보를 나가는 습관이 있는 것을 알고 준상 씨가 따라다니는 게야요. 그런데도 혜련은 준상 씨 생각은 아니 하는 모양이야요. 예전에는 혹시나 그렇지나 아니한가 했는데, 오늘 아침 보니깐 딴판이거든요. 혜련이 말이, 준상 씨보고 딱 끊어서 말을 했노라고요."

"사랑할 수 없노라고?"

"네에."

"응, 그래서 준상이가 그렇게 우리를 따라다녔다? 내숭한 녀석 같으니."

하고 김 장로는 분한 듯이 입을 우물거린다.

문임은 준상을 내숭한 녀석이라고 모욕한 김 장로의 말에 분함을 느끼면서,

"그게 그렇게 내숭할 게 무업니까? 총각이 처녀를 따라다니기로니 당연한 일이지요. 아내 있는 늙은 사내가 계집애를 따라다니는 사람도 있는 세상에."

하고 샐쭉해진다. 문임은 말을 너무 지나치게 한 것을 뉘우친다. 그러나 김 장로는 제 마음대로 아무렇게 달래도 괜찮을 것같이 생각하고 문임은 속으로 좀 더 분개한 생각을 기른다.

김 장로는 입맛만 다시고 아무 말이 없다. 그러나 속으로 '인제는 나도 홀아빈데' 하는 생각으로 마음이 든든해진다. 이제는 청첩 박아 돌리고 예배당에서 내놓고 문임과 혼인 예식을 하더라도 세상 사람은 축하하는 말밖에는 아무 말도 할 수 없다고 생각한다.

"그도 그렇지."

하고 김 장로는 문임이 공격한 것이 제가 아님을 확신하는 듯이 대답했다. 동시에 은주가 혜련에게 사랑을 청한 것을 괘씸하게 생각한 것도 취소하지 아니하면 아니 될 논리적 결론에 다다랐다. 김 장로는 무슨 힘에게 압박되는 듯한, 그래서 제가 지금까지 가지고 있던 지위를 내어놓지 아니하면 아니 될 것 같음을 느꼈다. 문임의 생각과 말이 제 것보다 진리성이 많은 것 같았다.

그러나 동시에 혜련이 아버지인 제게로서부터 대단히 멀리 물러 나간 것 같았다. 어쩌면 그동안에 은주의 일과 준상의 일이 있으면서도 도무지 아버지인 제게는 일언반사도 없었을까. 그것이 퍽 섭섭하였다.

혜련이 어떻게나 사랑하던 딸인가. 전문학교에 들어간 때부터 혜련에게는 아버지가 가장 가까운 사람이었다. 무슨 말이나 다 아버지께 하였다. 그때에는 혜련의 마음속에 있는 생각은 다 아버지인 김 장로 자신의 것으로만 알았었다. 그러하던 혜련이 이제는 얼마나 멀어졌는가. 제 마음에 괴로움이 있더라도 말하려 아니 하는 아버지가 되었구나, 할 때에 김 장로는 슬프기까지도 하였다.

그러나 스스로 돌아보면 김 장로 자신도 혜련을 멀리한 셈이었다. 젊은 여자들에게 마음을 둠으로부터는, 더구나 문임에게 마음을 둠으로부터는 혜련에 대한 주의가 얼마쯤 떠진 것이 사실이었다. 원산에나 해금강에서나 혜련을 도리어 귀찮게 생각한 때조차 있지 아니하였나? 이렇게 생각할 때에 김 장로는 하늘이 무서운 것 같았다.

아비밖에는 기대는 데가 없던 딸 혜련이 마음에서 아비를 잃어버린 때에 얼마나 외롭고 쓸쓸하였을까. 슬슬 아버지 눈치를 보며 아무쪼록 제 몸을 비키는 혜련의 심사가 어떠하였을까. 이렇게 생각하면 김 장로는 미안한 생각을 금할 수가 없었다.

'늙은 내가 짝을 그리워하거든 젊은 제야 오죽하랴.'

김 장로는 이렇게 생각하여서 만일 혜련이 정말로 은주를 생각할진대 문임의 말대로 해주리라 하였다. 이것은 일변 혜련의 원을 푸는 것이요, 또 일변으로는 제게는 은인(겉으로는 은주의 아버지를 은인이라고 승인한 일이 없지마는, 속으로는 특별히 병이나 나서 마음이 푹 가라앉은 때에는 역시 은인이라고 생각하였다)의 아들인 은주에게도, 또 사랑하는 문임에게도 좋은 일을 하는 것이라고, 그야말로 일거삼득이라고 생각하였다.

"그래, 그럼 그러기로 해. 혜련이한테 물어보아서 저만 그러는 것이

원이라면 그래도 좋아."

하고 김 장로는 마침내 선언하였다.

이 문제로 김 장로와 문임 사이에 이야기가 오락가락할 때에 혜련이 바닷가에서 돌아왔다. 그러나 아버지 방문 앞에 문임의 신이 있는 것을 보고 혜련은 그 방으로는 아니 들어가고 저와 문임이 차지한 방으로 들어갔다. 혜련이 문을 여닫는 소리에 김 장로는,

"혜련이냐?"

하고 불렀다.

"예."

하고 혜련은 방에 선 채로 대답하였다.

'왜 부르실까?'

하고 혜련은 아랫입술을 빨면서 생각하였다. 혜련의 머릿속에는 강 선생의 그림자가 있었다.

혜련이 김 장로의 방에 들어오자 문임은 슬쩍 자리를 비켰다. 그리고 다른 데 가는 모양으로 발자국 소리를 내고는 옆방에 들어가서 부녀간에 하는 말을 엿들으려 하였다.

"너 요새에 무슨 걱정이 있는 게로구나?"

하고 김 장로가 입을 열었다.

"아니요."

혜련은 아버지를 바라보면서 대답하였다.

"바로 말을 해라. 너 왜 요새에는 나보고 아무 말이 없어?"

"무어 특별히 여쭐 말씀이 있어요?"

"그런 게 아니야. 무슨 걱정이 있거든 아버지보고 말을 하는 게지, 그

래서 쓰느냐. 어서 속에 있는 대로 내게 말을 해라. 들어보아서 페워줄 일이면 페워줄 것이란 말야. 내가 다 생각하는 바가 있어서 묻는 말이니 그이지 말고 똑바로 대답을 하란 말이다. 아비게 못 할 말이 어디 있어?"

"왜 그러세요, 아버지? 전 아모 일도 없는데."

김 장로는 물끄러미 혜련을 바라보고 있더니,

"너 혼인 생각하는 일 없니?"

하고 단도직입으로 들어간다.

"혼인이요? 전 그런 생각한 일 없어요."

하고 혜련은 놀라는 빛을 보인다. 실상 혜련은 아직 혼인을 생각해본 일이 없었다.

"없어? 그럴 리가 있나. 내가 다 아는 바가 있어서 그러는데."

"없습니다."

"그럼 네게 혼인을 청한 사람은 있었니?"

혜련은 고개를 숙이고 말이 없었다.

"은주가 너를 보고 무에라고 했다지?"

그래도 혜련은 말이 없었다.

"그래서 네가 거절했다는 말도 들었다. 그렇지만 지금은 네가 은주를 어떻게 생각하니?"

"아모렇게도 생각하지 않아요."

"좋은 사람이라고는 생각하니?"

"네."

"또 준상이도 널보고 무에라 하더라지?"

"아이, 아버지, 그런 말씀은 왜 물으세요?"

"그런 말을 왜 묻다니? 그런 일이 있고도 네가 나보고 말을 아니 한 게 잘못이지, 내가 네게 그런 말을 묻는 게 잘못이야?"

김 장로는 얼굴과 어성에 아버지의 위엄을 보인다.

"그렇기로 젊은 남자들이 여자를 보고 그런 말 하기도 예사지, 그런 것을 어떻게 일일이 아버지께 여쭙니까, 걱정되시게."

김 장로는 혜련의 말이 옳다고 생각하였다.

"아니, 그것을 내가 책망하는 것이 아니라 은주나 준상이나 다 상당한 자리니깐으로 만일 네 마음에 있다면 말을 하란 말야. 너도 인제는 혼인할 나이가 되었거든."

"저 혼인할 맘 없어요."

하고 혜련은 고개를 숙인다. 그리고 한 번 한숨을 쉰다. 혜련의 생각에는 저는 일생에 혼인 생활을 할 사람이 아닌 것 같았다. 저는 아마 강 선생을 혼자서 사모하면서 일생을 마칠 사람 같았다. 그것이 서러우면서도 그럴 수밖에 없는 것 같았다. 강 선생을 다시 만나기 전 같으면 은주에게도 가하고 준상에게도 가하였을는지 모르지마는, 인제는 이 세상 어떠한 남자와도 혼인할 생각이 날 것 같지 아니하였다.

"그게 무슨 소리야? 그럼 일생 혼자 늙는단 말이냐?"

하고 김 장로는 펄쩍 뛴다.

혜련은 대답이 없다. 또 한 번 한숨을 쉰다.

김 장로는 혜련의 마음이 이런가 저런가 짐작해보다가 문임의 요구 조건을 생각하고,

"그럴 것 없다. 너 은주허구 혼인해라. 은주는 내 친구의 아들일뿐더러 자식처럼 길러냈고 또 사람이 됐어. 처가속 밥은 안 굶길 게다. 공부

는 부족하지마는 그까진 공부했다는 놈들 신통치 않더라. 사람이 제일이지. 그래, 내 말대로 해라. 아비가 어련히 생각하겠느냐."

이렇게 말해놓고는 김 장로는 은주에게 종로 금은상회를 주어버릴까, 아깝기는 하나 이러한 생각도 해본다. 그러나 김 장로에게는 혜련은 대단히 소중한 딸이었다.

"어떠냐?"

하고 김 장로는 고개를 숙이고 앉았는 혜련에게 대답을 재촉하였다.

혜련은 문제가 이처럼 구체적으로 들어갈 줄은 몰랐다. 아버지가 저를 부를 때에 혜련은 아마 하도 오래 딸을 잊어버리고 있던 아버지가 좀 겸연쩍어서 무슨 말을 하려는 것인가 하였다. 원산 온 이후로 실상 김 장로는 문임과 이야기할 기회만 찾고, 혜련은 거의 모른 체하였다. 여편네한테 반하면 자식까지도 잊어버리나 보다고까지 혜련은 생각하였던 것이다.

그랬던 것이 은주와의 혼인 문제에 상당히 구체적으로 생각을 품은 것을 보고 혜련은 그래도 자식을 생각하는 아버지의 정이 고마웠다. 그 고마운 것 생각해서는 당장에,

"네, 아버지 뜻대로 하세요."

하고 싶었으나, 또 은주만 한 남편이 쉽지 아니할 것과, 아마 은주 같은 이하고 혼인해서 평범하게 아들 낳고 딸 낳고 살아가는 것이 평탄한 길도 같으나, 그래도 혜련은 손 아니 닿는 하늘의 별을 그리워하는 생각을 버리기가 어려웠다.

"아버지, 저는 아직 혼인 문제는 생각지 아니합니다. 아직 그럴 생각이 없어요. 공부나 더 하겠어요. 학교도 아직 일 년이나 남았는데. 그리

고 학교 졸업하고도 더 공부나 하고 싶어요."

그러나 혜련의 이 말은 다 거짓말이었다. 혜련은 공부에 그렇게 애착을 가진 사람은 아니었다. 도리어 그 공부라는 게 도무지 실차지 아니하고 또 공부를 한댔자 별로 신통한 것이 있을 것 같지 아니하였다. 공부로이 시원치 아니한 인생이 좋아질 것 같지 아니하였다. 인생이 더 좋아지는 공부가 있다고 하면 혜련은 그 공부를 하고 싶었다.

실상 혜련은 문학이란 것도, 음악이란 것도, 역사란 것도 도무지 마음에 차지 아니하였다. 문학을 읽을 때에 재미가 없는 것이 아니지마는 그것뿐이 아니냐. 음악을 들을 때에 일종의 기쁨이 생기는 것이 사실이지마는 그것뿐이 아니냐. 그러나 그것들은 도저히 혜련의 속 깊은 슬픔을 위로하거나, 가장 목마른 요구를 만족할 수는 없었다. 하물며 그까짓 것을 하느라고 인생을 바칠 생각은 없었다.

왜 그런고 하니, 공부가 만일 인생에 좋은 것이라 하면 그 학문의 전문가라는 선생들은 무어 특별히 좋은 것을 가졌어야 할 것이 아니냐. 그러나 선생들도 다른 사람들과 꼭 같은 동물인 것만 같았다. 만일 문학이나 음악이나 그림이나 그런 것들이 과연 사람의 마음을 깨끗이 하고 편안히 하고 높게 하고 깊게 하는 것이라 하면, 그 문학을 짓는 사람들, 그 음악을 하는 사람들에게 특별히 높고 깊고 깨끗하고 편안한 마음이 있어야 옳을 것 아니냐. 그러나 어디 그런 사람이 있더냐. 모두들 욕심 있고, 시기 있고, 거짓되고, 간사하고, 게다가 젠체해서 교만하고⋯⋯ 어느 구석이 다른 사람보다 더 좋은 점이 있더냐.

혜련은 누구를 사모하고 싶은 열정을 가지고 있다. 그리고 이 사모의 열정을 쏟을 자리를 두루 찾았다. 여학교 시대에는 강 선생에게서, 집에서는 아버지에게서 그것을 발견하였으나, 그것이 환멸을 당한 뒤에는 어느 선생에게서도 그것을 찾을 수가 없었다. 그러기 때문에 혜련은 항상 무척 외로웠다. 누구를 사모할 사람이 없으며, 누구를 배울 사람이 없었다.

혜련은 좋다는 책도 읽어보았다. 그러나 혜련에게 감격을 주는 책은 드물었고, 그 감격이라야 혜련의 혼을 밑동부터 흔들어줄 만한 것은 없었다. 적은 감격, 얕은 감격을 얻은 얼마 뒤에는 더욱 아쉽고 허전한 생각이 있었다. 학교 선생들이 교실에서 누구의 작품은 불후의 걸작이요 어쩌고 하는 소리를 들으면 그 선생의 입이 쳐다보였다. 정말 저렇게 믿어서 저러나 해졌다.

혜련은 사람 중에는 예수, 책 중에는 신약전서를 사모하였다. 그러나 성경을 가르치는 이들이 예수를 사람이 아니라 하고, 또 성경에 쓰인 말 중에도 처녀가 아이를 낳았다든지, 예수께서 구름을 타시고 하늘로 올라가셨다든지, 또 나팔을 들리고 하늘에서 내려오신다든지 하는 것을 중대하게 말하고, 그것을 믿으라고 강잉할 때에는 혜련은 슬퍼졌다. 모처럼 사랑하는 사람 예수를 빼앗기는 것 같았다.

가장 깨끗한 어른, 가장 사랑이 많으신 어른, 가장 진리를 따라서 일생을 사시다가 진리를 배반치 아니하려고 십자가에 못 박혀 피를 흘리신 어른, 짓고생을 하시다가 불쌍하게, 그러나 진리와 사랑의 승리에서 영광스럽게 돌아가신 어른, 그리고 그 시체는 우리네의 시체와 다름없이 썩어버리신 어른, 혜련에게는 이것으로만 사모하는 큰 선생님, 인류의 구주로 받들기에 족하였다.

그 어른이 처녀의 몸에서 아니 나셨기로, 몇천 년 전부터 선지자의 입을 빌려서 그 어른의 탄생을 예언하지 아니하였기로, 그 어른의 시체가 손에 못 자국이 있는 채로 무덤에서 일어나 나오시지 아니하였기로, 그 어른이 수증기를 타시고 허공으로 올라가서 하나님의 우편에 앉으시지 아니하셨기로, 그 어른의 이름으로 빌면 병도 낫고 생나무도 마르고 아니 하기로, 그 어른이 인생에게 사랑의 생활, 진리의 생활을 가르치신 선생님 되기에 무엇이 부족함이 있나? 아마도 어리석은 무리들이 다만 사랑이라, 진리라 하는 것만으로 고마운 줄을 몰라서 예수께서 탄생하신 바와 같이 '이적을 구하는 것'이 아닐까, 요술적인 징험을 구하는 것이 아닐까, 혜련은 이렇게 생각한다.

"도무지 이 더러운 세상이 예수도 마음대로 못 믿게 해."

하고 혜련이 언젠가 동무들 있는 데서 한탄할 때에 동무들은 웃어버리고 말았다. 혜련은 동무들이 제 깊은 정곡에서 나오는 한탄을 못 알아주는 동무들을 원망스럽게 치어다볼 뿐이었다.

혜련은 일찍 그 아버지에게 신앙에 관한 것을 물은 일이 있었다.

"아버지 사도신경 믿으시우?"

하고 혜련이 물을 때에 김 장로는 한참이나 혜련을 물끄러미 보더니,

"다들 믿는다고 안 하던?"

하길래 더 묻지 아니하였다. 혜련이 보기에 아버지는 예수 교리 믿는 데는 별로 관심이 없는 듯하였다. 주일날마다 예배당에 가고, 일 년에 얼마든 자급을 내고, 그리고 장로 되고, 그랬으면 자기는 할 일 다 한 것같이 생각하는 것 같았다.

문임은 예배당에는 다니지마는, 평소에는 성경을 보거나 기도하는 모양도 아니 보이고 밥상도 혜련과 마주 대할 때에만 잠깐 눈을 감고 고개

를 숙이는 것 같았다. 학교 동창들도 대개 그 모양인 것 같아서 혹시 가다가 열심으로 기도를 하거나 성경을 보는 애가 있으면 되려 놀려먹었다. 그 대신 연극이나 음악회 같은 것이 있을 때에는, 제가 무대에 나설 때에는 무론이요 다만 구경을 갈 때에도 여간 야단이 아니었다. 문학 선생이 소개하는 소설책 같은 것은 무슨 보물이나 얻은 듯이 탐독하면서도 성경책이라면 골머리가 아파지는 모양이었다. 이런 것이 다 혜련에게는 알 수 없는 일이었다. 남들이 가치를 전도했거나, 혜련이 제가 그리하거나 어느 한편이 가치판단의 표준을 거꾸로 뒤집어놓은 것은 사실이었다. 그래서 혜련은 다른 동무들에게 끌려가지 아니하고 저 독특한 양심과 태도를 유지하고 있었다. 연극도 싫고 음악회에 나가는 것도 싫었다. 스포츠도 싫었다. 뛰며 떠드는 것이 혜련의 눈에는 천착스럽게만 보였다.

혜련의 이러한 태도가 혜련을 다른 동무들 중에서 비타협적인 고립자를 만들었다. 그래도 혜련은 그것을 영예의 고립이라고 생각하였다. 저를 낮추기까지 다른 애들의 수준에 떨어지기는 싫었다. 혜련은 도고한 계집애라고 생각하였다.

혜련은 설사 혼인 문제까지도 인생의 모독인 것같이 생각되었다. 젊은 내외가 어린애를 데리고 가는 모양, 그것은 인생의 아름다운 그림이라 하지마는 혜련에게는 그것이 아주 동물적이어서 불쾌하게 보였다. 육체를 목표로 하는 결합이라는 것은 생각만 해도 혜련에게는 짐승 냄새가 코를 찌르는 것 같았다. 적어도 나만은 그런 일을 아니 하리라고 혜련은 여러 번 여러 번 생각하였다. 혜련이 생각하는 깨끗한 세상은 첫째로 남녀의 음욕이 없는 세상이었다. 이것은 혜련이 근년에 그 아버지와 박 선생, 기타 누구누구 하는 이들이 음욕으로 타락하는 것을 보고 들은 반감일까.

그러면서도 혜련에게는 누군지 모르게 그리워하는 생각이 있었다. 강 선생은 그리워하지 아니하는가. 은주도 미운 사람은 아니었다. 준상에게 대해서도 호감을 회복할 수가 있었다. 그러나 그 사람들은 다 혜련의 생각을 알아줄 것 같지 아니하였다.

아내가 되고 어머니가 되는 것이 혜련에게는 그리 좋은 일 같지 아니하였다. 혜련의 동무 중에도 벌써 아내가 된 이도 있고 어머니가 된 이도 있지마는, 하나도 행복된 사람이 있는 것 같지 아니하였다. 다들 남편을 원망하고, 심하면 미워하는 사람까지도 있었다. 보기 싫은 마음의 갈등과 내외 싸움도 있는 모양이었다. 멀리 볼 것 없이 그 어머니의 일생이 혜련에게는 씻을 수 없는 아픈 기억을 주었다. 그의 아내로의 일생, 어머니로의 일생, 그것은 지옥의 일생이 아니냐. 나라고 그렇게 되지 말라는 법 있는가, 혜련은 이렇게 생각한다.

동무들의 말을 듣건댄, 혼인하기까지에는 남자들은 사랑하는 여자의 충성된 신하가 되어서 무엇이나 여자가 원하는 대로 다 하기로 맹세를 한다고 한다. 그러나 한번 혼인을 해놓으면 남자들은 바로 혼인한 이튿날부터도 그 폭군의 본색을 탄로해서 혼인 전의 서약은 모조리 발로 비벼버린다고 한다. 그러고는 무엇이나 제 마음대로 할 뿐 아니라 아내가 하지 말라는 것이면 심사로 더 한다고까지 한다. 첫애가 나기 전에 벌써 다른 여자를 눈 걸어보는 일까지 한다고 한다. 그래서 보채는 어린애를 안고는 늦도록 안 들어오는 남편을 기다리고 울고 앉았는 것이 젊은 아내의 그림이라고 한다.

"이건 무에야? 찔금찔금 울기나 하고. 보기 싫어. 그리려거든 네 집으로 가!"

하고 호령을 하게 된다고 한다. 그러다가 무슨 생각이 나면,

"노야지 말어, 내 사랑하는 아내."

이러한 소리로 달래고, 그러고는 또 끔찍이 사랑이나 있는 듯이 귀찮으리만큼 추근추근하게 군다고 한다. 그러나 그는 곧 잠이 들어버린다. 남편의 참뜻을 알고 싶어서 요모조모로 생각하느라고 잠을 못 이루는 것은 젊은 아내뿐이라고 한다.

'아무러면 헐 수 있어? 그럭저럭 살아가는 게지.'

하고 젊은 아내들은 그가 남자보다도 다분으로 타고난 단념을 가지고 일종의 자포자기로 살아간다고 한다.

동무들의 이러한 말들은 혜련의 귀에 다 진리로 들렸다. 혜련이 집에서 그 어머니 아버지며, 오빠 올케의 사는 양을 보고 얻은 결론과 일치하기 때문이다.

이러한 모든 지식이 혜련으로 하여금 아직 가져보지도 못한 가정에 대해서 지긋지긋한 생각을 가지게 하였다.

그러나 혜련이 혼인을 싫어하는 데는 또 한 가지 이유가 있었다. 그것은 혜련의 성격에서 오는 것이기 때문에 더욱 근거가 깊었다.

혜련은 대체 남녀의 성적 결합이라는 것이 싫었다. 그것이 몹시 짐승스럽고 추한 것 같았다. 그것이 아니고는 인류가 번식 못 한다는 인류의 운명을 혜련은 슬퍼할 정도였다.

"예수도 독신 아니셔? 마리아도 독신 아니셔? 베드로도 바울도 사도들은 다 독신 아니야? 바울 사도도 장가 안 든 자는 들지 말고 시집 안 간 자는 가지 말라고 안 하셨어?"

하고 문임을 향하여 독신론을 주장한 일이 있었다.

"남편 되고 아내 되어서 아들 낳고 딸 낳고 살게 마련하신 것은 하나님 아냐?"

하고 문임은 혜련의 독신론에 반대하였다.

"그래두 난 시집 안 가!"

하고 혜련이 선언할 때에 문임은,

"어디 두구 볼까?"

하고 웃어버렸다.

'혼자서 깨끗하게 깨끗하게 살자.'

혜련은 이렇게 속으로 생각하였다.

이성을 그리워는 하면서도 아내 되기, 어머니 되기를 싫어하는 마음, 이것이 혜련의 성격이었다.

김 장로가 조르는 판에 혜련은,

"더 생각해보겠어요."

로 그 자리를 벗어났다.

그로부터 이틀 후 김 장로 일행은 비로봉 휘테에서 잤다.

혜련은 비로봉의 달빛이 퍽 좋았다. 음력 칠월 보름이 며칠 지난 달! 달빛에 고요한 산들, 희끗희끗한 봇나무 몸뚱이들. 거뭇거뭇한 바위들의 숭구린 그림자. 빛나는 등성이, 어두운 골짜기. 영랑봉, 비로봉 마루터 기에 닿은 깊고 깊은 하늘. 드문드문 번쩍이는 별들.

혜련은 달빛 속으로, 그 고요한 산마루터기로 어디까지나 언제까지나 헤매고 싶었다. 그러나 그곳은 볼 수는 있어도 갈 수는 없는 거룩한 곳인 것 같았다.

차차 식어오는 밤공기. 바람은 없으면서도 금시에 서리가 칠 듯한 찬 공기의 촉각. 혜련은 한 번 몸을 떨었다. 그 달빛이, 맑고 찬 공기의 촉각이 몸속으로 배어 들어오는 것 같았다. 졸리는 듯한 생각이 나리만큼 혜련의 맘은 고요해졌다. 청정한 경계.

그러나 다음 순간에 혜련의 마음에는 물결이 움직이기 시작하였다. 이 천지간에 혼자 오뚝 서 있는 듯한 외로운 생각. 혜련은 하나님을 불러서 기도를 올리려 해보았다. 그러나 한없이 멀어가는 하나님. 가슴속은 점점 뜨거워지고 설레기를 시작하였다. 형언할 수 없는 괴로움이 가슴을 눌러서 숨쉬기가 어려운 것 같았다.

혜련은 가까이 있는 봇나무 가지에 팔을 걸고 몸을 기대었다. 마치 쓰러지려는 몸을 의탁하듯이.

분 바른 듯이 흰 봇나무의 몸은 기름을 바른 듯이 매끈매끈하고 젊은 여인의 살과 같이 보드라웠다. 그러나 찼다. 싸늘한 그 촉각.

'자연은 싸늘하다!'

혜련은 이렇게 느꼈다.

'하나님도 싸늘하시다.'

혜련은 계속해서 이렇게 느꼈다.

'따뜻한 것을, 따뜻한 것을.'

하고 혜련은 안간힘을 썼다.

"혜련 씨!"

하는 소리에 놀라서 고개를 돌렸을 때에는 혜련은 모자를 벗어 들고 이마에 땀을 씻고 섰는 준상을 보았다. 그는 류색을 지고 있었다.

"웬일이세요? 장안사로 바로 가신다더니."

하고 혜련은 참으로 놀랐다.

"온정리까지 갔다가 도로 따라왔지요. 이 아래 용마소에 들르니까 안 계시길래 아마 휘테에 계실 줄 알고 따라왔지요. 아이 더워! 용마소에서 십 리 길을 달음박질로 왔더니 땀이 납니다. 휘유! 그래 와서 방을 하나 달라고 했더니 방이 없대요. 그러다가 창으로 바라보니까 혜련 씨가 여기 계신 것 같길래 왔지요."

하고 준상은 수건으로 이마와 몸의 땀을 씻는다.

"그럼 어떡허서요? 어디서 주무서요?"

혜련은 진정으로 걱정하였다. 이렇게까지 저를 사랑해서 따라온 준상의 심정이 한없이 가엾고도 고마웠다. 혜련은 마치 몹시 앓는 어린 동생을 대할 때와 같은 측은에 가까운 감정을 느꼈다. 혜련의 눈은 준상에게서 떠나지 못하였다.

"무어요, 잘 데 없으면 용마소로 도로 내려가지요."

하고 달에 비추인 경치를 한번 돌아보면서,

"참 좋은 경치야요. 그 속에 혜련 씨가 봇나무 가지에 기대어서신 것, 더할 수 없는 데생이야요. 지금 그 포우즈를 사진을 박았으면 좋겠는데, 사진은 안 되겠고, 잠깐만 아까 모양으로, 팔을 그 봇나무 가지에 거시고 아까 모양으로 하고 계서주서요. 스케치를 하게."

준상은 류색을 내려서 스케치 제구를 뒤지면서 혼잣말 모양으로,

"이거 다 어딜 갔어? 그림을 잘 그릴 줄을 모르지만 제 감격과 정성이 의외에 그 순간을 꼭 붙들 수가 있을는지 몰라요. 이게 어디…… 오, 여기 있다. 자, 아까 포우즈대로 팔을 이렇게 거시고……."

준상은 스케치북과 연필을 들고 선다.

혜련은 잠깐 주저하다가 준상이 하라는 대로 하였다. 도저히 이 경우에 준상의 청구를 거절할 수는 없었다.

'나는 저이의 사랑을 못 갚아드리는 것이 슬프다.'

혜련은 아까 모양으로 봇나무 가지에 한 팔을 걸고 한편 어깨와 옆구리를 봇나무에 기대고 고개를 약간 들어서 달빛 받은 비로봉 쪽을 바라보는 자세를 취하였다.

혜련은 가끔 자기가 준상의 스케치 대상이 된 것을 잊어버리도록 여러 가지 생각에 잠겼다. 이따금,

"고개를 돌리지 마세요."

하는 준상의 말에 제가 지금 그려지고 있는 것을 깨달았다.

준상의 스케치 종이 위에 연필 달리는 소리가 싸악싸악 하였다.

바람이 불기 시작하였다. 흰 구름장들이 산골짜기에서 일어서 산을 넘기 시작하였다. 실로 순식간의 변화였다. 구름장이 달을 가리면서 지나갔다. 일종 음산한 공기가 돌았다. 혜련은 피가 어는 듯하고 머리카락이 쭈뼛거림을 깨달았다. 더 참을 수 없는 것 같았다. 더구나 달이 구름에 가리었다 나왔다 할 때마다 천지가 어두웠다 밝았다 하고, 바람결이 휙휙 지나가는 것이 혜련의 마음으로는 당할 수 없으리만큼 군세고 무서운 풍경이었다.

"추워요. 전 그만 들어가겠어요."

하고 혜련은 봇나무에서 물러 나왔다.

하늘과 산마루터기로 달리는 구름은 더욱 빨랐다. 졸던 봇나무들이 고개를 흔들기 시작하였다. 굵은 빗방울이 뚝뚝 떨어졌다.

혜련은 몸을 떨면서 준상에게 인사를 하고 집으로 향하여 걸었다.

준상은 스케치하던 것을 손에 든 채로 류색도 손에 든 채로 혜련의 뒤를 따랐다. 혜련이 문에 들어가기 전에 잠깐 발을 멈추고,

"인제 어디로 가세요?"

하고 준상을 위하여 근심하였다.

성긋성긋한 굵은 빗방울이 휘테의 양철 지붕을 두들기는 소리가 마치 말 달리는 소리와 같았다.

"제 걱정은 마셔요. 잘 데 없으면 용마소로 가지요. 이 집 헛간에서라도 자든지. 추우신데 어서 들어가셔요."

하면서 준상은 류색을 처마 밑에 내어던졌다.

준상이 어디서 자는가, 하는 것이 마음에 걸리면서 혜련은 잠이 들었다. 혜련은 준상이 서반아 그림에 있는 것 모양으로 제 창밖에 와서 무릎을 꿇고,

"혜련 씨, 혜련 씨."

하고 부르는 꿈을 꾸었다. 혜련은 꿈을 깨어서 창밖을 바라보았다. 져가는 달빛에 산 그림자들이 분명하게 누워 있는 것이 보였다. 하늘에는 구름이 없고 별들이 빛났다.

'그이가 어디서 밤을 지냈을까? 용마소로 갔나?'

하고 혜련은 회중전등을 켜서 시계를 보았다. 네 시 반. 문임은 세상모르고 자고 있었다.

'비로봉 해 뜨는 구경을 해야.'

하고 스웨터에 외투까지 받쳐 입고 조그마한 성경책 하나를 들고 단장을 들고 살며시 집에서 나왔다. 주인집 세퍼드가 인기척을 듣고 몇 마디 짖다가 그쳤다.

혜련은 수학여행 왔을 때에 한번 걸어본 기억을 더듬어서 비로봉을 향하고 침침한 길을 걸어 올라갔다. 길가에 우뚝우뚝 선 늙은 젓나무가 가끔 무서운 자이언트 모양으로 보였다. 산머리에 비낀 달빛에 봇나무들의 굽은 몸이 창백하게 번뜩거렸다.

바람은 없고 춥기만 하였다. 혜련은 제 발자국 소리를 무섭게도 슬프게도 들으면서 길이 끄는 대로 올라갔다. 무시무시한 감정에 정신을 통일하기가 어려웠다. 더구나 좌우 쪽이 다 허공인 말 잔등 같은 데를 층계를 밟고 올라갈 때에는 팔다리가 와들와들 떨리도록 무서웠다. 혜련은 속으로 하나님을 부르면서 마음을 진정하려고 하였다.

배바위에 다다른 때에는 혜련의 가슴에서 무서운 마음이 스러지고 말았다. 혜련은 해발 육천 척 비로봉 머리에 섰다. 여기는 아직도 달이 있었다. 달은 영랑봉에 올라앉은 것처럼 동쪽을 바라보고 있었다.

동해 바다는 구름에 덮인 모양이었고, 신계사 골짜구니는 암흑 그 물건이었다. 구름이 있는지 없는지도 알 수 없게 칠통같이 어두웠다. 일출봉, 월출봉 들이 머리만을 달빛 속에 내어놓고 있었다. 미륵봉, 백마봉 쪽은 꿈속같이 있는 둥 마는 둥 하였다.

안개라고 할까, 가루 구름이라고 할까, 회색 기운이 동풍에 불려서 휙휙 지나갔다. 문득 영랑봉에 올라앉았던 달이 꺼졌다. 구름에 가리어졌는가, 아주 져버리고 말았는가, 캄캄해졌다. 일출봉 쪽에 샛별만이 혼자서 푸른빛을 뿜고 있었다. 그것조차 가끔 구름 속에 들었다.

일순간, 실로 일순간에 천지는 흑암 세계가 되고 말았다. 회색 구름이 혜련의 몸을 가리어서 지척을 분별할 수가 없었다. 바로 눈앞에 있는 배바위조차 안 보이는 때가 있었다.

혜련은 무서워졌다. 마치 죽음의 그늘 속에 혼자 있는 것 같았다. 빛은 죽었다. 찬바람과 어두운 안개뿐이었다. 혜련은 마음속까지 어두워지는 것 같았다. 혜련은,

하늘 가는 밝은 길이
내 앞에 있으니
슬픈 일을 많이 보고
큰 고생 하여도
하늘 영광 밝음이
어둔 그늘 헤치니
예수 공로 의지하여
항상 빛을 보도다.

하는 찬미를 불러서 마음을 진정하려 하였다. 하나님의 영광이 어두운 이 그늘을 헤쳐주소서 하고 빌었다.

"천지간 오뚝 나 혼자."

혜련은 이렇게 중얼거렸다.

그러나 혜련의 눈앞에는 빛이 나타나지 아니하였다. 구름과 안개만 더욱더욱 많아졌다.

바람이 바위에 부딪쳐 웅 웅 하는 소리를 내었다.

혜련의 뺨을 스치고 지나가는 선들선들한 구름. 숨이 막힐 듯한 어두움. 차라리 밤중 모양으로 캄캄했으면 하였다. 그 허여멀겋게 빛이 있는 듯하고도 안 보이는 어두움은 혜련을 더욱 괴롭게 하였다.

이따금 구름이 갈라지며 몇백 척인지 몇천 척인지 모를 깊다란 구멍이 뚫릴 때에는 더욱 무시무시하였다.

'앞길이 막막한 내 인생.'

하고 혜련은 한숨을 지었다.

'무엇을 바라고, 무엇에 마음을 붙이고 살아갈 것인고?'

혜련의 마음에는 아무 욕망이 없었다. 모두 시들하였다. 사는 것도 시들하고, 그렇다고 죽는 것이 싫지도 아니하였다. 혜련의 눈에 뜨이는 것은 모두 김빠진 것뿐이었다. 금시에 다 부서져버려도 아쉬울 것이 없었다.

혜련은 배바위에 몸을 던졌다. 바위는 식은땀을 흘리는 임종하는 사람의 몸 모양으로 축축하고 선뜩하였다.

이때에 바위에 부딪치는 지팡이 소리. 그리고,

"여기가 배바월 텐데, 원 지척을 볼 수가 없으니까. 어디서 노랫소리가 났는데. 하늘 영광 밝음이 어둔 그늘 헤치니, 하는 소리가 났는데. 이 새벽에 누가 나보다도 먼저 이 비로봉 꼭대기에를 올라와서 노래를 불렀담? 그 여자가 혜련이나 아닌가?"

이렇게 중얼거리는 소리가 혜련의 귀에 들렸다. 그것은 낯익은 음성! 그것은 분명 강 선생의 음성!

혜련은 그래도 의심이 나서 몸을 바위 그늘에 숨기고 가만히 귀를 기울였다.

강 선생은 배바위에 올라서서 사방을 둘러보고,

"오, 이게 배바위로군. 옳지, 분명 배바위야. 동해의 선인들이 이 바위를 바라보고서 방향을 정한다는 바위다. 나도 인생에 방향을 잃은 사람. 어, 참 운무도 심하다.

햇빛조차 뚫지 못한다는

운무의 어두움은

내 마음에 걷힐 줄 모르는

번뇌와도 같아라.

　자작지얼이다. 내가 무엇 하러 거길 가? 곧잘 가라앉혔던 마음을 무엇
하러 다시 흔들어놓아? 그래, 혜련이를 다시 한번 보랴는 마음이 모든
번뇌의 근원이란 말야. 애초에 조선에를 무엇 하러 와? 안 보리라 결심
은 하면서도 그래도 발이 조선으로 끌려서. 서울도 그냥 지나오던 마음
이 무엇 하러 원산에를 가? 아모리 하여도 죽여버리지 아니하면 아니 될
사랑을.”
하고 강 선생은 자기가 지은 시 한 구절을 읊는다.

　아브라함이 이삭을 죽이듯이

나는 내 사랑을 죽였노라.

이삭은 다시 살아났더라마는

·영영 죽어버린 내 사랑이여!

아아, 내 손에 들린

피 묻은 칼이여!

　그러고는 강 선생은 잠깐 고개를 숙였다가,

　“이 아픔! 그것은 칼로 끊어버린 자국의 아픔이다. 마치 다리를 잘라
버린 사람이 얼마 동안은 아직도 그 다리가 남아 있는 것같이 감각하는

모양으로 나도 칼로 잘라버린 혜련의 자리를 잃는 것이다. 인제 낫겠지. 모든 것은 무상이니까 인제 낫겠지."

하고는 낭독하는 조로,

　　있는 것은 다 스러질지어다.

　　산 것은 죽을지어다.

　　우주와 함께 이 마음이 허공이 될지어다.

하고 나서는,

　"언제 걷힐지도 모르는 이 운무. 걷히랴면 경각에 걷히는 수도 있지만. 인제는 해가 떴을 텐데. 가자. 유점사로 갈까, 마하연으로 갈까? 아아, 송화강이 그리웁다. 소리 없이 흘러가는 송화강의 흐린 물, 끝없는 벌판, 풀. 장안사로 가자. 도로 온정리로 갈까? 그래도 안 돌아서는 발길. 무엇에 끌려서 뱅뱅 도는 것처럼 이래서 될 수 있나? 가자."

하고 배바위에서 뛰어내린다.

　이러는 동안에 혜련은 마치 몸이 바위에 붙어버린 듯이 꼼짝 아니 하고 강 선생의 말을 듣고 있었다. 호흡과 순환이 다 그친 사람 모양으로.

　"선생님!"

하고 혜련은 뛰어나왔다.

　"아, 혜련이!"

　강은 눈을 크게 떴다.

　"선생님!"

　혜련의 가슴은 새가슴 모양으로 발랑거렸다.

"어떻게 여기 왔어, 밝기도 전에?"

"혹시나 선생님을 뵈올까 하고, 그도 못 하면 해 뜨는 것이라도 볼까 하고 새벽에 나섰어요."

"그래, 여태껏 어디 있었어?"

"이 바위 밑에. 선생님이 오시는 것을 이 바위 밑에 숨어 있었어요."

"여기? 그럼 내가 중얼거리는 말을 다 들었겠네?"

"네."

하고 혜련은 고개를 끄덕끄덕한다.

"다 들었어?"

하고 강은 죄지은 사람 모양으로 고개를 숙인다. 그리고 한참이나 잠잠하다.

"선생님!"

혜련이 한 걸음 강에게로 가까이 온다.

"응?"

강은 가까스로 고개를 든다. 강은 혜련이 해라 할 어린 생도가 아니요 평등의 한 사람인 것을 느꼈다.

"선생님, 저는 선생님이 혼자 하시는 말씀을 다 들었어요. 그리고 기뻤어요. 가슴이 터지도록 기뻤어요."

혜련은 고개를 숙인다.

강은 말이 없다. 그러나 강의 가슴은 열칠팔 세의 소녀의 가슴 모양으로 설레었다. 그것은 실로 견디기 어려운 혼란이었다. 사 년간 누르고 눌렀던 감정이 일시에 폭발되는 것이었다.

"혜련, 혜련."

하는 강의 말은 떨렸다. 강은 더 말이 나오지 아니하였다.

"선생님."

하는 것이 혜련의 대답이었다.

누가 먼저 누구를 안았는지 모르게 두 사람은 서로 안겼다.

일 분, 이 분, 삼 분, 사 분, 오 분. 시간은 바람에 몰리는 구름과 함께 흘러갔다. 그동안에 시간이 얼마나 흘렀는지 두 사람은 모른다.

"선생님."

하고 혜련이 강의 가슴에서 고개를 치어들 때에는 그 두 눈에서는 눈물이 쏼쏼 흘렀다.

"혜련!"

하고 강은 혜련을 안았던 팔을 놓았다.

"선생님, 저는 선생님을 따라가요. 송화강 가로 선생님을 따라가요. 저는 이 세상이 싫어요. 선생님 안 계신 세상은 어디든지 싫어요. 저는 선생님을 따라가요. 네, 네?"

강은 말없이 고개를 여러 번 흔들었다. 흔들다가 쉬었다가는 또 흔들었다. 그것은 흔들리려는 뜻을 다시 일으켜 세우려 함이었다.

"왜 안 됩니까? 제가 선생님을 따라가면 왜 안 됩니까? 저는 선생님 곁에 있어야만 할 텐데."

혜련의 말은 울음에 섞였다.

"혜련이, 사람을 사랑하지 말어. 사람은 변하는 것이어든. 죽는 것이어든. 못 믿을 것이어든. 혜련은 사람을 사랑할 사람이 아니야. 사람보다 높은 이를 사랑하고 사람을 불쌍히 여길 사람이란 말야. 변하는 것, 죽는 것을 사랑하다가는 반드시 슬픔과 괴로움을 당하는 것 아닌가. 내 마음 같아서는…… 내 지금 마음 같아서는……. 그런 말 할 필요 없지."

"어서 말씀하셔요. 무슨 말씀이나 하시랴던 말씀을 다 하셔요. 저는 그 말씀이 듣고 싶어요. 아마 이렇게 말씀 듣자올 기회도 있지 아니할 것 같으니 어서 지금 하시려던 말씀을 해주셔요."

강은 한참이나 주저하다가 혼잣말 모양으로,

"그런 말을 말라는 나도 있는데, 또 한편에는 그런 말을 하고 싶은 나도 있으니, 이를 어찌하나. 말라는 편이 옳은 편인 줄도 잘 알지마는……."

하고 합장하고 눈을 감는다.

혜련은 강의 합장한 손에 매어달리며,

"선생님, 저는 선생님의 뜻을 잘은 몰라도 조금은 아는 것 같아요. 선생님은 사람보다 높은 이가 되랴고 애를 쓰시고 계십니다. 그러나 선생님, 이 자리에서는 잠시 하늘에서 내려오셔서 사람이 되어주셔요. 제 손은 하늘에는 닿지 아니합니다. 이 땅에 발을 붙이고 잠깐만 사람대로 계셔주셔요. 그리고 제게 하고 싶으시다는 말씀을 해주셔요. 저는 그 말씀을 듣기 위하야 지금까지 살아 있었습니다. 선생님, 네, 그 말씀을 숨기지 마시고 다 해주셔요. 그 말씀이 제게 아무 채찍이 되어도 좋습니다. 그 채찍에 맞아서 제 몸이 피투성이가 되어도 좋습니다. 저는 그 말씀에 주렸습니다. 그 말씀에 목말랐습니다. 어서 그 말씀을 들려주셔요, 네?"

하고 강의 두 어깨에 손을 얹었다.

"음, 말하마. 하나님이 말라고 하시는 말씀이지마는 말하마. 그것은 다른 말이 아니야. 나는 혜련을 떠난 뒤로, 아니 내가 조선을 떠난 것도 혜련이가 무서워서 떠난 것이지만, 조선을 떠나서 혜련을 잊으랴고 무

슨 일은 아니 해보았겠나. 술을 먹어서 잊으려고도 했으나 술이 취하면
취할수록 더 그립고, 예수의 이름으로 하나님께 기도를 드림으로 잊으
려 하였으나 기도의 말씀이 모두 혜련뿐이었고, 참선을 하면 세상 생각
을 잊는다기로 그것도 해보았건마는 다른 모든 생각이 다 멀어갈수록 혜
련의 생각만이 마치 구름 낀 하늘의 달 모양으로 뚜렷이 솟아 나와서, 아
모리 해도 잊을 길이 없어서 이름 있는 중을 찾아서 잊을 길을 배울까 하
고…… 그러나 조선이 그리워서, 혜련이 숨 쉬고 있는 조선의 공기가
그리워서…… 혜련을 잊으려면서 혜련이 있는 곳으로 찾아온 내 모순!"
하고는 강은 말끝을 잃은 듯이 눈을 감고 한숨을 쉰다.

혜련은 강에게서 한 걸음 물러나서 고개를 숙이고 듣는다.

"혜련은 내가 일생에 본 여성 중에 가장 아름다운 마음을 가진 여성이
야. 내가 상상할 수 있는 여성 중에 가장 아름다운 맘을 가진 여성이야.
그동안 못 본 지가 수년 되었지마는 본질이야 변하는 법이 있나. 일전 원
산에서 잠깐 볼 때에 혜련은 내가 생각하고 있던 혜련 이상이었어. 어디
를 가서 아모리 골라보아도 다시 만날 수 없는 아름다운 마음. 천지간에
어찌하다가 금이나 금강석이 생기는 모양으로 인류에, 그중에도 복 없는
조선에 어찌다가 혜련 같은 아름다운 마음이 태어났나, 하면 나는 몸에
소름이 끼치도록 무서웠어. 더구나 이러한 아름다운 혜련이가 잘못 티끌
속에 묻히지나 않나 하면 마음이 졸이고, 그렇기로, 아니, 그렇기 때문에
내가 혜련을 어떻게, 사랑할 수가 있나? 내 혜련을 만들겠다고 어떻게
생념이나 할 수가 있나? 혜련에게 나를 비겨보면 마치 금방 내려와 쌓인
눈과 때 묻은 옷. 혜련을 생각할 때에 내 몸과 마음이 부정한 것을 더욱더
욱, 너무나 분명히 본단 말야. 그렇지마는 잊혀지지 않는 그 마음, 그것

은 이 땅 위에 서서 하늘에 뜬 별을 사모하는 것이나 마찬가지지. 그런데 오늘 혜련이가 그 머리를 내 가슴에 던졌어. 그러나 그것은 옛날 글 가르치던 선생에게 대한 제자의 정이지. 그런 줄 알어, 또 그래야 하고. 혜련이 추운가? 몸이 떨리니. 참 춥기도 하겠군. 자, 이것을 좀 걸쳐. 선생의 옷을 좀 걸치기로 어떤가, 자."

강은 제가 입었던, 털로 짠 재킷을 벗어서 혜련의 스프링코트 위에 둘러준다. 혜련은 싫다고도 고맙다고도 아니 하고 가만히 서 있다.

안개가 차차 희박해져서 구룡연 골짜기에 있는 봉우리들이 이따금 번뜻번뜻 보이기를 시작한다.

혜련은 떨리는 몸, 떨린다는 것보다는 경련하는 몸을 진정하려고 애를 쓰다가 아득해지는 모양으로, 아마 뇌빈혈을 일으킨 양하여 비틀비틀 쓰러지려 한다.

"혜련이, 웬일야?"

강은 쓰러지려는 혜련을 붙들어서, 자기가 바위에 걸터앉고 자기 무릎 위에 가로안는다. 그러고는 어른이 어린애에게 대한 모양으로 강은 혜련의 머리를 쓸고 어깨를 또닥또닥하며 정신 차리라고 소리를 친다. 그러나 그 소리는 곁의 사람에게도 안 들릴 만하였다.

혜련의 눈은 허공을 바라보고 있었다. 그 손끝은 얼음같이 얼었다.

"이를 어쩌나? 좀 더운 데 누워야 할 텐데. 웬일야? 왜 이렇게 몸에 저항력이 없을까. 이렇게 몸이 약해서 어떻게 해? 혜련이, 혜련이, 정신 차려. 아, 이거 큰일 났군. 혜련이, 혜련이!"

강은 자는 애를 깨우는 모양으로 혜련을 안아 흔들었다. 그리고 저도 눈물을 흘렸다. 혜련의 눈에서는 자꾸만 눈물이 흘러내리고 그 입김은 불같이 뜨거웠다.

"혜련이! 어찌하면 좋아? 무슨 소원이나 다 말해. 내가 할 수 있는 것은 다 할 테니. 혜련은 내게는 생명보다도 천지보다도 더 귀한 존잰데. 이봐, 이봐, 정신 차려! 내 목숨을 내놓아라 하면 금시에 내어놓으께. 혜련이, 내 혜련이!"

강의 가슴은 갈피를 잡을 수 없이 혼란하였다.

"선생님."

하고 혜련이 또 한마디를 부를 때에 강은 혜련의 손을 끊어져라 하고 꼭 쥐었다.

"여기가 어디야요?"

하고 혜련은 잠이 깨는 듯이 고개를 들었다.

"비로봉, 비로봉이야. 금강산 제일 높은 봉."

혜련은 다시 눈을 감았다.

구름이 갈라지며 해가 보였다. 동해의 물결이 번쩍번쩍하였다.

구름은 순식간에, 실로 일 분도 못 걸려서 다 스러져버리고 말았다. 금강산의 모든 봉우리와 골짜기가 꿈을 깬 듯이 분명하게 보였다. 동해 바다의 물결조차 보이는 듯하였다.

"선생님."

하고 혜련은 밝은 빛을 받고 서서 강을 바라보았다.

"응, 추운 게 좀 나아?"

강은 지금 비로소 혜련을 대하는 듯하였다.

"지금 몇 시야요?"

"일곱 시 십 분."

강은 커다란 시계를 바지 주머니에서 꺼내어 혜련에게 보인다.

"한 백 년은 지난 것 같아요. 아까 그 구름 세계는 다 어디로 갔어요?"

하고 혜련은 사방을 둘러본다.

"천년도 더 지난 것 같아."

하고 강은 구름 한 점 없는 가을빛 나는 하늘을 둘러보더니,

"혜련이, 인제 내려가지. 아버지 걱정 아니 하시겠나?"

하고 바위 밑에 굴러 넘어진 단장을 들고 자기도 갈 차비를 한다.

"선생님은 어디로 가셔요?"

"나? 글쎄 장안사로나 갈까?"

"그럼 장안사로 가셔요. 저희도 오늘 장안사로 가요. 어느 여관에 드셔요?"

"K여관에 들까?"

"제가 찾아가 뵙겠어요."

강은 대답이 없다.

"제가 찾아가 뵈면 안 되어요? 오지 말라시면 안 가겠어요."

"왜 안 돼? 와!"

"가서 생각해보아서…… 찾아가 뵈올 둥 말 둥 합니다."

혜련은 고개를 숙이더니 또 느껴서 운다.

"혜련이, 왜 또 울어?"

하고 강은 혜련의 어깨를 만진다.

혜련은 어깨와 등이 흔들리도록 울다가 눈물을 씻으며,

"선생님은, 저는 어떻게 해요?"

하고 강의 가슴에 이마를 비빈다.

"그리스도를! 그리스도를 사랑하고 그리스도와 혼인을 해. 썩을 사람을 사랑하지 말고."

강은 이렇게 말하면서도 눈물을 막을 양으로 눈을 감는다. 눈물 한 방울이 혜련의 가느단 목에 떨어진다. 혜련은 그것이 강의 눈에서 떨어지는 눈물인 줄을 알고 고개를 번쩍 들면서,

"선생님, 선생님 우서요? 저를 위해서 우서요?"

하고는 또 강의 옷깃에 매달리면서 그 가슴에 눈물에 젖은 얼굴을 수없이 비볐다. 마치 애탐을 금치 못하는 사람 모양으로. 그러나 강의 눈물이 모든 것을 다 설명하는 것같이 혜련에게 느껴졌다. 믿는 사람의 눈물 한 방울, 그것은 천만 마디 말보다도 더 웅변으로 그의 속을 설명하는 것 같았다. 그래서 혜련에게는 오직 감격이 있을 뿐이었다. 혜련은 강의 가슴을 파고 그 속으로 들어가고 싶었다.

그러나 강은 혜련의 마음과 같이 단순할 수가 없었다. 강은 혜련을 지도하고 보호할 자기의 지위와 책임을 잊을 수가 없었다. 이것이 연애해서는 안 되겠다는 생각이 힘 있게 강의 감정의 불길을 눌러 덮었다. 정으로 하여금 딸이 아비에게 대한 정이 되도록 전환시키지 아니하면 아니 될 의무를 느꼈다. 그러나, 그러면서도 타오르는 가슴의 불. 강의 마음은 이 두 힘에게 반대 방향으로 끌려서 반으로 갈라져버릴 것 같았다. 그 아픔, 그 괴로움!

"혜련아!"

하고 강은 힘 있게 불렀다. 이것은 동시에,

"영호야."

하고 제 이름을 부르는 것이었다.

“네?”

하고 혜련은 고개를 들었다.

강은 혜련의 얼굴을 내려다보았다. 강의 얼굴의 근육은 경련을 일으킨 것 모양으로 씰룩거렸다. 그 나는 대로, 자라는 대로 내버려둔 수염이 어지럽게 흔들렸다. 강의 눈에서는 불이 나는 것 같았다. 혜련은 강의 이러한 긴장하고 무서우리만큼 엄숙한 모양을 처음 보았다. 혜련은 무서운 듯이 한 걸음 뒤로 물러섰다.

“혜련아!”

강은 또 한 번 불렀다.

“네?”

혜련은 입술을 물었다. 무슨 원통한 꾸지람이 기다리는 모양으로.

“우리는 영혼을 위하여서 육체를 이기지 아니하면 아니 된다. 육체가 반드시 죄악이 아니라 하더라도 영혼은 육체보다 높은 것이어든. 우리는 육체의 생활을 초월하지 아니하면 아니 된다. 나는 혜련의 영혼을 사랑하련다. 그야 혜련의 눈이나 입이나 음성이 다 혜련의 영혼의 표현이지마는. 그래도 어찌다가 잠시 썼던 육체, 우리는 그 육체의 노예가 되어서야 쓰겠나. 아니, 괴로운 일이로군.”

강은 팔짱을 끼고 고개를 숙이고 한참이나 침음하다가,

“자, 혜련이 어서 가. 나도 갈 테니.”

하고 두어 걸음 걷기를 시작할 때에, 혜련은 뒤를 따르며,

“어디로 가십니까?”

하고 묻는다.

“장안사.”

하고 강은 걸음을 멈추고 돌아본다.

혜련은 더 무슨 말을 하고 싶은 듯이 입을 쫑긋쫑긋하더니 마침내 결심한 듯이,

"안녕히 가세요. 저도 오늘 장안사로 갑니다."

하고는 한 번 허리를 굽히고, 그러고는 뒤도 안 돌아보고 여관을 향하고 달아나듯이 내려갔다. 얼마 걷다가 뒤를 돌아볼 때에는 아무것도 보이지 아니하였다. 다만 지금 내려온 층층대가 마치 하늘에 닿은 야곱의 사다리 모양으로 보일 뿐이었다. 여러 천 척 높이에서 갑자기 떨어져 내려온 것 같았다. 마치 다시는 올라갈 수 없는 높은 하늘에서나 떨어져 내려온 것 같았다.

혜련은 잠깐 숨을 태워서 다시 길을 걸었다. 길이 갑자기 험해지고 흙 빛도 더러워지고 다리도 아팠다. 마치 세계가 순식간에 변상을 해서 아름다운 것에서 추한 것으로 변해버린 것 같았다. 바위나 풀이나 나무나 괴로움인 것같이 보였다.

혜련이 길바닥만 보고 걸어갈 때에 문득,

"어디를 가셨어요, 식전에?"

하는 소리가 들렸다. 그것은 준상이었다.

혜련은 빙그레 웃었다.

"지금 장로님은 야단이십니다. 이거 원, 어디를 갔단 말이냐고. 그래서 제가 찾아 떠났지요."

"해 뜨는 것 보러 갔었어요."

"그래, 보셨어요? 해 뜨는 것을 퍽 좋아하시나 보셔요."

"구름이 껴서 못 보았어요."

준상이 앞서고 혜련은 뒤를 따라서 걷기를 시작한다.

"구름이 많아요?"

"네에. 아주 꼭 껴서 한 걸음 앞을 볼 수 없더니 금방 맑아버렸어요."

"혜련 씨가 저를 미워하시는 마음도 비로봉 구름처럼 걷혀주셨으면."

하고 준상이 혜련을 돌아본다.

"아이, 제가 미워하기는요."

하고 혜련은 고개를 숙이면서 웃는다.

"안 미워하십니까? 정말 저를 안 미워하십니까?"

하고 준상은 걸음을 멈추고 돌아선다.

혜련도 앞길을 막혀서 우뚝 서며 이상하게 빛나는 준상의 눈을 바라보았다.

준상의 눈에서는 갑자기 빛이 나고 가슴이 들먹거렸다.

"저는 임 선생을 존경합니다."

혜련은 이 말을 하고는 또 한 번 준상의 눈을 보고 고개를 숙였다. 혜련의 가슴속에는 일종의 슬픔이 생겼다. 울고 싶은 듯함을 느꼈다.

"존경이라는 말씀은 제게는 당치도 아니할뿐더러 너무도 찹니다. 좀 더 따뜻한 말씀은 없습니까, 네? 좀 더 떨리는 이 몸을 눅여주실 만한 그러한 말씀은 없으십니까, 네?"

하는 준상의 기상은 폭풍우와 같았다. 준상은 말을 이어,

"제가 어젯밤에 어디서 잔 줄 아십니까? 용마소에서 잤노라고, 그리고 식전 일찍 떠나왔노라고 했습니다마는, 기실은, 기실은 혜련 씨 창 밑에서 새웠습니다. 일생에, 제 일생에 어젯밤처럼 행복스럽고 영광스러운 밤은 처음이지요. 혜련 씨를 생각하고 서리 찬 새벽에 떨고 섰는 게 일생

에 두 번 있을 일이야요? 새벽하늘 별빛은 유난히 빛나요."

하고 그때 일을 회상하는 듯이 하늘을 바라본다.

준상의 말을 들으매 혜련은 말할 수 없이 괴로웠다. 혜련은 그 손이라도 잡아주고 싶었다. 한번 그 가슴에 매어달려서 준상의 마음을 위로해주고도 싶었다. 그러나 혜련은 그것이 도리어 준상에게 더 괴로움을 주는 것임을 생각하고,

"아이, 그러시다가 병환 나시면 어떡허세요?"

하고는 아무 감동도 없는 표정을 지었다. 준상이 보기에 혜련의 태도는 너무나 쌀쌀했다.

혜련은 준상의 눈이 이상하게 빛나는 것을 보고 살짝 준상의 뒤를 돌아서 앞을 서서 걷기를 시작했다.

'매서운 계집애다.'

하고 준상은 걸어가는 혜련의 뒷모양을 바라보면서 속으로 중얼거렸다. 그러나 그렇다고 준상은 혜련을 미워할 수는 없었다. 그 매운 마음이 더욱 그리운 듯했다. 저렇게 매운 마음이면 속에는 타는 불을 감추고도 겉으로는 쌀쌀한 모양을 보일 수도 있는 것같이 생각했다.

'아직도 기회는 남았다. 장안사까지 따라가자.'

하고 준상은 원산서 들은 명훈의 말을 생각해서 더욱 제 마음을 채찍질했다.

'그만 단념하고 말자.'

하는 소리가 준상의 마음속에 아니 일어난 것도 아니었다.

'무엇이냐. 대장부가 일개 여자로 해서 이러한 욕을 당하고.'

이러한 힐문구 조의 자책도 했다.

'저 계집애가 아니면 천하에 계집애가 없느냐.'

하고 입도 비쭉거려보았다. 그러나 준상은 아무리 해도 혜련의 그리운 그림자를 가슴에서 떼어버릴 수가 없었다.

'저런 여자를 아내로 삼았으면…… 저 여자의 마음을 한번 정복해보 았으면.'

이러한 생각이 준상의 마음을 그러쥐었다. 만일 혜련을 아내로 삼아서 그 속에서 아들딸이 난다면 필시 마음이 단단하게 나리라 하는 생각까지 도 났다.

준상은 혜련의 뒤를 따라서 걸었다. 어쩌면 혜련이 한 번도 뒤를 돌아 보지도 아니하고 휘테로 쏙 들어가버릴까.

"어디를 갔다가 인제 오느냐?"

하고 김 장로는 혜련이 들어오는 것을 눈을 크게 떴다. 걱정하는 표정이 었다.

"비로봉이 얼마 안 되는 것만 알고 해 뜨는 것 보러 갔었어요."

하고는 혜련은 제 방으로 들어갔다.

"어디를 가면 간다고 말을 하고 가지, 이 산중에서 두 시간 세 시간 간 곳을 몰라서 찾게 해?"

하는 아버지의 말이 혜련의 뒤를 따라서 들어왔다.

혜련은 들어오는 길로 피곤한 듯이 교의에 몸을 던졌다. 지나간 세 시 간이 한 천년 지난 것 같기도 하고 또 꿈같기도 했다. 혜련은 눈을 감았 다. 구름 속의 비로봉, 강 선생, 준상, 층층대…… 이러한 기억이 떠올랐 다. 그것은 일생에 다시 돌아오지 못할 순간이었다. 혜련에게는 처음이 요 마지막인 경험이었다. 어떻게나 꿈같은 일인고!

"어디 갔다 왔어? 밥 먹어요."

하는 문임의 말에 혜련은 눈을 번히 떠보았으나 졸리는 듯이, 귀찮은 듯이 도로 눈을 감아버렸다.

혜련은 아무도 없는 곳에 혼자만 있고 싶었다. 혼자만이 지나간 생각을 도로 불러보고 싶었다. 혼자, 혼자, 언제까지든지 혼자 있고 싶었다.

"어서 밥 먹어."

문임은 혜련의 손을 잡아 일으켰다.

식후에 김 장로 일행은 비로봉을 향하고 떠났다. 만일 다리 아픈 사람이 아니 생기면 장안사까지 가고, 그렇게 못 되면 마하연에서 잘 예정이었다.

어느 때 같으면 집을 떠나기를 어려워하는 김 장로도 이번 길에는 마치 세월 가는 것을 잊어버린 것처럼 도무지 재촉을 아니 했다. 김 장로는 마치 나이 한 이십 년이나 젊어진 사람 같았다. 면도도 어느 틈에 하는지 몰라도 턱은 늘 깨끗했고 갈로머리에는 언제나 빗 자국이 있었다. 웃을 때가 많고 농담으로 웃길 때도 많았다. 혜련은 아버지의 이러한 변화를 기뻐해야 할 것인지, 슬퍼해야 할 것인지 종잡을 수가 없었다. 다만 사내가 어떤 여자 하나를 사랑한다는 것이 어떠한 것임을 아버지와 준상으로 해서 알게 된 것 같고, 그 심리가 모두 이상한 것 같아서 빙그레 웃어졌다.

하늘엔 구름 한 점 없었다. 참으로 가을날이 된 것 같았다. 김 장로 일행이 비로봉에 올라선 때에는 여름에 구름 떠날 새 없던 금강산 골짜기에 안개 하나 피어오르는 것도 없었다. 짙은 남빛을 띤 동해 바다가 침을 뱉으면 떨어질 듯이 가깝게 보이고, 고성으로 통한 하얀 길들이며 들이 모형 지도와 같이 작게, 그러나 분명하게 보였다.

경치에는 그리 관심을 가지지 아니한 김 장로는 문임을 데리고 앞서서 내려가고 짐꾼과 준상만이 혜련을 혼자 내버리고 갈 것인가 말 것인가를 망설이는 듯이 은사다리로 내려가는 길목에 앉아서 기다리고 있었다.

혜련은 배바위 곁에 우두커니 서 있었다. 하늘을 바라보는 것도 아니요 동해 바다를 바라보는 것도 아니었다. 혜련의 눈앞에는 구름에 싸인 아침 광경이 희미하게 보이는 것이었다. 혜련은 그 광경을 고대로 재현하고 싶었으나 아무리 애를 써도 되지 아니하였다. 그것은 인생의 사라져버린 꿈이었다. 영원히 다시 돌아올 수 없는 꿈, 오직 한 번만 볼 수 있는 꿈이었다. 그렇게 생각하면 혜련은 슬픔으로 가슴이 무둑함을 깨닫는다.

혜련의 발밑은 아까 강이, 혜련이 추워하는 것을 가엾이 여겨서 피워놓았던 화톳불 자리였다. 다 타지 아니하고 부분 부분 꺼멓게 탄화한 측백 가지. 거기는 벌써 불도 연기도 없었다. 실실 타는 연기라도 올랐으면 하였다.

혜련은 제가 살 일생을 다 살아버린 것 같았다. 이제는 세상에서 더 바랄 것이 없는 것같이 생각했다. 도무지 시들한 인생인 제 일생에서 이제는 벌써 빠질 것이 다 빠져버린 것 같았다. 금시 죽어도 아까울 것이 없는 듯했다.

"가시지요, 인제."

준상이 측백 바다 위로 허리를 쭉 펴면서 불렀다.

"어서 먼저 가세요."

하는 혜련의 말은 찬바람 같았다.

준상은 무안한 김에 걷기를 시작했다. 비록 길을 만들어놓았다 하더라도 위태위태한 산마루터기, 바윗등 길. 준상은 혜련이 거기를 혼자 걸어 올 것을 생각하면 애처로웠다. 붙들어주고 싶었다. 업고나 안고라도 가고 싶었다. 만일 혜련이 저를 사랑해서 제 아내가 되어준다면 일생에 그를 붙들어주고 잡아주고 안아주어서 괴로운 일을 당하지 않도록 하리라고 준상은 생각했다. 무엇이나 제가 가진 것은 다 혜련에게 주고 싶었다. 아무것을 주어도 아깝지 아니할뿐더러 혜련이 받아만 주면 기쁠 것 같았다. 만일 혜련이 준상더러 팔 하나를 자르라든지 다리 하나를 분지르라고 하면 준상은 서슴지 않고 그 말대로 하고 싶었다. 혜련을 위해서 팔이나 다리를 잘라내고, 뜨거운 피를 쏟다가 죽더라도 준상의 마지막 생각은 행복일 것 같고, 준상의 눈동자에 비추인 마지막 영상은 물론 혜련일 것 같았다. 무엇은 아까울까? 도무지 아까울 것이 없고 자꾸자꾸 주고만 싶은 마음…… 이것이 사랑인가. 사랑은 아낌없이 준다. 그러나 이처럼 목숨까지도 주고 싶게 이렇게 간절할 수도 있을까.

그렇게 생각하면 준상은 혜련에게 줄 것 없는 것이 한탄되었다. 순박한 농촌의 젊은 사내가 비누 한 개나, 분 한 갑을 그 애인에게 주듯이, 그렇게 정성스럽게, 그렇게 가슴을 두근거리며 줄 것이 없는 것이 한이 되었다.

'무엇을 주나?'

준상은 바윗돌에 기대어서서 눈을 감았다. 그리고 제게 있는 것, 제 것이라고 할 것을 점고해보았다. 그러나,

'아모것도 없구나!'

하고 준상은 한탄했다.

'그래도 다른 사람보다는 꽤 많이 가진 줄로 믿고 있었는데.'

진실로 이 순간처럼 준상이 제 가난을 느낀 일은 없었다. 진실로 혜련에게 주어서 혜련의 마음을 끌 만한 것이 하나도 없었다. 그의 재산, 그의 공부, 그의 몸, 그리고 그의 마음! 모두 꼽아볼 때에 준상은 더욱더욱 제 값이 어떻게 몇 푼어치 아니 되는 것을 깨달았다. 마치 안개로 덮여서 무엇인지 모르는 돌무데가 안개가 걷힌 뒤에 빤히 그 하잘것없는 모양을 나타내는 모양으로, 파랗게 물결치던 물이 다 찐 뒤에 시꺼먼 보기 흉한 갯바닥이 드러나는 모양으로, 준상은 제가 어떻게 하잘것없는 존재임을 분명히 볼 수가 있었다.

'어디다가 내어놓을 만하지 못한 나.'

준상은 한숨을 지었다.

'그리고도 제 가난을 모르고 깬 듯 싶어 하던 나. 아아, 지금까지 속아 살았고나.'

이것은 준상의 숨김없는 마음의 소리였다.

'되는대로 살아온 이십오 년.'

과연 그러하다고 생각했다.

밥이 어디서 오는지, 옷이 어떻게 생기는지, 어름어름 살아온 과거. 예수를 믿는 것도 어름어름, 사람을 접하는 것도 어름어름, 사랑하는 것도 어름어름, 모두 어름어름으로 수재라고, 장래성 있다고, 품행 방정하다고 칭찬받고 살아온 스물다섯 해. 그 끝에 남은 것이 무엇인가. 사랑하는 이에게 예물로 줄 것 하나도 없는 총결산!

'만일 오늘 죽는다면?'

준상은 이렇게 생각해본다.

'만일 오늘 내가 죽어버린다면 뒤에 남는 것이 무엇일까. 썩는 시체 하나? 내가 무엇을 했나? 배웠다고? 어학? 그것이 내 값을 높이는가? 문학, 철학, 역사, 법률 등의 지식 조금? 그것이 내 값을 높이는가? 그런 것을 내가 조금 배웠기 때문에 남보다, 우리 동네 농부들보다 나은 것이 무엇인가? 아직 배우는 학생 시대라고? 학교를 나와서는 무슨 일을 한다고? 무슨 일? 돈벌이? 돈벌이가 내 값을 높이고 내 동포의 값을 높일 수가 있을까? 사회 일? 무슨 사회 일? 무슨 일을 어떻게 하면 사회가 잘될 것을 내가 아는가? 아니, 하로만이라도 그 문제를 정신 들어서 생각해본 일은 있던가? 아니, 과연 내가 일생을 사회를 위해서 동포를 위해서 바치겠다고 진정으로 생각해본 일은 있는가? 언제? 언제? 언제? 예수는 사십 일 사십 야 동안이나 광야에서 침식을 잊으시고 인생의 뜻을 생각하셨다. 그러나 나는? 한 시간이나 저를 잊고 그런 일을 정성으로 생각해본 일이 있는가? 아아, 이기주의자! 저밖에 모르는 자! 그리고 어름어름 살아가는 자! 정신없는 자! 그리고 무엇을 제가 잘났다고?'

준상은 수없이 고개를 흔들었다. 그리고 생각을 계속한다.

'내가 원산은 무엇 하러 갔어? 비로봉은 무엇 하러 왔어? 지금 어디로 무엇 하러 가는 거야? 혜련은 무엇 하러 따라다녀?'

준상은 스스로 대답이 막혔다.

'아름다운 이성의 보드라운 살을 탐해서! 제 향락을 탐해서!'

준상은 또 고개를 흔들었다.

'내 행동은 남의 것을 빼앗으려는 도적의 행동이다. 내가 일생에 남에게 무엇을 주었느냐? 사회 전체는 말 말고, 어느 한 사람에겐들 무슨 좋은 것을 주었느냐? 없다, 없어! 그리고 이십오 년간 생활이 남의 것을 빼앗는 생활! 수없이 훔쳐 쓰고 빼앗아 가지고도 오히려 차지 않는다고 원망하는 심사! 나는 몇 젊은 여자의 손과 살을 빼앗고, 이제 또 혜련의 몸과 마음을 왼통으로 빼앗으랴고 나선 놈! 염치없는 놈! 악마! 그렇다, 나는 악마다. 사회나 남에게 아모것도 주는 것은 없이 빼앗기만 하는 내가 도적이 아니고 무엇이냐? 악마가 아니고 무엇이냐?'

준상은 울고 싶었다. 준상은 자랑으로 알던 대학 정모를 벗어서 땅바닥에 동댕이를 치고 기름 발라서 가른 머리를 열 손가락에 감아서 뜯었다. 그 기름과 땀 섞인 냄새! 미끈미끈한 촉각! 준상은 손에 묻어 나오는 머리카락을 손을 내어둘러서 더러운 것인 듯이 휙휙 떨어버렸다. 제 몸이나 마음의 어느 구석에서 무엇을 집어내든지 다 기름때 묻은 머리카락처럼 더러울 것 같았다.

'조선을 사랑한다고? 언제 내가 조선을 사랑했어? 조선을 생각하고 하룻밤을 새운 일이 있어? 진리를 위해서는? 정의를 위해서는? 언제 제법 이런 것을 위해서 밥 한때를 굶은 일이 있어?'

'모도 거짓! 모도 어름어름! 얼렁뚱땅! 이것이 내 생활이 아니냐?'

'내게 무엇이 좋은 것이 있어? 아모것도 없다! 없어!'

준상은 단장으로 바윗돌을 후려갈긴다. 제가 밉고 싫어서 죽어버리고 싶은 충동을 느낀다. 정직한 바윗돌과 풀과 나무가 부끄러웠다. 말없이 온순하게 그 돌은 자연의 법칙을 순종하고 있다.

'그러나, 그러나.'

하고 준상은 다시 생각을 돌린다.

'내가 혜련을 사랑하는 것은 거짓이 아니다. 시작은 어찌 되었든지 지금은 참이다, 참이다. 그에게는 모든 것을 주고 싶다. 주고 싶다는 생각이 내 마음에 들어온 것이 혜련 때문이다. 참되자는 생각이 들어오고, 정말 참되게, 저를 잊게, 다만 하로 이틀이라도 살아본 것이 혜련 때문이 아니냐? 하나님이 나를 가르치실 양으로, 바른길로 인도하실 양으로 혜련이라는 천사를 보내신 것이 아니냐?'

준상은 여기서 새로운 빛을 본 것 같았다.

"아직 안 내려가시고 여기 계셔요?"

하고 혜련이 준상이 있는 곳으로 오며 물었다.

"네!"

하고 준상은 마치 옷을 벗고 있다가 어려운 손님을 맞는 사람 모양으로 허둥거렸다.

"가시지요."

하고 혜련은 준상이 앞서기를 기다리는 듯이 우뚝 섰다.

"혜, 련, 아!"

하는 김 장로의 소리가 들렸다. 사람은 아니 보이나 소리만이 들렸다. 아마 어디 중간에서 혜련이 아니 오는 것을 근심해서 부르는 모양이었다.

"네에."

하고 혜련은 소리껏 대답하고 걷기를 시작했다.

계단 모양으로 쌓아놓은 돌들이 긴 장마에 여기저기 무너져서 위태위태한 데가 있었다. 그런 곳에 다다를 때마다 준상은 서서 혜련을 도와줄 기회를 기다렸다. 혜련은 순순하게 혹은 준상이 내밀어주는 단장을, 혹은 손을 잡았다. 혜련의 손은 싸늘하고 준상의 손은 불과 같이 더웠다.

혜련은 피곤한 듯이 타박타박 걸었다. 식전에 비로봉 다녀 내려온 것이 혜련에게는 과한 부담인 것 같았다. 층계를 내려가는 것이 더욱 다리가 아팠다. 발뒤꿈치가 딱딱 맞추이고 오장이 다 울리는 것 같았다. 혜련은 이를 악물다시피 하고 걸어 내려갔다. 준상은 가다가는 서고, 가다가는 서서 혜련이 따라오기를 기다렸다.

무슨 새인지 대단히 높은 청으로 우는 소리가 들렸다. 텅 빈 산에 그 소리가 울리는 것이 매우 처량했다. 혜련은 수학여행 왔을 때에도 비로봉 길에서 이러한 새소리를 듣고는 강 선생을 생각했다. 왠지 모르나 온 골짝에 울리는 그 새소리가 까닭 모르게 강 선생을 연상시킨 것이었다.

'몇 시간 전에 강 선생이 바로 이 길로 내려가셨겠지.'

이런 생각을 하면 혜련은 더욱 걸음이 아니 걸렸다.

'인연! 이것은 불교에서 하는 말이라고 하지만, 아모리 해도 인연이란 것이 있는 것 같애. 나는 왜 하필 하고많은 사람 중에 강 선생을 이렇게 못 잊을까? 내 인생의 스테이지에 은주는 왜 나타나고 준상은 왜 나타날까? 인연, 인연.'

하고 혜련은 그 새소리가 또 울려오기를 기다렸다. 그래도 좀체로 다시 들리지를 아니했다.

얼마를 가서 또 그 새소리가 들렸다. 이번에는 방향이 다른 것 같았다. 그 새가 다른 골짜기로 날아갔나? 혜련은 고개를 둘러서 사방을 돌아보았으나 소리 오는 방향을 알 길이 없었다. 그것은 마치 혜련 자신의 붙일 곳 없는 마음인 것과도 같았다. 소리는 있건마는 어디서 오는지도 모르는 소리! 무슨 뜻인지도 분명치 아니한 소리!

실개천에 맑은 물이 졸졸 흐르기 시작하는 곳에서 김 장로와 문임은 혜련이 내려오는 것을 기다리고 있었다. 벌써 은사다리, 금사다리의 깎아 세운 듯 천여 척을 내려온 것이었다.

"왜, 다리가 아프냐?"

김 장로는 시무룩하고 있는, 기운 없어 보이는 딸을 보고 물었다. 문임에게 마음을 다 빼앗기고 사랑하는 딸을 가끔 잊어버린 것을 생각할 때에 김 장로는 속으로 부끄럽기도 하고 미안하기도 했다.

"괜찮아요."

하고 혜련은 한숨을 쉬었다.

그 청 높은 새소리가 골짜기에 울렸다.

마하연(摩訶衍)에 와서는 혜련보다도 문임이 더 걸을 수가 없었다. 그래서 마하연에서 그날 묵기로 했다.

중들이 반쯤 눈을 감고 참선하는 것도 구경하고, 손가락 끝을 바늘로 찔러서 피를 내어서 썼다는 법화경도 보았다. 그리고 그 끝에 다생부모를 천도하기 위한 것이라는 원문을 볼 때에는 혜련은 눈물을 금할 수가 없었다.

'나도 아버지와 어머니를 건져야 할 것이 아닌가.'

이런 생각을 할 때에 슬펐다. 어머니는 건져지지 못하고 세상을 떠나셨다. 아버지와 침모에게 대한 의심과 미움과 원망을 품은 채로 마음을 끓이면서 마지막 숨을 쉬었다. 뉘우치지도 못하고 마음의 화평도 얻지 못하고 돌아갔다. 어머니의 영혼은 지옥으로 갔을는지 모른다. 불교에서들 하는 말대로 하면 삼악도에 떨어져 축생, 아귀, 지옥으로 오래오래 윤회할는지도 모른다. 또 무당들이 말하는 모양으로, 원혼이 되어서 붙일 곳이 없이 떠돌아다닐 것도 같았다.

혜련은 남들이 사람이 죽으면 사십구재를 올리고 백일재를 올리고 지노귀를 하고, 이렇게 하는 심리를 안 것 같았다.

혜련은 아직도 핏빛이 분명한 그 법화경을 차마 놓지 못하고 그 보물을

설명하는 중더러,

"이이가 몇 번이나 손고락을 찔러서 이 법화경 한 권을 다 베꼈어요?"
하고 물었다.

그것을 설명하던 젊은 중은 이에 관한 자세한 사정은 모르는 모양이었
다. 그가 혜련의 질문에 대답을 잘 못하고 어름어름하고 있는 것을 보고
곁에 있던, 이 빠지고 얼굴 쪼글쪼글한 늙은 중이 나앉으며,

"그게 어떻게 된 겐고 하니, 아마 삼 년 동안인가 썼지요. 응, 천 일이라
던가? 처음에는 칼로 손가락을 베어서 피를 접시에 받아서 붓에 찍어서
썼지요. 날마다 피를 뽑고 보니 손가락을 더 벨 자리도 없거니와 어디 몸
에 피는 남을 수가 있나? 그래서 손가락 벤 자리가 아물기를 기다려서 또
몸에 피도 고이기를 기다려서 하루에 열 자도 쓰고 스무 자도 쓰고……
그렇게 베긴 거라오. 참 장하지요. 어디 저마다 그럴 수가 있어요? 그런
자손을 둔 부모는 지옥에 들어갔더라도 제도를 받았을 것이오."
하고 몸에 기름을 바르고 불을 당기어 부처님 앞에 등불 공양을 한 약왕
보살 이야기까지 하였다.

혜련은 그 이야기에 절절히 감격하면서 법화경을 한 장 두 장 뒤져보았
다. 처음 보는 글이요 또 어려운 문자가 되어서 알아보기는 어려우나, 그
래도 다만 그 피로 쓰인 글자만이라도 사람의 정성이 이렇게까지 갈 수도
있는가를 보이는 것 같아서 고마웠다.

"그만 보고 산보나 가. 그걸 무얼 그리 오래 보아?"
하고 문임은 혜련의 어깨를 흔들면서 재촉하고 김 장로도 단장으로 보석
을 두드리면서,

"글쎄, 부모의 은혜를 갚으려면 무슨 일이 없어서 저 짓을 하고 있어?"

하고 피로 법화경 베낀 자를 비웃었다.

혜련은 문임이나 아버지의 말이 모두 큰 정성을 모독하는 것만 같이 들렸다.

혜련은 그 법화경 끝에 쓰인 발원문을 한 번 다시 읽고는 일어서서 아버지와 문임의 뒤를 따라나섰다. 준상은 백운대에 혼자 올라가고 있었다.

혜련은 어디로 가는 줄도 모르고 따라갔다. 혜련의 마음은 돌아간 어머니와 이기적 향락 속에서 헤매는, 분명히 죄악 속에서 아버지를 어떻게 건질까 하는 것으로 꽉 차 있었다.

'만일 내 몸을 희생하는 것으로 아버지를 바른길로 끌어드릴 수가 있다고만 하면.'

하고 혜련은 생각했다.

'내 몸을 죽여서라도.'

하고 혜련은 한 번 더 다졌다.

김 장로는 혜련이야 오거나 말거나 석양 시냇가로 문임과 어깨를 겯다시피 하고 걸어갔다.

그것이 혜련에게는 차마 볼 수 없는 비참한 정경인 것 같았다. 아버지와 문임이 보통 사람이 아니라 무슨 큰 죄를 짓는 피 묻은 사람들인 것 같았다.

"글쎄, 무슨 걱정야?"

"왜 걱정이 아녜요? 지금도 혜련이가 날 미워하는걸. 인제 우리가 혼인만 해보아요, 얼마나 미워하나?"

"그럴 리가 있나?"

"아모러나 난 싫어요. 함께 사는 건 싫어요. 오막살이도 좋으니 따로 살아요."

"퍽도 걱정도 많의."

"그리고 그 침모, 침모 내보내요."

"침모가 무에라기에?"

"다 알아요."

"무얼 알아?"

"흥, 그렇게 시치미만 떼면 되어요? 다 아는걸. 늙으신 어른이 그게 무에야요?"

"누가 그래? 혜련이가 그래?"

"누군 알아서 무엇 해요? 난 싫어요. 그 침모 안 내보내면 난 혼인 안 할걸."

이러한 문답이 김 장로와 문임의 새에 오고가는 것이 혜련의 귀에 들렸다. 두 사람은 혜련이 못 들을 줄 알고 하는 말이겠지마는, 골짜기가 좁은 관계인가 기압의 관계인가, 거리에 비겨서는 무척 가깝게 들렸다.

그 말을 듣고는 혜련은 더 따라갈 생각이 나지 아니했다. 혜련의 눈앞에는 집안의 불화가 빤히 보이는 듯했다. 아버지가 문임과 딴살림을 차려놓고 다른 식구들끼리 산다는 것도 비참한 일 같고, 문임의 저 생각을 가지고 다른 식구들과 한집에서 사는 것도 지옥인 것 같았다.

혜련은 시냇가 바윗돌에 앉았다. 그리고 멀거니 중향성 쪽을 바라보았다. 흰 옥을 분질러 세운 듯한 그 봉들, 봉 위에 찬바람을 뿜는 듯한 푸른 하늘, 그러나 그런 것들이 다만 눈에 비칠 뿐이요, 혜련의 마음에 들어가지는 아니했다.

'아아, 더러운 세상, 죄악의 세상.'

하고 혜련은 인생이 못 견디게 싫어졌다. 아까 절에서 참선하고 앉았던 중들도 다 귀신들만 같고, 서울 장안에 옥작옥작하는 사람들도 다 무슨 흉물스러운 마귀 떼와 같이 보였다. 가장 깨끗한 체, 가장 점잖은 체하는 사람들도 그 속을 쪼개고 보면 더러운 것이 가득 찬 것 같았다.

'회칠한 무덤!'

과연 그렇구나!

혜련은 이튿날 만폭동을 내려오면서도 도무지 흥이 나지 아니했다. 김 장로와 문임에게서 될 수 있는 대로 멀리 떨어져서 걸었다. 가끔 준상이 곁에 있음을 깨달았으나 도무지 심상해서 어떤 때에는 준상이 곁에서 걷는 것을 잊었다가 그가 말하는 소리를 듣고야 비로소 아는 일조차 있었다.

준상은 보덕각시(普德閣氏) 이야기를 하고, 내산팔담의 전설 이야기도 했다. 준상은 이 만폭동 속을 혜련과 단둘이서 걷게 된 것이 기뻤다. 그는 참으로 행복을 느꼈다. 길이 넓은 데서는 나란히 서서 걷고, 길이 좁은 데서는 대개 준상이 앞을 섰다. 위태한 비탈을 돌 때에는 준상은 단장도 빌려주고 손도 빌려주었다. 혜련은 순순히 준상의 호의를 받았다. 그것이 준상에게는 더욱 기뻤다. 준상도 혜련의 항상 시무룩한 표정을 모르는 것이 아니었으나 그것은 혜련의 성격이 그러한 것으로 돌렸다. 혜련은 말없는 중에 제 호의를 받는 것으로 혼자 해석했다.

"저는 벌써 마음을 허한 이가 있어요."

하고 해금강에서 하던 혜련의 말이 날카로운 가시 모양으로 때때로 준상의 가슴을 찔렀으나, 준상은 그것을 대수롭지 아니한 것으로 생각하려 했다. 이 모양으로 준상은 모든 것으로 제게 좋도록만 해석하려 했다. 그

러고는,

"글쎄 보셔요. 아마 그 사람이 저와 같던 게지요? 보덕각시를 따라서 여기까지 왔단 말씀야요. 그랬더니 이 모퉁이를 돌아서서는 부지거처거든요. 그러니 얼마나 슬펐겠어요. 그래 이 바위 위에 이렇게 실심하고 앉았더랍니다. 해가 지도록, 그리고 밤이 새도록. 얼마나 간절하길래 그럽니까. 그러자 법기봉에 아침 해가 솟는단 말씀이지요. 그때에 이 물에, 바로 이 물에 그리운 보덕각시의 모양이 비치더랍니다그려. 그래 고개를 들어보니까 바로 저 보덕굴 있는 자리(그때에는 집은 없고 바위뿐이지요)에 보덕각시가 전신에서 햇빛 같은 빛을 발하고 섰더란 말씀야요. 그제사 그가 예사 여자가 아니고 관세음보살 현신인 줄을 알고는 저기다가 저렇게 암자를 짓고 일생 그 암자에서 중 노릇을 했더랍니다. 얼마나 혜련 씨와 나와 같아요?"

하고 혜련을 바라보았다.

준상은 혜련에게 보덕각시의 말을 한 것이 기뻤다. 자기도 정말 혜련으로 말미암아 깨끗해지고 높아질 수 있는 것같이 생각했다. 실상 준상은 근일에 마음이 깨끗해진 것 같았다. 전에는 경험해보지 못한 깨끗한 마음을 느꼈다. 더구나 어제 비로봉에서 마하연까지 오는 동안과, 오늘 마하연을 떠나서 만폭동으로 내려오는 동안의 준상의 마음에는 이 세상의 티끌은 하나도 없는 것 같았다. 진주담의 물과 같이, 법기봉의 하늘과 같이 맑은 것 같았다. 이 맑음이 어디서 왔나? 그것은 저를 버린 데서였다. 준상의 마음에는 오직 혜련이 있었다. 그밖에 아무것도 없었다. 준상은 자신이 혜련의 한 부분인 것 같기도 하고, 혜련과 자기가 녹아서 하나가 된 것도 같았다. 만일 혜련까지도 마음에서 빠져나간다면 준상의 마음은 완전히 공이 될 것 같았다.

　모든 이기심을 떠난 저, 주고 싶다, 바치고 싶다는 일념으로 불타는 저, 이 저는 준상이 일생에 처음 경험하는 것이었다. 몸을 바친다든가 저를 희생한다든가 저를 잊는다든가 하는 심경을 이제야 비로소 깨달아지는 것 같았다.

　"여기 좀 앉으세요. 여기 이만큼."

하고 준상은 영아지라는 보덕각시가 비추인 못이라는 조그마한 웅덩이가에 있는 돌 하나를 가리키면서 혜련을 보았다.

　"왜 그러세요?"

하고 혜련은 빙그레 웃었다.

　"글쎄, 잠깐만 여기 앉으세요."

　혜련은 빙그레 웃으면서 순순히 준상이 앉으라는 자리에 앉아서 치맛자락으로 다리를 가리었다.

　준상은 맞은편 바윗돌에 쭈그리고 앉아서 영아지 물을 물끄러미 들여다보았다. 거기는 혜련의 그림자가 비치었다.

　준상은 그 그림자를 한참이나 말없이 들여다보고 있었다. 혜련은 그것이 우스워서 고개를 숙였다. 물속의 혜련도 고개를 숙였다.

　준상은 깜짝 놀라는 듯이,

　"아스세요. 고개를 드세요, 아까 모양으로. 고대로 잠깐만 계셔요. 사진 하나 박게."

　혜련은 싫다고 일어날까 하다가 그만한 준상의 소원이야 못 들어줄까 하고 좀 쑥스럽다고 생각하면서도 그 자리에 앉아 있었다.

　준상은 사진기계를 내어들고 혜련과 물속에 비추인 혜련의 그림자와를 함께 넣으려고 애를 썼다.

준상은 저고리를 벗어서 머리에 쓰고 포인트를 맞추느라고 몸으로 여러 가지 포즈를 지었다.

마침내 준상의 사진기계에서 딸깍하는 소리가 났다.

"잘됐는지 모르겠어요."

하고 준상은 고개를 두어 번 흔들었다. 준상의 울렁거리는 가슴이 준상의 손을 떨리게 했다.

혜련은 걸터앉았던 돌에서 일어나서 치마를 떨었다. 구경꾼 사오 인의 일행이 이 젊은 남녀를 힐끗힐끗 보면서 지나갔다. 혜련은 낯이 후끈거렸다.

"인제 가세요."

하고 혜련은 앞서서 걷기를 시작했다.

그날 밤 혜련은 잠을 이룰 수가 없었다. 바로 창밖으로 흐르는 물소리가 밤이 깊을수록 높아가는 듯했다. 젓나무 수풀에 바람 부는 소리가 우수수하고 바리톤 모양으로 울려왔다.

문임은 이를 뽀드득뽀드득 갈았다. 정양사와 돈도암 다녀온 것이 문임에게 과하게 힘들었던 모양이다.

"잘 적에 이를 갈면 팔자가 사납다던데."

하는 말을 생각하고 혜련은 문임의 장래를 생각해보았다. 문임의 장래에도 향기로울 것은 하나도 없는 것 같았다. 지금 문임은 아버지의 돈을 마음대로 써서 허영심을 채우고 싶은 욕심인지 모르거니와 혜련은 아버지가 아내보다는 돈을 더 사랑하는 성미를 안다. 결코 혼인 후에 세상살이가 문임의 뜻과 같이 되지 못할 것을 안다. 그리되면 문임은 무엇을 낙으로 살까.

또 혜련은 이러한 생각을 한다.

만일 문임이 뽀드득뽀드득 이를 가는 버릇을 아버지가 안다면 그것이 아버지의 문임에게 대한 정을 떼지나 아니할까?

또 혜련은 이러한 생각도 한다.

문임이 준상을 대할 때에 이상하게 흥분하는 양과 그 눈치가 심상치 아니하다고.

또 혜련은 이러한 생각도 한다.

만일 아버지의 문임에게 대한 사랑이 식거나 문임의 마음이 아버지를 떠나서(문임의 마음이 아버지에게로 간 일은 애초부터 없었다고 혜련은 믿지마는) 다른 젊은 마음에 드는 남자, 가령 준상 같은 데로 가거나 하면 거기는 비극이 일어날 것이 필연한 일이었다. 혜련의 눈앞에는 그러한 비극이 눈에 선하게 보이는 듯했다. 그때에는 백발이 더 늘었을 늙은 아버지가 애욕의 갈등에 괴로워하는 비참한 모양, 또 이 괴로움 때문에 더욱더욱 죄의 구렁텅이로 빠지는 모양, 자나 깨나 마음은 늘 괴롭고, 세상에서는 수군거리고, 집안은 엉망이 되고, 이리해서 아버지는 보기 흉한 몰락의 말로를 걷는 양이 눈앞에 뚜렷하게 나타나는 듯했다.

혜련은 차마 아버지가 그렇게 되는 양을 볼 수가 없었다. 그것을 상상만 해도 몸에 찬물을 끼얹는 듯했다.

이 속에서 아버지를 건질 자가 누군가. 이미 하나님에 대한 신앙을 잃어버린 지 오랜 아버지다. 바른 양심의 권위조차도 잊어버린 지 오랜 아버지다. 두려워하는 것은 재산의 손해와 세상의 구설뿐이다. 자식에게 대한 애정조차 잃어버린 듯한 아버지는 마치 모든 구원의 줄을 끊어버린

외로운 배와도 같았다. 그는 어디서 오는 구원의 소리와 줄을 다 믿지 아니하고 애욕의 물결에 떴락 잠길락 하다가 이 세상을 마칠 것이다.

혜련은 무서웠다. 혜련이 보기에는 거의 절망적이라고 할 만한 아버지의 인생의 전도, 그것도 얼마 길지도 못할 듯한 전도였다. 차마 정시할 수 없는 비참한 전도였다. 그러하건마는 아버지는 지금 문임의 젊음과 아름다움에 반해서 허둥지둥하지 아니하느냐. 인생의 황혼의 마지막 애욕의 발작, 그것은 청춘 시대의 것보다 더 격렬하고 더 맹목적인 것 같았다.

'오냐, 내가 아버지를 건지리라. 내 목숨을 가지고라도.'

혜련은 이렇게 결심한다.

'이 세상 이십억 인류 중에 아버지의 멸망을 슬퍼할 자가 누구? 그것을 차마 보지 못하고 몸을 내어던질 자가 누구? 오직 나뿐이다! 나밖에는 아모도 없다!'

혜련은 자리에서 벌떡 일어났다.

옆에 방으로서는 아버지의 코 고는 소리가 들렸다. 늙은이가 문임과 같이 다니는 맛에 몸이 곤한 줄도 모르고 산길을 걷지마는 밤에는 몹시 피곤한 모양이었다. 아침에는 눈곱이 나오고 목가죽이 눈에 뜨이게 쭈글쭈글해졌다. 마음의 졸임도 있을 것이다. 그래서 밤이면 몹시 코를 골았다. 숨이 막히는 듯한 코 고는 소리. 그것은 아무리 아버지의 것이라도 그리 듣기 좋은 것은 아니었다. 전에도 아버지가 코를 골았겠지마는 잠을 못 이루게 된 근일에야 혜련은 아버지가 코 고는 소리를 자주 듣게 되었다. 더욱이나 이 밤에는 무시무시하게 코를 골았다. 큭큭, 푸룩푸룩, 하는 그 소리가 차마 들을 수 없을 만했다.

'문임이가 만일 저 소리를 듣는다면 더욱 정이 떨어지지 아니할까?'

이렇게까지 혜련은 생각했다.

아버지는 무시무시하게, 흉업게 코를 골고, 문임은 뽀드득뽀드득 이를 갈고, 이런 것이 모두 다 불길한 예감을 주었다. 마치 두 사람의 마음속을 점령한 마귀들의 장난인 것 같아서 혜련에게는 무서웠다.

문임은 한번 심하게 이를 갈더니 무슨 무서운 꿈을 꾸는 듯이 잠꼬대를 하고, 마치 저를 향하고 대드는 무서운 것이나 피하는 듯이 두 손을 합해서 가슴에 대고 허리를 꼬부렸다. 그러고는,

"잘못했어요, 용서하세요. 은주 씨, 용서하세요!"

하고 소리를 쳤다.

혜련은 깜짝 놀랐다.

문임은 분명치 못한 어음이지마는 '은주 씨'란 말을 두어 번 더 중얼거렸다.

혜련은 괴롭던 마음에 한 가지 더 괴로움을 얻으면서,

"언니, 언니!"

하고 문임을 흔들었다.

문임은 길게 한숨을 쉬고 잠을 깨었다. 고개를 번쩍 들면서,

"혜련이, 아직도 안 자?"

하고 물었다.

문임은 금은상회 이층에서 은주에게 매달려서 용서해달라고 울던 것, 은주가 '못 믿을 계집!' 하고 무서운 눈으로 노려볼 때에 제가 어떻게나 무섭던 것을 생각하고, 그것이 꿈이었으니 다행이다, 했다.

"언니!"

하고 혜련은 또 바로 앉은 채로 문임을 바라보면서 불렀다. 그동안 혜련이 문임더러 언니라고 불러본 일은 별로 없었다. 차차 어머니라고 부르게 될는지 모른다는 것뿐 아니라, 언니라고 정답게 불러볼 생각이 나지 아니한 것이었다. 정직하게 말하면 혜련에게는 문임이 밉고 천해 보였던 것이다. 그러나 이 순간에는 혜련의 마음은 문임을 가엾게 볼 수가 있었다.

"응, 왜?"

하고 문임도 일어나 앉았다.

"지금 밤이 어떻게나 되었어?"

하고 문임은 머리맡에 끌러놓은 팔뚝시계를 찾아보더니,

"두 시야?"

하고 놀란다.

"언니!"

하고 혜련은 한 번 더 부른다.

"왜? 혜련이, 왜애?"

하고 문임은 퍽 오래간만에 저를 정답게 불러주는 혜련을 반갑게 생각했다. 벌써 의붓어미 근성으로 혜련을 미워하고 모함하려는 생각을 몇 번 가졌던 기억을 부끄럽게 생각하면서…….

"언니, 아버지허구 혼인 마우."

하고 혜련은 문임의 귀 가까이 입을 대고,

"아모리 생각해보아두 언니가 아버지허구 혼인하는 것이 피차에 불행일 것만 겉애. 언니게두 불행이구, 아버지게두 불행이구."

하고 문임의 눈치를 본다.

문임은 아픈 데를 찔리는 듯해서 말없이 고개만 숙여버린다.

혜련은 좀 더 엄숙한 어조로,

"언니가 아버지를 사랑하는 것은 아니지 않아요? 언니가 사랑하는 이가 따루 있지 않수? 그건 옳지 않아, 언니. 마음 허락한 이를 배반하고 다른 사람허구 혼인하는 것은 옳지 않아, 언니."

하고 문임을 힘 있는 눈으로 보았다.

"그게 무슨 소리야, 혜련이? 내가 누구를 사랑해? 뉘게 마음을 허했어?"

하고 문임은 해쓱한 낯을 들었다.

"언니가 생각해보시우. 나도 잘 알아."

하고 혜련은 문임의 태도에 불쾌한 빛을 보였다.

"누가 그래? 누가 무에라고 그래?"

하고 문임은 여전히 시치미를 떼었다.

"언니, 언니! 언니가 어쩌면 나를 속이우?"

하고 혜련은 문임을 노려보면서,

"어쩌면 언니가 나를 속이우? 언니가 은주 씨를 사랑하지 않고 누구를 사랑하오? 은주 씨에게 마음을 허락하시지 않았소? 그리고는 나더러 은주 씨와 혼인하라고? 언니, 언니 환장을 하셨소. 그런 문임 언니는 아니더니. 어쩌면 언니가 나를 속이고 은주 씨를 배반하고, 그리고 마음에도 없는 늙은 우리 아버지허구 혼인을 하려 드시오? 그 비밀을 아모도 모르는 줄 아시지마는 은밀한 속에 한 것이 드러나지 않는 것이 없다고, 그게 드러나지 아니할 줄 아시오? 또 설사 남이 모르기로니 은주 씨는 알 테지, 하나님은 아실 테지, 그리고 언니 양심은 알 테지. 언니가 그렇게 사랑하는 사람을 배반하고 마음에 없는 혼인을 하고, 그리고 일생에 언니 마음이 편할 줄 아시오? 언니 마음에 아픈 뉘우침이 일어난 것을 내가 아는데."

하고 선고하듯이 말했다.

혜련의 말에 문임의 고개는 더욱더욱 숙여졌다. 문임은 후회와 부끄러움으로 마치 수없는 바늘이 전신을 찌르는 것 같았다. 낯은 후끈거리고 손발과 등에는 식은땀이 흘렀다.

"혜련이, 용서해요. 내가 혜련을 속이랴 것은 아니야, 미처 말을 못 한 게지."

하고 문임은 비 오던 날 밤 일을 대충 이야기했다.

문임이 병원에서 늦게 집에 돌아와서 방에서 혼자 잠이 들었을 때에 김 장로가 들어와서 이상한 말과 행동을 하더란 말이며, 제가 반항하다 못 해서 이따 사랑으로 나가마고 약속했던 말이며, 저는 그것이 분해서 그 길로 비를 맞으며 병원으로 가려다가 금은상회로 갔단 말이며, 거기서 제가 은주에게 매달려서 마음을 허했던 말이며, 새벽에 일어나 병원으로 갔단 말이며, 이런 것을 대충 말하고, 문임은,

"혜련이, 나는 그날 밤에는 너무나 흥분이 되어서 차라리 은주 씨헌테 아주 일생을 맡겨버리려고 결심을 했었어."

하고는 엎드러서 울었다.

그래도 문임은, 자기가 은주의 마음을 제게로 끌려고, 혜련이 벌써 사랑하는 사람이 있다는 말을 한 것과, 또 자기가 은주더러 시골로 가서 살자고 한 말만은 하지 못하였다. 이것이 은주에게 언저스트한 것 같아서 문임의 마음은 더욱 괴로웠다. 혜련은 문임의 말을 듣고는 입을 벌린 채

말이 없었다. 도무지 모두 있을 수 없는 일만 같았다.

한참이나 말없이 문임이 우는 양을 보고만 있다가 혜련은,

"언니, 그래 은주 씨를 사랑허우?"

하고 부드럽게 물었다.

문임은 눈물에 젖은 고개를 들어서 애원하는 듯이 혜련을 바라보며,

"혜련이 심부름으로 몇 번 가서 은주 씨를 대하는 동안에 마음에 호감이 생겼어. 그러나 사랑한다는 생각까지는 나지 아니허구, 그저 믿음직한 좋은 사람이라구 그렇게 생각했었어."

하고는 한참이나 말없이 앉았더니,

"혜련이, 용서해요. 혜련이가 용서를 하든지 아니 하든지 나는 혜련헌테 모든 것을 자백하지 아니하고는 못 견디겠어. 혜련의 말에, 말보다도 혜련의 그 눈에 내 양심이 깬 것 같아. 나는 혜련헌테 모든 것을 자백허구 용서를 빌어야 하겠어."

하고 또 한참 머뭇머뭇하다가,

"혜련이, 은주 씨는 내가 유혹을 한 게야. 내가 그날 밤에 아모리 은주 씨를 졸라도 까딱도 아니 하고 어서 가라고만 나를 떼밀겠지. 아주 똑 잡아뗴어요. 참 무서운 사람이야, 참 그이는 바른 사람야. 그런 것을 내가, 내가…… 내가 죽일 년야."

하고는 고개를 수그렸다가 다시 들며,

"그런 것을 내가, 혜련이는 벌써 사랑하는 사람이 있다구, 임준상이라구 하는 대학생이 있다구, 혜련이는 도모지 당신에게는 마음이 없느니라구, 혜련은 당신을 사람으로 보지두 않느니라구…… 이렇게 내가 말을 했어요. 혜련이, 용서해!"

하고 또 엎드려서 느껴 운다.

혜련은 눈으로는 허공을 바라보고 입은 꼭 다물어진다. 질투인 것도 같고 의분인 것도 같고 멸시인 것도 같은 감정이 가슴속에서 끓어오름을 혜련은 느꼈다. 문임은 다시 고개를 들어서,

"이렇게 나는 은주 씨를 속이고 혜련을 속이고……. 나 같은 죽일 년이 또 어디 있어?"

하고 손을 내밀어서 혜련의 손을 잡으려 했다. 이때 문임의 생각에는 혜련이 저를 붙들어주면 살고 그러지 아니하면 죽을 것만 같았다. 만경창파에 뜬 몸, 붙접할 곳 없는 몸인 것같이 문임은 저를 느꼈다.

혜련은 문임의 손을 뿌리치려고도 아니 하고 또 마주 잡으려고도 아니 하고 아주 무관심한 모양으로 내버려두었다. 혜련은 죄지은 혼이 무엇이 두려워서 떨고 있는 양을 문임의 속에서 보았다.

문임은 혜련의 싸늘한 손끝을 꼭 쥐면서,

"혜련이, 어쩌면 내가 이렇게 되었어?"

하고 오한이 나는 사람 모양으로 떨었다. 모든 프라이드를 잃어버린 혼, 혜련은 그것을 볼 때에 연민한 생각이 났다.

"애욕에서, 저를 위하는 욕심에서."

하고 혜련은 냉정하게 대답했다.

'저를 위하는 욕심'이라는 혜련의 말은 더 한층 심한 날카로움을 가지고 문임의 가슴을 찔렀다. 그것은 김 장로에게 대한 제 태도를 단도직입적으로 찌른 것이기 때문이었다.

그래도 문임은 제가 김 장로에게 허하는 것을 이기적 탐욕이라고 생각하고 싶지는 아니했다. 김 장로의 성의를 저버릴 수가 없어서, 그를 위해

서 희생하는 정신이라고 생각하고 싶었다. 그러나 양심의 빛이 낮같이 환한 참과 옳음의 법정에 나앉게 된 이 순간에는 그러한 구차한 핑계는 설 곳이 없었다. 문초에게는 한번 그 핑계를 내세워볼 만한 용기조차 나지 아니했다. 다만 참의 법관, 옳음의 법관이 문임하는 대로 공손히 '네', '네' 하고 자복할 도리밖에 없었다.

"그래 지금은 어때?"

하고 혜련은 오랜 꿈에서 깨는 듯이 한번 몸을 움직여 문임에게 물었다.

"무엇이?"

"지금은 은주 씨에게 대한 언니 생각은 어떤가 말이오?"

문임은 대답할 말이 없었다.

"지금은 아주 아무렇지두 않게 잊어버리고 말았수?"

혜련의 말은 너무도 문임에게 아팠다.

"혜련이, 날 살려주어요. 내가 지금 괴로워서 마음이 터질 것 같다. 숨이 막힐 것 같구. 아아, 내가 이를 어쩌면 좋아. 혜련이, 내가 그이를 어떻게 잊어, 내 마음과 몸을 다 준 이를, 처음으로 준 이를? 낮에는 억지루 잊으려고 해서 잊어두지만, 밤에 잠이 들면, 꿈으루, 이 꿈은 정직해. 꿈은 필시 성신의 지시야요. 아까두 꿈에, 꿈에, 내가……. 아냐, 난 말 못 해! 말 못 해!"

하고 문임은 손으로 낯을 가린다.

"그럼 대관절 언니는 어떻게 할 작정이오? 은주 씨게로 갈 작정이오, 아버지와 그래두 혼인을 할 작정이오?"

문임은 몸만 떨고 대답이 없다. 사내발이 난 모양이었다.

혜련은 사정을 보지 아니했다.

"언니, 그런 괴로운 마음을 가지구 아버지허구 혼인을 하면 어떡허우. 혼인한 뒤에 더욱 마음이 괴로워지면 그때에는 정말 앞두 절벽 뒤두 절벽이 되지 않우? 차라리 지금 그만두구 양심의 길루 나가는 것이 옳지 않우? 세상은 속여두 제 마음이야 어떻게 속이우? 세상은 피해서 산다 하더라두 제 마음이야 어떻게 피해서 숨어 사우? 이 세상 형벌은 끝이나 있지, 제 마음의 가책이야 끝이 없지 않수? 마음의 가책을 받는 곳에 행복이 어떻게 있수? 밥을 굶구 헐을 벗어두 제 마음에 걸리는 것이 없어야 화평이 있구 행복이 있지. 그러니깐 언니, 나는 언니를 위해서 하는 말유. 또 아버지를 위하는 것두 되지마는. 지금 그만두어요. 그리구 은주 씨허구 혼인해요. 나는 아무허구두 혼인 아니 할 테니 나를 꺼릴 것은 없어요. 언니는 마음은 설사 변했더라두 은주 씨 마음은 변하지 아니했을 것 아니오? 그 사람은 마음이 변할 사람이 아닙니다. 그 사람은 언제까지나 언니를 아내로 생각하고 있을 것이오. 이왕 언니허구 그렇게 된 이상 이제 다시 나를 생각한다든지 다른 여자를 생각한다든지 할 사람이 아닙니다. 그렇지 않우? 이 세상이 얼마나 오래 살 세상이라구 마음에 없는 일 허우? 목숨 없어 못 살지 밥 없어 못 사는 세상은 아닙니다. 그까진 돈이 무엇이오? 돈이 무엇이길래 돈 때문에 제 마음을 파우? 안 그렇수, 언니?"

혜련은 마치 어른이 철없는 아이를 타이르는 모양으로 정성으로 말했다. 혜련은 문임을 미워하던 생각도 다 스러지고 오직 그를 불쌍하게만 보았다.

"혜련!"

하고 불러놓고는 문임은 말이 나오지를 아니했다.

얼마 있다가 문임은 다시 고개를 들면서,

"혜련, 혜련."

하고 불렀다.

"언니!"

하고 혜련은 문임의 손을 잡았다.

"혜련이가 그래도 나를 미워하지 않어? 나는 혜련을 미워하고 모함했건만, 그래 혜련은 나를 이렇게 불쌍히 여겨주어? 혜련은 천사야, 나는 악인이구. 그럼, 정말 그래요."

하고 길게 한숨을 쉬고 나서,

"혜련이, 나는 죽을 길밖에 없어. 나는 양심의 눈을 싸매지 않고는 은주 씨와 혼인할 수두 없구, 아버지와 혼인할 수두 없거든. 내 몸과 마음을 두 사람에게 다 주었거든."

하고 입술이 으스러져라 하고 꼭 문다. 그때의 문임의 얼굴은 얼음 가루가 날릴 듯이 무서웠다.

"무어요? 아버지하구두?"

하고 혜련은 너무도 놀라워서 몸을 뒤로 움찔했다.

문임은 아무것도 꺼릴 것 없다는 듯이, 커다랗게 고개를 끄덕끄덕했다.

"언니, 그게 정말요?"

문임은 또 고개를 끄덕거렸다.

옆방에서 나던 김 장로의 코 고는 소리가 그친다. 아마 혜련과 문임과의 이야기 소리에 잠이 방해를 받는 모양이었다.

"혜련이."

하고 문임은 옆방에서야 듣거나 말거나 상관없다는 듯한 여무진 소리로,

"난, 내겐 두 길밖에 없어. 아모렇게나 되는대로 되어라 하고 지옥 밑바닥을 향하고 달려 내려가거나, 그렇지 아니하면 아직 지옥 중턱에 걸렸을 적에 죽어버리거나, 그밖에 도리가 없지 않어? 인제 이 더러운 몸과 마음을 가지고 은주 씨를 다시 어떻게 보아? 못 보지! 못 보구말구. 누구든지 이런 몸인 줄 알구 데려갈 사람이 있거든 데려가라고 길바닥에 내던질 수밖에 없지. 천하 사람더러 나를 짓밟으라지. 내게 침을 뱉고 코웃음을 던지라지. 혜련이, 나는 그렇게 될 사람인 것 같애. 금시 죽어버리지 아니하면."

하고 저를 비웃는 듯이 픽 웃었다. 참회의 눈물에 젖은 문임의 얼굴에 조롱에 찬 웃음이 뜬 것은 무서운 광경이었다. 마치 파멸에 가까운 혼의 그림과 같았다.

"언니, 왜 마음을 그렇게 먹수? 어쩌다가 길을 잘못 들었더라두 인제부터라두 바루 들어설 생각을 하지 않구, 왜 그렇게 가루 달아나려 드우? 그렇게 자포자기하는 것은 언니 잘못된 생각야."

혜련은 이렇게 위로했으나 문임은 도리어 고개를 설레설레 흔들면서 비웃는 표정을 하며,

"내가 인제 어떻게 바른길루 들어? 인제 내가 갈 길이 어디 있어?"

하고 입을 삐쭉했다.

"왜 없어, 바른길이 왜 없어!"

"어디? 무슨 길이?"

"분명허지 않우? 언니 양심이 생각해보면 분명허지 않우?"

"어떻게?"

"나 같으면 이럭헐 테야. 내일이라두 곧 서울루 올라가서 은주 씨를 찾

아보구 모두 자백을 하거든. 그리구 그이의 용서를 청헌단 말야. 그래서 은주 씨가 용서해준다면 좋구, 그이와 혼인해서 살구, 만일 용서 못 헌다면, 다시는 안 사랑한다면 그때에는 언니 자유로 허구려. 지금 언니가 죄를 진 데가 은주 씨여든, 안 그렇수? 언니가 은주 씨를 언니게루 끌어놓고는 되려 배반을 했거든. 그러니깐 언니 마음에 평화를 줄 사람은 은주 씨란 말요. 은주 씨의 용서만이 언니의 마음을 구원한단 말요. 그렇지 않수? 난 내 생각이 옳은 것 같은데."

하는 혜련의 말에는 정성과 애정이 넘쳐흘렀다.

"난 못 해, 난 못 해!"

하고 문임은 고개만이 아니라 몸까지 흔들었다.

"그것을 어떻게 해? 무슨 면목으루 은주 씨를 다시 보아?"

이때에 김 장로는 벽을 두어 번 두드리면서,

"왜들 자지들은 않구, 무슨 이야기들이냐? 내일은 망군대를 간다면서."

하고 소리를 질렀다.

이튿날 아침에 김 장로 일행은 망군대 길을 떠났다. 밤에 잠을 잘 자지 못한 혜련은 머리도 무겁고 다리도 무거워서 아무 데도 갈 마음이 없었지마는 안 간다고 하기도 어려워서 따라 떠났다.

강이 유숙한다고 말한 K라는 여관 앞을 지날 때에 혜련은 그 여관 마당에 나와 선 사람들을 힐끗 돌아보았다. 혹시 강 선생이 그 속에 있지나 아니한가 했으나 보이지 아니했다. 벌써 떠나지나 아니했나? 자기를 다시 만날 것을 피해서 서울로나 딴 데로 가버리지나 아니했나? 이렇게 생각하면 강을 영원히 다시는 못 만날 것 같아서 가슴이 무직해짐을 깨달았다. 그렇게도 보고 싶은 이를 마음껏 보지 못하는 사정이 원망스럽기도 했다. 이제 영원히 다시 못 만난다면, 그것은 너무도 짧은 인연이 아닌가? 너무도 비참한 일이 아닌가? 혜련은 이렇게 생각하고 눈이 뜨거워짐을 깨달았다.

지장암으로 향하는 수풀 속 길의 아침 공기는 얼음과 같이 찼다. 새파란 잣새가 마치 무슨 원통한 죽음의 혼령 모양으로 오락가락했다.

문임은 어젯밤 괴로움이 씻은 듯 부신 듯 다 스러지거나 한 것같이 유쾌한 모양을 보였다. 노래까지도 불렀다. 그것은 지난 이른 여름 도봉 갈 때에 부르던 노래였다. 문임이 가장 즐겨 부르는 「애니 로리」였다.

Give me her promise true.

를 부를 때에는 문임의 소리에는 언제나 열정의 떨림이 있었다. 혜련은 문임이 용하게도 부끄러움 없이 이 노래를 부르는구나 했다. '참된 맹세'! 문임에게 참된 맹세가 있었던가.

어젯밤 문임의 고백을 듣고 나서는 혜련은 문임이 은주에게 대한 맹세만 저버린 것이 아니라 다른 남자에게도 여러 번 맹세를 하고는, 마음을 주고는, 아마 몸까지도 주고는, 그러고는 저버린 일이 있는 것만 같았다. 문임이 말한, 문임을 혼자 사랑하다가 죽었다는 그 시골 청년도 필시 문임의 맹세를 믿다가 문임에게 저버림을 받아서, 그렇게 마음과 몸이 상해서 죽은 것이나 아닌가 했다. 은주기로 문임이 이렇게 된 줄 알면 얼마나 괴로워할까? 그 단순하고 깨끗한 사람이 받는 고통이 얼마나 할까, 하면 혜련은 몸에 소름이 끼치는 것 같았다. 그다음에는 아버지가 저버림을 받을 차례, 하고 혜련은 단장을 들어 치면서 앞서서 걸어가는 아버지의 모양을 보았다. 뒷모양에도 늙은 빛이 완연한 아버지, 손자들이나 기르고 가르치고 교회 일이나 정성으로 보았으면 좋을 것 같은 늙은 아버지, 웬 망령인가, 웬 망신살이 뻗쳤는가, 하고 혜련은 아버지가 가여웠다.

혜련의 이러한 혼자 생각은 가끔 안내자의 설명에 중단되었다.

"저기 보이는 저 집이 지장암입니다. 신라 법흥왕 때에 원효대사가 창건한 절입니다. 지금은 백 방사라는 이가 학인들을 모아 데리고 대방광불화엄경, 대방광불화엄경 하고 도를 닦는 뎁니다."

이런 소리.

"이것이 황천강입니다. 물이 누렇지 않습니까? 이 강을 건너면 저승입니다. 옛날은 사람이 죽으면 이 강에 와서 굿을 하고 돈을 던졌다고 합니다. 이것이 명경댑니다. 업경대라고도 합니다. 이 앞에 서면 일생에 지은 죄, 마음에 먹은 것이 죄다 이 업경에 비추인다고 합니다. 아모리 속이려도 속일 수 없고, 기이랴도 기일 수가 없어서 이 거울에 비치는 대로 내생에 벌을 받아서 간다고 합니다."

"응, 어디 무엇이 비치나?"

하고 김 장로는 큰 체경같이 높이 선 바윗돌을 바라보며 웃었다.

"이다음에 돌아가셔서 저승에를 가시면 선생님 혼이 업경대 앞에 서신단 말씀이지요. 그렇더라도 선생님네같이 착한 일만 하시는 어른네야 무슨 걱정 있어요?"

하고 안내자는 픽 웃는다.

안내자는 말을 이어서,

"저기 저, 인제 가시노라면 보입니다. 저 업경대 밑에 굴이 둘이 있습니다. 하나는 황사굴이요, 하나는 흑사굴인데, 거기다가 불을 때면 저 업경대 꼭대기로 연기가 올라갑니다. 좋은 업을 지은 이는 황사굴로 올라가고 악한 업을 지은 이는 흑사굴로 올라간다고 합니다. 제가 일생에 지은 업은 터럭 끝만치도 속일 수도 없고 기일 수도 없다고 합니다."

하고 돌을 하나 집어서 황천강에 던진다.

거의 날마다 하는 소리지마는, 이 안내자도 업경대 설명을 할 때에는 자연히 내생이 무서운 것 같아서 제 과거를 돌아보게 되고 돌 하나라도 던져서 인정을 써두고 싶은 것이었다.

"고기가 황천강까지밖에는 못 올라갑니다. 참 이상하지요."

하고 안내자는 걷기를 시작한다.

김 장로도 어째 농담할 용기를 잃어버리고 제 평생을 돌아보지 아니할 수 없었다. 지옥이라, 극락이라, 하는 조상 적부터 전통적으로 생각해오던 것과, 또 지옥이라, 천당이라, 하는 예수교에서 말하는 것들이 생각혔다. 그러한 말을 일찍 귀담아들은 것도 아니언마는 그래도 두고두고 들어오는 동안에 그 생각이 마음 어느 구석에 뿌리를 박은 것을 김 장로는 발견했다.

바위를 디디고 올라서도, 바위를 돌고 하면서 김 장로는 일생의 일을 얼추 다 돌아보았다. 그러나 모두 다 다시 생각하기 싫은 것들뿐. 그중에는 아내의 원망하는 모양과 침모의 모양도 나오고, 뒤에 따르는 문임의 모양도 나왔다.

"모두 미신이란 말야. 그런 어리석은 소리로 백성들을 속여왔단 말야."

하고 김 장로는 문득 이렇게 외쳤다. 다른 사람에게 들리자는 것보다도 제 마음에 일어나는 무시무시한 불안을 일소하자는 것이었다.

"저게 극락문, 이쪽이 지옥문입니다. 극락문은 좁고 지옥문은 큽니다. 이다음 저승 가서도 큰 문으로 들어가시지 마시고 좁은 문으로 들어가서야 합니다."

안내자는 또 이런 말도 했다.

"이게 웃대궐 터입니다. 신라 마의태자 계시던 곳입니다."

이런 말도 했다.

우중충한 골목으로 열두 굽이를 돌면서 하는 안내자의 말은 김 장로 이하로 여러 사람의 마음을 무겁게 했다. 가끔 농담을 건네던 준상까지도 잠자코 들었다. 그중에도 김 장로는 때때로 한숨만 쉬었다.

점점 인간에서 멀어가고 점점 알 수 없는 무슨 힘이 내리누르는 것 같았다. 엄숙한 법정에 끌려 나가서 속마음에 먹은 바를 숨김없이 자백하기를 강요받음 같았다. 말없는 바위, 늙은 나무, 꿈틀거리는 넝쿨들, 그 속에 흐르는 물의 중얼거림, 무거운 공기…… 이것들이 다 사람의 마음에게 거짓의 껍데기를 벗어버리고 참의 앞에 꿇어 엎디기를 명하는 것 같았다. 문임은 무시무시하고 사지가 덜덜 떨릴 것도 같이 생각했다.

'최후의 심판.'

이것은 오래 예수교 분위기 속에 살아온 네 사람이 공통으로 느끼는 생각이었다. 게다가 황천강, 업경대, 지옥문, 시왕봉 등등의 무시무시한 관념을 가하면 아무리 미신이라고 억지로 부인해버리려는 김 장로도 마음이 편안할 수가 없었다.

가다가는 앞이 탁 막히고, 또 돌면 한 세계가 있고, 또 앞이 탁 막히고, 또 돌고. 순간순간 사람들은 딴 세계로 들어갔다. 더욱 깊고, 더욱 무시무시한 세계로.

'정말, 죽음 뒤에 또 삶이 있다고 하면?'

하고 김 장로는 일생에 처음으로 이러한 생각을 했다.

'그리고 죽음 뒤의 생명이 죽기 전의 업으로 결정이 된다고 하면?'

김 장로는 몸에 소름이 끼쳤다.

'내 나이 쉰둘!'

죽음은 바로 목전에 있는 것 같았다.

'그러나 칠십을 살자도 아직도 십팔 년.'

하면 아직 먼 것도 같았다.

'나날이, 시시각각으로 죽음을 향해 가는 길!'

김 장로는 차마 더 걸음을 옮겨놓을 수가 없는 것 같았다. 한 걸음을 걸으면 한 걸음만치 죽음에 가까이 가는 것 같았다. 김 장로는 우뚝 섰다. 그러나 아무리 김 장로가 걸음을 멈추어도 김 장로의 생명은 일순 일각도 쉼이 없이 죽음을 향하고 달렸다, 마치 저 물과 같이!

"좀 쉬어 가!"

하고 김 장로는 앉을 자리를 찾으려고 휘 둘러보았다. 그러나 모두 죽음의 그림자가 비추인 것 같아서 어디로 편안히 몸을 놓을 곳이 없었다. 이 바위도, 저 바위도 다 김 장로의 몸만 닿으면 무슨 독한 물이나 불을 내뿜을 것만 같았다. 나무 밑, 풀숲에서는 뱀이나 지네가 내달을 것만 같았다.

김 장로는 이 넓은 천지에 다섯 치 사방도 다 못 되는 엉덩이를 붙일 곳이 없는 듯이 쩔쩔매었다. 바늘 끝만 한 마음의 궁둥이를 댈 자리도 없는 것 같았다.

"여기 앉으셔요."

하고 혜련이 수건을 반반한 돌 위에 깔아놓았다. 혜련은 아버지의 초췌하고 풀기 없는 얼굴을 보기가 가슴이 아팠다. 그만한 나이면 성자다운 사람이 되어주었으면, 하고 마음에 애가 탔다. 갈수록 더욱 하늘 길에서 멀어가는 아버지를 어찌하면 건지나, 하고 혜련은 제게 힘이 없는 것이 원망스러웠다. 그렇게 생각하고는 혜련 자신이 강을 그리워하는 생각이 부끄러웠다. 왜 깨끗하신 하나님을 그리워하지 못하고 썩어질 사람을 그리워하는고, 할 때에 제게 대해서 정이 떨어지는 것 같았다. 그러나 혜련의 눈에는 아직 하나님의 모양이 분명히 떠오르지를 아니하였다. 그 옷자락이 손에 잡히지를 아니했다. 십자가에 못 박혀 손과 발과 가슴에 피를 흘리며 면류관을 쓰신, 고개를 한편으로 축 늘어뜨리고 돌아가신 예수의 모양은 혜련에게는 너무도 참혹했다. 십자가 밑에 합장하고 꿇어앉아서 애통하는 막달라 마리아의 모양도 너무나 비참했다.

이 세상에서 눈에 보이고 손에 잡힐 하나님의 그림자는 강 선생뿐인 것 같았다.

'나는 보통 여자들이 남자를 사모하는 것 모양으로 성욕을 섞어서 사랑하는 것이 아니다. 나는 그이의 깨끗하고 높고 아름다운 소울을 사모하는 것이다!'

이렇게 혜련은 스스로 변명해보았다.

그러나 혜련은 이것을 부인하지 아니할 수가 없었다. 그것은 그저께 비로봉에서 자기가 강의 품에 안겼을 때에 자기의 육체에서 일어나는 일종의 반응, 일종의 감각을 부인할 수 없었기 때문이다.

'왜 동물적인 육체를 완전히 떠나서 그의 노블한 정신만을, 소울만을 사모하지 못할까?'

혜련은 이렇게 한탄해보았다. 혜련은 어디까지나 동물적인 몸과 영적인 마음과를 갈라서 생각하고 싶었다. 그래서 저것을 죽이고 이것만을 살리고 싶었다. 그러나 몸을 가지고 태어난 혜련은 몸을 떠나서 마음을 생각할 수가 없었다.

'이 몸을 죽여버리면 깨끗하고 신령한 마음만이 남을까? 마치 시체를 태워버리면 몬지만이 한 줌 남듯이.'

혜련은 이러한 생각도 해본다.

어디서 벗어나고 싶은 마음, 무슨 속박, 무슨 제한을 끊어버리고 자유로운 허공으로 거침없이, 막힘없이 훨훨 날아보고 싶은 마음…… 혜련은 이러한 마음을 가진다.

그래도 그리운 강, 보고 싶은 강. 매달리고 싶은, 안기고 싶고, 잠시도 영원히 더불어 떠남 없이 하나가 되고 싶은 강!

'아아, 진실로 이상한 압박이다! 알 수 없는 마음이다!'

하고 혜련은 맑은 물을 손에 쥐어서 더운 이마를 식혔다.

김 장로는 단장으로 턱을 고이고 땅바닥만 들여다보고 있고, 준상은 혜련의 모양만 힐끗힐끗 지키고 있었다. 안내꾼은 담배만 빨고 있었다. 다람쥐들이 오다가는 사람들을 보고는 말끄러미 바라보고는 돌아서서 달아났다. 문임은 단장으로 무슨 글자를 쓰고 있었다.

이때에 영원암 쪽으로서 오는 한 늙은 중. 눈과 코가 요 붙고 조 붙고 한 키 작은 중. 맨발에 짚신을 신고 기다란 지팡이를 짚고 장삼인 듯한 것을 손에 들고 걸어왔다.

안내꾼이 그 늙은 중을 보더니 벌떡 일어나며,

"노장님, 어디를 그렇게 일찌감치 내려오십니까?"

하고 인사를 한다.

"주재소에."

하고 노장은 지팡이를 땅에 꽉 짚으며 허리를 펴고 선다.

"젊은 사람들을 보내시지, 노장님이 왜 몸소 내려오셔요?"

"응, 사람이 하나 죽어서. 젊은 사람들은 저기 상여를 메고 와."

하고 뒤를 돌아본다. 얼굴에는 방글방글 웃음이 떠 있고, 기다란 눈썹 뒤에 숨은 조그마한 눈이 반작반작 빛이 난다.

"사람이? 누가 죽었어요? 노장님, 여기 좀 앉으셔요."

하고 안내꾼은 바윗돌 하나를 가리킨다. 노장은 권하는 대로 앉는다.

노장은 바위에 걸터앉아 염주를 건 팔을 들어서 합장하고, 나무, 나무, 나무 하고 몇 번 중얼중얼한다.

"그런데 어느 시님이 돌아가셨어요?"

하고 안내하는 사람은 더욱 궁금하였다.

"어느 시님이 아니라 구경 왔던 손님이라네."

"구경 왔던 손님?"

하고 안내인은 깜짝 놀라면서,

"구경 왔던 손님이 왜 죽어요?"

한다.

"구경 왔던 손님은 못 죽나? 산 사람은 다 죽는 것이지."

"그러기로 하필 영원암에 와서 왜 죽느냐 말이오?"

"다 무슨 인연이지. 죽을 곳을 찾아서 영원암까지 들어온 것이어든. 말씨는 서울말인데 살기는 길림 산다고. 아주 유식하고 점잖은 사람야."

하고 노장은 말에 신이 나는 모양이다. '길림'이라는 말에 혜련은 깜짝 놀란다. '설마 강 선생이' 하면서 차마 묻지는 못하고 중의 말에 귀를 기울인다. 다른 사람들도 일변 무시무시하면서도 노승의 입을 주목하고 있다. 노장은 말을 이어서,

"어저께 점심때나 지나서 그 사람이 영원암에로 온단 말야, 혼자서. 그런데 그 사람이 죽고 나서 생각해보니까, 그때에도 어째 낯색이 이상하단 말야. 그래 점심을 시켜 먹고는 날더러 어디 방이 없느냐고, 대단히 종용해서 마음에 드니 좀 묵어가고 싶다고 그런단 말야. 그래 모퉁이 골방을 주었지. 그러고는 밤이 이슥하도록 나하고 이야기를 하고, 그러고는 나는 잠이 들지를 않았겠나? 아침에 늦도록 아니 일어나는 모양이길래 아마 몸이 곤해서 그러려니 하고 신지무의하고 있었단 말야. 그래도 어째 좀 마음이 켕기길래, 내가 문 앞에 가서 일어나라고 불러보았지. 대답이 없단 말야. 그, 원, 이상하다 하고 문을 열어보았더니 아랫목에 반듯이 드러누웠는데 벌써 죽었데그려. 얼굴빛이 벌써 파랬단 말야. 그래 들어가 만져보니까 싸늘하고 숨이 없지 않겠나. 죽은 사람이 숨이 있을 리가 있나. 어뿔싸, 이 양반이 죽었군, 하고 눈을 감기려니 벌써 굳어서 세상 눈을 감아야지. 대관절 어떻게 죽었을까, 하고 방 안을 돌아보니까 편지 한 장이 있단 말야."

하고 조끼 주머니에서 퍼렁 봉투에 든 편지를 꺼내서 흔들어 보이고는 다시 무슨 소중한 것이나 되는 듯이 다시 집어넣으며,

"원, 세상에 독한 사람도 있단 말일세. 그 사람이 어떻게 죽었는고 하니, 가만히 드러누워서 숨을 안 쉬어서 죽었단 말이야. 대체 독한 사람 아닌가? 목을 매어 죽는 사람도 거진 죽게 되면 살려달라고 발버둥을 친다는데 숨을 안 쉬어서 죽다니, 필시 무슨 도를 닦은 사람야. 성인은 생

사를 우리네가 이웃집 왔다 갔다 하듯이 한다거든. 이 사람은 필시 성인 인가 봐. 그리고 그 죽은 이유가 무엇인고 하니, 제가 살아 있으면 어느 한 사람이 잘못된 길로 끌리겠기로, 한 사람을 잘못된 길로 끄는 것보다 는 제가 이 세상을 떠나버리는 것이 옳다고, 그래서 죽는단 말야."

하는 것을 듣고 안내꾼은,

"별 싱거운 녀석도 많소."

하고 웃는다.

그러나 혜련의 얼굴은 '한 사람'이란 말에 더욱 질린다. 그렇지만 설마 하고 혜련은 노장의 다음 말을 기다렸다.

"응, 자네가 모르는 말이지."

하고 노장은 고개를 설레설레 흔들며,

"한 중생을 그르치는 죄가 백겁을 가도 소멸하지 아니하는 것이어든. 금생의 이 목숨을 던져서 한 중생을 건진다면 게서 더 큰 공덕은 없는 것 이야. 우리네 범부야 천만 생을 들고 나기로 어느 중생 하나 건져보나? 공연히 번뇌 속에서 나고 죽고 할 뿐이지. 그러니까 이거 하나로 보아도 이 사람은 거룩한 사람이란 말야. 그 어느 한 사람이란 게 누군지, 어떤 사람인지 모르지마는 말일세."

하고는, 그는 죽은 사람의 명복을 비는 모양으로 입을 오물오물하며 염 주를 몇 번 세다가 영원암 쪽을 바라보면서,

"이거, 원, 어째, 아직도 안 와. 젊은것들 두 녀석, 시체 하나가 무거워 서 이렇게 꿈지럭거린담. 응, 쯥쯥쯥쯥."

하고 일어선다.

이때에 두 사람이 맞들이에 담아서 든 시체가 산굽이를 돌아서 나온

다. 긴 바지랑대 둘에 우물 정 자로 가름대 둘을 매고, 그 위에 널쪽 하나를 놓고, 그 위에 시체를 누이고, 잎사귀 넓은 나뭇가지를 덮었으나 흰옷이 여기저기 드러났다.

일동은 이 시체가 오는 것을 보고 무의식적으로 일어났다. 노장은 일어나서 합장했다.

"어이, 무거워. 왜 그렇게 무거워."

하고 시체를 메었던 사람들이 맞들이를 내려놓고 이마에 땀을 씻는다.

"무겁기는 무어가 무거워? 사람 하나를 둘이서 메고 무거워?"

하고 노장이 시체의 머리를 덮었던 홑이불을 들어본다.

"아이, 선생님!"

하고 혜련은 두 손을 가슴에 모으고 기색하려 든다.

"선생님이라니?"

하고 김 장로도 놀라서 시체의 얼굴을 들여다보더니,

"이 사람이 강영호 아니야?"

하고 눈을 크게 뜬다.

"다 아시는 양반입니까? 허, 모도 인연이로군."

하고 노장은 염주를 센다. 한참이나 어쩔 줄을 모르던 혜련은,

"선생님! 선생님!"

하고 떨리는 몸, 떨리는 음성으로 부른다.

문임과 준상도 시체의 얼굴을 들여다본다. 잘 감겨지지 아니한 눈, 피 같은 시즙이 약간 흐른 입.

혜련은 미친 사람 모양으로 시체를 덮었던 나뭇가지를 다 집어던지고 그 시체의 가슴에 이마를 대고 엎드렸다. 시체는 흰 양복바지에 흰 노타

이셔츠를 입고 있었다.

"혜련아! 혜련아!"

김 장로는 혜련이 하는 일이 못마땅해서 불렀다.

"혜련이."

하고 문임은 혜련을 안아 일으켰다.

혜련은 순순히 문임에게 안겨서 시체에서 떨어졌다. 혜련은 정신 잃은 사람과 같았다.

김 장로는 노장을 보고,

"이이가 내 딸이 댕기던 학교 선생이오."

해서, 딸이 그렇게 슬퍼하는 이유를 사람들이 이상하게 알지 말도록 설명했다.

"네, 그러시오?"

하고 노장은 혜련을 보았다.

"자, 어서 가!"

하고 노장은 인부들을 재촉했다.

인부들은 혜련이 집어던진 나뭇가지를 집어서 도로 시체를 덮었다.

시체는 다시 가기를 시작했다.

김 장로 일행도 실심한 혜련을 데리고 뒤를 따라서 장안사로 내려왔다.

강은 어찌해서 죽을 길을 취했는가.

강이 비로봉에서 혜련을 작별하고 마하연을 향하고 내려올 때에 그는 제 의지력이 약함을 깊이 뉘우쳤다.

'그게 무에냐? 왜 성자의 태도를 취하지 못하고 감정을 놓아주었느

냐?'

이렇게 강은 저를 책망했다.

'아모것에도 움직이지 않는 마음.'

이것이 강의 소원이었다.

강은 비로봉에서 마하연을 거쳐서 장안사로 내려오는 동안에 한번 흔들렸던 마음을 다시 바로잡으려고 무진 애를 썼다. 사오 년간 전심전력해서 쌓아놓은 수양의 탑, 움직이지 않는 마음의 탑이 우루루 일순간에 무너져버린 것이 애석했다. 그 무너진 것을 다시 모아 쌓으려 했으나, 되지 아니했다. 도무지 오관과 마음에서 떨어지지 아니하는 혜련. 그 모양, 그 빛, 그 소리, 그 촉각.

강은 장안사에 내려와서 여관에 들어 한 밤을 지나는 동안에 도무지 잠을 이루지 못했다. 자꾸 혜련이 기다려지고 그리워졌다.

강은 밤에 여관에서 뛰어나와서 컴컴한 수풀 속에 혼자 엎드려 한없이 길게 기도를 하였다. 겟세마네 동산의 예수의 마지막 기도를 생각하면서 옷이 이슬에 푹 젖도록,

"이기게 하소서, 이기게 하소서. 소중한 한 혼을 그르치게 말도록 힘을 주소서."

를 반복하였다.

강은 이렇게 오래 하는 기도에서 힘을 얻었다. 그리고 마음에 기쁨을 얻었다. 장안사의 새벽종이 꽝꽝 울릴 때에 강은 승리의 기쁨을 안고 달빛 찬 새벽하늘을 우러러보았다. 구름 한 점 없는 하늘! 그렇게도 맑은 제 마음을 강은 기뻐하면서 여관으로 돌아왔다.

강은 평안한 마음으로 잠시 눈을 붙였다.

그러나 구경 길 떠나는 사람들이 왁자지껄하는 소리에 강은 잠을 깨었다. 강이 깰 때에 처음 생각난 것이,

'오늘은 혜련이가 장안사에 올 날.'

이라는 것이었다.

강은 이 생각을 흔들어서 떨어버렸다.

'돈도, 안락도, 명예도, 여자도, 생명도 나를 흔들지는 못한다. 맑고 비고 비인 내 마음!'

강은 이렇게 스스로 뉘우쳤다.

'오냐, 이것이 최후의 시련. 이것만 이기면 내 마음 닦음은 완성된다.'

이렇게 스스로 격려했다.

아침을 먹고 강은 혜련이 오기 전에 장안사를 떠나서 서울로 향하리라 했다. 그리고 행장을 다 싸놓고 차 시간 되기를 기다릴 때에 강의 마음에는 또 한 생각이 떠올랐다. 그것은 자기가 혜련을 피하는 것이 약한 것이 아닌가 하는 생각이었다. 내 마음이 든든할진댄 왜 어엿하게 혜련을 대하지 못할까? 왜 혜련을 앞에 놓고도 마음이 까딱도 아니 하는 그런 경계를 이루지 못할까? 피하는 것은 비겁한 일이다. 이러한 생각이 났다.

이 생각은 강에게는 매우 유쾌한 생각이었다. 그래서 떠난다고 점심까지 해준 주인에게 하루 더 묵을 것을 선언하고 강은 단장을 끌고 여관을 나섰다. 만폭동으로 혜련을 마중 갈 작정이었다. 마중 가는 체 아니 하고 만폭동으로 올라가노라면 반드시 혜련의 일행을 만나리라고 생각한 것이었다. 강은 이 생각 속에 위험한 틈이 있는 것을 아무쪼록 보지 아니하려 했다.

강은,

"一住寒山萬事休, 更無雜念掛心頭."

라고 주련 써 붙인 문 앞에 서서 이윽히 그 글 구절을 생각했다. 그리고 아무 잡념도 마음에 없다는 것을 스스로 생각하고 만족한 듯이 만천교를 건너서 명연담 쪽을 향하고 올라갔다.

'그러나, 그러나.'

하고 강은 우뚝 섰다.

'내 마음에 과연 잡념이 없는가? 이 길이 구하는 바 있는 길이 아닌가? 혜련을 한 번 더 보러 가는 길이 아닌가?'

하고 생각할 때에 강의 고개는 수그러졌다.

강은 진주담의 반석 위에 선 혜련, 분설담 앞에 앉은 혜련, 보덕굴에 오르는 혜련, 이러한 이미지들을 눈앞에 그리다가,

'아아, 약한 나!'

하고 단장으로 길가 바윗돌을 한번 두들길 때에 단장이 절반이 뚝 부러졌다. 강은 그 부러진 단장을 내어던지고 걸음을 돌려서 영원동으로 건너가는 길목을 향하고 걸어왔다.

강은 뒤도 아니 돌아보고 명경대도 보는 둥 마는 둥 자꾸자꾸 올라갔다. 얼마를 가서 강은 개천 가운데 있는 반석 위에 앉았다. 깎아지른 절벽, 위태위태한 소나무들, 바위들, 그 위에 푸른 하늘, 이따금 떠도는 흰 구름장, 소리 내며 흐르는 맑은 물, 이따금 들리는 새소리, 벌레 소리, 강은 이 속에 잠깐 무심하고 있을 수가 있었다. 끓어오르던 번뇌의 가마에 때는 불을 잠깐 물린 것 같았다.

강은 고요한 마음으로 흐르는 물을 들여다보았다. 언제까지나 언제까지나 들여다보고 있었다.

이때에 마음속에 떠 나오는 생각들. 그것은 모두 지나간 일생의 추억들이었다. 송화강 가에서도 몇 번 되풀이한 것이지마는 오늘과 같이 이렇게 고요한 마음을 가져본 일은 없는 것 같았다.

솔솔 풀려나오는 일생의 추억의 실마리. 강은 이것을 당기려고도 아니 하고 막으려고도 아니 하고, 물이 흘러 내려가는 모양으로 저절로 풀려 나오게 내버려두었다.

강은 소년 시절부터, 바르게 살자, 남을 위해서 저를 희생하는 생활을 하자, 하는 것을 목표로 하였다. 그것은 다만 그가 중학 시대에 T라는 어떤 선생에게서 톨스토이주의의 감화를 받은 때문만이 아니었다. 그리고 그가 다니던 중학이 그리스도교의 학교이기 때문에 예수의 가르침에 물 젖은 것뿐만이 아니었다. 그는 조부와 아버지에게서 그러한 성격의 유전을 받은 것이 중요한 성격의 요소를 이룬 듯하였다.

그의 조부는 본래 어느 시골서 양반 행세하던 사람으로서 원의 탐학에 분개하여 민요의 장두가 되었다가 겨우 목숨을 부지한 사람이요, 그의 아버지는 한국 말년에 불사가인생업(不事家人生業)하고, 학교를 세웁네, 지사 노릇을 합네, 하고 돌아다니다가 서울에다가 처자를 버리고 서간도에서 객사한 사람이었다. 그 조부나 아버지나 다 세상을 위해서 집을 잊고 저를 잊고 일하노라고는 했으나, 항상 공상적이요 열정적일 뿐이요, 처세술이 졸하고 한 가지 일에 전심하는 마음이 부족하기 때문에 무엇 하나 이뤄놓은 것은 없고 친구들 중에서도 그리 소중히 여김을 받지 못하였다. 강도 그 부여조(父與祖)의 이러한 성격을 많이 받은 사람이었다.

그는 학생 시절에도 남을 위해서 퍽 애를 쓰노라고 했으나 공은 없었고, 학교를 졸업하고 교원이 된 뒤에도 항상 학교를 위하고 학생을 위하고 또 동료를 위해서 진심갈력하노라고 했지마는 매양 학교 당국에서는 중요하게 여김을 받지 못하고 동료들에게는 질시와 경이원지를 받았다. 다만 학생들만은 반수 이상이 강에게 호의를 가졌으나 이것이 도리어 강의 지위를 위태하게 한 것은 벌써 말한 바와 같다.

그가 내는 의견은 모두 이상적이어서, 실제가라는 사람들의 눈에는 공상으로밖에 보이지 아니했다. 그래서 강이 직원회의 같은 데서 열심으로 이상론을 하면 다른 직원들은 감복하는 대신에 픽픽 웃었다.

이리해서 강은 고적한 사람이 되고 마음에 불평을 품은 사람이 되었다. 그가 교원 시대에 자살을 아니 하고 생명을 유지한 것은 실로 학생들에게 대한 열정적 사랑이었다.

'나는 내게 있는 것을 모도 저 어린 조선의 딸들에게 주자. 내 있는 힘을 다해서 내게 있는 모든 것을 몽땅 떨어주자.'

이것이 강의 유일한 주의요 희망이었다. 그리고 강은 실로 날마다 이것을 실행하였다. 무슨 좋은 생각이 나뜨면 그것을 반드시 학생들에게 말하고, 책을 보다가 무슨 좋은 구절을 보더라도 반드시 수첩에 적어 넣었다가 학생들에게 일러주었다. 오늘은 무슨 좋은 말을 할 것이 없나, 이 시간에는 무슨 좋은 것을 줄 것이 없나, 하여 강은 그것만에 정신을 썼다. 이 속에서 강은 제가 세상에서 사는 보람을 찾고 또 인생의 기쁨을 찾았다.

이렇게 하기에 강은 피곤했다. 강의 입술은 늘 조갈이 일었다. 그러나 학생들을 위한 이 피곤이야말로 강에게는 가장 거룩한 위로요 기쁨이었다.

강이 이렇게 학생들에게 전 생명을 집어넣는 데는 그의 가정의 불화라는 것이 또한 이유가 되었는지도 모른다. 강의 혼인은 결코 사랑으로 이룬 것이 아니었다. 그의 아버지의 동지의 딸에 대한 의리로 한 결혼이었다. 강의 장모 되는 이는 동지 간에도 유명하게 사나운 부인이었다. 남편이 세상일만 알고 돈을 안 벌어들인다 하여, 이 녀석, 저 녀석, 하고 싸움을 하는 아내였다. 그의 딸인 강의 아내도 그 아버지는 닮지 아니하고 그 어머니의 사나운 성질만을 닮아서 표독하다고 할 만한 여자였다. 게다가 마음이 올곧지 아니하고 그의 말에는 항상 칼날과 독한 화살이 품긴 것 같았다. 얼굴도 잘생긴 편은 못 되고 약간 눈흑보기였다. 게다가 집이 가난해서 보통학교도 다 마치지 못하고 나이 이십이 넘게 되어서, 강은 이를테면 의협심으로 이 여자와 결혼한 것이었다.

'내가 거누지 않으면 저 아녀자를 누가 거누리.'

하고 다른 좋은 듯한 혼처가 있는 것도 다 물리치고 혼인한 것이었다. 역시 강의, 남을 위해서 저를 희생하자 하는 성격에서 나온 실패였다. 강의 일은 모두 이뿐이었다.

혼인한 첫날부터 강의 가정은 불화했다. 그의 아내는 눈만 뜨면 강을 볶기 시작해서 잠이 들 때까지 볶았다. 그저 참자, 그저 용서하자, 하고 꾹꾹 눌러가던 강도 어떤 때에는 화를 내어서 아내와 맞불질을 하는 일도 있었다. 이런 일이 있은 뒤에는 그 아내는 다른 교원의 집과 아는 이웃집으로 돌아다니면서, 있는 소리, 없는 소리 다 지어내어서 강의 험구를 하였다. 더욱이 강이 여학교 선생이 되어서 하루 종일 여자들을 대하고 있다는 것이 그 아내의 신경을 몹시 자극하는 모양이었다. 학교 직원들 사이에 퍼진 강에 관한 험담은 대개 그 아내의 입에서 나온 것이었다.

강은 어떤 때에는,

"여보, 아이들이 부끄럽지 않소? 제발 어린 자식들 보는 데서만은 아비의 위신을 그렇게 지르밟지 마오."

하였다. 그러면 아내는 더욱 신이 나서 어린 자식들 앞에서 그들의 아버지인 강을 개새끼 몰아세듯이 욕설을 퍼부었다.

"나는 도저히 서울서는 낯을 들고 살 수 없소."

하고 강은 늘 한탄하였다. 이것이 강으로 하여금 길림으로 가게 한 동기 중의 하나도 되는 것이었다.

강은 길림에 온 후에도 이러한 가정생활을 계속했다. 그는 이것을 기회로 참는 힘과 원수를 사랑하는 힘을 기르는 공부를 하려 하였다. 그렇게 생각하지 않고 그는 그 아내의 포학을 견디어낼 수가 없었던 것이었다.

강은 몇 번이나 송화강 물을 들여다보고는 몸을 던져버릴까 하는 생각을 하였다. 그러나 그는,

'이 목숨을 세상을 위하거나 남을 위해서 버릴지언정 제 괴로움 때문에 버리는 것은 옳지 않다.'

고 해서 참았다.

그가 참는 공부를 하게 된 것은 마침내 그로 하여금 마음공부에 들어가게 하였다. 처음에는 성나는 감정뿐 아니라 모든 감정을 억지하기를 힘썼고, 다음에는 외계의 자극에 움직이지 아니하는 마음을 기르려 하였다. 벌판에서 소를 먹이고 긴 날을 보내는 일은 이런 공부를 하기에는 매우 합당하였다. 그는 하늘에 떠가는 구름장을, 소리 없이 흘러가는 강물을 무심의 상태로 바라보기를 즐겨 하였다. 그러나 마음이 잔잔하게, 말갛게 될 때에 오직 하나 뚜렷이 떠오르는 것이 혜련의 그림자였다. 여러 해를 지나서 얼굴 모습도 분명히 기억이 안 되건마는 그래도 온 마음을

다 엄습하는 그리움을 가지고 혜련의 이미지가 떠 나왔다. 도리어 강의 마음속에서 모든 잡념을 다 제거하기 때문에 혜련의 이미지가 더욱 분명하게 더욱 자주 떠 나왔다고 하는 것이 옳을 것이다. 그것은 마치 작작한 가을의 볕과 같은 따뜻하고도 서러운 위안을 주는 것이었다.

그러나 강은 이 생각도 눌러버리려 하였다. 제 마음을 맑은 하늘과 같이 만들어, 비록 그 속으로 별이 지나가고 구름이 지나가더라도, 지나갈 뿐이요 걸림이 없게 하기를 기약하였다.

그래도 강의 마음은 강의 말을 잘 듣지 아니하였다. 가정의 지옥고를 벗어나고 싶은 마음과 혜련의 맑은 눈을 접하고 싶은 마음은 마치 피곤한 눈에 남는 잔상이 눈을 감을수록, 꽉 감을수록 잔상의 잔상, 또 잔상의 잔상으로 반복하고 반복하는 모양으로 스러질 줄을 몰랐다.

이러한 번민 끝에 강은 마침내 집을 떠나서 금강산 구경을 오기로 한 것이었다. 집에서는 약 한 달 고향을 다녀서 온다고 했지마는 속마음으로는 영원히 집을 떠나는 생각이었다. 강은 방한암이라는 선으로 이름 높은 중의 이야기를 듣고, 그 중을 만나서 배우면 마음의 번뇌를 떼어버릴 길도 있을까 하였다.

그래서 조선에 들어왔다가 혜련의 오빠를 만나, 그리고 혜련을 만난 것이었다.

'현재의 내 힘으로는 도저히 아내도 가족도 구원할 수는 없다. 도리어 그들과 함께 또는 그들을 몰고서 더욱더욱 끝없는 지옥의 불구덩이, 끊임없는 괴로움 속으로 들어갈 뿐이다. 그리고 혜련에게 대해서도 나는 오직 번뇌에의 유혹이 될 뿐이다!'

강은 영원동 물을 들여다보며 이렇게 생각하고 길게 한숨을 쉬었다.

'죽자. 역시 죽어버리자. 내 죽음이 도리어 아내와 혜련을 동시에 구원하는 기연이 될는지도 모른다. 이 변변치 못한 목숨으로 할 수 있는 유일한 서비스일는지도 모른다. 다만 죽어버리면 아내의 영혼을 파먹는 미움도 죽어버리고, 혜련의 영혼을 얽매는 그리움도 죽어버릴 것이 아닌가.'

강은 이렇게 생각할 때에 일종 거룩한 자부심과 기쁨을 느낀다.

강은 제가 일생에 한 일이 무엇인가 하고 생각한다. 잘한 일, 내놓을 것이 하나도 없음을 발견할 때에 강은 길게 한숨을 짓는다.

강은 제가 그동안에 써놓은 시와 글을 생각한다. 그중에 어느 것이 인류에게 없어서는 아니 될 보물인고? 강은 또 한 번 한숨을 짓는다.

일생도 낮이 거의 지나고 저녁때를 바라보는 그, 머리에 센 터럭조차 희끗희끗 보이기 시작하는 그, 평생에 바르게 살려, 옳은 일을 하려고 한 그, 그러나 지나온 길을 돌아볼 때에 아무것도 남김이 없고 현재의 저를 볼 때에 수십 년 전과 꼭 마찬가지인 사욕과 번뇌의 덩어리인 그, 가정에도 쓸데없고 사회에도 쓸데없는 그, 이러한 그를 발견할 때에 그는 눈에서 줄줄 눈물이 흘렀다. 눈물이 흐를수록 더욱 서러워지고, 서러워질수록 더욱 눈물이 흘렀다.

강은 흐르는 눈물을 막으려고도 아니 하고, 솟는 설움을 누르려고도 아니 하였다. 울어지는 대로 울었다.

강의 울음은 차차 소리를 내기 시작하였다. 강은 울음소리 나는 것을 참으려고도 아니 하였다.

강은 이 모양으로 골짜기에 울음소리가 울리도록 울었다. 얼마를 울었는지 모른다. 만일 영원동으로 들어가는 어떤 일행이 보이지 아니하였던들 강은 언제까지나 울었을는지도 모를 것이다. 사람들이 오는 것을 보고 강은 울음을 삼켜버렸다.

그 일행이 지나간 뒤에는 다시 종용한 골짜기, 물소리밖에는 없는, 구름 그림자밖에는 없는 골짜기가 되었다. 강은 더 울고 싶었다. 울고 울어서 정신을, 생명을 눈물로 다 녹여버리고 싶었다. 이 천지를 다 울어서 녹여버리고 싶었다. 그러나 그때에는 다시는 눈물이 나오지 아니하였다. 가슴에는 울음이 꽉 찼는데도 울음보다 더 괴로운 무엇에 눌려서 솟아오르지 못하는 것 같았다.

다만 가슴만 답답하였다. 팔다리에는 도무지 기운이 없었다. 신경의 움직임도 다 정지된 것 같았다. 다른 것은 다 죽고, 슬픔을 의식하는 마음만이 가물가물 살아 있는 것 같았다. 산, 바위, 나무, 물, 이런 것들도 모두 다 슬픔이었다. 제 눈앞에 놓인 손과 다리도 평생에 처음 보는 흉물스러운 것인 듯하였다.

'이 손가락, 이 손톱, 이것이 내 것이던가? 내게 언제 이런 것이 있었던가?'

하고 강은 제 두 손 열 손가락을 쳐들고 물끄러미 들여다보다가 징그러운 듯이 떨어뜨려버렸다.

도무지 아무것도 아까운 것이 없었다. 원하는 것이 없고 하고 싶은 것이 없었다. 몸도 마음까지도 다 시들하고, 하늘, 산도 다 괜히 있는 싱거운 존재만 같았다. 만물이 모두 다 얼이 빠지고 존재의 뜻을 잃은 것 같았다.

'살고 싶은 생각조차 잃어버린 이 마음.'

강은 이렇게 중얼거렸다.

'과거도 현재도 미래도 없는 나.'

하고 강은 두 손으로 머리를 쌌다.

'죽어버리자. 살아서 쓸데없는 생명을 끊어버리자.'

이렇게 생각할 때에 혜련을 사랑하던 것이나 아내를 미워하던 것이나 다 한바탕 꿈만 같고 웃어버릴 어리석은 일만 같았다.

'내가 인제 모든 번뇌를 해탈한 것인가?'

이러한 자만심의 움이 돋아날 때에 강의 마음에는 다시 번뇌의 구름이 일기 시작했다. 마치 심술궂은 신이 곁에 지켜 있다가 강을 조롱이나 하는 모양으로.

강의 마음속에는 다시 혜련의 그림자가 나떴다. 상그레 웃고 제 가슴에 매달리는 혜련의 모양.

'응.'

하고 강은 제 자신에 대해서 분개하는 듯이 주먹을 불끈 쥐었다.

'인제는 혜련이가 만폭동으로 내려올 때가 되었는지도 모른다.'

이러한 생각이 강의 마음에 떠올랐다.

'어서 표훈사께로 올라가볼까? 혜련을 한 번만 더 보고 죽을까?'

이러한 생각도 났다.

'죽기는 왜 죽어? 혜련의 그림자만을 안고 살 수 있는 날까지 살아갈까. 혜련은 마음이 변치 아니할 사람.'

이러한 생각도 났다.

갑자기 강의 마음속에는 생의 욕망이 용솟음치는 듯했다. 팔다리에 힘이 오르는 듯했다. 강은 벌떡 일어났다. 강은 만폭동으로 가리라는 생각으로 빠른 걸음으로 명경대 쪽으로 내려갔다. 얼마를 가다가 강은 우뚝 섰다.

'아, 부끄러운 일이다!'

하고 강은 양미간에 깊이 내 천 자를 그렸다. 강의 물불을 헤아리지 아니하는 의지력이 발작되는 것이었다.

강은 밝은 이지도 가졌다. 불같은 열정도 가졌다. 그리고 돌도 뚫고 쇠도 뚫는 의지력도 가졌다. 그러나 이 힘들은 서로 조화되지 못하고 상극이 되었다. 세 힘이 서로 화합해서 조화 있게 작용되었던들 강은 원만하고 성공하는 사람이 되었을 것이다. 그러나 이 힘들이 서로 싸워서 어느 순간에는 한 힘이 다른 두 힘을 때려누이고 혼자서 전제적 폭위를 부리기 때문에 그의 행동이 매양 탈선적이었다. 광적이라고 세상 사람의 눈에 뜨일 만하게 엄청난 일을 하는 것이었다. 이것이 그로 하여금 곧 세상에서 떨어지게 하고 실패하게 하는 중요한 원인이었다.

지금도 이러한 의지력이 발작된 것이었다. 그는 이 의지력의 전제에 끌려서 발이 어디를 밟는지도 모르게 영원동으로 훨훨 올라갔다.

강의 머릿속엔 아무 감정도 분별도 없고, 오직 혜련이 있는 곳과 반대 방향으로 가자는 의지력뿐이었다.

영원암으로 가는 길과 망군대로 가는 길이 갈리는 곳에 이르러서는 어디로 갈 것인가 하고 잠시 주저하였다. 그는 수렴동으로 갈까 하고 뽀얗게 물보라를 내면서 바위로 굴러 떨어지는 수렴폭을 눈앞에 그렸다. 그러나 그것을 보러 갈 필요도 없다고 생각하고 강은 바로 영원암으로 올라갔다.

강은 노장에게서 금강경을 빌려서 하루 종일 금강경을 읽었다. 그러나 잘 머릿속에 들어가지 아니하였다.

밤에 강은 아까 낮에 개천가 바윗돌 위에 가졌던 심리 상태를 회복할 수가 있었다. 그것은 생명에 대한 애착까지도 잃어버린 상태다. 강은 혼자 빙그레 웃었다.

강은 유서를 쓰려고 지필을 내어놓았다. 그러나 별로 쓸 말이 없었다. 혜련에게 제가 죽는 이유를 설명하고 싶은 유혹도 깊었으나 다 고만두는 것이 옳다고 생각했다. 다만 이 절에 폐를 끼치지 말자는 생각으로, 자기가 자살한다는 말과, 자살하는 방법은 스토아 철인들 모양으로 아무 외력도 빌리지 아니하고 숨을 안 쉬어서 질식사를 취하노란 말과, 시체는 화장에 부쳐서 재를 날려버리라는 말과, 세상의 은혜를 깊이 느끼고 결코 아무도 원망하는 이가 없다는 말과, 그리고 최후는,

나는 세상에서 살아서 아모 데 쓸데없는 인물이오. 도리어 내가 세상에 있기 때문에 깨끗한 한 사람을 그르치고, 나를 미워하는 한 사람에게 더욱 괴로움을 줄 염려가 있을 뿐이므로 나는 이에 내 값없는 생명을 유효하게 버릴 기회를 얻은 것입니다.

하는 말 등을 글씨 한 획 떨리지 아니하고 조리 정연하게, 아주 냉정하게, 거의 한 곳도 감정의 유로를 보임이 없이 썼다. 나중에 경관과 검사가 보고 놀란 것도 무리가 아니었다.

그러고는 강은 반듯이 자리에 드러누웠다. 죽으려는 것이다.

강은 죽은 뒤를 생각해보았다. 죽은 뒤에도 의식이 남는 것인가, 아닌가? 이 몸은 물과 흙이 되어버리고 말려니와 이 맘은? 마치 태엽이 다 풀리면 시계가 서버리고 말듯이 이 몸에 숨이 끊어지면 이 생명 현상도 그

만 스러지고 마는 것인가. 과연 영혼이라는 것이 있어서 또 종자식이라는 것이 있어서, 혹은 지옥으로, 혹은 딴 세계로, 혹은 딴 몸으로 생존을 계속하는 것인가? 마치 자고 깨면 새날이요, 자고 깨면 새날인 모양으로 수없는 생을 나고 들고 하는가?

강은 이 문제에 대해서 분명한 자신을 가질 수가 없었다. 다만 생명에는 멸하지 아니하는 무엇이 있는 성싶었다.

'내가 잘한 것이나 잘못한 것이나 간에 내가 한 일은 멸치 아니하리라. 그리고 그 일의 열매를 거두는 존재만은 끊임이 없으리라.'

강은 이렇게 믿었다.

'다음 생이 있다 하면 새 생에 들어가는 마음을 깨끗이 하자. 사당에 들어가는 제관이 목욕재계하고 마음을 모으는 모양으로 나도 그리하자. 내 힘으로 할 수 있는 한에서는 내 마음을 깨끗이 하자. 설사 다음 생이 없고 내 숨이 끊어지는 순간이 곧 내 존재의 마지막이라 하더라도 그 마지막만이라도 아무의 앞에 내어놓더라도 부끄러움이 없도록 하자. 부끄러운 일생의 마지막 순간만이라도, 단 한 순간만이라도 깨끗한 거룩한 마음을 가져보자. 금방 벗어버리고 갈 몸의 동물적인 욕망을 모도 해탈해보자.'

강은 이렇게 생각할 때에 마음이 편안함을 느꼈다. 세상에서 얼마큼 멀어짐을 깨달았다. 마치 높은 산으로 올라가는 사람이 한 걸음 한 걸음 위로 위로 올라갈수록 저 사람 사는 세상이 작아지고 멀어지고 시들해지는 모양과 같았다.

강은 전혀 못 보던 안심을 얻었다.

강은 한 걸음 한 걸음 더욱더욱 제 마음을 높은 지경으로 끌어올리려고 성인들을 생각하였다. 예수, 석가, 공자.

강의 눈앞에는 겟세마네에서 마지막 기도를 올리시는 예수와, 십자가에 달리신 예수의 모양이 나떴다.

강은 주기도문을 외웠다.

하늘에 계신 우리 아버지, 이름을 거룩하게 하옵시며, 나라이 임하옵시며, 뜻이 하늘에서 이룬 것과 같이 땅에서도 이루어지이다. 오늘날 우리에게 일용할 양식을 주옵시고 우리가 우리에게 죄지은 자를 사하야줌과 같이 우리의 죄를 사하옵시고, 우리를 시험에 들지 말게 하옵시고, 다만 악에서 구하옵소서. 대개 나라와 권세와 영광이 영원히 아버지에게 있사옵나이다, 아멘.

이렇게 외운 강은,

'아아, 어떻게나 직절간명하신 말씀인고. 이 몸의 모든 것을 하나님의 뜻대로 하시옵소서. 동포를 사랑하고 용서하게 하시옵소서. 오늘 먹을 양식밖에는 이 몸을 위해서 구하는 것이 없나이다. 잘못된 길로 들어가지 말게 하시옵소서. 오직 당신의 뜻만이 이루어지옵소서. 아아, 어떻게나 분명한 인생관인고?'

강은 이렇게 주기도문을 해석하는 모양으로, 번역하는 모양으로, 딴말로 고쳐보았다. 몇백 번인지 모르게 외운 주기도문이언마는 전에는 못보던 새 뜻을 가지고 강의 마음에 육박했다.

'헤매지 않고 똑바로 살아올 수 있는 평탄하고도 알기 쉬운 길이 있는 것을.'

하고 강은 높이 멀리 인생의 바른길을 찾노라고 사십 평생을 헤매던 것을
생각하였다.

'백합이 입는 모양으로, 참새가 먹는 모양으로, 풀과 나무가 자라다
가 저 할 일을 다 하고 마르는 모양으로…… 이것이 인생의 큰 길이 아니
냐?'

강은 눈을 번쩍 떴다.

'구름이 가는 모양으로, 물이 흐르는 모양으로, 그것이 사람의 사는 길
이 아니냐?'

강은 아까 금강경을 외울 때에,

"凡所有相 皆是虛妄 若見諸相非相 卽見如來."

라는 구절이 문득 생각이 났다.

'사람이 이렇다 저렇다 하고 모든 이론을 세우는 것이 다 허망한 것이
로고나. 이렇다 저렇다 하는 것이 아모것도 아님을 볼 때에 우리는 본래
의 마음을 보는구나.'

강은 이렇게 해석하고 만족하였다. 강의 눈 어염, 입 어염에는 웃음이
떠돌았다.

이렇게 생각할 때에 강이 지금까지에 닦노라고 애쓰던 것, 잘하려고
애쓰던 것이 다 헛되고 잘못됨을 깨달았다. 저와 같이 잘하노라고 애쓰
지 아니하는 사람들이 도리어 저보다는 진리에 가까운 길을 걷는 것같이
보였다.

강의 앞에는 괴롭던 일생이 떠 나왔다. 그러나 그것은 꿈이었다. 성내
는 아내와 애원하는 듯한, 모든 것을 다 바치는 듯한 혜련의 모양이 떠 나
왔다. 강은 이 두 사람을 평등으로 볼 수가 있었다. 자기를 음해하여 학

교에서 몰아내던 교사들이 떠 나올 때에도 미소와 목례로 대할 수가 있었다. 강의 마음눈에 보이는 세계의 넓은 벌판에 우물거리는 중생을 모두 평등의 마음으로 대할 수가 있었다. 길 잃은 양의 떼로 인류를 보시던 예수의 심경이 결코 억지로 지은 심경이 아님을 알 수가 있었다.

"吾觀一切 普皆平等 無有彼此 愛憎之心."

이라고 하신 석가의 심경도 알 수가 있는 것 같았다. 죽음을 눈앞에 놓을 때에 모든 사람은 미울 것도 고울 것도 없이 모두 평등이었다. 다만 자비하는 생각까지는 나지 아니하였다. 저들을 다 구원하리라는 큰 원까지는 나지 못하였다.

'나는 역시 작은 인물이다.'

하고 강은 최후의 한탄을 발하였다.

'겨우 혜련을 그르치지 아니하리라는 소원만이 내게 주어진 가장 높은 경계다. 깨끗한 마음으로 세상을 떠나자, 하는 것이 변변치 못한 내가 세상에 대해서 표할 수 있는 최후의 경의요 감사다.'

강은 이렇게 생각하였다.

그리고 슬픔도 무서움도 아까움도 원망함도 없는 마음으로 가만히 눈을 감았다. 그러고는 그의 전제적인 의지력을 최후로, 최고도로 발해서 제 숨을 끊어버렸다.

숨이 막혀서 답답하고 괴로웠으나, 강은 그것을 참았다. 아무 때에 죽어도, 그것은 가만히 있어도 조만간 한 번은 올 것임을 강은 알므로, 아픔과 괴로움의 관문은 통과하는 것이라고 강은 생각하였다. 강은 최후의 승리만은 잃지 아니하리라고 크게 크게 결심하였다. 육체가 죽지 않으려고 반항을 하였다. 호흡기와 순환기가 아는 힘을 다해서 조전하였다.

그러나,

'어서 스러져라. 나는 마침내 너를 이기고야 말 것이다. 육체야, 너는 내게 정복된 희생자다. 결코, 결코, 다시는 네 노예가 되지 아니할 것이다.'

하고 강은 터져 나오려는 숨을 이를 악물고 들이삼켰다.

강의 심장은 마침내 강의 마음에게 졌다. 강은 아뜩하는 듯 다시는 정신을 차리지 못하였다. 이렇게 강은 그의 일생을 마치었다.

강의 시체는 장안사에서 멀지 아니한 곳에 가매장을 하였다. 그것은 검사의 지휘를 기다리기 때문이었다.

그러나 그의 유서가 그의 필적인 것을 증거하기에 며칠을 허비한 뒤에 그의 시체는 유언에 따라 화장에 부치자는 의논도 있었으나 그 가족이 돌아오기를 기다리기로 하였다. 이 이상 강의 시체에 대하여서 길게 말할 필요는 없을 것이다.

혜련이 강의 시체가 흰 관에 들어서 땅에 묻히는 것까지는 보았으나 김 장로의 재촉으로 장안사에서 이틀을 묵고는 서울로 올라가지 아니할 수 없었다. 차가 서울에 닿은 것은 가을비가 뿌리는 저녁때였다. 정거장에는 한 달 전 떠날 때 모양으로 은주가 나와서 기다리고 있었다.

혜련은 은주를 볼 때에 퍽이나 가엾었다. 문임은 혜련의 앞이라 그러한지 은주에게 반갑게 고개를 숙였다. 은주는 이 의심스러운 애인에게 대하여 어떻게 할 바를 몰랐다.

문임은, 그러나 은주의 초췌한 모양을 볼 때에 마음에 아픔과 부끄러움을 느꼈다. 장안사 여관에서 혜련에게 자백을 한 뒤로부터는 문임은 제 마음을 속이기가 심히 어려웠다. 겉으로는 아무렇지도 아니한 양을 꾸미지마는 속으로는 시시각각으로 바늘로 찔림을 느꼈다. 그러다가 은주를 대하는 때의 문임의 심경은 참으로 견디기 어려운 일이었다. 만일 문임이 차 속에서부터 경성에서는 은주를 만나리라는 마음의 준비를 하고 오지 아니하였던들, 그는 은주를 대할 때에 기절을 했을는지도 모를 것이다. 다만 김 장로만이 기뻐서 싱글벙글하며 은주더러,

"그동안 아무 일 없었니?"

하고 단장을 두르고 있을 뿐이었다.

은주는 김 장로 일행을 김 장로의 집까지 안내하고는 초연히 금은상회로 돌아왔다. 그래도 문임이 무슨 핑계를 하기 위해서라도 한 번은 찾아오려니 하고 아침저녁 기다려졌다. 은주는 오래 마음속에 그리던 혜련을 잃고 또 문임도 잃는가 싶을 때에는 심히 적막하고 낙심됨을 깨달았다. 자기는 괜히 세상에 난 사람 같았다. 제가 세상에 있어야 있는 줄을 아는 이도 없고, 또 금시에 세상을 떠나버린다 하더라도 아쉬워할 사람도 있을 것 같지 아니하였다. 날마다 이 가게 구석에 들어박혀서 한 푼쭝, 두 푼쭝 하고 흰 쇠, 누런 쇠를 달아 파는 것으로 보내는 일생. 이것만 하고 있으면 입에 밥은 들어올 모양이다. 그러나 인생이란 이러다가 말 것인가……. 은주는 요새에 하루에도 몇 번씩 이런 생각을 하게 되었다.

얼마 전까지는 혜련이 은주의 소망의 전부였다. 혜련을 생각하면 모든 고적함이나 괴로움이 잊어졌다. 시끄러운 주판을 놓다가 피곤해서 정신이 흐려지는 때에도 혜련을 생각하면 새 정신이 번쩍 들었다. 그래서 그렇게도 건조무미한 생활이건마는 괴로운 줄도 모르고 도리어 일종의 소망과 기쁨을 가지고 살아왔다. 그러나 혜련은 잃어버린 줄을(잃어버렸다고 은주는 생각한다) 안 뒤로는, 눈치챈 뒤로는, 눈치챘다는 것보다도 자각한 뒤로는, 은주는 무슨 까닭에 사는지 몰라서 가끔 저를 잃어버렸

다. 그래도 혜련에게 대해서 전연히 희망을 끊기는 문임이 밤에 찾아온 때로부터였다.

은주도 젊은 남자인지라, 마침내 문임에게 끌려서 넘어가고 말았다. 만일 그날 밤의 문임의 강렬한 유혹이 아니었던들 은주는 일생에 혜련의 기억만을 가슴에 품고 살아갔을는지도 모를 것이다. 한번 마음에 정한 것은 변할 줄을 모르는 은주, 그것은 결국 은주를 슬픈 운명에 끌어넣은 미덕이었다.

그날 밤 문임과 마음을 맺은 뒤로부터는 은주는 비록 잠시라도 혜련을 생각하는 것이 죄인 것 같아서 혜련의 모양이 마음에 떠오르면 칼로 싹싹 잘라버렸다. 은주는 혜련에게 대해서 배반하였다는 괴로움을 가지거니와 다시 문임에게 대해서까지 배반하고 싶지 아니하였다. 일생에 문임에게 대해서나 변치 아니하는 신의를 지키리라고 맹세하였다.

문임이 그날 밤에 당장 둘이서 시골로 달아나기를 권해놓고서 김 장로를 따라서 원산으로 가는 것이나, 원산 간 뒤에 자주 편지하기를 약속하고는 엽서 한 장밖에 아니 한 것이나, 모두 불쾌도 하고 의심스럽기도 했지마는, 그래도 설마 하는 생각으로 있었던 것이었다.

문임이 원산에서 돌아온 후에 한 번도 은주를 찾지 아니한 것도 부득이한 사정이거니 하고, 한편으로는 용서도 하려고 하였다. 물론 은주의 가슴은 타고 끓었다. 이것은 은주의 낯빛과 입술에 나타났다. 낯빛은 초췌하고 입술은 말랐다.

가끔 은주의 마음속에는 질투의 불길도 일어났다. 은인인 김 장로의 품에 안긴 문임이 상상해질 때면 앞이 캄캄해지는 것 같았다.

'그러나 설마.'

하고 은주는 호의로만 문임의 심정을 해석하려 들었다. 그리고 도리어,

'아니, 내가 왜 내 애인을 의심하는고? 내게 몸과 마음을 다 바치는 이를 왜 의심하는고? 죄다! 죄다!'

하고 스스로 책망하였다.

하루는 은주가 오늘도 문임이 아니 오는구나, 하고 가게를 드리려고 덧문을 다 닫고 한 짝만 안 닫은 채로 멀리 찬바람 부는 거리를 바라보고 있을 때에 종로에서 전차를 내려서 남의 눈을 피하는 듯이 사방을 돌아보면서 금은상회 쪽으로 걸어오는 여자가 있었다. 그것은 문임이었다.

은주는 가슴이 뒤집히는 듯한 흥분을 가지고 한 걸음 문밖에 나섰다. 그래도 마침내 찾아오는구나 하였다.

문임은 잠깐 고개를 숙여서 인사하고는 또 뒤를 돌아보면서,

"어서 들어가서요."

하였다. 은주는 둘째 순간에 문임이 무슨 말을 가지고 왔는고, 하고 얼굴이 흐려졌다. 그것은 문임의 낯빛이 반가운 표정이 아니었기 때문이었다.

"앉으세요."

하고 문임은 저를 뚫어져라 하고 바라보고 섰는 은주의 시선을 피하면서 덧문 닫은 쪽에 몸을 비켜서 앉았다. 심부름하는 아이는 물끄러미 두 사람을 바라보고 있었다.

"이층으로 올라갑시다."

하는 은주의 소리는 떨렸다.

문임은 은주를 힐끗 보고는 잠시 주저하다가 마치 그 의지력이 도저히 은주의 시선을 저항할 수 없다는 듯이 기운 없이 층계를 밟고 올라갔다.

이층에 올라온 문임은 한참이나 우두커니 섰더니 애원하는 낯으로 한 손을 은주의 어깨에 얹었다.

문임의 손이 은주의 어깨에 와 닿을 때에 은주는 치가 떨림을 깨달았다. 그때에 문임의 낯에 뜬 애원하는 빛은 참된 것이 아니었다.

"용서하셔요."

하고 문임은 입을 열었다.

은주는 근육 하나 움직이지 아니하고 문임을 보고 있었다. 마치 은주는 아주 굳어진 것 같았다.

"용서하셔요."

하고 문임은 또 한 번 말하고는 무서운 듯이 은주의 어깨에서 손을 떼었다.

"무얼 용서하란 말요?"

하는 은주의 소리는 마치 도끼로 내리치는 듯하였다.

"헐 수가 없어서…… 아모리 생각해도…… 다 제가 잘못이죠만…… ."

문임의 말은 무슨 뜻인지를 알 수가 없었다.

"어쨌단 말요?"

은주의 두 눈썹이 움직였다.

"하도 김 장로님이…… ."

"김 장로님이 어쨌어?"

은주는 머리가 떨리기 시작한다.

"김 장로님이 하도 그래쌓아서…… 아모리 모면하려도 모면할 수가 없어서…… . 용서하셔요, 내가 죽일 년이니 용서하셔요."

은주의 눈과 입의 근육이 찌그러지는 듯하더니, 문득 두 손으로 문임

의 어깨를 꽉 그러쥐며,

"문임!"

하고 문임을 노려보았다.

"네?"

문임의 눈에서는 눈물이 흘렀다.

"어쨌단 말야?"

하고 은주는 문임의 어깨를 힘껏 잡아 흔들었다.

"혼, 혼, 혼인을 하게 되었어요."

하고 문임은 흑흑 느끼며 울기를 시작했다.

은주는 이빨을 사리물고 문임을 힘껏 흔들어서 떼밀쳤다. 그 바람에 문임은 마룻바닥에 꽝 하고 소리를 내면서 쓰러졌다.

은주는 두 주먹을 불끈 쥐고 한 걸음 문임 있는 데로 가까이 가다가 분을 꿀꺽 참고 뒤로 물러섰다. 은주는 단박에 문임을 죽여버리고 싶었다. 곁에 칼이나 몽둥이가 없나 하고 찾았다. 은주의 눈은 물건을 바로 볼 수가 없었다. 방바닥이 오르락내리락하고 전기등이 셋으로 넷으로 보였다. 마룻바닥에 쓰러진 문임의 모양이 보였다 안 보였다 하였다. 숨은 턱턱 막히고 입은 바짝 말랐다. 갑자기 손발이 얼음같이 식어서 자개바람이 날 듯하였다.

은주는 발길을 들어서 문임을 밟으려다가 문임의 옆구리를 향하고 내려가는 발을 가까스로 끌어당기어서 마룻바닥을 밟았다.

은주는 문임을 논죄하는 무슨 말을 하고 싶었으나 입과 혀가 굳어서 떨어지지를 아니하였다. 다만 이빨이 마주 닿는 떡떡떡떡 하는 소리가 지옥에서 솟아오르는 소리 모양으로 무시무시하게 이 음산한 방의 밤공기를 흔들 뿐이었다.

아수라와 같이 무서운 형상을 보이고 덜덜 떨고 있던 은주는 문득 아래 층으로 뛰어 내려갔다.

은주는 택시를 불렀다. 그러고는 한 짝 남겼던 덧문을 마저 닫고 다시 이층으로 뛰어 올라왔다. 이층에 올라온 은주는 양복저고리와 외투를 입고 모자를 쓰고, 그러고는 극히 침착하게 저고리 소매와 외투 소매를 가지런히 하고 깃을 바로잡고, 그러고는 구두를 벗고는 새 양말을 갈아 신고, 그리고 나더니,

"문임!"

하고 힘 있게 불렀다.

문임은 쓰러져 울면서도 은주가 하는 양을 다 보고 있었다. 그가 전화를 거는 것, 택시를 부르는 것, 옷을 갈아입는 것 등등.

문임은 그저 무서웠다. 만일 혼인식에 은주가 말썽을 부리면 어찌하나 하는 두려움으로 은주의 양해를 얻으러 올 때에도 무슨 변을 당할 줄을 예기하지 못한 바는 아니지마는, 그것은 욕을 먹거나 뺨깨나 맞을 정도리라고 생각했다. 그만한 봉변을 하더라도 은주의 마음을 미리 풀어서 혼인식을 무사히 치르는 것이 상책이라고 믿고, 은주가 어떠한 욕을 보이든지 다 당해내리라, 설마 죽이기까지야 하랴, 하고 왔던 일이었다. 그러나 은주가 욕도 아니 하고 때리지도 아니하고, 도리어 극히 냉정하게 되는 것이 더욱 무서웠다.

"네?"

하고 문임은 고개를 들었다.

"일어나!"

하고 은주는 턱을 추었다.

　문임은 일어났다.

　"내려가!"

하고 은주는 손으로 층층대를 가리켰다.

　문임은 하라는 층층대로 내려갔다.

　문임이 서너 계단 내려갔을 때에 은주는 이층의 불을 끄더니 층층대로 따라섰다.

　은주의 쾅쾅 하는 발소리가 등 뒤에 들릴 때마다 문임은 은주의 억센 손이 제 목덜미를 꽉 그러쥐는 듯해서 쪽쪽 소름이 끼치고 다리가 덜덜 떨렸다.

　문임은 계단을 다 내려와서는 잡혀가는 죄수가 간수하는 경관을 바라보듯이 은주를 바라보았다.

　은주는 한 손으로 문임의 팔을 끼고 한 손으로 협문을 열었다. 그러고는,

　"상도야, 이 문 걸어라."

하고 소리를 지르고는 문임을 끌어다가 택시에 태우려 하였다.

　"어디를 가서요?"

하고 문임은 택시 앞에서 한 걸음 뒤로 물러섰다.

　은주는 그 말에는 대답도 아니 하고 한 손으로는 문임의 팔을 끼고 한 손으로는 자동차 문을 열어젖히고는 문임을 자동차에 밀어넣고, 그러고는 자기도 올라타고 제 손으로 자동차 문을 닫고,

　"청량리."

하고 한마디 운전수에게 명령을 하고는 팔짱을 끼고 눈을 감았다.

운전수는 속으로 수상하다 하면서도 큰 상점에서 나오는 사람들이라 안심하고 모르는 체하고 차를 몰았다.

벌써 청량리 가도에는 행인이 드물고 사람도 아니 탄 전차가 윙윙 소리를 내고 달릴 뿐이었다.

문임은 가끔 눈을 옆으로 치떠서는 은주를 엿보았다. 그러나 은주는 마치 졸기나 하는 듯이 팔짱을 낀 채 눈을 내리감고 차체가 흔들리는 대로 몸을 흔들고 있었다.

문임은 이 침묵이 견딜 수 없이 무서웠다. 문임은 참다못하여 가만히 손을 은주의 무릎 위에 놓아보았다. 그러고는 제 손이 거기 있는 줄 알라고 두어 번 눌렀다. 그러나 은주는 아무 반응도 보이지 아니하였다.

문임은 무안한 듯이 그 손을 거두어다가 제 무릎에 놓았다. 그랬다가는 또 안심이 안 되어서 이번에는 팔을 뒤로 뽑아서 가만히 은주의 허리를 안았다. 은주는 허리를 한 번 움찔하였다. 그것은 물론 뿌리치는 뜻이라고 문임은 해석하고 팔을 다시 거두었다. 그러고는 두 손으로 눈을 가리고 느껴 울었다. 그러나 은주는 아는 체하지 아니하였다.

차는 대학 예과 모퉁이를 돌아서 수풀 속으로 달렸다.

문임은 차가 비끗 돌아설 때에 창을 내다보고야 비로소 어딘지를 알았다. 그러고는 몸에 소름이 끼쳤다.

차는 임업시험장 앞에 섰다. 조는 듯하던 은주는 손수 차 문을 열고 내려서서 문임을 보았다. 문임은 따라 내리기가 싫고 무서우면서도 마치 못 이길 힘에 끌리는 듯이 순순히 따라 내렸다. 문임은 은주에게 울고 매어달리리라 하고 여자로서의 최후의 전술을 생각하고 마음을 진정하면서 은주가 찻값을 다 치르기를 기다리고 서 있었다.

운전수는 두 사람을 한 번 힐끗 보고는 차를 돌려서 달아나버렸다.

"이리 와!"

하고 은주는 약물로 통한 길로 앞서서 걸었다.

문임은 고개를 푹 수그리고 말없이 은주의 뒤를 따라섰다.

어두운 수풀 속에 길만이 희끄무레하게 보였다.

말없는 두 사람의 발자국 소리가 따박따박 하고 인적 끊인 밤 수풀 속에 울렸다.

얼마를 가서 은주는 우뚝 서서 휘휘 둘러보더니 문임의 바른편 팔을, 이번에는 끼는 것이 아니라 으스러져라 하고 꽉 붙들고 길 없는 솔밭 속으로 끌고 들어갔다. 문임은 한량없이 멀리멀리 끌려가는 것같이 생각했다. 은주가 사정없이 빨리 끌기 때문에 미처 발을 제대로 옮겨놓을 새가 없었다.

이렇게 얼마를 가서 은주는 우뚝 서며 문임을 끌어다가 바로 제 앞에 세웠다. 눈이 어두움에 익을수록 서울의 불빛이 가로 비치어서 마치 어스름 달밤과 같이 훤하였다. 은주의 눈에는 문임의 얼굴 모습이 분명히 보였다.

은주는 이윽히 문임의 얼굴을 물끄러미 들여다보더니,

"문임! 그래 몸까지 김 장로헌테 주었어?"

하고 문임의 팔을 한 번 흔들었다. 은주는 이런 말을 묻는 것이 데데한 것을 깨달았다.

문임은 고개를 살랑살랑 서너 번 흔들었다. 이 경우에 은주를 속일 수밖에는 길이 없다고 생각한 것이었다.

"똑바로 말해! 두마음 가진 계집이 이 자리에서까지 거짓말을 할 테냐?"

　은주는 주먹을 번쩍 공중에 들었다.

　문임은 머리를 한쪽으로 피하며,

　"꼭 한 번, 억지로, 나 자는 데 들어와서."

하고 고개를 숙였다.

　"이 더러운 계집년! 이 못 믿을 계집년! 이 창기와 같은 음탕한 계집년! 이년! 내게 대해서 말한 그 혓바닥은 몇 개나 되고, 내게 주던 그 마음은 모두 몇 개나 되고, 그 몸뚱아리는 모두 몇 개나 된단 말이냐. 이년, 내게 한 그 맹세는 어디다 두었니? 천하에 너와 같은 계집을 내가 모조리 죽여버리지 못하는 것이 철천지한이다. 너 같은 더러운 계집 하나를 죽이고 내 목숨을 버려야 할 것이 한이다. 그렇지만, 그렇지만, 너 같은 년을 보고도 그냥 살려둔다면 내가 인류에 죄인이 될 것이야. 사내로 태어나서 좋은 일 하나 못 해보고 더러운 계집년 하나하고 목숨을 바꾼다는 것이 만고에 유한이다마는 인류를 위해서 독사 한 마리를 잡고 죽는 줄만 알련다. 이년, 네년이 시집을 가? 응, 부잣집에 시집을 가? 누구 집을 망해놓을 양으로? 몇 사내를 배반해서 나와 같이 만들어놓을 양으로? 내 집안 혈통이 불의를 보고는 참지를 못하는 혈통이다! 오냐, 이년, 의인의 손에 걸려서 죽는 것을 다행으로나 알아라! 어따, 이 칼로 찔러 죽어! 네 속에도 양심이 터럭 끝만치라도 남아 있거든 내가 손을 대기 전에 참회하는 기도나 올리고 네 손으로 죽어!"

　은주는 양복 속주머니에서 장도처럼 생긴 다섯 치나 되는 칼을 꺼내어 날을 쭉 뽑아서 문임에게 준다. 칼날이 희미한 빛을 발하고 번적한다.

　문임은 은주의 손에 들린 칼을 보고 두 손을 가드러뜨리며 한 걸음 뒤로 물러선다.

"어서 어서! 어서 받어! 그러다가는 기도 올릴 새도 없이 죽을 테니 어서 받어! 죄의 값이 무엇인지나 깨닫고 죽어라!"

"아, 아, 아, 은주 씨! 은주 씨!"

"나는 불러서 무엇 해? 나 같은 사내는 아모리 쇠겨 넘겨도, 아모리 배반하고 지르밟아도 괜찮을 줄 알았더냐. 버러지 한 마리 밟아 죽인 죄도 벗어나지 못한다는 것이다! 어서 이 칼을 받어!"

"으, 으, 은주 씨. 자, 자, 잠깐만 참으셔요. 마, 마, 말이나 다 들으시고."

"무슨 말이 있어! 응, 또 무슨 거짓말을 꾸며대서 한 번 더 나를 속여 넘길 양으로? 안 되지, 안 되어. 그러면 그럴수록 더욱더욱 최후에 죄를 짓는 것이란 말이다. 인제 그만, 다만 일순간이라도, 최후의 일순간만이라도 똑바른 마음을 먹어보아라!"

"은, 은, 은주 씨. 난 당신을 사, 사, 사랑해요."

"흥! 또 사랑이야?"

문임은 달아나려고도 해보았다. 그러나 다리가 말을 듣지 아니했다. 은주에게 울고 매달리려고도 해보았다. 그러나 은주의 뜻은 얼음같이 차고 쇠같이 단단하였다.

"왜 이래? 그래도 또 거짓야?"

하고는 떠밀쳤다.

"사람 살리우."

하는 소리 한마디를 마침내 문임은 힘껏 지르노라고 했다. 그러나 다음 순간에 문임은 피를 뿜고 쓰러진 시체가 되었다.

은주는 죽어 넘어져서 사지의 경련이 다 끊어지기를 기다려서,

"그예, 참말 한마디를 못 해보고 죽어버리는구나. 그래도 마지막 순간에만은 참마음이 나올 줄만 알았더니."

하고는 칼을 칼집에 꽂아서 아까 칼이 있던 속주머니에 넣고, 전찻길을 향하고 빠른 걸음으로 걸어 나온다.

은주는 그길로 김 장로의 집에 가서 대문을 두드렸다. 얼마를 두드린 때에 잠 못 들던 혜련이 마루 끝에 나서서,

"누구요?"

하고 소리를 쳤다. 은주는 그것이 혜련의 음성인 줄을 알았다. 그 음성을 들을 때에 은주의 얼었던 피는 일시에 녹는 듯하여 어깨가 축 처지고 고개가 수그러짐을 깨달았다.

"내야요, 은주야요."

하고 대답하는 은주의 목소리는 은주 자신이 듣기에도 이상하였다.

혜련이 신을 끄는 소리가 나더니 빗장에 손을 대고는 또 한 번,

"누구세요?"

하고 묻는다.

"은주야요."

하는 대답에 혜련은 대문을 열었다.

"아저씨 계서요?"

하고 은주는 제 손으로 빗장을 잠그면서 묻는다.

"사랑에서 주무세요. 그런데 웬일이세요, 이렇게 늦게?"

하고 혜련은 은주에게서 몇 걸음 떨어져서 중문 쪽으로 비켜선다.

"아저씨 좀 깨우세요. 급히 여쭐 말씀이 있으니."

"가게에 도적이 들었어요?"

"아니요."

하고 은주는 하늘을 바라본다.

혜련은 어디서 피비린내가 나는 듯도 하고, 문임이 어디로 나가서 늦도록 안 들어오는 것도 수상히 여기면서,

"문임이 보셨어요?"

하고 은주를 쳐다보았다.

"네. 어서 아저씨 좀 깨우세요."

혜련은 사랑 뒷문으로 갔다. 은주는 중문턱에 서 있었다.

"아버지, 아버지, 저 은주 씨가 무슨 급한 일이 있다고 오셨어요."

하는 소리도 들리고,

"응, 은주가? 은주가 왜? 그런데 문임이 들어왔니?"

"아직 안 들어왔어요."

"그 원, 어딜 가서 그렇게 늦게 있어? 어디 간지 몰라?"

하고 김 장로가 졸리는 소리로 화를 내는 것도 들린다.

은주는 부르기를 기다리지 아니하고 일부러 구두 소리를 크게 내면서 사랑 뒷문으로 가서,

"은줍니다."

하였다.

"왜? 지금 이 밤중에 무슨 일이란 말이냐? 도적이 들었단 말이냐?"

김 장로는 혜련과 같이 은주가 온 것이 도적 때문인가고 의심한 모양이었다.

"들어가 여쭙지요."

"이리 들어와."

은주는 문을 열고 김 장로의 방에 들어갔다. 혜련은 문밖에서 엿듣고 있었다.

"그래, 무슨 급한 일이란 말이냐?"

"아저씨, 이문임이허고 혼인허시랴고 하서요?"

김 장로는 가슴이 뜨끔했다. 김 장로는 혜련의 입에서 문임은 벌써 은주와 서로 허한 새이니 단념하라는 말을 들은 까닭이었다.

"그렇다. 오늘 혼인 청첩까지 다 발송했다. 그래서 어떻단 말이냐?"

"이문임은 저와 사실상으로 혼인을 한 계집입니다."

"무어? 무엇이 어째?"

김 장로는 그런 말을 처음 듣는다는 듯이 더럭 화를 내서 어성을 높였다.

"그래, 그런 소리 하러 이 아닌 밤중에 왔단 말이냐?"

김 장로는 은주가 대답할 새도 없이 몰아쳤다.

"그 계집이 쓸 만한 계집 같으면야, 성한 계집 같으면야 제가 이런 말씀을 여쭐 리가 있어요? 그러나 이문임이란 계집은 제가 혜련 씨를 생각한다 해서 그 곁을 떼랴고 저를 유혹해서 하룻밤 동침까지 하고, 시골 가서 살 약속까지 하고는 저를 배반한 계집이올시다. 아모리 세상이 말세가 되었기로 그러한 계집이 친부모와 같이 되시던 아저씨와 혼인을 한다는데, 그것을 몰랐으면이어니와 알고도 그냥 둘 수야 있습니까?"

"그런 소리 말어! 다시 내 앞에서 그런 소리 헐 테냐? 이 녀석. 뉘 밥으로 네 잔뼈가 굵었다구 그런 내숭스런 생각을 품고, 어, 이놈! 감히 내 앞에서 그런 소리를 해! 썩 물러가거라, 고이한 놈 같으니."

하고 김 장로는 눈을 부릅뜨고 벌벌 떨었다.

"아저씨, 아모리 애욕에 눈이 어두웠기로 자식 같은 놈의 계집을 빼앗으시는 법이야 있습니까?"

"이놈이 그래도 안 물러나고 그런 아가리를 놀려? 오, 문임이 년이 어딜 나가서 늦도록 아니 들어오더니 이놈 네가 후려내서 빼어돌렸구나. 너, 이놈!"

김 장로의 입에는 거품이 물렸다.

은주는 어이없는 듯이 빙그레 웃었다.

"이놈, 웃기는 왜 웃어? 이놈, 불쌍하다고 귀여주었더니 슬슬 혜련이를 꼬이고. 그래 혜련이가 만만하게 네 짝이 될 듯싶으냐? 유차 부족해서 또 문임이를 후려낸다? 이놈, 너도 콩밥 먹을 줄 몰라?"

김 장로는 펄펄 뛴다.

혜련은 벌벌 떨고 섰다.

"콩밥도 먹을 새가 없을 것 같습니다."

"무어? 어쩌고 어째?"

은주는 저고리 속주머니에서 피 묻은 칼을 꺼내어서 김 장로의 앞에 놓으며,

"아저씨, 두마음 먹은, 음탕하고 요망한 계집 이문임은 이 칼에 죽어서 벌써 싸늘하게 식어버렸습니다."

"무어? 무어? 무어?"

하고 김 장로는 바람이 날 듯이 몸을 들먹들먹한다.

"문임이가 죽었어요?"

문밖에 엿듣고 있던 혜련이 문을 열고 들어선다.

"네, 문임이가 죽었어요. 제가 받을 죗값을 내 손에서 받았습니다. 나도 죽을 것이지마는 문임의 죄상을 천하에 공개해서 세상에 두마음 먹은 계집들의 간담을 서늘케 하고야 죽으랍니다. 아저씨, 이놈은 아저씨 은혜를 이렇게 갚았습니다. 혜련 씨, 나는 차디찬 이 세상에서 혼자 혜련 씨를 가슴에 그리고 살아가려고 했건마는 문임이란 계집은 이것까지도 깨트려주었습니다. 인제는 나 혼자 마음속으로도 혜련 씨를 사모할 자격을 잃어버렸습니다. 인제 나는 더 살 필요도 없으리만치 다 살았지요. 인제 나는 세상에서 두마음 품은 계집 하나를 죽여버린 살인 죄인입니다. 나는 이 칼을 가지고 이 길로 경찰서에 가서 자현하겠습니다. 상회의 문서는 분명히 다 닦아놓았습니다. 돈 한 푼, 물건 하나 축난 것은 없으리라고 믿습니다. 아저씨, 부대 안녕히 계서요. 혜련 씨, 이것이 마지막 만남입니다."

이렇게 말하고는 은주는 흑흑 느껴 울었다. 김 장로는 어안이 벙벙하여 눈을 크게 뜨고 있었다.

"혜련 씨."

하고 은주는 일어나면서 불렀다.

"네!"

하고 혜련도 눈물에 젖은 눈으로 은주를 바라보았다. 은주는 혜련을 보고 무슨 말을 할 듯 할 듯 하더니 꿀꺽 참는 표정을 하고는,

"혜련 씨, 나와 대문 거세요."

하고는 아까 올 때와 같은 기운은 다 없어지고 비틀비틀 고개도 못 거누면서 대문으로 나갔다.

혜련은 은주의 뒤를 따라 나갔다. 은주는 대문을 나서서 한 번 더 뒤를

돌아보고 술 취한 사람 모양으로 모자를 벗어 흔들고, 그러고는 휘파람을 불면서 어두움 속에 스러져버리고 말았다.

'아아, 모도 나 때문이로고나.'

하고 혜련은 대문을 잠그기도 잊어버리고 대문 빗장에 몸을 싣고 쓰러진다.

'딱딱딱' 하는 야경의 목패 소리가 지나간다.

혜련은 은주를 그냥 돌려보낸 것을 후회하였다. 이번 가면 다시는 만날 수 없는 은주다. 정답게 위로하는 말이라도 한마디 들려주어서 보냈더면, 하고 퍽 섭섭하였다.

방에 들어온 혜련은 방구석에 걸린 문임의 옷가지를 바라보고, 그리고 그 책상을 바라보고, 벌써 문임은 죽은 사람이로구나, 할 때에 정말같이 생각히지 아니하였다. 인생이 허무하였다.

그렇지만 혜련에게는 이러한 슬픈 일들이 도리어 일종의 기쁨을 주었다. 그것은 인생에는 '참됨'이 아직도 살아 있구나, 하고 느끼는 까닭이었다. 강이나 은주나 그들이 한 일의 가부는 별문제로 하더라도, 그들이 참됨, 정성됨을 가진 사람인 것은 부인할 수 없는 것 같았다. '아모렇게나', '안 되면 말고'가 아닌 것은 분명했다. 목숨을 내어놓고 하는 사람들인 것이야 두말없을 것 아니냐. 혜련에게는 이런 것이 기뻤다.

"나도 목숨 안 아껴. 나도 목숨보다는 옳은 것을 택할 테야. 금시에라도 이 목숨은 내어던질 테야."

혜련은 이렇게 혼자 중얼거렸다.

'그러기로, 이 비극은 다 나 때문이 아닐까. 강이 죽은 것이나, 문임이가 죽은 것이나, 은주가 장차 살인 죄인으로 죽을 것이나, 다 나 때문

이 아닐까?'

혜련은 몸서리를 쳤다. 그렇게 생각하면 다 저 때문인 것만 같았다.

'아모려나 이상도 한 운명이다. 모도 인연이라는 것일까.'

혜련의 눈앞에는 인연의 가늘고도 질긴 줄이 얼키설키한 세상이 눈에 떠오른다. 혜련은 제 몸에 매어진 수없는 인연의 실 끝을 찾아서 마치 연줄 당기도록, 또는 낚싯줄 당기도록 한 올씩 한 올씩 당기어본다. 그러나 그 끝은 어디까지 갔는지를 모른다. 한량없이 먼 시간, 한량없이 먼 공간, 한량없이 많은 중생에까지 닿았다.

혜련은 저라고 하는 한 존재가 결코 고립한, 독립한 존재가 아니요, 거미줄 모양으로 얼키설키한 인연의 줄의 한 매듭인 것을 본다. 얼마 길지 아니한 일생이나마 제 일생이 저로는 알 수 없는 여러 줄에 끌려온 것을 본다. 그리고 그러한 일생의 앞길이 캄캄하고 피비린내 나는 비극적인 깊은 소인 것 같았다. 아무 광명도 보이지 아니하고 소망도 가져지지 아니하였다. 아버지의 앞길도, 오빠의 앞길도, 올케의 앞길도, 은주의 앞길도, 제 앞길도 다 모두 비참한 것뿐인 듯하였다. 혜련이 아는 모든 사람의 운명도 다 그러한 것 같아서 온 우주가 모두 음침하고 회색 안개에 잠긴 것 같았다.

강을 한 번 찾았다가 잃은 것은 마치 불빛을 얻었다가 잃어버린 밤길 모양으로 더욱 캄캄하였다. 준상이 여전히 열심으로 저를 따르지마는 그것은 다만 혜련의 마음에 기쁨을 주는 효과가 없을뿐더러 도리어 귀찮았다. 전에는 괜찮게 생각되던 준상도 강을 접한 뒤에는 도무지 눈에 차지 아니하는 존재여서, 마치 금강산을 보고 난 눈으로 야산들을 보는 것과 같았다. 세상에 강과 같은 사람이 또 있을 수 있을까. 강과 같이 혜련의 사모함을 끌 사람이 또 있을 수 있을까. 그것은 있을 수 없는 일인 것 같았다.

그러나 강은 이미 죽었다. 그의 시체는 검사의 임검을 받은 뒤에 유언대로 화장을 하였다는 말과, 그의 부인이 길림에서 나와서 그 유골을 가져다가 선영에 묻었단 말까지 신문에 났다. 신문기자들은 물론 강과 혜련과의 관계를 알지 못하였다. 신문기자뿐 아니라, 이 세상에 혜련과 강과의 관계를 아는 사람은 없을 것이다. 비로봉에서 둘이 만난 일을 본 이는 오직 구름뿐이었다.

이것이 더욱 혜련을 슬프게 했다. 차라리 세상에서 혜련이 강을 사모하던 것과, 강이 죽은 것도 혜련을 위함이라는 것을 알아주었으면 얼마쯤 섭섭함이 적을 것 같았다. 그 때문에 세상이 혜련을 공격하고 핍박하더라도 그것이 도리어 위로가 될 것 같았다. 강과의 무슨 관련을 세상에 남겨놓지 못하고 만 운명이 너무도 야속했다. 너무도 간절하고도 꿈같은 인연이 더욱 슬펐다.

'얼빠진 껍데기 같은 나. 타려다가 영영 꺼져버린 이 생명의 불길이여!'

혜련은 이렇게 한탄했다.

문임의 시체를 보아서 그것이 분명 이문임인 것을 증거하고, 또 그 시체를 맡으라는 경찰의 기별을 받고 청량리로 달려간 김 장로는 피에 젖은 문임의 시체를 볼 때에 바람이 날 듯이 벌벌 떨어서 관헌으로 하여금 김 장로가 가해자나 아닌가 하는 의심까지 하게 하였다.

김 장로는 겨우 정신을 수습해서,

"분명 이문임이오. 내 딸의 동무로 내 집에 있던 이문임이오."

하는 증언을 하였다. 그러고는 그 곁에 수갑을 차고 포승을 지고 경관에

382

게 끌려와서 섰는 은주를 볼 때에 김 장로는 누를 수 없는 분노를 느껴서,

"이놈아, 이게 무슨 짓이냐."

하고 은주에게로 대들려고 하였다.

관헌들은 픽 웃었다.

그러나 듣는 바에 의하면 은주는 문임을 죽인 것을 뉘우치는 빛은 없었고, 다만,

"죽일 만한 이유가 있어서 죽였소."

할 뿐이었다고 한다.

신문들에는 청량리의 살인 사건, 지명지사와 그 집 사용인과의 삼각관계라는 것으로 여러 가지 센세이셔널한 기사를 썼다. 김 장로는 사랑에 꾹 박혀서 일절 내객을 사절하고 출입을 끊었다. 혜련도 학교를 쉬고 밖에 나가지를 아니했다. 은주의 애인임을 알면서 그 은인이요 주인인 것을 자세하고 문임을 빼앗았다는 이유로 김 장로에게 대한 사회의 비난은 자못 컸다. 비록 살인 죄인이라 해도 은주에게 대해서 많은 동정을 가졌다. 이러한 신문 기사를 볼 때마다 김 장로는 은주를 저주하고 신문사를 욕설하였다.

금은상회도 문을 닫아버리지 아니하면 아니 되었다. 각 신문에는 금은상회의 사진이 커다랗게 났다.

공판정에서 은주는 김 장로와 자기와의 관계며, 자기가 오랫동안 혜련을 사모했던 것이며, 어느 비 오는 날 밤에 문임이 금은상회로 자기를 찾아와서 김 장로를 피해서 왔단 말이며, 혜련이 이미 마음을 허한 남자가 있단 말과, 자기와 부부가 되자고 굳게 약속했던 말이며, 문임을 죽이던 날 문임이 찾아와서 원산에서 김 장로에게 정조를 빼앗겼단 말과, 김 장

로와 혼인하기로 하고 청첩까지 발송했으니 용서해달라고 하더란 말을, 있는 대로 자세히 아주 유창하게 진술하고 최후에,

"나는 이 계집을 죽여서 세상에 두마음 품는 수많은 여자를 징계함이 옳은 일이라고 믿었소. 돈 있는 사내를 따라서 가난한 애인을 박차는, 영혼을 팔아먹는 여자들을 징계하는 것이 옳다고 믿었고, 나와 같이 남자로의 면목을 짓밟히고 모든 희망을 잃어버린 남자의 값없는 목숨을, 불의와 무신의 결과가 무엇인가를 세상에 보이기에 희생하는 것이 내게 남은 유일한 가치 있는 일이라고 믿었소. 나는 처음에는 문임의 귀나 코를 베어서 그 아름다움을 자랑삼는 얼굴을 보기 흉한 병신을 만들어주려고도 생각해보았으나 그것이 도리어 비겁한 일이라고 돌려 생각하고, 아조 저와 나와 목숨을 바꾸기로 한 것이오. 나는 사람을 죽였으니 사형을 받는 것이 합당하다고 믿기 때문에 변호도 청하지 아니하고, 또 어떤 판결이 내리든지 공소도 아니 하고 복죄하는 것이 옳다고 믿소."

이렇게 서슴지 않고 말하였다.

법정에 증인으로 불린 김 장로는 은주에게 불리한 증언을 하였다. 김 장로는 자못 흥분한 태도로 은주가 본디 은혜를 모르고 성질이 순직하지 못하다는 것과, 혜련을 오래 두고 유혹하다가 혜련이 말을 아니 들으매 문임을 유혹하려 하였다는 말과, 문임은 결코 은주에게 마음이나 몸을 허한 일이 없는 것을 확신한다는 말과, 문임의 혼인날이 임박하매 문임을 꼬여내어서 정교를 강박하다가 문임이 끝끝내 굳게 거절하매 필경 이러한 참혹한 일을 한 것임을 믿노라고, 이러한 증언을 하였다.

방청석에 앉았던 혜련은 그 아버지의 이 증언을 들을 때에 기절할 듯이 괴로웠다.

"아버지, 왜 그런 거짓말을 하시오? 왜 죽을 은주에게 애매한 누명을 씌우시오?"

이렇게 소리라도 지르고 싶었다.

재판장이 김 장로의 증언이 끝난 뒤에 피고를 보고 할 말이 없느냐고, 은근히 변명할 기회를 주었으나 은주는 잠자코 있었다.

공판정의 이러한 진술과 증언이 다 자세하게 신문에 났다. 그러할수록 은주에게 향하는 사회의 동정은 더욱 높아가고 김 장로에게 대한 반감은 더욱 깊어갔다. 김 장로에게는 공판정의 증언이 비인도적임을 공격하는 투서가 많이 들어갔다.

이러한 모든 사정이 김 장로의 마음을 갈수록 더욱 거칠게 하였다. 그는 일절 교제를 끊고 사랑에 숨어서 술만 마셨다. 위스키, 브랜디 같은 독한 술을 사다가 벽장에 넣어놓고는 밤이나 낮이나 혼자서 들이켰다. 교회 직원들도 인제는 일절 발길을 아니 하였고, 오직 박 선생만이 밤이면 찾아와서 술동무를 하였다. 그리고 손자들이 가도 귀찮은 듯이 돌아보지를 아니하였다.

하루는 혜련의 오빠 종호가 집에 들어왔다. 웬일인지 대낮에 집에 들어왔다. 종호는 혜련을 보고 혀 꼬부라진 소리로,

"혜련이 어째 학교에 안 갔니?"

하고 혜련 방을 들여다보았다. 뼈만 남은 혜련의 모양을 보고는 종호는 한숨을 쉬었다.

"나 학교에 안 가는 줄을 오늘 처음 아셨소?"

하고 혜련은 도무지 집안이 망해가도 모르는 체하는 오빠를 원망하는 듯이 눈을 흘겼다.

"혜련아."

하고 종호는 혜련의 방에 들어와 다리를 쭉 뻗고 앉으며,

　　"네가 퍽 수척했구나."

하고 혜련을 물끄러미 들여다본다.

　　"집안이 이 꼴이 되어도 어쩌면 오빠는 마음 편하게 술만 자시고 돌아다니시우? 이 집안이 망해도 오빠는 모르는 체하실라우?"

　　"흥."

하고 종호는 고개를 끄덕끄덕하며,

　　"망하는 집은 망하는 게지 어떡허니? 너는 지금이야 집이 망하는 줄 알았지만 나는 벌써부터 알았다, 벌써부터. 아버지 하시는 일을 보니깐으로 싹이 노랗더란 말이다. 사람이란 악하든지 선하든지 간에 참되기는 해야겠는데 아버지란 행세가 회칠한 무덤이란 말이다. 바리새교인이란 말이다. 자식보다도 돈이 중하고, 돈보다도 계집이 중한 사람이 누군 줄 알어? 그것이 아버지란 말야. 나는 벌써부터 알았어. 어머니도 모르시는 일까지 내가 다 알았거든. 그리구 아니 망하는 장사 있더냐. 그러니깐으로 나는 이렇게 술이나 먹고, 그렇지만 몰래 먹는 것이 아니라, 나 술 먹소, 김종호 술 먹소, 김종호라고 불러서 모르겠거든 김 장로 아들 술 먹소, 이러고 장안 대도상으로 활개치고 다닌단 말이다. 혜련아, 내가 인격자가 아니고 무엇이냐. 글쎄 어느 선술집에든지 어느 색주가 집에든지 가 물어보아. 명월관, 천향원, 어느 카페, 우동집, 뎀뿌라집, 다 가서 물어보아. 우리 오빠 김종호 씨가 못난이야요? 바리새교인이야요? 인격자야요? 하고 다 물어보아. 그리고 장안 건달 녀석들 어느 놈이나 붙들고 물어보아. 다 내가 훌륭한 인격자라고 할 테니. 하하하하, 기가 막

히지? 혜련아, 웃어라, 웃어. 우스운 것을 왜 입을 오무리고 참니? 웃으라니까, 웃어. 흥, 세상이란 다 그런 게야. 장안에 얌전한 체하는 놈들, 그 점잖은 놈들, 그 지사 놈들, 신사 놈들, 그 아니꼽게 빼는 놈들, 모조리 붙들어다가 내 껍질을 홀딱 벗겨노련? 너는 모른다. 혜련아, 너는 아직 어린애여든. 하늘에서 내려온 지 며칠 안 된 어린애니깐으로 이 사바 세계 사정은 잘 모른단 말이다. 그렇지만 이 오빠는 모두 알고 있단 말야. 허허허허. 하나님이 세상 주위 인물들의 사정을 아시랴면 이 고등계 주임인 나를 부르신단 말이다. 야, 혜련아, 너는 나를 미친 녀석으로 알지? 그래도 우리 집안에서 나를 진정으로 생각해주는 사람이 있다면 그것은 너 하나뿐인 줄을 내가 잘 알어. 그래도 내가 네 오빠 아니냐. 아모리 망나니, 개차반이라도 말이다. 도모지 자랑할 만한 혈통도 되지 못하지만.”

하고 침이 마른 듯이 입맛을 쩝쩝 다시고 나서 ‘허’ 하고 길게 한숨을 쉬고,

“혜련아, 나는 애초에는 아버지가 밉고 원망스러워서 난봉을 피우기 시작했지만, 인제는 아버지가 밉지도 않고 원망스럽지도 않게 되었다. 특별히 불쌍하실 것도 없고.”

하고 끄르륵 트림을 한다.

혜련은 오빠의 횡설수설하는 소리 속에 피눈물이 섞인 것을 깨닫고는 오빠의 술냄새 나는 트림을 피하려고도 아니 하고 엄숙하게 오빠를 바라보았다.

“혜련아.”

하고 종호는 뻗었던 다리를 가드라뜨려서 참선하는 사람 모양으로 똑바로 앉으며,

"왜 아버지가 믿지 않게 되었는고 하니 말이다. 장안 안 아버지들의 행세를 두루 알아보니 대개가 마찬가지란 말이다. 장안에, 왜 장안만이냐, 내가 난봉 오 년에 조선 천지에 대처치고 안 가 본 데가 없고, 간 데마다 날 같은 부랑자들과 안 사귀인 데가 없지만, 아버지란 대개 그런 것이요, 장로란 대개 그런 것이요, 또 점잖은 신사란 대개 그런 것임을 발견했단 말이다. 신사만 그러랴, 숙녀들도 그럴는지 모르지만, 난 숙녀님네 행세에는 흥미가 없으니깐으로 조사를 아니 했단 말야. 그러고 보면 우리 아버지 김 장로를 그렇게 나무랄 것도 없단 말이다. 그저 예사 조선 신사란 말야. 그만하면 훌륭한 신사다. 첫째로 돈이 있으니까, 둘째로는 용하게 오십이 넘도록 꾸며 왔으니까, 하하하하. 안 그러냐, 혜련아.

그로 보면 세상에 공력 들어서 결과 없는 법은 없단 말이야. 나도 오 년 세월에 돈 만 원이나 때려 부시고, 이만하면 큰 소득이어든. 아버지를 미워하지 않게 되었으니까. 아버지가 이런 줄을 아시기만 하면, 어, 내 아들 기특하다, 돈 주께 더 난봉을 피워라, 내가 천하에 으뜸가는 성인이 되어 보이도록만 난봉을 피워다고, 하고 되려 내게 간청을 하실 것이다. 하하하하, 혜련아 좀 웃어!

사실 그럴는지 모른단 말이다. 내가 세상 신사 숙녀님네 일을 좀 더 자세히 조사하는 날이면, 필경, 아아 우리 아버지는 과연 성인이시다, 이 세상에 두 분도 없는 성인이시다, 이렇게 생각하게 되는지도 모르거든."

"아니, 오빠도. 왜 그렇게 세상을 거꾸로만 보시우? 왜 인생의 암흑면만 그렇게 잘 보시우? 그런들 세상이 다 그렇기야 하겠수? 그래두 옳은 사람도 있겠지."

"암, 네 말이 옳지. 옳은 사람도 더러 있길래 세상이 아직 붙어가겠지.

그렇지만 안되는 집엔 쓸 만한 자식이 먼저 죽는다고, 요놈의 세상이 꼭 그런가 보더라. 안 그러냐? 강 선생 같은 이가 죽어, 은주 같은 이가 죽어. 흥, 인제 그래도 너허구 나허구가 좀 깨끗하니깐으로 또 얼마 못 살 게다. 그런데, 혜련아."

"네?"

혜련은 강과 은주를 생각하고 슬펐다.

"너 죽을 생각 해본 일 없니?"

"네?"

혜련은 종호의 하도 뜻하지 아니한 말에 깜짝 놀랐다.

"아니, 그만두어라."

종호는 지금 한 말을 거두어들이는 듯이 시치미를 뗀다.

"오빠, 왜 그런 말씀을 하시우? 왜 죽는 말씀을 하시우?"

혜련은 가슴이 울렁거리면서 종호의 마음을 꼭 알아보아야 할 것을 느낀다.

"혜련아, 인제 나는 세상에서 볼 것은 다 보았단 말이다. 인제 더 볼 것은 없거든. 아버지 망하는 것도 보고, 집안 망하는 것도 보고, 또 세상이 망할 도를 닦는 것도 보고, 인제 더 볼 것이 무엇이냐. 인제는 저 죽는 것을 보는 것이 아마 마지막 구경일 거야. 피, 참 세상도 시원치 않은 세상이야. 흥, 잘 보았고말고."

"오빠, 왜 그렇게 말씀하시우? 오빠가 돌아가시면 그야말로 우리 집은 망해버리게."

"흥, 내가 살면 별수 있니? 가만히 생각해보니깐으로 내가 산댔자 낫살 먹으면 또 아버지 꼴이 되고 말 것이어든. 아버지보다 더 심하게 될지 모르지. 아버지처럼 돈 벌 줄도 모르고 외식할 줄도 모르는 데다가 술과 계집은 벌써 아버지보다 우등이니깐. 참 아버지가 요새 매일 장취라지?"

"그렇다우."

"잘한다. 인제 철저하게 들어가는 판이로구나, 허!"

"오빠, 정말 오빠가 하시려만 들면 아버지를 건져드릴 수가 있지 않겠수?"

"아버지를 건져?"

"으, 응."

하고 혜련은 고개를 까닥까닥한다.

"아버지를 건져? 누가?"

종호는 혜련의 말을 비웃는다.

"오빠하고 나하고."

"틀렸다, 애. 하나님이 내려오시면 될 줄 아니? 아버지가 지금 당신이 일생에 심으신 추수를 하시는 판에, 안 되지, 안 돼. 기껏해야 네나 내나 효자 효녀 소리나 들어볼까. 아버지는 망하는데 자식 둘이서 효자 효녀 소리를 들으면 아버지 꼴이 더 말이 아니다. 될 수만 있으면 우리가 망나니가 되어버리면 아버지 창피하신 모양이 덜 눈에 띄운단 말이다. 글쎄, 생각을 해보아. 하나님 예수님 모두 들러붙어서 사십 년을 애를 쓰시고도 못 건진 아버지를 네나 내가? 어림도 없지. 아, 하, 또 놀러나 나가볼까."

하고 종호는 일어난다.

"오빠."

하고 혜련이 종호를 붙든다.

"왜? 아, 하."

하고 종호는 하품을 하고 기지개를 켜고는 누이가 붙드는 대로 털썩 주저 앉는다.

"오빠, 아까 날더러 너 죽는 것 생각해보았니, 하셨지요?"

"그래."

종호는 놀라는 듯 혜련을 바라본다.

"그 말 왜 물었수?"

"아니야, 별생각 없어."

하고는 잠깐 주저하다가,

"어찌다가 그렇게 말이 나갔어."

하고 웃어버린다.

"아니, 말을 해요. 그런 말을 왜 물었나."

"사람이란 언제나 한 번은 죽는 것이니깐으로 혹시나 너도 그런 것을 생각해보았느냐 말이야. 오늘 죽을지 내일 죽을지 모르는 목숨이어든. 그런데도 그걸 모르고서 사람들은, 어리석은 무리들은 말야, 천년만년 살려니, 다른 사람들은 다 죽어도 저만은 언제까지나 죽지 않고 살려니 이렇게 생각들을 한단 말야. 만일 저마다 오늘 죽을지 내일 죽을지 모르는 목숨인 줄을 깨닫는 날이면 세상에 악한 일이 구십 퍼센트는 줄어버릴 것이란 말이다. 아버지도 안 그러시냐? 인제 두 귀밑이 허였으니 오늘이나 내일이나 하는 목숨이라고만 생각하시면 그렇게 돈에 상성도 아니 하실 것이요, 또 문임인지 무임인지 한 계집애헌테 반해서 저 꼴도 안 되실 것 아니냐 말야. 그저 그래서 한 소리야."

하고 종호는 제가 한 말이 혜련의 마음에 준 영향을 소멸시키려고 애를 쓴다.

"오빠, 그래도 난 그렇게 안 들었지."

"그럼 어떻게 들었니?"

"난 오빠 말을 이렇게 들었어. 너는 인제 죽을 때가 되었다. 네가 인제 더 살아서 무얼 하니? 그러니깐 죽을 생각이나 해라, 이렇게. 그런 뜻 아니오, 오빠?"

종호는 할 대답이 없이 다만 혜련의 총명을 경탄하고 있을 뿐이었다.

"그렇지요, 오빠?"

혜련은 다진다. 종호는 말이 없다.

"오빠, 나도 벌써 그런 생각을 하는 지가 오랬어. 아버지가 저런 아버지신 것을 알던 날…… 아아, 내가 왜 그때에 안 죽었을까?"

혜련의 눈에서는 눈물이 흐른다.

"도모지 믿을 사람 없는 세상이다."

하고 종호는 갑자기 흥분되는 듯이,

"누구를 믿니? 다만 한 사람이라도, 단 하루라도, 나만을 사랑하고 생각하고 믿고, 내게다가 몸과 마음을 다 던져주는 사람을 얻어보았으면 금시에 죽어도 한이 없을 테야. 정말 참된 사람을, 정말 요만큼도 꾸밈도 속임도 없고, 그리고 사욕도 없는 포근한 따뜻한 마음을 가진 사람과 단 하루만 같이해보더라도 이 세상에 났던 보람은 한 것이란 말이다. 그렇지만 혜련아, 세상에 그런 사람이 어디 있어? 없어, 없다. 적어도 이 조선 천지에는 없단 말이다. 부모 자식 사이, 남편 아내 사이는 말할 것도 없고, 죽자 사자 하고 사랑한다는 사람들도 돌아서면 금시에 딴생각이란 말이다. 나부터 그런 것을 남을 어떻게 원망하니? 보려무나."

하고 종호는 말을 이어서,

"은주부터도 십 년을 두고 너를 사랑하던 사람이 마음이 변치 아니했
나? 그래도 은주만 한 작자도 드물지. 맘이 변한 애인을 죽여버리는 것
을 보면 꽤 제 마음은 참된 증거란 말이다. 그러기로 죽이긴 왜 죽여? 계
집들이란 다 그런 것이어니, 하고 탁 차버리고 말 게지. 내 발은 그런 계
집 차버리기에 굳은살이 박였단 말이다. 허, 죽이긴 그까짓 걸 무얼 죽
여? 은주도 이상주의자야. 혜련이 너도 이상주의자고. 나도 그렇지. 이
세상이 더러운 줄을 의식하는 사람은 다 이상주의자다. 똥구데기가 똥이
더러운 줄 아는 날이면 똥 속에 살 수 없는 것과 마찬가지로 사람도 세상
이 더러운 줄 깨달은 날부터는 세상에서 물러 나가는 수밖에 없지. 그것
이 에덴동산에서 쫓겨나는 것인지, 또는 지옥에서 벗어나는 것인지 모르
지만 말이다. 그런데 네나 내나 인제는 이 세상 냄새를 의식하게 되었단
말야."

하고는 한숨을 한 번 짓고 기운 빠진 듯이 고개를 푹 수그려버린다.

혜련은 종호에게 이러한 깊은 생각이 있는 것까지는 몰랐다. 종호는
다만 주정뱅이 부랑자만이 아닌 것만 같았다. 강 선생과 함께 다닌 것도
알아지는 것 같았다. 그런데 왜 비로봉에서부터는 강이 종호와 서로 떠
났을까. 종호가 강허구 같이만 있었더면 강이 아니 죽었을는지도 모른다
고 혜련은 강이 아깝게 생각했다.

"오빠, 참 금강산에서 강 선생허구 얼마 동안이나 함께 계셨수?"

하고 묻는 혜련의 말에 종호는 눈이 한 번 빛나며,

"한 일주일."

"원산 오셨다가는 어디서 갈리셨수?"

"해금강서. 난 석왕사로 해서 서울로 왔거든. 일주일밖에는 같이 아니 있었지만 난 이 사람 오래 못 살겠다고 그렇게 생각했어."

"왜요?"

혜련은 우연히 듣고 싶은 말을 듣게 된 것을 마음에 다행으로 생각하였다.

"벌써 이 세상 사람은 아닌걸. 도모지 정열이라고는 다 식어버리고, 마치 마른 나무, 싸늘한 재야. 사람이 그렇게 되면 죽든지 성인이 돼버리든지 하는 게지 무에냐. 도모지 아무 욕망도 없단 말야. 사람으로 살아갈 의미가 없거든. 나 그런 사람 처음 보았어."

종호의 이 말을 들으면서 혜련은 비로봉에서 본 강의 불길 같은 정열을 보았다. 그것은 누르고 누르고 했던 것이요, 꺼버린 불은 아니었다.

"강 선생이 왜 그렇게 되셨을까? 예전 우리 학교에 계실 때에는 그렇게도 열정적이었었는데."

하고 한 번 더 떠보았다.

"응, 그래서 나도 한번 물어보았지. 강 선생은 이성에 대해서는 도모지 아무 흥미가 없느냐고. 그랬더니 강 선생 대답이 이렇단 말야. 가슴에 찼던 정열을 어떤 다시 만날 수 없는 여자에게 다 주어버리고 인제 남은 것이 없노라고, 텡 비었노라고, 그러고는 빙그레 웃더군. 허기는 그러한 성격을 가진 사람은 일생에 한 사람밖에는 더 못 사랑하는 법이다. 그 한 사람이 죽거나 달아나거나 하면 그런 성격은 죽어버리거나 일생을 혼자 살거나 하는 것이야. 그러니 어디 그런 참된 애인이 이 세상에 있나? 그러니깐으로 강도 결국 이상주의자요 공상가란 말이다. 모던 보이, 모던 걸들은 안 그렇거든. 사랑합시다, 구만둡시다란 말야, 하하하하. 문임이도 그런 축 아니냐. 요새 빤빤스러운 계집애들, 사내들 다 그렇지, 다 그래. 흥, 사랑 때문에 죽는다? 강은 결국 사랑 때문에 죽은 전세기의 유물이란 말이다. 어쩌다가 현대에 잘못 뛰어 들어온 위인이란 말이다."

"오빠, 어떻게 그렇게 말씀하시우? 그런 깨끗한 마음을 가진 이헌테 경의를 못 가지시우?"

혜련은 감격으로 눈이 붉고 어성이 떨렸다.

종호는 말없이 혜련을 물끄러미 바라보았다.

혜련은 참다못하여서 두 손으로 낯을 가리고 울었다.

혜련이 우는 양을 물끄러미 보고 앉았던 종호는,

"혜련아, 혜련아!"

하고 엄숙하게 불렀다.

"네."

혜련은 낯을 가린 대로 대답하였다.

"혜련아, 인제 다 알았다. 인제 수수께끼가 풀렸다."

"오빠, 알아주우? 내 마음을 알아주우?"

하고 혜련은 고개를 들어서 눈물에 젖은 눈으로 종호를 보며 묻는다. 비로소 제 속을, 깊이깊이 감추었던 속을 터놓은 이 순간은 혜련의 일생에는 심히 중대한 순간이었다. 남과 같이 멀게 지내던 형제건마는 그래도 혜련은 종호에게서 순수한 형제의 사랑과 미더움을 찾았다.

"그럼, 알지, 알어."

종호는 술기운이 갑자기 다 없어지는 듯이 엄숙해졌다.

"오빠, 오빠. 나도, 나도, 강 선생처럼 한 사랑에 죽을라우."

하는 혜련의 어성은 날카로웠다.

종호는 말없이 고개를 끄덕끄덕하였다.

"오빠."

하고 혜련은 한참 잠자코 있다가,

"난 이 세상을 그저 깨끗이 다녀가고만 싶어. 이 세상에서 물들고 싶지는 아니해요. 이런 더러운 세상에 오래 머물러 있고 싶지도 않고. 부자끼리도 형제끼리도 절친한 친고라면서 서로 믿지 못하는 이 세상은 난 싫어요."

하고 요한묵시록에 있는 듯한 청정한 세계를 상상해보았다. 그러한 세계가 있을 수가 있을까. 이런 흐리고 더럽고 냄새나는 세계 말고, 맑고 깨끗하고 향기롭고, 그리고 사랑과 안식만이 있는 세계, 피비린내 나는 욕심과 미움과 속임과, 이런 것이 없는 세계…… 그러한 세계가 있을 수 있을까. '새 하늘, 새 땅', '새 예루살렘', '극락정토'…… 이러한 세계가 정말 있을 수 있을까. 만일 이 몸만 벗어버리면, 곧 그러한 세계로 날아갈 수가 있다고 하면 일분일초도 지체할 수는 없을 것 같았다.

그러나 혜련의 마음에 걸리는 것은 아버지 김 장로였다. 날마다 술이 취하고, 요새에는 밤에 나가서 자정이 넘어서 들어오는 일까지 있게 되었다. 이러한 방탕한 생활은 김 장로의 외양까지도 변하게 하여서 언제나 잃은 일이 없던 그 점잖음조차 스러지고, 눈에서는 빛이 없어지고, 몸은 잘 가누지 못하는 것처럼 되고, 입과 코까지도 찌그러진 것같이 혜련에게 보였다. 혜련을 대해도 반가운 빛도 안 보이고 모두 귀찮고 미운 것만 같았다. 그 어깨가 축 늘어지고 눈이 잘 뜨이지 못하는, 그리고 두 팔이 마치 어깨에 잘 붙지 아니한 것 모양으로 맥없이 흔들리는 양을 볼 때에 혜련은 말할 수 없이 슬펐다.

모양만이 그러할 뿐 아니라 김 장로의 몸에서는 전에 없던 냄새가 나기 시작했다. 술이 취한 때에는 술 냄새가 나는 것은 물론이지마는, 여러 가지 소화 잘 아니 되는 부정한 음식을 먹고, 그것이 위 속에서 고이고 썩어서 트림을 할 때에는 비위가 뒤집히는 냄새가 온 방 안을 채웠다. 아버지의 방, 그것은 냄새나는 방이었다. 의복에서도 이부자리에서도 그 흉악한 냄새가 났다. 아버지가 출입한 동안 혜련은 문을 활짝 열어놓고 이부자리를 볕에 널어서 깨끗이 하려 하였으나 아버지가 한번 방 안에 들어서면 도로 그 비위 뒤집히는 냄새가 났다.

혜련은 아버지의 썩어지는 혼, 지옥으로 떨어지는 혼에게 반성의 기회를 주어보려고 여러 가지로 애를 썼다. 아버지 방에 예수의 그림도 걸어보고, 아버지가 오랫동안 가지고 다니던 성경을 아버지 책상에 펴놓기도 해보았다. 그러나 그런 것은 도무지 김 장로의 주의를 끌지 못하는 것 같았다.

혜련은 김 장로가 나간 뒤에 그 방에 앉아서 수없이 기도하고 한없이 울었다. 그러나 혜련의 정성은 김 장로에게 통하지 아니하였다.

하루는 혜련이 아버지 방을 깨끗이 치우고, 욧잇, 베갯잇까지 말짱하게 손수 새로 갈아서 깔고, 그리고 방에는 향수를 뿌리고 전기등에는 새로운 장식 있는 갓을 씌우고 꽃병에 향기 높은 백합을 사다가 꽂고, 그리고는 아버지가 돌아오기를 기다리고 있었다.

혜련은 오늘 최후로 아버지께 간하려 한 것이었다. 거듭나라고, 깨끗한 그리스도인의 생활을 하라고, 그리고 나머지 일생을 깨끗하게 보내시라고 간하려 결심한 것이었다.

자정이 지나도 김 장로는 안 돌아왔다. 밖에서는, 초저녁에는 때늦은 비가 오더니 그것이 싸락눈으로 변하고, 그러고는 바람으로 변하였다. '딱딱' 하고 야경꾼의 목패 치는 소리가 날 때쯤 해서는 바람은 온 천지를 뒤흔드는 듯하였다. 어디서 무엇에서 나는지 모르나 덜그럭덜그럭, 푸르륵푸르륵 하는 소리가 들렸다. 마당에다가 무엇을 메다 부리는 듯한 소리도 들렸다. 부자가 다 난봉이 나서 집을 비우고 다니는 이 집에는 바람도 더 난동을 치는 것 같았다.

실상 혜련이 보기에 이 집은 아주 빛을 잃어버린 것 같았다. 그렇게 아담해 보이고 아늑해 보이고, 빛과 향기가 발하던 이 집, 그리고 윤이 돌고 빈구석이 없어 보이던 이 집이 이제는 아주 침침하고 쓸쓸하고 사개가 물러나고 갑자기 낡아빠진 것 같았다. 사실상 가을철 잡아서부터는 안방, 사랑 할 것 없이 반자에 부엌에 쥐가 난동을 쳤다. 만일 도깨비가 있다고 하면 이런 집에 모여서 날칠 것 같았다.

혜련은 바람 소리를 들으면서 더욱이 이런 흉한 생각을 금할 수가 없었다. 천장에 달린 전기등조차도 바람도 없는데 흔들리는 것같이 보였다.

"하나님, 아버지를 건져주시옵소서. 주 예수 그리스도의 십자가의 피의 공로로 아버지를 건져주시옵소서. 아버지를 시험에서 벗어나서 하나님의 옳음의 길을 걷도록 하여주시옵소서."

혜련은 하나님을 수없이 부르고 주 예수의 공로를 수없이 불러서 간절히 간절히 기도를 올렸다.

그러나 혜련은 생각하였다. 물에 빠진 사람에게 아무리 구원의 줄을 던지더라도 그 사람이 그 줄을 잡지 아니하는 데는 어찌할 수 없을 것이라고. 김 장로의 오늘의 태도는 정히 이러한 것이었다. 그는 하나님이 불러도 그 소리를 아니 들을 것이요, 예수께서 손을 내밀어도 그 손을 잡지 아니할 것이다. 그 마음은 돌같이 굳어져서 아무러한 일에도 움직이지 아니할 것이었다. 그동안에 혜련이 얼마나 간절하게 아버지의 반성과 회심을 빌었나? 옳고 그른 것을 따져도 보고, '아부지, 아부지' 하고 정으로 움직여도 보았다. 그러나 김 장로의 마음은 항상 돌과 같고 얼음과 같았다.

"틀렸다, 얘."

하고 픽 웃던 오빠의 말. 그것은 아버지에게 대한 절망의 말이었다. 그러나 혜련은 제 목숨을 버려서라도 아버지 한 분을 구원하고 싶었다. 혜련에게 남은 소망은 오직 이것 하나뿐이었다. 그밖에 혜련은 벌써 인생의 모든 소망을 잃어버린 사람이었다. 오늘은 밤을 새워서라도 아버지가 돌아오기를 기다려서 최후의 간언을 드리기로 결심하였다.

새로 두 시나 되어서,

"문 열어라."

하는 김 장로의 소리가 들렸다.

"네."

하고 혜련은 몸소 뛰어나가서 대문을 열었다.

"아버지!"

하고 혜련은 불렀다.

그러나 김 장로는 그 말에는 대답도 아니 하고 비틀비틀 사랑 중문으로 들어갔다. 혜련은 가슴에 아픔을 느끼면서 아버지를 따라가다가, 아버지보다 앞서서 방에 들어가서 쌍창을 열고 전기등을 켜서 아버지가 마루에 올라서기를 편하게 하였다.

혜련은 모자와 외투를 받아 걸고, 옷을 받아 의걸이장에 걸 것은 걸고, 개켜 넣을 것은 개켜 넣고, 자리 밑에 깔았던 조선 바지저고리를 내어놓고, 아버지가 옷을 갈아입는 동안 수통에 가서 유리병에 새 냉수를 떠서 유리컵과 함께 쟁반에 받쳐서 아버지 머리맡에 놓았다.

"지금 몇 시냐?"

김 장로는 냉수를 한 컵 벌꺽벌꺽 마시고 나서 묻는 첫말이다.

"세 시 이십 분 전야요."

하고 혜련은 팔목시계를 보며 대답했다.

"여태껏 안 잤니? 어서 가서 자거라."

하고 김 장로는 끙끙대며 말 잘 안 듣는 몸을 자리에 누인다.

혜련은 이불을 잘 덮어드리고 내복과 양말을 개켜놓고 덧문을 달아 잠그고, 그러고는 아버지가 벽에 걸어놓은 예수의 그림이나 책상 위에 놓은 성경이나 꽃이나 방에 뿌린 향수나에 대해서 무슨 말이 있기를 기다렸으나, 도무지 그런 것은 아버지의 술 취한 눈과 굳어진 마음에 아무 반향이 없는 것을 보고 한숨을 쉬었다.

김 장로는 눈을 껌벅껌벅하고 누워 있었다. 지금까지 요릿집에서 노는 계집들과 중늙은이 패들이 난잡하게 놀던 기억이 희미하게 떠오르는 것이었다. 그러고는 곁에 있는 딸 혜련이 마치 깨어난 양심과 같이 마음의 한편 옆구리를 찌름을 깨닫는 것이었다. 부산하고 난잡하던 분위기 속에 이 종용한 환경에 돌아오니 취기가 갑자기 깨고 머리 아픔과 마음 아픔만이 새로 깨어나는 것이었다. 그것은 김 장로에게 유쾌한 일은 아니었다.

'내일이 은주 놈의 공판.'

하는 생각이 또 새삼스럽게 김 장로의 몽롱한 의식을 뒤흔들어놓았다.

김 장로는 휘유 한숨을 쉬고 벽을 향하고 돌아누웠다.

"아버지, 기도 올리고 주무시지요."

혜련은 떨리는 목소리로 말하였다.

김 장로는 눈을 커다랗게 떴다가 다시 감는다. 그리고 못 들은 체한다. 듣기가 싫은 것이었다.

"아버지, 제가 어려서 아버지를 모시고 잘 적에 아버지가 저더러 꿇어 엎데어서 기도하라고 하시고, 아버지께서 같이 기도를 올리지 않으셨어요? 아버지, 그때 마음이 되어서 기도를 하셔요. 오빠를 위해서, 저를 위해서, 아이들을 위해서, 다들 화평한 마음을 가지고 옳은 길, 바른길을 걸어가게 해줍소사고, 그리고 아버지도 시험에 들지 말고, 그 나라를, 그 의를 위하여 힘쓰시는 이가 되게 해줍소사고, 아버지, 그렇게 기도를 올려주셔요. 그러시고 이 시간부터 아버지, 거듭나시는 생활을 해주셔요. 혜련을 불쌍히 여기셔서 그렇게 해주셔요, 아버지."

혜련의 눈에서는 눈물이 핑 돌았다.

"또 잔소리를 하는구나. 어서 가 자기나 해. 밤낮 네 잔소리에 내가 집에 들어오기가 끔찍끔찍하다."

김 장로는 고개를 들어서 혜련을 향하여 한번 눈을 흘겼다.

혜련은 아버지의 눈을 보고 몸에 소름이 끼쳤다. 그것이 아버지의 눈일까 하고 의심하였다. 온 눈에는 독한 기운과 악한 기운이 있었다.

혜련은 쏟아지는 눈물을 움키어쥐고 아버지 방에서 나왔다.

"다시는 듣기 싫은 소리 말어!"

하는 아버지의 소리가 등 뒤로부터 들렸다.

혜련은 쫓겨 가는 사람 모양으로 신 뒤축을 지르밟은 채로 제 방으로 달음박질쳐 갔다. 그러고는 베개에 엎드러서 울었다.

'아버지의 내게 대한 사랑은 완전히 소멸되었다. 인제는 도리어 나를 미워하신다.'

이렇게 생각할 때에 혜련은 앞이 캄캄하였다.

근래에 문임이 죽은 뒤로 김 장로의 혜련에게 대한 태도는 점점 냉랭해져서 귀찮아하고 미워하는 모양까지 외형에 나타냈지마는 그래도 설마 아버지의 딸에게 대한 사랑이 소멸하기야 하랴, 하고 속으로는 언제든지 옛날의 사랑이 살아나리라고 믿고 있었다. 그러나 오늘 밤의 아버지의 태도를 보면 제게 대한 아버지의 정은 영영 사라져버린 것이라고 혜련은 생각하지 아니할 수 없었다.

'아아, 인제는 정말 세상에는 마음 붙일 곳이 없다.'

하고 혜련은 이튿날 하루를 얼빠진 사람 모양으로 지냈다.

그날 석간에 은주의 공판 기사가 커다랗게 났다.

혜련은 차마 볼 수 없이 생각하였으나 또한 아니 볼 수도 없었다.

재판장의 심문의 중심은 피고 은주와 김 장로와의 관계에서부터 시작되었다.

"피고는 김인배와 어떤 관계를 가지고 있는가?"

하는 재판장의 물음에 은주는,

"김 장로는 내 아버지의 동창이오. 내가 부모를 여의게 되매 열두 살 적부터 김 장로 집에 거두인 배 되어 있었소."

하고 있는 대로 대답하였다.

그리고 김 장로의 집에 있는 동안에 아무 불평도 없었느냐 하는 데 대하여 은주는,

"오직 나를 거두어 길러주시는 은혜를 고맙게 생각하고, 아모리 하여서라도 이 은인의 은혜를 만일이라도 갚고 싶다고 생각하고 있었더니, 이런 일이 생겨서 그 목적을 달치 못하고 도리어 은인에게 걱정을 끼치니 심히 마음이 괴롭소."

하고 어성이 떨렸다.

재판장은,

"그렇게 김인배를 은인이라고 고맙게 생각하면서, 어찌해서 은인의 애인을 가로채려 하였는가?"

하고 물을 때에, 은주는 심히 괴로운 듯이 몸을 두어 번 비틀고 나서,

"나는 은인의 애인을 가로챘다는 의사는 조금도 없었소."

하고 간단하게 대답하였다.

"그러면 혼인을 메칠 앞두고 이문임을 죽인 것은 무슨 까닭인가?"

"거기 대해서 말하기를 원치 아니하오."

"무슨 까닭으로?"

"이미 죽은 사람에 관한 말도 하고 싶지 않고, 또 은인에게 대한 말도 하고 싶지 않소."

"그러면 피고에게 불이익한 것인데."

"사람을 죽인 나로는 이익 불이익을 생각할 것이 없소. 앞에 남은 것은 이 이상 세상과 남에게 불이익이나 안 주고 싶은 마음뿐이오."

이 말에 법정은 잠시 고요하여졌다. 피고의 말이 재판장 이하로 모든 사람의 가슴에 울린 것이다.

재판장은 문임의 일은 잠깐 보류하고, 혜련과 피고와의 관계에 대하여 물었다.

"피고는 김인배의 딸 김혜련을 사랑한 사실이 있는가?"

"사랑한 사실이 있소."

"피차에 마음을 허하였는가?"

"나 혼자만 마음으로 사랑하였소."

"김혜련도 피고가 저를 사랑하는 줄을 알았는가?"

"한번 내가 김혜련을 보고 내 뜻을 말한 일이 있었으나 김혜련은 내 사랑을 거절하였소. 그런 일이 있으니까 김혜련도 내가 그를 사랑한 줄을 알리라고 생각하오."

"김혜련에게 거절을 받은 뒤에는 곧 김혜련을 사랑하기를 단념하였는가?"

"단념하지 못하였소."

"그러면 어찌할 작정이었는가?"

"평생에 혼자 김혜련을 사랑하고 살아가려고 생각하였소."

"그랬으면 왜 또 이문임을 유혹하였는가?"

이 말에 은주는 분개한 듯이 한참이나 말이 없다가 여전히 온순한 언사로,

"나는 이문임을 유혹한 일은 없소."

하고 대답하였다.

"그러면 이문임이가 피고를 유혹하였단 말인가?"

"이문임은 피고에게 사랑을 청한 일이 있소. 내가 김혜련을 사랑하는 줄을 이문임이 알았기 때문에, 이문임은 날더러 김혜련은 벌써 어떤 사람에게 마음을 허하였다고 하여서 내가 실심한 일이 있소."

"이문임의 그 말을 듣고 피고는 김혜련을 단념하고 이문임에게 마음

을 허하였는가?"

"그렇소."

"피고는 김혜련이 부잣집 딸인 것을 보고 그 재물을 탐해서 김혜련을 여러 가지로 유혹하다가, 김혜련이 듣지 아니하매 주인이 약혼한 여자 이문임을 유혹하여서 보복을 하려고 한 것이 아닌가?"

이 말에 또 은주는 분개한 듯이 말이 없고 몸을 흔들었다.

얼마 동안 잠잠하다가 은주는 약간 흥분한 언사로,

"내가 김혜련을 사랑한 것은 그의 아름다운 성품, 깨끗한 성품을 취한 것밖에 다른 동기가 없소. 나는 김혜련이 보통학교에 다닐 때부터 학교에 바라다주고 데려오고 하였소. 그리다가 낮살을 먹게 되매 그를 사랑하는 마음이 생겼으나 십 년 동안 그 생각을 가슴에만 품고 발설한 일이 없었소. 나는 의지가지없는 사람이요, 그는 부자 댁 따님이기 때문에 내가 사랑할 수 없는 사람이라고 생각하였던 것이오. 나는 지금도 김혜련에게 내 사랑을 고백한 것을 후회하오. 나 혼자만 일생에 그 마음을 품고 갔더면 이러한 비극도 아니 일어나고 말았을 것을, 하고 후회하오. 그러나 나는 김혜련의 집 재산을 탐낸 일은 한 초 동안도 없소. 또 이문임이가 은인의 애인인 줄 알고 유혹한 일도 없소. 이문임이 나를 찾아온 날 밤, 이문임은 도리어 김 장로를 피하기 위하야서 내 사랑을 청한다고 하였소. 그 자세한 내용에 대하여는 검사정에도 말한 바와 같이 다른 사람들의 명예를 위하여서 말할 수 없소. 다만 나는 내가 죽일 마음을 가지고 이문임을 죽였다는 사실을 확인하고, 그리고 아모것도 취할 것이 없는 나로 하여금 양심의 깨끗함을 보전한 채로 이 세상을 떠나게 해주기를 바라오. 나는 사형을 각오하고 있고, 또 어떤 판결에든지 그대로 복종하고 공소도 아니 할 각오를 가지고 있소. 더 물으시더라도 더 대답할 말씀이 없소. 또 나를 위하여서 변호하기를 청하시는 고마운 이도 있으신 모양이나 나는 도모지 그것도 원치 아니하오. 메칠 남지 아니한 내 이 세상의 생활을 종용한 참회와 기도의 생활이 되게 하여주시기를 바랄 뿐이오.”
하고 은주는 자리에 앉아버렸다.

대개 이러한 기사였다.

혜련은 숨쉬기도 잊은 듯이 여기까지 내리읽었다. 은주가 차라리 제 사랑을 혜련에게 고백하지 아니하고 일생에 혼자 그 마음을 품고 갔을 것을, 한 말과, 문임이 ‘혜련은 다른 남자에게 벌써 마음을 허하였다’는 말을 듣고 문임에게 마음을 허하였단 말이 심히 아프게 가슴을 찔렀다. 그러고는 은주는 제가 이 모든 비극의 장본인이라고 하지마는 혜련 저야말로 이 모든 비극의 장본인인 것을 더욱 통절하게 느꼈다.

이날 밤에는 김 장로는 날이 새도록 집에 들어오지 아니하였다.

혜련은 아버지를 기다리면서 밤을 새우고 아버지의 책상에 앉아서 아버지에게 편지를 썼다.

아버지.

밤이 새도록 아버지께서 돌아오시기를 기다렸습니다. 그래도 아버지께서는 어디 계신지 아니 돌아오셨습니다.

아버지. 이 어린 딸은 아버지께서 하나님을 떠나서서 죄악 속에 헤매시는 것을 뵈올 때에 가슴이 아프옵니다. 이 어린 딸의 정성으로 아버지를 바른길로 돌아오시게 하려고 있는 애를 다 썼사오나 그 결과로 이 어린 딸은 아버지의 사랑까지 잃어버렸습니다. 이 어린 딸은 아버지 눈 밖에 나고 아버지는 이 어린 딸을 미워하십니다. 그것을 생각하오면 이 어린 딸의 가슴은 미어지도록 아프옵니다.

아버지. 아버지의 사랑도 잃고 이 세상에 아모 소망도 없는 이 어린 딸은 오늘 세상을 떠나옵니다. 만일 이 어린 딸의 죽음이 아버지에게 하나님의 길로 돌아가실 동기를 드린다 하면 그것은 이 어린 딸의 가장 큰 기쁨이 되겠습니다. 그러하오나 이 어린 딸의 죽음이 더욱 아버지를 슬프시게 하여서 더욱 자포자기하는 길로 나가시게 한다고 하면 이 어린 딸의 죄는 천지에 사모치게 크옵니다.

아버지. 이 어린 딸이 이처럼 아버지께 하나님의 길을 떠나신 것을 슬퍼한 것을 불쌍히 여기시와 이 어린 딸의 시체를 묻으실 때에 아버지의 죄도 함께 묻으시고, 아버지께서는 거듭나신 사람으로 하나님의 큰 일꾼이 되시기를 비옵니다. 이 어린 딸의 혼이 하늘나라에 가면 하늘나라에서, 지옥에 가면 지옥에서 아버지를 위하여 기도 올리겠습니다.

아버지. 설은주는 참으로 좋은 사람이옵니다. 그에게는 터럭 끝만한 허물도 책임도 없었습니다. 그는 이 어린 딸에게 일찍 좋지 못한 말 한마디, 눈짓 한번 던진 일도 없었습니다. 그리고 공판정에서까지 애써 아버지의 허물을 싸고 명예를 아꼈습니다. 그런데 아버지께서 경찰에서 은주를 중상하시는 말씀을 하셔서 은주에게 애매한 누명을 씌우셨습니다. 아버지. 은주를 한번 감옥에 찾으셔서 사죄하시고, 그의 가슴의 아픔을 풀어주시기 비옵니다.

혜련의 편지는 계속한다.

아버지. 이 어린 딸은 하나님과 아버지와 어머님께서 받은 몸과 마음을 크게 더럽힘 없이 깨끗한 대로 가지고 갑니다.

아버지. 오빠는 결코 부랑자가 아니요, 마음에 아버지를 위하는 생각과 또 여러 가지 높은 생각을 가지고 있습니다. 아버지께서 마음 돌리시면 오빠도 좋은 사람이 될 것을 믿습니다.

아버지. 이미 은주에게 몸과 마음을 다 허한 문임과 혼인하려 하신 것은 아버지 잘못이십니다. 문임은 재산에 눈이 흐려서 그러한 죄를 지었고, 아버지께서는 색에 눈이 어두우서서 그러한 죄를 지으셨습니다. 아버지 죄의 값이 어떻게 크고, 또 죄의 값이 반드시 오는 것을 보고, 이 어린 딸은 떨리는 동시에 하나님께 감사하옵니다. 역시 이 세상은 추호도 어그러짐 없이 하나님의 섭리가 행하옵고, 옳음에는 옳음의 값, 죄에는 죗값이 영락없이 오는 것을 믿게 된 것을 기뻐하옵니다.

아버지. 하나님은 노여하시는 하나님이시지마는, 또한 용서하시는 하나님이십니다. 아버지, 부디 모든 죄를 참회하시고 새 길을 걸으시기를 비옵니다.

최후로 불효한 이 어린 딸의 죄를 용서하시옵소서.

나서부터 받아온 아버지의 한량없으신 사랑과 은혜를 갚지 못하옵고 늙으신 아버지보다 먼저 세상을 떠나는 죄를 용서하시옵소서.

혜련은 이렇게 써서 봉투에 넣고,

아버지 보시옵소서, 떠나는 딸 혜련.

이라고 겉봉에 써서 책상 위에 놓고, 그러고는 방 안을 한번 돌아보았다.

이제는 세상에서 할 일은 다 한 것 같았다. 아무것도 뒤에 남긴 것이 없는 것같이 몸이 가뿐하였다.

창이 훤하여지고 구루마 바퀴들이 굴러 나가는 소리가 들렸다.

혜련은 일어나서 제 방으로 돌아왔다. 방은 써늘하고 자리는 깔아놓은 대로 그대로 있었다. 자리를 보니 혜련은 새삼스럽게 몸이 으스스함을 깨달았다. 자리에 누워서 죽을 방법을 생각하려고 혜련은 이불을 들치고 들어가 누웠다.

어떻게 죽을까, 어디 가서 죽을까. 혜련은 마치 어디 구경 갈 데나 고르는 모양으로 눈을 떴다 감았다 하면서 생각하였다. 혜련의 머릿속에는 여러 가지 죽는 방법이 떠 나왔다. 한강 철교, 철로 길, 쥐 잡는 약, 목매다는 것 등등. 그러나 혜련은 그중에 어느 것도 마음에 차지 아니하였다. 첫째는 자기의 죽은 모양을 남에게 보이고 싶지 아니하였다. 눈을 뜨고 입을 벌리고 죽은 제 모양을 보고 끔찍끔찍해하는 구경꾼들을 상상할 때에 혜련은 견딜 수 없이 불쾌하였다. 더구나 제 몸을 의사니 법관이니 하는 여러 사람들이 이리 굴리고 저리 굴리고 두루 만지고 보고, 어찌 되면 배를 가르고 가슴을 헤칠는지도 모를 것을 생각하면 혜련은 참을 수 없는 모욕감이 일어나 몸을 떨었다. 혜련의 생각에 제 몸은 깨끗하게, 성하게 지녀온 유일한 '제 것'이었다. 아무의 눈도 손도 마음조차도 닿아본 일 없는 지극히 거룩한 제물이었다. 그러므로 비록 죽어서라도 이 몸을 뭇사람의 눈에 손에 내어맡기고 싶지 아니하고, 깨끗이 깨끗이 어디다가 묻어버리든지 그러지 아니하면 태워버리고 싶었다. 그러나 내 손으로 내 시체를 묻거나 태우기는 불가능한 일이다. 그렇다 하면, 아무리 하여도 누구의 손을 빌리지 아니할 수 없다 하면, 나를 사랑하고 아껴주는 사람의 손만을 빌려서 내 몸의 처치를 하고 싶었다. 그러나 그것이 누구인가? 내 몸을 무섭거나 더럽게 보지 아니하고 사랑의 눈물로 거두어서 묻어줄 이가 누군가. 혜련은 문득 심히 고적함을 느끼었다. 그리고 강 선생의 몸이 이 사람 저 사람 비웃는 사람들의 눈에서 손에서 굴림을 받을 때에 혜련 자신이 그 곁에 있으면서도 손수 거두어드리지 못함이 새삼스럽게 마음 아프게 뉘우쳐졌다.

'내가 세상에 와서 한 것이 무엇인가? 내가 무엇이길래 죽을 때에 남의 아낌과 슬퍼함을 받을까? 만일 나를 위하여 동정하는 눈물을 흘려주는 이가 있다고 하면, 그것은 불쌍한 어린 계집애라는 것, 한 이유뿐일 것이다. 부모와 세상의 은혜 속에 먹고 입고 이십여 년 동안 살다가 은혜 갚는 아무 일도 한 것 없이 제 손으로 제 목숨을 끊는다는 것은 분명히 죄다. 이러한 죄인의 시체에 대해서 경의를 표해주기를 바랄 염치는 없는 것이 아니냐. 내 시체를 아무 데나 내어굴려서 오고 가는 사람들의 발길에 채이고, 비웃음거리가 되고, 새 짐승들의 밥이 되는 것이 당연한 일일는지 모른다.'

하고 길게 한숨 쉬었다.

'그러면 내가 세상에 더 살아 있을 수가 있을까?'

혜련은 여러 번 고개를 흔들어서 군세게 부인하였다. 도저히 더 살 수는 없다. 오늘 아침 뜨는 해가 혜련에게는 마지막 보는 해라고 생각하고 혜련은 두 주먹을 쥐어보았다. 그러나 어떻게 죽나, 어디 가서 죽나.

혜련은 비로봉의 구름 덮인 아침을 생각하였다. 강 선생에게 안기던 배바위, 그 자리가 혜련이 죽기에 가장 원하는 자리인 것 같았다. 약도 먹지 말고 칼이나 바오라기나 그런 흉한 것들을 다 쓰지 말고, 하늘을 우러러 합장하고 꿇어앉은 자세로 비로봉의 배바위에 몸을 기대어 죽고 싶었다. 그런 뒤에 눈이 내려서 제 몸을 묻고 합장한 두 손만이 하늘을 가리키고 있는 양을 상상하고, 혜련은 빙그레 웃었다. 그러나 그것은 다 할 수 없는 일이다.

아무려나 아버지와 세상에게 가장 적게 폐를 끼치도록 죽는 방법과 자리를 택하자. 혜련은 불을 내어뿜는 화산 구멍에 몸을 던진다는 것을 부럽게 생각하였다. 그리고 조선에 그러한 화산 구멍이 없음을 한하였다.

공동묘지 어머니 무덤 곁에서 죽는 일도 생각하였다. 북악산 꼭대기와 북한 여기저기도 생각해보았다. 그러나 도무지 마음에 맞는 곳과 방법이 없었다. 혜련은 이 넓은 천지에서 이 몸뚱이 하나 처치하기도 쉬운 일이 아님을 느꼈다. 살아서 몸 둘 곳을 찾기도 어렵거니와 죽은 몸을 감출 곳을 찾기도 쉬운 일이 아님을 깨달았다.

안 난 자가 고작 나았다 하는 전도서의 구절을 생각하였다. 한번 세상에 나오면 살기나 죽기나 다 수월치 않은 것을 비로소 맛보는 것 같았다.

이렇게 생각하면 나 하나의 존재도 상당히 큰 것같이 생각된다. 내가 날 때에 내 마음대로 나지 못한 것 모양으로, 그동안 살아올 때에 내가 하고자 하는 대로 살아오지 못한 것 모양으로, 이 세상을 떠나는 것도 내 혼자 소견만으로 못 할 것이 아닌가. 참새 하나도 기억하시고 머리카락까지도 세신다는 하나님의 섭리가 내 위에 늘 계시다고 더러는 믿었고 더러는 안 믿었지마는, 가만히 생각하여보면 모두가 다 내 위에 있는 무슨 큰 뜻으로 되어가는 것만 같다.

이렇게 하나님의 섭리라는 생각이 날 때에 혜련은 돌에도 나무에도 붙일 곳 없는 듯하던 그 고적함이 얼마큼 위로되는 대신에, 죽고 사는 것은 내 맘대로 한다 하는 자유가 제한된다는 의식이 가슴을 답답하게 하는 것도 같았다.

그러면 내가 왜 하나님 다 알아서 해주십시오, 하고 나를 온통 하나님께 내어맡기지 못하는고. 내 일을 내가 아는 것보다는 하나님께서 더 낫게 아시는 것이 아닐까. 그렇게 생각하면서도 저를 하나님 앞에 내어맡기지 못하는 것이 혜련을 괴롭게 하였다. 조고마한 제 생각을 가지고 제 운명을 주장한다는 엄청난 일을 하려고 하는 제가 어리석은 줄을 알면서도 그 자유와 권위를 내어버리기가 아깝다.

내가 죄가 많기 때문에 하나님을 가까이하지 못하는 것인가, 혜련은 이렇게도 생각하여보았다. 그렇지 아니하면 하나님께서 내 죽음을 통하여 그 영광을 나타내려 하심이나 아닌가. 내가 깨끗한 어린 양으로 죽기 때문에 그것이 하나님의 제단에 거룩한 산 제물이 되어서 아버지의 죄를 대속하고 아버지를 구원의 길로 인도하게 하려 하심이 아닐까.

'아버지를 버리는 딸의 죽음!'

그러나,

'외람된 생각!'

하고 다음 순간에 혜련은 제 생각이 어리석은 허영심인 것 같아서 낯을 붉혔다. 그렇다. 그것은 모두 허영심이다. 죽을 때까지에도 변변치 못한 제 죽음을 꾸며보려고 하는 가증한 허영심이다. 내가 무어길래? 아버지에게도 잊혀지고 동무들에게도, 세상에서도 버림을 받은 하잘것없는 한 생명. 이것이 죽기로 살기로 무슨 뜻이 있고 영향이 있을까. 나무꾼의 발에 밟히는 개미와 나와 다름이 무엇일까. 아무에게도 무슨 보탬도 못 되던 나는 더 폐를 끼치기 전에 소리 없이 물러가는 것이 가장 옳은 길일 것이다.

이렇게 생각하고 혜련은 전신에 맥이 풀림을 깨달았다. 그리고 으스스하던 몸이 이불 속에서 차차 녹음을 따라 사르르 잠이 들고 말았다. 희미하게, 그래도 나는 죽어, 나는 죽어, 뇌면서.

"작은아씨, 작은아씨."

하는 올케의 소리에 혜련이 눈을 뜬 것은 열한 시나 되어서였다. 혜련은,

"아이, 내가 잠이 들었네."

하고 벌떡 일어났다. 죽을 곳과 방법을 생각하던 사람이 늘어지게 한잠을 자고 난 것이 우스웠다.

"아버지 돌아오셨수?"

하고 혜련이 영창을 열고 내다보니 언제나 깨끗이 몸을 거누는 올케가 머리를 상큼히 빗고 뽀얗게 분을 바르고 새로 빨아 다린 앞치마를 두르고 툇마루에 서 있었다. 혜련은 올케를 대할 때마다 언제나 생각하는 것이지마는, 제 감정이 폭풍우 속에 시달리고 있는 이 경우에 더욱이 올케의 잔잔한, 맑은 호수와 같은 심경이 부러웠다. 개성이 눈뜨지 못한 것이라고, 고등한 교육을 못 받은 때문이라고 일종의 경멸을 가지고 보아온 때도 있었으나, 역시 올케야말로 하나님에게 맡겨버린 참 기독교인의 생활이 아닐까, 이렇게 생각했다.

올케는 혜련의 방에 들어와 자리를 개켜 치우면서,

"아버님이 다 밝은 뒤에 들어오셨답니다. 첫마디에 대문을 안 열었다고, 이놈의 집에 불을 질러놓는다고 호령호령하시면서 아주 대단히 취하셔서 들어오셨어요. 어디서 다치셨는지 눈두덩에 퍼렇게 멍이 드시구,

옷도 모두 수세미가 되시구. 작은아씨 어디 갔느냐구, 그러시더니 잔소리 듣기 싫으니 자거든 깨우지 말라구 그리세요."

하고 웃으려다가 얼른 참으면서,

"그리시군 사랑에 들어가서서 냉수를 한 컵 잡수시군 혼자 무슨 말씀을 하시는 것 같더니 그만 잠이 드셨어요. 아모것두 안 잡수시구."

하고 근심스러운 빛을 보인다.

"오빠 안 들어오셨수?"

이 말에 올케는 부끄러운 듯이 고개를 숙이며,

"그날 나가구는 소식이 없지요."

올케는 눈물을 삼키는 모양이었다.

"언니, 거기 좀 앉으우."

혜련은 가슴속에 올케에게 대한 동정과 측은한 감정이 무럭무럭 솟아오름을 느꼈다.

"아니, 작은아씨, 아침 잡수셔야지. 국솥에 불 넣었는데."

"나? 세수두 안 허구?"

"어서 세수하세요. 세숫물 이리 갖다드리까?"

"아니, 나 이따 목욕 갈 테야. 목욕하고 와서 밥 먹을 테야. 언니, 좀 앉아요. 나 언니허구 좀 이야기가 하고 싶어."

그러나 건넌방에서 아이들이 싸우는지 어린 계집애가 "엄마." 하고 우는 소리가 난다.

"영란이 우우. 언니 어서 가보시우."

하여 혜련은 올케와 마지막으로 이야기나 좀 해보려던 희망을 버렸다.

혜련은 목욕 제구를 들고 이웃에 있는 목욕탕으로 갔다. 이왕 죽는 몸이면 몸이나 깨끗이 씻고 새 옷이나 갈아입고, 이렇게 생각한 것이다. 집에 욕실을 만들어놓았지만 여름에만 쓰고 겨울에는 나무 많이 든다고 쓰지 말기로 혜련의 어머니가 법을 내어놓았다. 그래서 김 장로가 목욕할 생각이 날 때에만 집에 있는 목욕탕에 물을 끓였다.

혜련은 머리를 감다가 아버지 책상에 써놓은 유서를 생각하였다.

'어쩌면 내가 그것을 거기다가 놓은 채로 잠이 들어버렸을까?'

하고 혜련은 깜짝 놀랐다.

아버지가 그것을 보았을까. 혼잣말씀을 하더란 것이 그것을 보고 한 것일까. 만일 그것을 보았으면 설마 아버지가 마음 놓고 저렇게 잠이 드실 수가 있을까. 만일 내가 집을 떠나기 전에 아버지가 그것을 보시면 어찌하나, 하고 재빨리 머리를 감아 빗고 집으로 뛰어 들어와서 아버지 침실인 사랑문을 소리 안 나게 열고 들어갔다.

방 안은 온통 술 냄새다. 그리고 형언할 수 없는 고약한 냄새다. 아버지는 입을 벌리고 칵칵 소리를 내고 있었다. 호흡하기가 괴로운 모양이었다.

혜련의 편지는 혜련이 놓은 자리에 그대로 있었다. 아버지는 술이 취해서 그런 것이 눈에 뜨이지 아니한 모양이었다.

혜련은 일변 다행으로 여기고, 일변 섭섭하게 여기면서 그 편지를 집어 들었다가 다시 그 자리에 놓고, 배까지 흘러내린 아버지의 이불을 덮어드리고 소리 없이 나와서 제 방으로 왔다.

'건져질 수 없는 아버지.'

하고 혜련은 길게 한숨을 쉬었다.

아버지의 그러한 태도는 더욱더욱 혜련의 결심에 채찍질하는 듯하였다.

"어서 너는 죽어라."

하고 누가 등 뒤에서 연해 재촉하는 것만 같았다.

혜련이 장문을 열어젖히고 갈아입을 옷을 찾을 때에,

"작은아씨, 진지 잡수세요."

하고 어멈이 상을 들여놓았다. 그 뒤로 올케가 곧 따라와서,

"아이, 시장하시겠어요. 목욕까지 하시구. 어서 좀 잡수셔요."

하고 재촉하였다.

올케의 은근한 정이 혜련에게는 심히 고마웠다.

혜련이,

'밥상을 받는 것도 이것이 마지막이다.'

하고 장문을 열어젖힌 채로, 옷가지들을 방바닥에 늘어놓은 채로, 혜련이 밥상 앞에 와 앉았다. 올케는 주발 뚜껑과 반찬 그릇 뚜껑을 벗겨놓으며,

"오늘 어디 가셔요?"

하고 약간 염려되는 듯이 묻는다. 혜련이 아직 열댓 살밖에 더 안 되었을 적에 스무 살이 넘어서 들어온 올케의 눈에 혜련은 아무리 하여도 어린 동생과 같이 보였다. 본래 성질이 팔팔하고 발끈하는 버릇이 있던 혜련은 올케를 울린 일도 한두 번이 아니었지만, 혜련이 낫살이 먹어갈수록, 또 올케가 남편에게 소박을 받는 양을 볼수록 혜련은 올케에게 동정하는 마음이 더하였고, 더구나 혜련이 아버지의 사랑을 잃은 뒤로부터는 올케가 저와 가장 가까운 사람인 것같이 생각하였다.

가난한 양반집 딸로 보통학교밖에 다녀보지 못한 그연마는 그의 속에는 혜련으로는 엿볼 수 없는 높고 깊은 무엇이 있는 것만 같았다. 그것은 학교에서 강의로 듣거나 책에서 배울 수 있는 것과는 다른 무엇인 것 같

왔다. 사람이 지식을 배움으로 지식이 많아질지언정 그것으로 사람이 좋아지는 것은 아니란 말을 어디서 들은 법한 것이 기억날 때에, 혜련은 그 말이 참 옳다고 고개를 끄덕끄덕하였다.

혜련이 몇 술 뜨지 아니하고 숟가락을 놓는 것을 보고,

"왜 그만 잡수시오? 아주 요새 잡수시는 것이 부쩍 주셨어. 그러니깐 저렇게 수척해지지. 물 말어서 조금 더 잡수시오."

하고, 올케는 숟가락을 들어서 숭늉 그릇에 밥을 말려고 하는 것을 혜련은 올케의 팔목을 잡으며,

"아니 싫어. 먹을 맘 없어요. 살기도 싫은 사람이 밥은 먹어 무엇 허우?"

하고 제 비밀을 누설하는 것을 뉘우치는 듯이 올케를 바라보며 빙그레 웃었다.

"살기 싫기는, 꽃 같은 청춘에 왜 그런 말씀을 하슈?"

"언니는 세상이 재미있수?"

"재미있지, 그럼."

"오빠가 그렇게 난봉을 피구 언니는 고생만 하셔두, 그렇게 재미가 있수?"

"그야 내가 박복해 그렇지마는, 그래두 아이들두 길르구 이따금 남편 주정받이두 하구, 그게 다 재미지 뭐유. 나 같은 건 사람두 못나구 공부두 못했으니깐 그렇지, 작은아씨 같은 이야 무슨 걱정이 있으슈?"

"정말 그렇게 생각하슈? 언니, 정말 내가 세상에 살아 있으면 무슨 큰 재미가 있을 것같이 생각하슈?"

"그럼, 그렇지 않구. 작은아씨만 못한 이들두 재미나게들 세상을 살어 가던데."

혜련은 세상 사람들이 모두 무슨 재미라는 것을 바라고 살아가는 양을 눈앞에 그려본다. 그들이 잘못 생각하는 것일까, 내가 잘못 생각하는 것인가. 그러나 제가 걸을 길과 세상 사람들이 걸을 길과는 도저히 하나이 될 수 없는 것 같았다.

혜련도 일어나서 주섬주섬 옷을 갈아입기 시작한다. 검은 왜공단 치마에 분홍 삼팔저고리, 이것이 이날 혜련의 기분에 맞는 것 같았다. 그리고 두루마기를 고르면서,

'수의다.'

하고 생각하면 잠깐 몸에 소름이 끼치는 것 같았다.

"언니, 내가 죽으면 내 세간 영란이 주시겠소? 뭐, 안 주시겠지. 죽은 계집애 물건이라고 서낭에 날걸."

혜련이 가볍게 한숨을 쉰다.

"아이 참, 웃는 말씀이라두 왜 그런 숭헌 말씀을 허시우?"

올케는 혜련의 말에 산뜩함을 깨닫는다.

"아니, 이를테면 말유, 언니."

하여 혜련은 올케에게 잠깐 웃어 보이고, 두루마기 고름을 매고 흰 삼팔 목도리를 두르고 체경 앞에 서서 얼굴과 옷 모양을 한번 비추어보고, 제 그림자에 대하여 차마 떠나기 어려운 듯이 보고 있다가,

"언니, 나 가우."

하고 두 손으로 올케의 손을 한 번 꼭 쥐고,

"아버지 일어나셔서 나 찾으시거든 어머니 산소에 갔다구 여쭈우."

하고 핸드백을 들고 나선다.

"아이, 산소엔 이 추운 날."

"춥긴 뭐."

"오늘 아침엔 물이 얼었던데."

"언니!"

"네!"

혜련은 말없이 구두를 신고 이윽고 섰더니,

"애들 낮잠 자우?"

하고 구두를 차 내던지고 건넌방으로 뛰어 들어간다.

혜련은 두 조카들을 한 번씩 안아보고 정한 시각이 늦어가는 것을 겁내는 듯이 안방으로 들어가 돌아간 어머니의 사진을 한번 보고, 그러고는 다시 구두를 신고,

"언니, 나 가우."

하고는 대문으로 나가다가, 다시 돌아서서 들어와서 사랑 뒷문을 열고 아버지 자는 방에 들어가서,

"아버지, 아버지."

하고 들릴락 말락 한 소리로 두어 마디 불러보고는 쏟아지려는 눈물을 삼키고 일어나 나가버렸다.

혜련이 나가는 모양이 수상하다고 종호의 처는 생각하였다. 그러나 설마 어떠랴, 하고 있었다.

새로 두어 시나 되어서 사랑에서 김 장로가,

"혜련아."

하고 부르는 소리가 들린다.

종호 처는 사랑 뒷문 밖에 가 서서,

"작은아씨 어디 나갔습니다."

"어디 갔어?"

하는 김 장로의 소리에는 아직도 취한 기운이 있는 것 같았다.

"어머님 산소에 간다구 그리구 나갔어요. 오정 좀 지나서 나갔어요."

다시 시아버니의 처분이 있을까 하고 기다렸으나 아무 말이 없으므로 종호 처는,

"아버님, 세숫물 놓아요?"

"골머리가 아퍼서 좀 더 누워 있을란다."

종호 처는 안으로 들어와버렸다.

오후 네 시쯤 해서 김종호의 이름으로 편지 한 장이 왔다. 종호 처가 받아 볼 때에, 겉봉에 '청량리에서 혜련'이라 한 것을 보고 무엇인지 모르나 무슨 놀라운 기별인 것만 싶어서 그 편지를 가지고 다시 사랑으로 나아갔다. 종호의 처는 아까 모양으로 사랑 뒷문 밖에 서서,

"아버님, 주무십니까?"

하고 불렀다.

"왜 그러느냐?"

"작은아씨한테서 저헌테 편지가 왔어요."

"편지?"

"네. 청량리에서 부친 편지야요. 오래비헌테 온 거야요."

이 말은 몽롱한 김 장로의 머리에도 심상치 아니한 자극을 주었다. 김 장로는 눈을 크게 뜨고 벌떡 일어나서 영창을 열치며,

"어디 이리 보자."

하고 며느리가 두 손으로 받들어 드리는 편지를 빼앗다시피 받아서 떼어 보았다.

종호의 처는 그 자리에 서서 하회를 기다리는 것이 예절답지 못한 듯하여, 시아버니 상 보는 일을 마칠 양으로 궁금한 것을 참고 안으로 들어왔다.

김 장로가 읽는 혜련의 편지는 이러하였다.

　오빠. 저는 갑니다. 이 세상에 몸을 더 붙여두기가 싫어서 떠나갑니다. 어머니 마음도 편안하게 못 해드리고, 아버지의 헤매시는 영혼을 하나님의 길로 돌아오게 할 양으로 울어도 보고 기도도 올려보았으나, 죄 많은 혼의 눈물과 기도가 아무 힘도 없음을 깨달았습니다. 인제는 아무 소망도 남은 것이 없고 이 넓은 천지에 숨 쉬일 곳이 없는 것 같습니다.

　그래서 저는 이 몸을 어머니 산소 옆에 벗어버리고 하나님의 곁을 바라고 떠나갑니다.

　오빠. 오빠와 저와 형제면서도 일생을 퍽 소원하게 지냈습니다. 그러나 일전, 하루 말씀하시는 것을 들을 때에 나를 잘 알아주시는 이는 역시 오빠인 것을 깨달았습니다. 제가 왜 좀 더 오빠께 정성을 못 드렸나 하고 지나간 며칠 동안 퍽 뉘우쳤습니다. 그리고 오빠께서 집에 들어오시기를 퍽이나 기다렸습니다. 인제 오빠를 다시 못 뵙고 세상을 떠나는 것이 더할 수 없이 맘에 걸립니다. 그러나 오빠. 하나님 나라에서 다시 만나는 날이 있다 하오니 그날을 기다리겠습니다.

　저는 오빠의 심정을 잘 아는 것 같습니다. 오빠는 겉으로 술 취한 사람의 모양을 꾸미셨으나 속에는 깨끗하고 뜨거운 정신을 품으신 줄을 저는 믿습니다. 오빠께서는 아버지의 거짓되신 생활에 불만을 품으시고 반항적으로 타락한 생활을 하시노라고 하셨지마는, 그것은 오빠, 잘못 생각하신 것입니다. 오빠가 그렇게 하심으로 아버지를 죄에서 건져드릴 수 없을뿐더러 오빠마자 영영 죄 속에 빠져버리셔서 헤어나실 수 없게 되실 것입니다.

오빠. 죽는 어린 누이의 피눈물로 하는 마지막 소원을 꼭 하나만 들어주시기 바랍니다. 오늘부터 술을 끊으시고, 아들로, 남편으로, 아버지로, 책임 있는 참된 길을 걸어주시옵소서 함입니다. 잘하셔도 아버지, 잘못하셔도 아버지. 진심으로 아버지를 도와드릴 이가 이 넓은 천지에 오빠 한 분밖에 없으십니다.

또 한 가지 소원이 있습니다. 그것은 형님을 잘 사랑하여드리옵소서 하는 것입니다. 여자인 제 눈으로 보건댄 형님과 같이 참되고 아름다운 마음을 가진 여성은 드물다고 믿습니다. 형님은 고등한 교육을 받지 못하시고 또 교인의 가정에서 자라나시지도 아니하셨지마는 저 같은 여성으로는 우러러볼 수도 없는 높은 정신을 가지고 계십니다. 오빠께서 만일 형님의 그 정신을 못 알아보신다면, 그것은 오빠의 수치요, 또 그 정신을 알아보시고도 형님을 존경하고 사랑할 줄 모르신다면 그것은 오빠의 죄이십니다.

마지막으로 다른 사람의 눈이나 손이 제 몸에 닿기를 원치 아니하오니 오빠께서 제 몸을 거두서서 묻어주시기 바랍니다. 이 편지를 보시는 대로 어머니 산소에 나오시면 벌써 시체가 되어버린 저를 발견하시리라고 생각하옵니다. 아버지께는 집을 떠날 때에 상서한 것이 있으니 보셨을는지도 모르겠습니다.

오빠. 이 어린 동생의 죽음이 늙으신 아버지와 오빠께 어떻게 큰 슬품이 될 것을 생각하면 참으로 황송하기 그지없습니다. 오직 바라는 것은, 어린 이 한 생명의 죽음이 아버지와 오빠의 마음에 조그마한 감동을 드려서 옛 길을 버리시고 새 길로 들어서시는 빌미가 되어지이다, 하는 것뿐입니다.

하나님이시여, 오랫동안 어두운 그늘 속에 잠겼던 제 집에 빛과 복을 내리어주시옵소서.

○○월 ○○일 청량리에서

혜련 올림

김 장로는 편지를 방바닥에 떨어뜨리고,

"종호야!"

하고 불렀다.

"서방님 안 계십니다."

하는 어멈의 대답이 들리자,

"이놈은 밤낮 어디 가 있느냐?"

하고 김 장로는 화를 내었다.

때마침 임준상이 왔다. 준상은 토요일이나 일요일이면 대개 이맘때쯤 이 집을 찾았던 것이다.

"임 군인가? 마침 잘 왔네."

하고 김 장로의 낯에는 당황한 빛이 있었다.

준상은 심상치 아니한 공기를 보고 어리둥절하여 김 장로의 다음 말을 기다리고 있었다.

김 장로는 억지로 점잖은 사람의 침착을 꾸미며,

"전화 걸어서 택시 하나 불러주게. ○○택시 말이야."

준상은 전화를 걸면서도 힐끗힐끗 김 장로의 동정을 엿보았다.

혜련이 안에 있는가, 어디 갔는가, 그런 생각도 하였다. 김 장로는 분주히 옷을 갈아입었다. 넥타이를 매는 손이 떨리고 조끼 단추를 잘못 끼우기를 두세 번이나 하였다. 준상은 자동차를 부르고 나서 궁금함을 참다못하여 물었다.

"무슨 급한 일이 있으세요?"

"혜련이가 죽는다구 편지를 써놓고 나갔네그려."

"네? 혜련 씨가요?"

"자동차 있다나?"

"네, 곧 보낸대요. 혜련 씨가 어딜 갔어요?"

하고 준상은 책상 위에 봉한 채로 있는 혜련의 편지를 보며 겉봉에 쓰인 대로 읽는다.

"아버지 보십시오…… 떠나는 어린 딸…… 이것두 혜련 씨 편지애요. 이거 안 보셨어요?"

"응? 어디, 뭐?"

하고 김 장로는 준상의 손에서 혜련이 오늘 새벽에 써놓은 편지를 받아든다.

"이게 어디 있었어? 원 이런 정신 봤나? 그래, 그 책상에 있는 것을 여태껏 못 보았단 말이지."

하고 편지를 떼어 읽는다.

혜련의 편지를 든 김 장로의 두 팔은 몹시 떨린다. 그래도 김 장로는 오십 넘은 남자의 위엄으로 터져 나오려는 울음과 가슴을 두들기고 싶은 뉘우쳐짐을 꾹 눌렀다.

"차 왔습니다."

하는 운전수의 말에 김 장로는 모자를 들고 나서면서,

"임 군, 무슨 볼일 있나?"

"아뇨, 왜 그러세요?"

"나허구 좀 같이 가려나?"

"뫼시구 가죠. 혜련 씨가 어디 간 델 아십니까?"

"망우리 묘지로 간다구 그랬어."

두 사람은 망우리를 향하고 동대문으로 차를 달린다.

준상은 혜련에게 관하여 더 자세한 소식을 듣고 싶었으나, 이 경우에 차마 김 장로에게 무슨 말을 묻기가 어려웠다. 아까 김 장로가 보던 혜련의 편지 두 장도, 체면에 들여다볼 수도 없어서 다만 글씨만이 눈에 파고들어 있을 뿐이다.

'혜련이가 죽어?'

준상은 혜련이 제 것이 되리라는 자신을 잃어버린 지가 오래건마는, 그래도 혜련이 이 세상에서 스러진다는 것은 준상에게는 견딜 수 없는 아픔이었다. 마치 바라던 모든 것, 아름답던 모든 것, 따뜻하던 모든 것, 활력을 주던 모든 것이 일시에 스러지는 듯한, 허전하고 맥이 풀림을 느끼었다.

"설마 어떨라구요."

하고 준상은 실심한 듯이 허공을 바라보고 앉았는 김 장로에게 말을 붙였다.

"흥, 모르겠네."

김 장로는 그 이상 말이 없었다. 다만 때때로 길게 내쉬는 한숨이 김 장로의 가슴속이 어떻게 뻐근함을 표할 뿐이었다.

망우리 고개에서 묘지로 올라가는 비탈길을 잡아들어서부터는 김 장로는 잠시도 몸이 자리를 잡지 못하고, 연해 좌우편으로 고개를 돌려서 바라보았다.

오후 다섯 시를 지난 십일월의 석양. 산골짜기에서는 자줏빛, 남빛의 황혼이 피어오르는 것 같았다.

차는 비탈길을 굽이굽이 돌아, 한강의 푸른 물이 내려다보이는 등성이로 기어올랐다. 김 장로와 준상의 눈은 혜련의 번뜩이는 그림자를 찾느라고 바쁘게 굴렀다. 김 장로의 떨리는 마음은 수없이 '혜련아, 혜련아'를 부르고 우는 아버지의 마음이었다.

"다 왔습니다."

하는 운전수의 말에 김 장로와 준상은 차 안에서 내렸다. 한강 굽이는 수은빛으로 빛나고, 멀리 남한산 상봉에 마지막 빛이 비추이고 있었다. 이 외딴 묘지에는 인적이 없는 것은 물론이요, 신설한 곳이라 산소조차도 띄엄띄엄 있을 뿐이었다.

김 장로는 발이 떨어지지 않는 듯이 자동차에서 내려서서는 한참 동안 우두커니 서 있었다. 얼마 있다가,

"혜련아, 혜련아."

하고 서너 소리 불러보았으나 아무 대답이 없었다. 찬바람만이 두 사람의 외투 자락을 날렸다. 거기서 한 등성이를 걸어 넘어가면 김 장로의 아내의 무덤이 있는 가족 묘지다. 김 장로는 차마 그 등성이를 넘어갈 용기가 없었다. 젊은 소나무 몇 나무가 바람에 흔들리고 있었다.

김 장로가 머뭇거리는 심경을 알아차리고 준상이 앞서서 등성이로 올라갔다. 김 장로는 준상에게 끌리는 듯이 아주 기운 없는 걸음으로 따라 올라갔다.

"혜련 씨."

하고 준상이 부르짖는 소리가 등성이 너머에서 들렸다. 김 장로의 다리는 바람맞은 것 모양으로 떨렸다. 그러나 마침내 안 볼 수 없는 광경!

혜련은 어머니 무덤 곁에 자는 듯이 누워 있었다. 삼팔수건으로 얼굴을 싸매고 왼쪽 손을 두루마기 아구턱에 넣고 두루마기 자락을 꼭 여미고, 발을 가지런히 모으고 바른손을 힘없이 땅에 떨어뜨리고 있었다. 머리맡에는 핸드백이 있었다. 아무리 보아도 잠든 사람 모양이요, 죽음의 고민을 겪은 사람 같지는 않았다.

김 장로는 혜련의 머리를 만지며 자는 사람을 깨우듯이,

"혜련아, 혜련아."

하고 불렀으나 대답이 없었다. 김 장로는 떨리는 손으로 혜련의 얼굴을 싸맨 삼팔수건을 끌렀다. 혜련은 입을 반쯤 벌리고 벌써 죽은 사람이었다.

김 장로는 땅바닥에 펄썩 주저앉아 혜련의 얼굴을 들여다보고 목을 놓아서 울었다. 준상도 주먹을 불끈 쥐고 느껴 울었다.

한참이나 울고 나서 김 장로는 혜련의 두루마기 고름을 끄르고 저고리 고름을 끌렀다. 반쯤 정신을 잃은 김 장로는 다 식은 딸의 가슴에 아직도 심장 뛰는 소리를 들어보자는 것이었다. 그러나 앞가슴을 열어젖힐 때에 혜련의 왼편 손이 왼편 젖가슴에 딱 붙고, 그 손에는 하얀 나무로 깎은 칼자루가 꼭 쥐어 있었다. 칼날은 가슴속에 들어가 심장을 뚫은 것이다. 얼른 보아도 혜련이 왼편 손으로 칼을 쥐어 젖가슴 늑골 새에 칼끝을 대고

오른손으로 칼자루를 내리친 것이 분명하였다. 그 날카로운 칼끝이 심장이나 또는 대동맥을 끊을 때에, 순간에 혜련에게 죽음이 온 것이다.

김 장로는 이 광경을 보고 다시 혜련의 저고리와 두루마기를 여미어주었다. 김 장로는 일어서면서,

"임 군, 내 여기 있을 테니 자네 저 자동차 타구 집에 들어가서, 종호 어디 있나 찾아보구, 그리고는 혜련이가 죽었다구 기별할 데 기별하라구 일르구. 그리구 경찰서에 혜련이가 자살했다는 보고 허구. 그리구 시체를 집으로 옮겨 가두 괜찮으냐구, 그리구 나오게."

준상이 김 장로의 말을 듣고 몇 걸음 뛰어가는 것을 다시 불러서 김 장로는,

"이봐, 혹시 이 밤을 여기서 지낼는지도 모르니 만일 경찰에서 그렇게 말하거든 청진동 ○○상점에 가서 밤 경야할 준비를 해달라구 이르게. 종호를 꼭 찾아야 하네. 어디 요릿집이나 카페에 전화를 걸면 만나겠지."
하고 아주 침착하게 분별하였다.

준상을 돌려보낸 뒤에 김 장로는 자기 외투를 벗어서 혜련을 덮어주고, 얼굴을 가리었던 수건을 벗기고, 언제까지든지 언제까지든지 그 감겨지지 않는 눈을 들여다보고 있었다.

어두움이 점점 짙어가고 음력 시월 열이레 달이 산 위로 솟아올랐다.

종호의 처가 밥상을 들고 사랑에 나간 때에는 김 장로는 벌써 망우리로 간 뒤였다.

"상 들여요?"
해도 대답이 없음을 보고 종호의 처는 영창을 열어보았다. 방 안에는 김 장로의 벗어놓은 옷과 접지도 아니한 편지 두 장이 널려 있을 뿐이었다.

"아까 자동차 소리가 나는 것 같더니 어디 가셨나?"

하고 어멈을 불러 상을 도로 들여보내고 자기는 방에 들어가 시아버니의 옷을 개켜 치고 나서, 편지를 접어서 봉투에 넣으려다가, 불현듯 아까 혜련이 옷을 갈아입다가,

"내가 죽으면 내 세간을 영란이를 주어도 좋수?"

하던 말을 생각하고 청량리서 부친 혜련의 편지를 읽기 시작하였다.

"아이, 이를 어째. 아이, 정말 자살을 하려나 보이."

하고 혼자 감탄하면서 읽어 내려가다가, 남편에게 자기를 부탁한 구절에 이르러서는 편지를 떨어뜨리고 두 손으로 눈을 가리고 울었다.

'그처럼 누이가 나를 생각하여주었던가?'

하면 자기가 진일 마른일에 헤어나지 못할 때에 혜련이 곱게 단장하고 나가 돌아다니는 것을 때때로 밉게 생각하던 것이 뉘우쳤다. 인제 만일 혜련이 집에 돌아온다면,

"작은아씨, 내가 잘못했소."

하고 그 앞에 엎드러 울고라도 싶었다. 그런데 혜련은 벌써 죽지 아니하였을까 하면 종호의 처의 가슴이 아팠다.

종호의 처는 혜련의 편지를 다시 한번 읽어보려 하였으나 처음에 읽던 때와 달라서 구절구절이 새로운 감격을 가지고 그의 눈물을 자아내었다.

그는 또 한 편지를 볼까 하였으나, 그것은 시아버지에게 한 것이라 훔쳐보는 것이 옳지 않다고 생각하고 일부러 그 글자가 눈에 뜨이지 아니하도록 돌돌 말아 봉투에 집어넣어서 책상 위에 놓았다.

"원, 이이가 어딜 갔을까?"

하고 남편이 없음을 원망하고 있을 때에 전화가 울렸다. 그것은 남편의

음성이었다. 종호는 집에 들어오고 싶은 때에는 먼저 전화를 걸어서 아버지가 집에 없는 것을 탐지하려는 버릇이 있었다.

종호의 처가,

"큰일 났어요. 어서 오세요. 누님이 돌아가셨소."

하는 말에 종호는,

"뭐? 누가 돌아갔어?"

하고 깜짝 놀라는 대답이었다.

"어서 집으로 오세요. 오시면 다 알 테니."

"아버지 안 계서?"

"글쎄, 큰일 났으니 어서 오세요."

종호가 황급히 수화기를 거는 소리가 종호 처의 귀에 들렸다. 종호의 처는 남편이 들어온다는 것으로 마음이 든든하였다. 그리고 청량리에서 한 혜련의 편지를 한 번 더 훑어보며,

'저도 사람이면 이 편지를 보면 생각이 있겠지.'

하고 회심한 남편을 잠깐 마음에 그려보았다.

얼마 아니 해서 종호가 씨근거리고 뛰어 들어왔다.

"누가 죽었어? 누가 돌아갔어?"

하고 종호는 구두도 아니 벗은 채로 엎드려서 영창을 열고 방 안을 들여다보았다.

"어서 그 편지를 좀 보슈. 얼른 보시구 어머님 산소로 나가보슈. 아직 안 돌아가셨으면 작히나 좋을까."

하고 종호의 처는 남편이 혜련의 편지의 자기에게 관한 대목을 읽는 것을 곁에서 보고 있는 것이 면구할 듯하여, 또는 남편에게 대하여 시들하게

생각한다는 태도를 보이고 싶어서 뒤도 안 돌아보고 안으로 들어가버리고 말았다.

얼마 후에 종호는 안마당에 들어와서 아마 자기 아내에게 하는 소리로,

"죽었군. 그 애가 죽었어. 우리 집안에서 제일 잘난 사람이 죽었단 말야. 나 산소에 나가우. 살았든지 죽었든지 혜련이를 데리고 올 테니 안방이나 깨끗이 치워. 불은 때지 말구."

하고 뛰어나가고 말았다.

김 장로는 준상을 보내고 혼자 혜련의 시체를 지키고 앉아 있었다. 혜련의 얼굴을 열어보고는 덮고, 덮었다가는 열어보았다. 혜련이 어려서 자라던 생각과, 자기를 따르던 생각과, 이러한 혜련의 일생이 눈앞에 풀려나왔다. 그렇게 사랑하던 딸 혜련이 최근 일 년 동안 점점 버성기어가던 것을 생각하고, 더구나 문임 문제가 생긴 뒤로부터는 혜련에게 대하여 눈엣가시와 같이 생각하게 되었던 것도 생각났다.

김 장로를 대할 때마다, 심히 어려워하면서도 한마디씩 김 장로의 잘못을 말하고 바른길로 돌아가기를 간하던 것이 김 장로에게는 매양 귀찮음이 되었던 것이다. 아니꼽게, 건방지게, 하는 불쾌한 생각으로 사정없이 혜련을 윽박지른 것도 여러 번이었다. 그리할 때마다 혜련은 울었다. 그리고 혜련이 우는 것을 보고는 김 장로는 문을 벼락 치듯 열어젖혀놓고 밖으로 나가버렸다.

그 당시에도 혜련의 지극한 정성이며 또 그 말이 옳음을 못 봄이 아니었으나 애욕에 미친 김 장로는 억지로 양심의 눈을 꽉 감고 혜련의 말을 아니 들으려 하였던 것이었다.

김 장로가 문임과 혼인 예식을 행하기로 최후의 결정을 하고 날짜까지

받던 날, 혜련이 김 장로를 보고,

"아버지, 문임이는 은주의 애인입니다. 아버지는 아들이나 다름없는 은주의 애인, 일생을 맹약한 애인을 빼앗으십니까? 아버지, 은주의 가슴 속에 피가 고이지 아니하겠습니까?"

하고 최후의 간언을 드릴 때에는 김 장로는 거의 정신을 잃을 듯이 분격해서,

"이년, 다시 그런 말버르장이를 할 테냐? 보기 싫다. 다시 내 눈앞에 보이지 말어!"

하고 소리소리 질렀다.

그러다가 문임이 죽은 뒤로부터는, 더구나 혜련이 문임을 죽인 사람인 것같이 미워하였다. 그것은 이유가 있다. 혜련이 문임을 보고,

"언니, 이왕 아버지허구 혼인하시거든 은주 씨를 마지막으로 한번 만나 보고 양해를 구하시오. 설사 뺨을 맞고 발길로 차이더라도 지금 미리 당해야지, 만일 혼인식장에서나 혼인 후에 그런 일이 생기면 어떡허오?"

하여 마침내 문임으로 하여금, 그날, 죽던 날 은주를 찾아갈 마음을 내게 한 것이었다. 문임은 이 말을 김 장로에게 해서 김 장로의 승낙을 받았으므로 이 의견이 혜련에게서 나온 줄을 잘 알았다. 김 장로도 그 당시에는 혜련의 의견이 옳은 줄로 생각하였지마는, 일이 예상과 틀려서 문임이 은주의 손에 죽은 다음에는 김 장로는 이 불행의 책임을 모두 혜련에게로 돌린 것이었다. 이리해서 김 장로는 더욱 혜련을 미워하였다.

이 모든 것보다도 김 장로로 하여금 더 혜련을 미워하게 한 것은, 문임이 죽고 은주가 잡혀간 뒤에 김 장로가 자포자기로 술로 세월을 보낼 때에 혜련이 거의 날마다 '하나님의 길로 돌아오라'는 것으로 자기를 볶는

것이었다. 혜련에게서 그러한 말을 들을 때면 김 장로는 비위가 뒤집히고 오장이 끓어오르는 듯하여 울고 앉았는 혜련을 때려죽이고 싶도록 불쾌함을 느꼈다.

이러한 추억을 하여볼 때에 김 장로는 가슴이 터지는 듯이 아팠다.

'아가, 혜련아, 내가 잘못했다. 모두 이 애비의 죄다. 내 손으로 네 가슴에 칼을 박았고나.'

하고 불룩하게 내어민 혜련의 왼편 가슴을 바라보았다.

'문임을 죽인 것은?'

하고 김 장로는 생각을 계속한다.

'그것도 나.'

김 장로는 이렇게 대답하지 아니할 수 없었다.

김 장로는 고개를 넘석하고 들어서 여기서 남쪽으로 얼마 떨어져 있는 문임의 무덤 쪽을 바라보았다. 달빛에 희미하게 그 봉분이 이쪽을 바라보고 있는 것 같았다.

김 장로는 달빛에 비추인 혜련의 파르스레한 얼굴을 가리어놓고 가슴에 꽂힌 칼을 빼려고 해보았다. 그러나 손가락과 팔의 관절이 벌써 굳어지고 칼날이 살에 딱 붙어서 좀체로 빠지지 아니하고 칼 쥐인 손을 떼려고 하는 대로 혜련의 전신이 움찔움찔 흔들리는 것이 무서워서 김 장로는 뒤로 물러섰다.

어디서 바람이 불어와서 혜련의 낯을 가린 수건을 날리어버렸다. 혜련의 눈에 달빛이 번쩍할 때에 김 장로는 전신에 소름이 끼치도록 무서웠다. 자기가 선 곳이 인적 없는 묘지인 것, 때가 달빛 푸른 밤인 것, 이런 것이 새삼스럽게 김 장로를 위협하고, 아니 보려도 눈에 뜨이는 아내의 무덤과, 문임의 무덤과, 혜련의 파르무레한 얼굴이 시퍼런 칼이 되어 자기를 겨누는 것 같았다. 김 장로는 자기가 이 세상에 대하여 다 깊은 죄를 지은 것을 느끼고, 마음속에 심히 떨리는 무엇이 있음을 깨달았다.

'오, 이거 웬일인가?'

하고 김 장로는 혜련의 곁을 떠나서 무덤들이 안 보이는 쪽으로 걷기를 시작하였다. 사랑하는 자식의 시체가 무서워서 피한다는 것이 부끄럽기도 하고 괴롭기도 하여 추위를 잊으려는 것으로 자기의 행동을 변명하였다. 김 장로는 자기 뒤에 누가 따르는 것만 같고, 솔포기 그늘에서도 무서운 무엇이 뛰어나오려는 것만 같아서 도무지 마음을 진정할 수 없이 하늘을 우러러보았다. 겨울 하늘에는 구름 한 점 없고, 검다고 하리만큼 푸르고 깊었다. 파아란 별들, 누런 달, 이것도 마치 일생에 처음 보는 광경인 것 같았다. 그래도 뒷덜미를 내리누르는 듯하는 무서움은 가시지를 아니하였다.

'어, 내가 이게 웬일이야. 이런 못난 짓이 있나.'

하고 김 장로는 아무것도 무서울 것이 없다, 하고 제 기운을 수습하려고 애를 썼다. 이렇게 애를 쓰면 쓸수록 다만 혜련의 얼굴이나 무덤들뿐 아니라, 나무도, 한강물의 번쩍임도, 멀리 보이는 산봉우리들과 하늘의 별까지도, 다 무서운 물상으로 보여서 미칠 듯함을 느꼈다.

김 장로의 숨찬 마음은 이 무서움에서 벗어날 길을 허둥허둥 더듬었다. 그는 젊었을 때에 하나님을 믿고, 예수를 믿고, 성신을 믿고, 성경에 있는 모든 것을 믿던 시절의 겁 없던 여러 가지 경험을 생각하였다. 그리고 속으로 하나님을 불러보고 구주 예수를 불러보려고 하였으나 암만해도 마음의 입이 열리지 아니하였다. 설사 지금 소리를 쳐 구원의 손을 부른다 하더라도 그 손은 자기에게 내려오지 아니할 것 같았다.

만일 이 상태가 오래 계속하였다 하면, 김 장로는 두 주먹을 불끈 쥐고 자동차 길 있는 데로 달아났거나, 그렇지 아니하면 그 자리에 실신하고 거꾸러졌을 것이다. 김 장로는 믿음 없는 자의 가엾음을 번개같이 느꼈다.

이때에 자동차 올라오는 소리가 들리고, 헤드라이트가 탐조등 모양으로 번쩍하는 것이 보였다. 덜덜 떨리던 김 장로의 혼이 무시무시한 죽음의 그늘에서 솟아오르는 듯한 마음 놓임을 느꼈다.

김 장로는 이 무서운 꿈속에서 깨어난 것을 확실히 하기 위하여,

"거, 누구냐?"

하고 크게 소리를 쳤다.

"아버지."

하고 뛰어 올라오는 것은 종호였다.

김 장로는 종호를 안았다. 일생에 아들에게 대해서 이처럼 반가운 감정을 가져 본 것도 지금이 처음이었다.

"아버지, 혜련이 어디 있어요? 죽었어요? 살았어요?"

"혜련이 저기 있다. 가봐라."

김 장로는 고개를 숙였다.

"혜련아."

하고 종호는 어머니 무덤으로 뛰어 내려갔다.

"혜련아, 혜련아, 내다. 오빠다."

하고 부르짖는 소리가 김 장로의 귀에 들렸다.

"혜련아, 혜련아."

하고는 종호는 비로소 혜련이 죽은 것을 안 듯이 목을 놓아 울었다. 김 장로도 고개를 숙인 채로 다시 느껴 울기 시작하였다.

종호는 한참이나 혜련을 부르고 울다가,

"아버지, 얘가 어떻게 죽었어요? 무얼 먹고 죽었어요?"

하고 소리를 쳤다.

"가슴에 칼을 박고 죽었단다."

하고 김 장로는 어슬렁어슬렁 시체 있는 곳으로 내려왔다.

"가슴에 칼?"

하고 종호는 혜련의 가슴을 풀어헤쳤다.

"독한 애다. 깨끗이도 죽었다. 겉으로는 피 한 방울 안 흘렸고나."

하고 종호는 혜련을 덮은 아버지의 외투를 무슨 부정한 것이나 되는 것같이 집어치운다. 여미었던 두루마기 자락이 펄렁하고 젖혀지고 검은 공단 치마와 가지런히 모은 발이 나온다.

"꼭 요대로 허구 죽었어요?"

"그래, 그래."

"무서운 애다. 조촐두 하다. 우리 집엔 당치 아니헌 애야. 아버지에게도 당치 않은 딸이구, 내게두 당치 않은 동생이구요. 도무지 우리 집에 태어날 애가 아니거든. 어쩌면 죽을 때까지 요렇게 얌전허게 죽어. 칼이나 뽑구."

"칼이 잘 안 빠지더라."

종호는 아버지 말은 들은 체 만 체하고 혼자 중얼거린다.

"혜련아, 오빠가 칼 빼준다. 어쩌면 요렇게 대변에 폭 찔러. 아이, 이 깐 놈의 세상 살아야 별수 없지만, 아까운 사람은 하나씩 하나씩 다 죽

436

고. 응, 빠졌다."

하고 종호는 피 묻은 칼을 달빛에 비추어보았다. 아직도 칼에 묻은 피는 산 것 같았다. 김 장로는 차마 그 칼을 보지 못하여 고개를 돌렸다.

종호는 칼을 땅에 놓고 꼬부린 팔을 펴려 하였으나 잘 펴지지 아니하는 것을 보고,

"그냥 둬라. 언제까지든지 네 그 아픈 가슴을 가리키고 있거라."

하고는, 옷고름을 다시 매고 한 팔을 혜련의 목 밑에 놓고 한 팔을 혜련의 다리 밑에 넣어 혜련을 번쩍 안아 쳐들고 산 사람에게 말하듯이,

"혜련아, 집으로 가자. 네 말대로 다른 사람의 손을 네 몸에 안 대고 내 손으로 싸서 묻어주마. 아버지, 저, 애 물건들 좀 들고 오셔요."

하고 걷기를 시작하였다.

김 장로는 혜련의 물건을 주섬주섬 주워 들고,

"얘, 경찰이 봐야 안 하니? 그렇게 시체를 옮겨서 괜찮을까?"

하고 그 자리에 서 있었다.

"경찰이 보겠거든 집으로 오라지요. 그럼 아직 몸두 안 식은 애를 산꼭 대기에 내버려둬요? 아버지, 그 칼 잊어버리지 말고 가지고 오슈. 거 우리 집엔 큰 보물이외다."

김 장로는 아들의 말대로 뒤를 따라섰다. 종호가 걸음을 걷는 대로 혜련의 치맛자락이 펄렁거렸다.

"아버지, 얘가 왜 죽은지 아슈?"

하고 종호는 나뭇가지를 피하여 이리저리 방향을 바꾸어서 비탈을 내려 가면서 아버지에게 말을 던졌다. 김 장로는 대답이 없었다.

"아버지허구 저 때문에 죽었어요. 아버지허구 제가 잘못된 길에 빠지

는 것을 보고, 그것을 건져볼 양으로 어린 것이 애를 쓰다 쓰다 못해서 제 손으로 가슴을 찔른 것입니다. 아버지허구 저허구 들러붙어서 혜련이를 찔러 죽인 게죠. 이러다가 살아날 수는 없나, 원. 혜련아, 흥, 이 몸은 어머님의 무덤 곁에 벗어놓고 하나님의 곁을 바라고 떠나갑니다."

이렇게 종호가 중얼거리고 내려갈 때에 그 중얼거리는 소리들이 마디마디 불길이 되고 칼날이 되어서 김 장로의 가슴을 아프게 하였다.

"운전수, 운전수. 자동차 이리 좀 더 끌어올 수 없소?"

하고 서서 부르다가,

"더 못 갑니다."

하는 대답에 종호는,

"혜련아, 좀 쉬어서 가자."

하고 혜련을 안은 채로 쭈그리고 앉는다.

그로부터 사흘 뒤 혜련의 장례날이 되었다. 각 신문에 혜련이 자살한 기사와 경찰의 손으로써 발표된 혜련의 유서가 전문으로, 일부분은 사진판으로 게재되어서 사람들의 동정이 혜련에게로 모였다. 지금까지는 염병 앓는 집같이 발그림자도 아니 하던 친구들도 찾아오고, 혜련의 동창들도 꽃다발을 가지고 와서 혜련의 관을 장식하였다. 그러나 교회에서는 김 장로에게 대한 반감과, 또 혜련이 자살한 것이 하나님의 뜻에 어그러진다 하여 키 작은 목사는 혜련의 장례를 교회식으로 하기를 거절하였다. 키 작은 목사의 말에 의하건댄, 자살한 사람의 영혼은 도저히 하나님 나라에 들어갈 수 없는 것이었다. 목사의 이 냉혹한 선언에 종호는 분개하여,

"당신이 천당에를 가나, 내 누이가 천당에를 가나 두고 봅시다."

하고 불쾌한 말을 하였다. 그래서 종호는 자기 소원대로 장례를 지내기로 하고, 몸소 장의사를 불러서 지휘하고 또 영결식 절차도 자기 마음대로 정하였다.

대청을 배경으로 안마당에 영결식장을 만들고, 검은 헝겊과 흰 헝겊으로 싼 플랫폼 위에 하얀 구의를 덮은 영구를 모시고, 영구 뒤에 화환으로 장식한 고인의 사진을 모시고, 그 화환과 대청 사이를 희고 검은 장막으로 두르고, 관 위에는 동창과 동무들이 보낸 꽃다발을 놓고, 상주가 설자리에는 종호 자신이 모닝에 검은 넥타이를 매고 서 있었다. 지나간 사흘 동안 종호는 낮에는 상주로 조상을 받고, 밤에는 누이의 관 옆에서 잠깐 눈을 붙였다. 그동안 김 장로는 사랑문을 군이 닫고 조석상도 아니 받고 술만 먹고, 이따금 분명치 못한 발음으로 무슨 소리를 지르고는, '혜련아'를 수없이 불렀던 것이다.

영결식에 모인 손님이 오륙십 명은 되었다. 그중에는 흰 저고리에 검은 상장을 붙인 혜련의 동창생 십여 명의 한 떼가 눈에 띄었다. 아마 그들은 생전의 혜련의 성격에 대한 추억과 신문 기사로 본 혜련의 죽은 내력에 대한 동정 때문일까, 모두 눈이 빨갛고 어떤 사람은 느껴 울고 있었다.

상주요, 주례자인 종호는 혜련의 사진을 향하여 고개를 숙이고 한참이나 묵도하는 모양을 보인 뒤에 회장자를 향하여,

"인제부터 제 불쌍한 누이 김혜련의 영결식을 거행하겠습니다. 오늘 일기도 차고, 눈까지 날리는 좋지 못한 날에 이처럼 여러분이 와주시니."

하고 손으로 혜련의 관을 가리키며,

"여기 말없는 시체가 된 누이 혜련을 대신하여 감사함을 드립니다. 제 누이 혜련은 자살한 사람이기 때문에 하늘에도 올라갈 수 없고, 따라서 교회 예식으로 장례를 지낼 수 없다고 목사께서 말씀하셨으므로, 오늘 영결식에도 아모 예식도 절차도 없습니다. 여러분께서 적당하다고 믿으시는 대로 제 불쌍한 누이에게 영결하시는 뜻을 표해주시기 바랍니다."

하고는 잠시 눈을 감고 고개를 숙였다가 다시 고개를 들며,

"제 누이 혜련으로 하여금 이렇게 참혹하게 죽음의 길을 취하게 한 것은 이 오래비 종호올시다. 예수께서 만국 만민의 죄를 지시고 돌아가신 모양으로, 제 누이 혜련은 이 못된 오래비 종호의 죄를 지고 죽었습니다. 술 먹고 난봉 피기에 지옥의 밑창에까지 떨어진 제게도 아직도 썩다 남은 양심이 남아 있어서 눈같이 희고 옥같이 깨끗한 누이 혜련이가 제 손으로 칼을 가슴에 박고 죽은 것을 생각하면 가슴이 터질 것 같습니다. 실상 지나간 사흘 동안에 이 가슴이 안 터지고 성해 있는 것이 알 수 없는 일이라고 생각합니다. 저는 이 눈으로 누이가 죽을 때의 자세를 분명히 보았습니다. 누이의 유서 두 장은 이미 여러분이 보셨으리라고 믿습니다마는, 누이는 죽을 때까지도 그 깨끗하고 단정한 성품을 터럭 끝만치도 어지르지 아니하였습니다. 어머니 산소 곁에 발을 꼭 모으고 두루막 자락까지도 꼭 여미고 단정히 죽은 양을 보면 여러분께서도 다 경건한 생각에 옷깃을 바르게 하셨으리라고 믿습니다. 생각할수록 제 마음은 아프고 쓰립니다."

하고 억지로 울음을 참으며,

"여러분 누구시나 제 누이 혜련의 결점을 말씀해주실 수 없습니까? 제 누이 혜련의 죄를 하나라도 폭로해주실 이가 없으십니까? 그러실 이가

있다 하면, 이 가슴의 아픔은 좀 덜할 것 같습니다."

하고 소리를 내어 울었다.

모인 사람들도 대부분이 종호와 같이 울었고, 혜련의 동창들은 거의 다 얼굴을 싸고 돌아섰다. 화환에 싸인 혜련의 사진만이 모든 고락을 다 초월한 듯이 상그레 웃고 있었다.

눈송이가 펄펄 사람들의 옷과 머리 위에 날리고 검은 장막이 바람결에 펄렁거렸다.

"저희, 찬미 하나 부르겠습니다. 돌아가신 이가 평소에 제일 좋아하던 것입니다. 우리들이 이 노래를 오늘 사랑하는 이 동무의 관 앞에서 부를 줄을 어찌 알았겠습니까. 가슴이 아프고 목이 메어서 이 노래를 끝까지 부를 수 있을는지 알 수 없습니다. 저희는 이 동무의 깨끗한 영혼이 반드시 벌써 하늘나라에 올라가서 천사들의 청아한 노래를 듣고 있을 줄 믿습니다. 그러나 저희가 땅 위에서 부르는 이 목메인 노래를 들을 때에 사랑하는 동무 혜련은 향기로운 제물로 이것을 받을 줄 믿습니다."

떨리는 목소리로 불러진 노래는 이것이었다.

하늘 가는 밝은 길이
내 앞에 있으니
슬픈 일을 많이 보고
큰 고생 하여도
하늘 영광 밝음이
어둔 그늘 헤치니
예수 공로 의지하여

항상 빛을 보도다.

독자는 기억하시는가. 이 노래는 지난 늦은 봄, 혜련이 문임과 함께 김 장로를 따라서 도봉 갔을 적에 시냇가로 올라가면서 꾀꼬리 소리와 함께 부르던 노래다.

김 장로는 사랑에 숨어서 종호의 말과 이 노래를 듣고 있다가 더 참을 수 없다는 듯이 두루마기를 떼어 입고 식장으로 나왔다. 고요한 슬픈 정서에 잠겼던 사람들의 시선은 김 장로에게로 모이고, 동시에 가슴속에는 복잡한 감정의 물결들이 일어났다. 모인 사람들 중에는 교회에서 존경할 만한 김 장로로 보았을 뿐이요, 타락한 김 장로로는 처음 보는 사람도 있었다. 머리에는 빗질도 안 하고 여러 날 세수도 안 한 듯싶은 그 얼굴. 면도도 아니 한 수염. 피곤과 술로 개개풀린 눈. 김 장로의 이런 꼴은 보는 사람에게 측은한 생각을 일으켰다.

김 장로는 발을 질질 끄는 기운 없는 걸음으로 혜련의 관 앞에 와서 혜련의 사진을 물끄러미 보고 섰더니, 종호가 비켜나는 자리에 서며,

"자식을 셋씩이나 죽인 죄인이올시다. 문임을 죽이고, 은주를 죽이고, 그리고는 혜련을 죽였습니다. 바로 이놈이 바로 이 손으로 죽였습니다. 세상에 용납 못 하고, 지옥에도 용납 못 할 죄인입니다. 일생에 저를 속이고 세상을 속이고 허위의 생활을 해오던 이기주의자 김인배는 오늘의 받을 값을 받았습니다. 제가 심은 씨를 제가 거두는 오늘날에야 비로소 이 천지간에는 하나님의 섭리가 있는 것을 깨달았습니다. 혜련이가 왜 죽었습니까? 이 애비가 죄에 빠지는 것을 건져볼 양으로 날마다 한 번씩 두 번씩 술과 애욕으로 취한 애비의 양심을 깨우려다가 마침내 제 손으로

가슴에 칼을 박고 죽었습니다. 제 자식의 가슴에 칼이 박힌 것을 보고도 무릎을 꿇고 엎드려 참회할 생각이 나지 못한 이 애빕니다. 오늘도 술을 먹고 지금도 취했습니다.

자식 죽은 슬픔을 잊자고 취한 것이 아니라, 깨어나는 양심이 무서워서 그 양심을 마취하려고 술을 먹은 것입니다. 일생에 지은 죄가 모두 소리를 지르고 다닥쳐오는 죄의 값이 무시무시한 것을 잠시라도 아니 듣고 아니 볼 양으로 술을 먹고 취했습니다. 그러나 이놈에게는 마침내 심판 날이 왔습니다. 날치는 양심을 술로도, 외식으로도 억제할 수가 없이 되었습니다. 지금 제 오래비의 하는 말을 듣고 제가 생전에 늘 좋아 부르고 나도 듣기 좋아하던 「하늘 가는 밝은 길」을 들을 때에 죄에 눌렸던 내 영혼은 일어나고 말았습니다. 그래서 감히 얼굴을 들고 여러분 앞에 나와 선 것입니다. 혜련의 관 앞에서, 여러분 앞에 내 죄 중에도 가장 큰 몇 가지를 자복하는 것이 이놈에게 남겨진 오직 한 가지 옳은 일인가 합니다."
하고 혜련의 관을 한번 돌아본다.

"첫째는……."
하고 김 장로는 말을 이어,

"이문임에 관한 일입니다. 이놈은 딸과 같은 이문임에 대해서 부정한 욕심을 품었습니다. 어떤 날 비 오는 밤에 아내의 생명이 오늘내일하는 그때에 이놈은 문임에게 폭행을 가하려 하였습니다. 문임은 나를 속이고 집에서 빠져나가서 그길로 설은주에게로 간 것입니다. 가서 나로 하여금 다시 시험에 들지 아니하게 할 양으로 설은주와 함께 일생을 맹약하고 맘과 몸을 서로 허한 것입니다. 그런 줄 알면서 이놈은 이문임을 유혹하고 위협하여…… 아, 무어라고 말하면 좋을까, 어쨌으나 혼인까지 하기로 된 것입니다. 혼인 청첩을 발송한 날 설은주가 혹시 후환이 되지 아니할까 해서 이놈의 양해하에 이문임이 설은주를 찾아갔던 것입니다. 그 뒷일은 내가 모르나 설은주가 이문임을 죽인 것은 질투에서보다도 나를 위한 것이라고 믿습니다. 그런 것을 이놈은 경찰에게나 신문기자를 대해서나 뻔뻔스럽게도 뒤집어 말한 것입니다. 오십 년 동안 거짓으로 닦아온 이놈은 제 은인이요 동창인 친구의 아들인 동시에, 저를 친애비와 같이 사모하는 가엾은 설은주를 무함하기에 마지막으로써 마음먹었습니다. 이만하면 여러분께서는 다 짐작하실 줄 믿습니다. 이러한 궁흉극악한 죄악에 대해서 하늘에서 받을 벌은 벌써 받았습니다. 생때같은 자식이 가슴에 칼을 박고 죽어 여기 있지 않습니까. 앞에 남은 것은 이놈의 혼이 꺼지지 않는 지옥불에서 영원한 형벌을 받는 것이겠지요. 그러나 그 벌도 앞에 자식이 죽는 그 아픔에는 비길 수 없을 것입니다.

혜련의 피로 물든 칼로 금시에 이 목숨을 끊어버리고도 싶습니다. 그러나 죽기 전에 해야 할 일이 한 가지 남았습니다. 그것은 아직 목숨이 붙어 있는 설은주의 애매한 누명을 벗기고, 될 수 있는 대로 그 죄를 가볍게 하여주는 일입니다. 나는 우선 은주를 면회하고, 그러고는 검사국에 자현하렵니다. 사흘 동안 밥을 굶었지마는 이런 일을 위해서 애 시체를 떠나보내고는 밥을 먹겠습니다. 인제 더 할 말씀도 없고 더 말씀할 기운도 없습니다.

여러분, 세 깨끗한 젊은 남녀를, 그도 나를 따르고 의지하고 위하는 젊은 남녀를, 하나는 무함해서 누명을 씌우고, 하나는 유혹해서 버려주고, 하나는 가슴을 찔러서 죽게 한 이 죄인 김인배를 여러분은 침 뱉아주시고 발길로 차주시고, 세상에 용납하지 못하도록 해주십시오."

말을 끊고 김 장로는 또 한 번 혜련의 관과 사진을 물끄러미 돌아본다.

김 장로가 언제까지나 말없이 쓰러질 듯 쓰러질 듯 혜련의 관을 들여다보고 섰을 때에, 주먹으로 눈물을 씻고 울고 섰던 종호가 땅바닥에 꿇어앉으며,

"아버지, 고맙습니다. 고맙습니다. 혜련이는 퍽 기뻐할 것입니다. 아버지는 혜련이 원을 이뤄주셨습니다. 하나님도 아버지 죄를 용서하실 것입니다. 아버지, 이놈도 오늘부터 새사람이 되겠습니다. 혜련의 정성을 위해서라도 새사람이 되겠습니다."

하고 혜련의 관 위에 엎드려 느껴 울었다. 종호의 몸이 흔들리는 대로 혜련의 관 위에 놓인 꽃다발들이 흔들렸다. 온 마당 안에는 훌쩍훌쩍 느끼는 소리가 들리고, 혜련의 관머리에 서 있던 종호의 처는 남편과 같이 혜련의 관에 엎드려 목을 놓아 울었다.

눈은 점점 함박눈으로 내리고, 휘장을 펄렁거리는 바람도 잤다.

혜련의 관이 집을 떠날 때에 관머리를 든 사람은 준상이었다.

좌절한 아들들과 타락한 아버지

노지승

『애욕의 피안』, 사랑의 양태들

생물이 버러지에서부터 사람까지, 사람에도 미물 같은 악인에서부터 성인까지 있는 모양으로 사랑에도 무한한 등급이 있는 것 같습니다. 고기 냄새에 만취하는 사랑에서부터 하나님의 사랑에 이르기까지 다 사랑이어니와 사랑은 인생에 가장 큰 문제임에는 틀림이 없습니다. 나는 부부의 사랑, 부자의 사랑, 형제와 붕우의 사랑, 깨끗한 사랑, 불순한 사랑, 그리하고 그 사랑들의 가장 높은 꼭대기와 가장 깊은 밑바닥을 찾아보고 싶습니다. 이것이 이 이야기를 쓰는 동기입니다. 우리 혜련이 조선 여성의 가장 높은 사랑의 본을 보여주기를 바랍니다. (『조선일보』, 1936. 4. 26)

장편소설 『애욕의 피안』은 『조선일보』에 1936년 5월 1일부터 12월 21일까지 총 172회 연재된 소설이다. 이 시기는 오랫동안 동아일보사에 몸담던 이광수가 1933년 8월 조선일보사로 옮긴 이래로 잠시 사직서를 썼다가 1935년 조선일보사에 부사장으로 막 복귀한 시점이었다. 1934년 『조선일보』에 연재했던 장편 『그 여자의 일생』에서 타락한 여자 금봉의 '영혼'을 그렸다면, 1년 후인 1936년에 연재한 『애욕의 피안』에서 이광수는 사랑의 여러 양태들을 탐구하겠다는 포부를 밝히고 있다. 『그 여자의 일생』과 『애욕의 피안』 사이에 『이차돈의 사』를 연재하기는 했지만, 이광수는 1933년의 『유정』에서부터 『그 여자의 일생』과 『애욕의 피안』을 거쳐 1938년의 전작 장편 『사랑』에 이르기까지 30년대 중후반에 발표한 일련의 소설들을 통해 '사랑'의 문제를 집중적으로 탐구하고 있다. '애욕'이라는 제목을 통해서도 알 수 있듯이 이 소설에서는 정신적인 영역의 사랑과 육체적 사랑을 분리하여 철저하게 선과 악이라는 이원화된 의미를 부여한다. 『애욕의 피안』에서 밝혔던 포부와는 달리, 이광수는 부정적인 사랑의 양태를 좀 더 부각시켜 이를 징벌하는 데 집필의 초점을 맞추고 있다. 『그 여자의 일생』이 남성들의 애욕에 희생된 금봉을 중심으로 했다면, 『애욕의 피안』은 김 장로의 애욕을 중심으로 '나쁜' 사랑의 양태를 그려내고 있다. 이 두 편의 소설이, 성과 연애를 다룬 선정적인 이야기가 특별히 유행했던 1950년대에 소환되어 영화로 제작된 것은 우연이 아니었다. 『그 여자의 일생』, 『애욕의 피안』은 모두 1957년에 영화로 제작되었는데, 특히 『애욕의 피안』은 「황혼열차」라는 제목으로 바뀌어 김기영에 의해 연출되었다는 점이 흥미롭다. 두 편 모두 '이광수'라는 근대문학 대가의 작품을 영화로 만들었다는 광고를 표 나게 했음은 물론이다.

50년대에 상업영화로 만들어질 정도로 통속적이며 선정적인 내용이 있었지만 『애욕의 피안』은 이광수의 다른 작품들에 비해 상업적으로나

연구의 대상으로서 거의 주목을 받지 못했다. 이 소설에서 형상화하고 있는 '사랑'에 대한 통찰은 매우 단순한 수준에 머물러 있다. 이 소설은 애욕은 곧 추하고 더러운 것이며, 이 반대항에 영적인 사랑과 종교, 그리고 문학(예술)이 있다는 도식적인 발상에 근거하고 있다. 특히 종교적(정신적) 차원의 사랑이 이 소설의 주제이다. 이광수가 1934년경부터 세검정 홍지동 산장에 칩거하다시피 살면서 책상 위에 늘 법화경과 같은 불경과 성경책을 나란히 놓고 지낸 시절의 영향인 듯하다. 이광수는 자신의 자전적 소설인 「육장기」(1939)에서도 홍지동 산장을 지을 당시에 품었던 자신의 생각에 대해 "조선 사람을 살릴 길이 정치에 있지 아니하고 도덕적 인격 개조에 있다는 것"을 깨달았다고 말한다. 이 말에 비추어보면, 『애욕의 피안』에서 개조해야 할 조선인들의 문제적 인성 중 하나로 '애욕'을 들고 있는 셈이다.

욕정과 사랑 사이

『애욕의 피안』은 김 장로로 불리는 50대 사업가 김인배의 부도덕한 애욕을 주요 모티프로 하여 그의 딸 세대의 젊은이들인 김혜련, 설은주, 이문임, 임준상 등이 여러 애정 관계로 얽혀 있는 다중연애서사이다. 이들 외에 혜련이 진정으로 사랑하고 존경하는 강영호가 등장한다. 이 소설의 첫 장면은 오랫동안 병치레를 해온 김 장로의 아내 '은경'에서부터 출발한다. 김 장로의 아내가 위암을 앓게 된 것은 무엇보다 김 장로의 주체할 수 없는 바람기 때문이었다. 김 장로는 전형적으로 성공한 부르주아로서 중년에 이르러 육체적 쾌락에 탐닉해 있는 인물이다. 그는 '장로'라는 직함이 공공연한 쾌락 추구에 걸림돌이 되기 때문에 거추장스럽게 여길 정도이다. 그에게는 집에도 잘 들어오지 않는 난봉꾼 아들 종호가 있고, 뭇 남성들의 선망의 대상인 전문학교 학생 딸 혜련이 있다. 그 외에 김 장로는 설은주라는 이름의 20대 고아 청년을 금은상회의 점원으로 두고 있다. 그러다가 김 장로의 집안에 문임이라는 이름의 또 한 사람의 고아가 식객으로 들어오게 된다. 문임은 김 장로의 딸 혜련의 동급생으로 얼마 전 아버지를 잃고 학비가 없어 오갈 데가 없어진 여학생이었다. 김 장로가 거두게 된 이 고아들의 존재는 이 소설에서도 이광수 문학의 원형적 심리인 '고아 콤플렉스'를 떠올리게 한다.

설은주는 김 장로의, 아펜젤러가 설립한 학교(배재학당으로 추정)의 동창생인 설태영의 아들이다. 설은주의 아버지 설태영은 독립협회나 학교 설립에 가담하기도 했다가 중국 길림에서 총에 맞아 횡사한 이였다. 아버지가 죽고 난 뒤 조선으로 돌아온 은주의 모친은 여학생 기숙사에서 식모 노릇을 하며 외아들인 설은주를 길렀지만 곧 장질부사로 사망하게 된다. 고아인 은주를 거둔 사람이 바로 설태영의 동창이었던 김인배였다. 야간 상업학교를 나온 은주는 형식적으로는 김 장로에 의해 거둬진 고아라 하지만, 실질적으로는 김 장로에 의해 노동력을 착취당하고 있다. 김 장로는 한 번도 은주에게 급료를 지급하지 않았지만 오히려 은주에게 선의를 베푼 은인으로 행세한다. 은주는 어릴 적부터 지켜보며 자란 혜련에게 홀로 연모의 정을 품지만 주인의 딸인 혜련과의 신분 차이로 괴로워한다.

한편, 혜련의 집에 들어온 문임은 혜련과 자매 같은 돈독한 사이를 유지한다. 집안 내에서 가장 취약한 약자인 문임의 육체를 구석구석 훑어보던 이는 바로 김 장로였다. 그는 딸 친구인 문임의 젊은 몸에서 새로운 욕정을 느낀다. 그는 문임의 방에 침입하는 만행을 저지르고 문임은 봉변을 피해 은주가 기거하고 있는 금은상점으로 피신한다. 문임은 그 새벽에 은주와 관계를 맺고 김 장로의 집을 나와 독립하여 결혼할 것을 약속한다. 은주에게는 혜련에 대한 미련이 아직 강하게 남아 있지만, 문임의 적극적인 유혹에 은주 역시 소극적으로나마 문임을 받아들인다.

『애욕의 피안』의 전반부는 이렇듯 여러 개의 애정 관계를 드러낸다. 그들의 애정은 모두 다 일방적인 관계이다. 은주는 혜련을, 문임은 은주를, 그리고 김 장로는 문임에게 마음을 두고 있다. 여기에 혜련에게 적극적으로 구애하는 전문학교 학생 임준상이 끼어든다. 이 와중에 김 장로의 아내가 투병 끝에 사망하고 이들의 구애 전선은 잠시 소강 상태에 접어든다. 아내의 장례를 치른 김 장로는 어머니를 잃은 상실감에 쇠약해진 딸 혜련을 위해 원산 일대로 바캉스를 떠난다. 여기에 혜련의 자매 같은 문임이 동반하게 된 것은 물론이다. 아울러 전문학교 학생 임준상이 우연히 원산에서 이들과 조우하게 됨으로써 이들의 애정 문제는 원산과 금강산을 무대로 하여 본격적으로 펼쳐진다.

금강산, 부르주아들의 바캉스 혹은 깨달음의 장소

원산은 1930년대 식민지 조선의 최대의 바캉스 장소였다. 한국의 근대문학에서 원산은 조선의 부르주아들이 여름을 보내는 피서지로 자주 묘사되곤 했다. 원산 해수욕장은 물론 인근의 금강산도 이 일대의 빼놓을 수 없는 명소였다. 이광수, 최남선, 이은상 등 식민지 조선의 민족주의자 남성 지식인들의 금강산에 대한 애정과 숭배는 이미 잘 알려져 있다. 특히 이 가운데 금강산 수필의 원조 격이라 할 만한 이광수에게서 금강산에 대한 예찬은 단순한 애정의 차원을 초월한다. 이광수가 금강산을 실제로 여행한 것은 1921년과 1923년이었다. 이 두 번의 경험을 토대로 쓴 기행문이 1924년 시문사에서 단행본으로 간행된『금강산 유기(金剛山遊記)』이다. 이광수에게 금강산은 종교적 차원, 특히 불교와 관련된 숭배의 대상이었고, 1926년『마의태자』등을 집필하게 된 문학적 모티프를 얻은 공간이기도 하다. 또한『그 여자의 일생』에서 금봉의 오라비인 인현이 금강산에 들어가 귀의한다든지 하는 방식으로 금강산을 속죄와 치유의 공간으로 그려내기도 했다.

『애욕의 피안』에서도 금강산은 육신과 영혼, 타락과 갱생, 애욕과 금욕 등의 문제를 본격적으로 탐색하게 하는 공간으로 기능한다. 혜련 가족의 금강산 탐승(探勝)이 이어지는 과정에서 이들 앞에 '강영호'라는 새로운 인물이 등장한다. 그는 혜련의 여자고보 시절의 문학 교사로서 제자인 혜련에 대한 흠모를 오랫동안 비밀리에 간직하고 있었다. 지사(志士) 집안 출신의 그에게는 그가 가진 정신의 고결함을 전혀 이해하지 못한 악처가 있었고, 악처와 오랜 갈등으로 인해 가족을 버리고 떠나온 상태였다. 새벽 안개가 낀 금강산 비로봉에서 이루어지는 혜련과 영호의 우연한 만남은『애욕의 피안』의 하이라이트라고 할 만하다.

"혜련이, 사람을 사랑하지 말어. 사람은 변하는 것이어든. 죽는 것이어든. 못 믿을 것이어든. 혜련은 사람을 사랑할 사람이 아니야. 사람보다 높은 이를 사랑하고 사람을 불쌍히 여길 사람이란 말야. 변하는 것, 죽는 것을 사랑하다가는 반드시 슬픔과 괴로움을 당하는 것 아닌가. 내 마음 같아서는…… 내 지금 마음 같아서는……. 그

런 말 할 필요 없지."(293~294쪽)

　사랑에 대한 강영호의 생각은 애욕 너머의 '피안'이 무엇인지를 직접적으로 명확하게 표현하고 있다. 사랑에 대한 영호의 견해는 분명 그의 죽음만큼이나 비현실적이다. 그는 금강경을 읽다가도 주기도문을 외우는 등 불교와 기독교 사이를 오가기도 한다. 여러모로, 책상 위에 불경과 성경책을 나란히 얹어놓았던 이광수의 분신 격인 인물이라 할 만하다. 그는 혜련을 우연히 본 뒤로는 자신 스스로가 세속적인 사랑을 완전히 극복하지 못했음을 괴로워하다가 결국 자살하게 된다. 영호의 자살의 방법은 스스로 스토아 철인들처럼 '숨을 쉬지 않고' 질식사하는 것이었다. 이러한 자살 방법은 그의 매우 높은 정신적 경지를 드러내는 장치이기도 하다. 한편 영호와 우연히 만난 뒤 내내 영호에 대한 생각에 사로잡혀 있던 혜련은 장안사로 영호를 만나러 가는 길에 들것에 실려 오는 영호의 시체와 마주친다.

　금강산에서 돌아온 김 장로 일가는 이후에도 연달아 비극적인 죽음과 마주하게 된다. 김 장로와 결혼을 약속했음을 은주에게 밝힌 문임은 은주에게 살해당하고, 이에 충격을 받은 혜련 역시 자살한다.

　　이런 흐리고 더럽고 냄새나는 세계 말고, 맑고 깨끗하고 향기롭고, 그리고 사랑과 안식만이 있는 세계, 피비린내 나는 욕심과 미움과 속임과, 이런 것이 없는 세계…… 그러한 세계가 있을 수 있을까. '새 하늘, 새 땅', '새 예루살렘', '극락정토'…… 이러한 세계가 정말 있을 수 있을까. 만일 이 몸만 벗어버리면, 곧 그러한 세계

로 날아갈 수가 있다고 하면 일분일초도 지체할 수는 없을 것 같았다.(396쪽)

　자살을 결심한 혜련은 어머니의 묘 앞에서 가슴에 칼을 꽂은 채 피 한 방울 흘리지 않고 죽어가고, 딸의 시신 앞에서 비로소 김 장로는 자신의 애욕을 참회하게 된다. 육신을 버림으로써만 '사랑과 안식'이 있는 세계로 갈 수 있다는 믿음은 혜련과 영호에게 공통적으로 발견된다. 작품의 초반부에서 혜련은 자신보다 계급적 위치가 낮은 은주를 은근히 무시하는 새침한 전문학교 여학생이었던 것과는 달리, 후반부에서는 세상과 인간에 대한 혐오를 느끼고 구원의 세상을 찾아 자살하는 성스러운 인물로 변화된다. 혜련의 캐릭터상의 변화는 주변 인물들의 죽음 ─ 어머니의 죽음은 물론 영호와 문임의 죽음을 목격한 데서 온 것으로 묘사된다.

은주와 종호와 영호: 아들들

　『애욕의 피안』에서 진정 문제적인 유형의 인물들은 은주와 영호, 그리고 종호이다. 표면적으로 보면 이 소설의 최고의 악인은 단연 김 장로이지만, 김 장로는 '문제적'이지는 않다. 그는 줄곧 자신의 욕망을 좇아 살아왔고 탐욕과 애욕에 가득 찬 인물이라는 일관성을 갖고 있다. 즉 소설 속에서 악인으로서의 역할은 크지만, 그만큼 분석의 여지는 적은 편이다. 혜련과 문임 역시 마찬가지이다. 부르주아 집안의 딸 혜련은 남성들의 욕망의 대상이다. 혜련은 준상, 은주는 물론 물욕으로부터 초연함을 자처하는 강 선생의 흠모의 대상이 된다. 문임 역시 순진한 여학생이었지만 부잣집 딸인 혜련과 경쟁하는 과정에서 질투심 많고 탐욕스러운 인물로 변해간다. 이 인물들은 그 역할이 정해져 있음으로 해서 오히려 소설 속에서 단순한 역할을 할 뿐이다. 이들보다 훨씬 이 소설에서 주목해볼 수 있는 인물들은 은주와 영호, 그리고 종호이다. 이들은 작가 이광수의 분신이자 이광수 소설에서 자주 등장하는 지사형 남성 인물을 변주하는 인물이다.

설은주와 강영호, 그리고 김종호는 처한 상황이나 조건은 모두 다르지만, 이 소설의 악인인 김 장로 혹은 김 장로로 대표되는 타락한 세속적 세상에 대해 회의하여 방황하거나 좌절하거나 혹은 무조건적인 적대감으로 일관하는 인물들이다. 은주와 영호는 이 소설에서 서로 만난 적이 없고 스토리상으로 얽혀 있지 않은 인물이지만, 실은 많은 공통점을 공유하고 있다. 일단 그들은 정신적으로 고결한 아버지의 아들들이다. 그들의 아버지들은 모두 독립운동 혹은 공동체를 위한 사회사업을 했을 것으로 암시된다. 은주와 영호가 모두 혜련을 사랑한다는 점에서도 동일하다. 그러나 고아로 가난하게 자란 은주에게 혜련에 대한 갈망은 부잣집 딸에 대한 욕망과 완전히 다르지 않다. 한편 영호 역시 지사 아버지를 두었고, 영호 자신도 아버지의 동지의 딸에 대해 어떤 책임감을 느껴 결혼할 정도로 아버지의 정신적 유산을 물려받은 인물이다.

혜련에 대한 극단적인 숭배 의식도 이들이 공유한 자질이다. 혜련에 대한 숭배 의식은 '순결성'에 대한 집착이며, 다른 한편으로는 여성 혐오의 양상을 갖고 있기도 하다. 은주가 문임을 살해하면서 "의인의 손에 걸려서 죽는 것을 다행으로나 알"라며 자기 자신을 육체적으로 타락한 여성을 처벌하는 의인(義人)으로 언급하는 장면에서 그가 가진 여성 혐오 의식이 극단적으로 드러난다. 영호 역시 그의 여성 혐오는 그의 아내를 향해 있다. 그의 아내는 '눈흑보기(사시)'에다가 여학교 교사인 남편의 행실을 의심하고 돈을 제대로 벌어 오지 못한다는 이유로 남편에게 악담을 퍼붓는 악처로 묘사되어 있다. 여성의 육체적·정신적 순결성에 대한 이들의 집착은 신체에 대한 폭력으로 이어진다. 이들 사이에 차이가 있다면, 은주가 타자인 문임에게 폭력을 행사하는 반면 영호는 자신의 신체에 폭력을 가한다는 점이다. 영호의 자살은 실은 자신이 육체적으로 타락할지 모른다는 공포심에서 비롯된 것이다. 이 인물들의 여성 혐오는 이 소설의 주제인 정신적이고 도덕적 '사랑'이 어떤 젠더적 의미항들 위에 놓여 있는지를 암시한다. 이들은 전형적으로 성녀와 악녀라는 이원적 범주 속에 여성들을 가두고, 그 여성들을 통제하고 단죄하면서 자신들의 (남성) 주체성을 세운다.

『애욕의 피안』에서 가장 의문스러운 인물은 김 장로의 아들 종호이다. '종호'라는 인물은 애초에 『조선일보』 연재본의 초반에서는 '종관(鍾寬)'으로 등장하다가 중반에 잠시 '종덕(鍾德)'으로 나오더니, 후반에는 갑자기 '종호'라는 이름으로 변경된다(작가 이광수의 착오로 보이는데, 이 소설 곳곳에서 다른 등장인물들도 이름의 착오가 발견된다. 여기에서는 최초로 언급된 '종관'이나 중간에 나오는 '종덕'보다 출현 빈도수가 훨씬 높은 '종호'라는 이름으로 지칭하고자 한다). 종호는 작품의 서두에서는 직접 등장하지 않은 채, 처자가 있음에도 아예 집 안에 들어오지 않을 정도로 집 밖을 나도는 난봉꾼으로만 소개된다. 작품상에서 집안의 골칫거리였던 종호의 역할 혹은 의미가 커지는 것은 소설의 중반을 넘어서부터이다. 그는 우연히 금강산에서 강영호를 만나 같이 며칠을 보낼 정도로 영호와 정신적으로 유사한 인물로 묘사되기 시작한다. 죽기 전 혜련도 오빠 종호와 진지한 대화를 나누는데, 그 과정에서 그는 단순한 난봉꾼이 아니라 실은 인간에 대한 통찰력을 가진 인물이었고, 그의 난봉은 어떤 이유가 있는 일종의 정신적 방황이었음이 밝혀진다.

종호는 은주와 영호의 됨됨이에 대해 작가의 말인 듯한 어조로 일일이 평가를 내린다. 그는 "죽이긴 왜 죽여? 계집들이란 다 그런 것이어니, 하고 탁 차버리고 말 게지."라며 은주의 살인은 비록 범죄이지만 그의 순수함과 올곧음이 만들어낸 사건이라고 논평한다. 영호에 대해서도 종호는 "강도 결국 이상주의자요 공상가란 말이다. 모던 보이, 모던 걸들은 안 그렇거든."이라면서 영호의 정신세계가 현대의 타락한 젊은이들과는 반대로 고결한 것이라는 평가를 내린다. 결국 그에게는 이 소설의 핵심적 메시지를 전달할 역할이 마지막에 주어진 것이다. 이 소설은 아울러 종호가 비록 난봉꾼이지만 그의 난봉이 세상에 대한 허무 의식과 회의에서 비롯된 것으로 막판에 형상화하면서, 혜련이 죽을 결심을 한 이후에도 가장 믿고 의지할 만한 인물로 그려낸다. 종호의 이러한 드라마틱한 변화는, 이 소설에서 가장 아름답고 순수하게 묘사된 인물은 혜련이지만, 실은 혜련이라는 인물이 은주, 영호, 종호라는 젊은 남성들의 판타지와 자기 합리화 속에서 구성된 인물이라는 점을 가장 잘 보여준다.

타락한 김 장로, 타락한 아버지

순수하지만 그 순수함 덕에 범죄자가 된 은주, 고귀한 정신의 소유자이지만 끝내 자살하고 만 영호, 그리고 지성과 통찰력을 갖고 있지만 난봉을 피우며 자포자기식으로 살아가는 종호의 반대편에는 악취를 풍기며 타락해가는 김 장로가 있다. 소설의 말미에 김 장로는 문임을 잃어버린 데 대한 울분을 술로 달랜다. 그가 머무는 방에는 술 냄새와 위장에 고인 썩은 듯한 음식 냄새로 가득 차 있다. 이 소설을 쓸 무렵 1892년생인 이광수의 나이가 이미 40대 중반에 들어섰던 것을 고려해보면 김 장로는 작가 자신이 동일시할 만한 중년의 남성이다. 그럼에도 이광수는 김 장로를 여전히 자신이 넘어서고 극복해야 할 아버지 세대로 여기는 듯하다. 은주, 종호, 영호 등의 젊은 세대에 더욱 동일시하고 있는 작가의 모습이 암시되어 있기 때문이다. 스스로 영원한 젊은이가 되고자 하는 욕망이 이광수에게 작동하고 있는 것일까. 아니면 자신의 세대에서는 오로지 자신 이외에는 도덕과 인격을 말할 사람이 없다는 나르시시즘 때문일까. 비록 『애욕의 피안』은 이광수 전체 문학에서 보면 '통속적인' 장편소설에 불과할 수 있지만, 이광수의 문학과 그의 정신적 풍경에 대한 흥미로운 단서를 후대의 독자들에게 제공하고 있는 문제적인 소설임에는 분명하다.